U0469747

走进非洲

赵彦明 著

上海文艺出版社
Shanghai Literature & Art Publishing House

目录

第四章 **中国智慧**

第五章 **中草药之光**

第一章

初探非洲

赴任加纳

我的非洲生涯是从加纳开始的。

那是2000年的8月，我第一次踏上加纳的土地。

当我乘坐瑞士航空公司的波音747大型客机，从苏黎世经过六个多小时的飞行，于傍晚降临在加纳首都阿克拉科托卡国际机场时，我看看窗外，机场灯光昏暗，没有摆渡车和廊桥，我只能硬着头皮跟随着前面的乘客，木讷地下了飞机，又走进入境大厅。简陋的大厅里，弥漫着浓烈的体味和廉价香水的味道，它冲击着你的鼻腔，让你不由自主地想屏住呼吸。大厅的上方挂满了电风扇，风扇的转速并不快，有的风扇轴竟然都转歪了，旋转起来好吓人，仿佛是数把飞刀，随时能够飞入人群。

好在入境并不复杂，我将在飞机上填好的入境卡交给海关官员后，官员嘟囔了几句我没学过的英语，就给我的护照盖章放行了。

拿好行李，走出大厅，就看到了来接我的中国同事。第一次来到非洲，比想象中好一些，尽管机场设施简陋得难以描摹，但是真的走进当地，我并没有对未来产生恐惧之情。其实，在非洲行走20多年后，才发现老天是欢迎我走进非洲的。

我来到加纳，是受国内一家企业的委派，担任加纳公司的经理。国内的这家企业，在当时是名噪一时的一家生产和销售保健品的公司。20 世纪 90 年代中期开始，保健品从欧美、日本和中国台湾、中国香港等一些发达国家和地区传入内地。那时的国人，大部分人衣食无忧了，自然而然就会将钱花到健康上。每天在电视的黄金时段，都会看到各种诱人的广告，在推销着保健产品。因此，一大批企业投入到这个产业中。这其中最占优势的当属制药行业，他们纷纷或仿造或研发保健品。捷足先登者很快就赚到了钱，而且利润丰厚。短短几年时间，保健品充斥着市场的各个角落，无论你是男是女，是老是幼，都能在市场找到符合你的保健产品。产品有了，各企业就开始拼销售。国内市场杀成了一片红海，胆大的老板就投资海外，先从欧美发达国家开始布局，再放眼全球。至于非洲，大家都没把它放在眼里。饭都吃不饱的国家，有人需要保健品吗？

在这里，必须要说说我任职这家企业的老板，这位梁先生，文化程度不高，但却是一个天生做生意的人才。书读不好，就干脆辍学做生意。生活在农村，就从粮食加工做起，以后还做过许许多多的各种小生意。终于有一天，发现了保健品这个宝藏，就凑了一笔资金，和一个有文化的人合作，做了一款补钙的产品。在产品的包装上，着重突出主要原料牛骨来源于牧区大草原，纯天然无污染。当我入职公司，看到这些宣传，拿着一小袋几十克补钙冲剂时，心情很激动。我的眼前，仿佛出现了一大群精灵，它们尽情地吃着绿油油的牧草，将自己的肉给了人类，又把自己的骨头奉献出来，让人们补钙。尽管一盒十袋补钙冲剂卖到了 80 元，我也觉得物有所值。就是这款产品，让这家企业脱颖而出。据说最火爆时，这家企业的销售额一个月达到 4 个亿，这可是 90 年代呀！虽然梁老板没有接受过正规的高等教育，但眼光和胆识却很超前。他看到了国内保健品市场的竞争会愈演愈烈，因此决定抢占先机，开始进军国际市场，他成了将中国的保健品打入国际市场的先行者。他还在南方一家著名的报纸上连续刊登整篇广告，重点招聘拓展海外市场的销售人才。当时的这份报纸，是文化人必看的，所以就吸引了全国许多大学学历以上的求职者。我就是这样进入了这家企业。

离开加纳机场，汽车一直在黑暗中前行。接我的公司同事我们彼此很熟悉，他姓甄，原是集团旗下中国香港公司的总经理，因为是老板的亲表弟，所以让他负责开拓国际市场。那时我在深圳公司当经理，他在中国香港公司当经理，他可以经常来深圳。那边市场不好做，深圳公司的业绩却增长很快。他风流倜傥，性格豪爽，标准的北方爷们，每次到深圳，我们都会去吃北方菜。我永远忘不了他喝啤酒的情形，真是一口肉一瓶啤酒，还要让我和他拿着瓶子一起吹，我每次都会被他搞得狼狈不堪。

这次他出现在加纳机场接我，我很是诧异。看到我一脸的问号，甄总只说了一句话，今晚让我早点休息，倒倒时差，明天详谈。

躺在用海绵做的床垫上，尽管宿舍的门窗都大开，依然闷热难当。最要命的是，一只只形体不大的黑蚊子轮番向我们进攻，我看到同宿舍的同事们都用床单盖住全身，我也如法炮制，艰难地熬到了天亮。

睁开眼，同事们已经不在，看看手表，已经是当地时间早上 7 点，一阵香味飘来，我找到了厨房。甄总正在煎牛排，桌上还有烤好的面包和燕麦粥。太丰盛了，我肚子真的是饿了。大家齐聚餐桌，一共是四个人，除我和甄总外，还有翻译和会计，全是爷们。甄总代表总部对我表示了热烈的欢迎，并向其他的两位同事介绍了我在公司任职期间的经历。甄总说，是他亲自向老板推荐我来非洲的。看到我一脸惊讶，他又幽幽地说：“你以前任职的单位是国内市场部，是我让老板把你调整到了国际市场部。想到国际市场部来的经理多得很，不是谁想来就能来的。你在深圳就引起了我的注意。原来的深圳公司经理每天人浮于事，不做事，也不会做事。每个月的业绩才二三万元，公司员工五六个人，加上办公室和宿舍的租金，公司月月倒贴，整整半年啊！你去后两个月业绩增长20多倍，每个月将近50万。深圳做起来后，公司又把你派到了新疆，新疆公司的业绩又是大幅度提升。”

我知道甄总后面的意思了，于是连忙打断他的话：“这不是一回事啊，这是在国外，在非洲，我连英语都说不好，怎么做事呢？”

甄总笑笑：“这个年轻人叫柴未有，名牌大学英语硕士毕业，他就是你的翻译。”又指着另一位说：“他叫楚国清，是财务。他们两人就是你的兵，你们三人正式组建加纳公司。”

我看看他们两人，柴翻译我在公司总部见过，据说经常陪老板出国，很得老板的赏识。他最瞧不起不会讲英语的经理，把这些人都叫着“土包子”，怎么突然就来到了加纳呢？此刻，他的眼神里流露出对我的不屑。而楚会计一看就是个直爽人，大大咧咧。他热情地伸出手和我用力地握着，笑着说：“早就听到经理的大名，总部派你来，加纳有救了。”

坐在对面的柴翻译躲避着我的眼光，甄总不耐烦了，冲着他说：“未有，你也表个态。我在这宣布，没有赵经理的签字，你们俩谁也别想离开加纳。”此时的柴翻译，才敷衍地说了声，愿意好好配合赵经理的工作。

甄总说：“楚会计，你给赵经理汇报一下财务情况。”“好的！”楚会计从兜里掏出一个小计算器，略加思索，在计算器上摁下一排数字，拿给我看。我问：“这是现有的美金？”

“只有这些了。”楚会计轻声说。甄总开口了：“按照加纳政府规定，外资企业注册公司，注册资金不能少于50万美金。总部给加纳汇入了

5 万美金现汇，其余按照 45 万美金的货品投入。一个 20 尺货柜正在来加纳的路上，预计十天后到港，这个货柜是柴未有亲自负责装箱的。”

柴翻译嘴角一撇：“我知道，有三台被总部淘汰的 386 电脑，有几部用过的能接收传真的电话机，还有 50 把会议室的椅子，都是别人不要的旧东西。产品大概有几种记不清了，反正不超过十种。满打满算估计货值不到 5 万美金。”

柴翻译说完，甄总露出了不快，但也没有反驳。我心想，我接手的这个公司，将来会麻烦不断。

还没等我开口，甄总又说话了：“你们别管集装箱的东西值多少钱，清关时一定要按照 45 万美金交关税，不然海关开不出验资证明，咱们营业执照会办不下来。楚会计手里的钱包括清关费，还会剩下将近 2 万美金呢。这些货卖掉以后就有钱了，我可以给总部打报告，一年之内不要加纳公司给回货款。”

我听到这些，头脑依然一片空白。我目前对这些没有概念，财务由总部派来的会计负责，有没有资金是他应该操心的事，我最想了解的是加纳的市场。

甄总看看我，挤挤眼，意思该我说话了。我问：“今天这顿早餐花多少钱？是甄总请客吗？”

“算我请客吧，财务把账记到我头上。赵经理，你尽管第一次在海外任职，但公司的有些规定你肯定清楚，非洲算是第三类国家，属于风险较高的那一类，所以每天每人生活补贴 10 美金。我们四个人每天生活费 40 美金，要让大家吃好吃饱也是你经理的工作。有些国家公司请的有厨师，厨师工资可以被列入费用。加纳还没有业绩，也不具备请厨师的条件。我们三人是一起来的，也已经两个来月了。我们现在每天吃两顿饭，也没有条件做中餐，主要是煮点意大利面吃吃，早上吃点面包，熬点粥，今天这顿饭 50 美金也不止，贵在牛肉上，加纳的食材全靠进口。今天是给你接风，昨天太晚了。晚饭你只能和我们一起吃意大利面条了。”

说完这些，甄总说：“就到这吧，我带赵经理参观一下这座院子。”

这是一栋两层别墅，看起来有些年头了。据说房子的主人是加纳的一个资深外交官，常年在联合国任职，已经去世，现在房东是他的夫人。楼上楼下有好几间房子，办公和住宿均够用。一楼还有一个能容纳 50 余人的会客厅。院子占地 3 亩多，别墅旁是供用人用的房间，厨房、厕所都有。草地约占了院子的一半，但是整块草地都是枯黄的，没有一丝绿色。房东雇了两个当地人，一个是看门的，另一个是园林工。看门的就住在佣人房间里，24 小时在岗，园林工不定期会来修剪树木和花草。正说着，走过来一个黑人小伙。个子中等，五官精致，肌肉发达。他向我和甄总打招呼后，马上就离开了，看起来很有礼貌。

未有看到黑人小伙和我们说话，马上过来解释：“他在向你们问好，我已经给他说过了，新来一个经理。他的名字叫‘科菲’，和‘咖啡’发音相似。加纳大部分人的名字包含两部分，前半部分是出生日期，这个名字是族长早就设定好的，男孩女孩从星期一到星期天都有名字，全国统一，后半部分的名字是家长起的。我们这位是星期五出生，就叫‘科菲’。所以，这个国家重名很多，区别就是他们的后半部名字不同。”

几年后加纳出了个大人物，联合国秘书长也是周五出生，他的名字就叫 Kofi Annan，翻译成中文就是“科菲·安南”。

我和甄总边走边聊，来到院子里一棵高大的椰子树下，找了个阴凉处坐下，甄总接着介绍情况：“其实，老板原来是想让你去北美开发市场，让国际市场部给你办加拿大的签证。我看到你在等待外派的名单上，就给老板说让你先来加纳。听说你在休假时接到公司通知回总部办加纳签证时，还很诧异地问，是不是说错了，少了一个‘大’，是加拿大吧？给你打电话的小姑娘明确回答，是加纳，不是加拿大。”

我回答：“的确是。总部准备让我去加拿大，小道消息我早已经听说，我当时在新疆公司，工作刚有起色，并没有想到会在这个时候让我离开，所以也没有去打听这件事。其实我很喜欢新疆，每天心情都很愉快。新疆天黑得早，5点下班后正是逛街的时候，我经常去当地人集中的二道桥大巴扎逛逛，天黑后再去五一夜市吃当地小吃。”我问甄总：“你这次让我来加纳的真正原因是什么呢？”

终于说到正题上了，甄总说：“让你来接我的班，我回总部另有任务。”

我说：“谁都可以来当这个经理，为什么非要我来呢？”

“那我就给你交个实底吧。”甄总说：“加纳公司注册和选址都是几个华人经销商做的。当初我接受了老板的任务，让我加大在海外注册公司的力度。我先后去了俄罗斯、欧洲和东南亚几个国家，注册成立了近十个国家级的公司，在南非也委托朋友注册了公司。我根本就没听说过加纳这个国家，是一个哥们找到我给我说，这个国家如何如何好。他有朋友是华人，在当地做生意，业务熟练，可以帮我们注册公司，并负责给公司选址和产品注册报检。他的要求是公司给他办理签证，购买两人的往返机票，事成之后给他们一万美金的报酬。非洲我无暇顾及，只能委托他们去了，但要价太高，后来以5000美金成交。这个别墅就是他们选定的，说是租金一个月2000美金，一次性付一年的租金，还有一个月房租的中介费。后来我们了解到，这个地区属于富人区，中国大使馆离这里不太远，治安不错，交通便利。但一个月2000美金的房租明显太高，而且我们是一次性付清，又是美金，这里面肯定有猫腻。我们估算，仅租房一项，他们就会贪污5000美金以上。不仅如此，他们还不断给总部打报告，要求继续打款，买汽车，安空调。老板知道了，狠骂了我一顿，要求我立即来加纳处理。这不，我只好带未有和国清来了。我们来后才发现，别墅里住着三个人。我那个哥们儿竟然带着个女人住在一起，还有一个他们请的翻译。公司注册的事情几乎没做，天天在房子里鬼混。气死我了，我要求他们三天离开加纳，否则就报警，后来差点和他们打起来。”

我插嘴说：“他们真是三天就走了？”

“唉！怎么可能啊！”甄总叹口气，“又磨蹭了一个多星期，非要我给他们 5000 美金，我让他们回国找老板要，又逼着我写欠条，不然不走。”

“你写了？”我吃惊地问。“肯定不会呀！”甄总忿忿地说。

对于我眼前的这位甄总，我有一些了解。他不但是老板的亲表弟，而且老板在创业初期就让他到了公司，公司最好的差事，他唾手可得。先后在北京、新加坡等地当一把手。老板先是想让他挂帅营销集团的总裁，但是他想满世界到处走走，所以他才会出现在许多国家代表老板处理一些事务。

公司这几年发展很快，原来和老板一起创业的那帮老人，几乎都在国内的各个部门任职。和我一起招聘来的，几乎都在国外市场，老板不想让我们这些新人和老人接触。当发现我们可以独当一面后，立马安排出国，因为招聘我们的目的就是开发国际市场。他虽然不是我的领导，却比我的领导还牛，我也不得不考虑他的感受。听他一说，我现在明白了，来加纳就是来换他的。用 20 年后的时髦语言说，他这叫“甩锅”，我来替他“背锅”来了。

我想了想，对甄总说：“既然我来了，就会负起责任。我有三个要求。”

甄总说：“你说。”

“第一：资金不够。楚会计让我看了美金余额，还有不到 4 万美金，这其中还要清关，按你们的估算清关最少 2 万美金，剩下的钱包括我们的生活费，还要购买一些必需的生活用品。比如床垫，这么热的天，大家睡在海绵垫上，身下全是汗水，长此下去会得病的。没有蚊帐，怎么也得有蚊香啊！还有，装不起空调，起码要买电扇吧。这些东西不解决，根本在这里坚持不下去。

“第二：柴未有根本不愿意在这工作，你走后他怎么办？他是老板的御用翻译，平常就牛哄哄的，你能够使唤他，我们不行，必须换人。

“第三：我昨晚才到加纳，对这里的情况一点也不了解。市场情况需要调研，能不能做，怎么做都是要在调查以后做出判断，让我现在就表态，我无能为力。而且对市场进行调研，还需要一些条件。这和国内不同，国内的环境都是熟悉的，政策都是一致的，也就是说经营条件一致，不同的城市和地区会有一些差异，但可以掌控。这里，尤其是对于我这样一个初来者，太陌生了。我需要去做许多工作，了解这座城市，这个国家，这里的人民，这里的一切。我们需要一个能吃苦、团结的团队，需要解决交通问题、安全问题、生活问题等等。”

我一口气说完，甄总起身踱起步来，他的脸上明显有些不快：“看来你的要求还不少啊？”

他说道：“第一条，我回去后把情况如实反映，其实国外成立公司，每个国家都会购置一些资产，比如汽车、办公家具用品、生活设施。老板的做法是，公司的硬件要强于其他公司，毕竟是经营保健品，要显得公司大气、霸气和豪气。但前提是公司能保证给总部赚钱。非洲的经济落后，老板原来也没想到现在就开发非洲市场，是我给老板建议的。我也是上了我那些哥们儿的当，我以为是在帮我，原来是他们把注册公司当成了一门生意，来挣钱的。我们来到加纳快两个月了，在这个城市转了转。整个阿克拉晚上连一个路灯都没有，高楼几乎没有，最好的建筑是中国90年代初援建的国家剧院。中国人戏称的‘加纳王府井’，是他们的最好的一条街，长不足50米，有一家中国香港人开的中餐厅，有一个好一点的商店，其他就是摆摊的。加纳人口不到2000万，首都阿克拉人口200来万，中国人大部分集中在阿克拉，大概有近一万人。据说政府部长月工资也就300美金，其他人的收入就可想而知了。加纳的货币叫‘塞地’，我刚来那个月官方牌价一美金兑换5000塞地，昨天已经到5600了。这些情况老板知道会把我骂死，怎么办？只能硬着头皮往前走，否则死路一条。想来想去，只能让你这员老将出马了，就当是帮帮我吧。

“至于柴未有，你别理他，他就是太张狂。他到公司两年多了，是英语硕士，好像是研究英语当代语言什么的。公司招聘他，是让他当翻译，不是做学问。他的英语水平确实不错，也经常陪老板出国当翻译。就是因为他太傲慢，说话太张狂，老板最近不用他，他也就待在国际市场部无所事事。这次我带他出来，他是很开心的。不过看到加纳的条件，他的情绪也很低落。他知道我是要回国的，想和我一起回国，我没有同意。我回国后马上在总部物色合适的翻译，你同意后再派来。至于柴未有，新人来后你愿意怎么处理都行，你看行不行啊？”

话说到这个分上，我能说什么呢？但是，问题并没有解决。你甄总想走，我也挡不住啊，那就赶快走吧，多一个人，多一份费用。

我问他：“你什么时候回国？不去南非了？”

他说：“南非就不去了，我去年在南非待了三个月，那个国家真好，气候舒适，国家很发达，和欧洲一样。我原来想就在南非呆着，不回去了，满世界乱跑我也很烦的。老板不答应啊，让我推荐经理去接替我，我就推荐了现在南非的这位经理，他是和老板一起创业的老人，没想到他去南非是去享受去了，成天不务正业，上上下下十来个人，每月业绩只有2万美金，把我和老板气得要死。我什么时候回国，要你说了才算啊。机票确认很容易，今天确认，明天就能走。”

我惊讶地望着甄总：“我说了算？你太夸张了吧？”

甄总说："当然啊！不然我回去怎么向老板述职。"

我看看甄总，心里想，这很符合公司员工对他的评价，"大滑头"！我说："别绕我了，你让我怎么做，你告诉我就行。"

甄总说："我回去也需要一个正当的理由，要么是老板让我回去，要么是有什么突发情况我需要立即回国。现在老板让我来处理加纳的事，加纳的市场怎么做，需要你去和老板汇报的，这还需要一段时间。我待在这，会给你添乱。这里不比国内，咱哥俩连喝个酒都没条件，所以我还是尽早撤吧。这两个月把我累得够呛，心情也不好，心脏不好受。"

我明白了："甄总，明天你早上别起得太早，我叫你起床你再起，就说心脏不舒服。我马上给国际市场部发传真打电话，就说你心脏病突发，需要立即回国治疗"。

"不行不行！"甄总一下站起来："你老小子这是咒我呢，何况我老婆就在总部招待所工作，这消息她马上就会知道，那不急死了？这么说，老板也不信啊，他知道我的身体杠杠的。你发传真打电话给国际市场部部长没错，别说那么严重，就说我心跳紊乱，需要回国做进一步检查，他们明白什么意思，马上就会让我回国的。"

我说："你这个办法是不是经常用啊？他们和你心照不宣。"

甄总说："别胡说，是我人缘好，大家都互相关照嘛。"

我心想，是因为你是老板的亲表弟，大家都把你当"二当家的"，谁能和你较真呢？我又问道："甄总，这两个月你们怎么和总部联系呢？你是不是有个手机啊？"

甄总说："怎么？惦念我的手机啊？"说完，掏出一个摩托罗拉折叠手机来，"想给家里打电话吗，报报平安？"

我说："不是，你走了，我们怎么和总部联系呢？"

甄总摆摆手，"不急着和总部联系，等货柜来了，就有电话、传真机了。不过，现在如果真有紧急情况，你们去找我的朋友，他们是河北药厂的，派到加纳推销药品，两个人，一个姓李，一个姓刘，都是爷们。未有和国清都有他们的地址和联系方式，他们那有电话、传真，还能上网。这个手机不能给你留下，这是老板专门给我配的，他要随时找我的。”

甄总走后的第二天，简单吃完早餐后，我和翻译、会计说，咱们今天出去走走。未有说：“准备去干什么我们好租车。租车的价格不贵，一般的出租车租一天 10 美金，还可以还价。”

我说：“去找个卖生活用品的商店，每人买个床垫，房间买个电风扇，买点蚊香，再去买点蔬菜和面粉、大米什么的。”

国清说：“先去趟银行，我去取钱。”他告诉我，美金都在银行，每天购物时先去取钱，银行会按照当天的汇率给我们塞地。车费 10 美金也是按照汇率给塞地，为了好算账，我们习惯了按照美金来说的。未有说：“那就先去银行，然后去当地最大的集市买需要的东西。”

阿克拉市场

那是我目前见过的最大的集市。整个集市人头攒动，好像整个阿克拉的人都在这儿一样。奇怪的是摆摊的清一色是妇女。

加纳的女人刚看到不好区别，基本上都是胖墩墩的，大多个子不矮。胸大屁股大是她们的显著特征。当然也有看起来就是没结婚的女孩。她们大多不摆摊，而是在头上顶着一个大箩筐，里面装着小袋水、花生、橘子、蛋糕之类的食品，在人群中卖货。她们并不像孩子一样叫卖，而是用眼睛在人群中搜寻着顾客。当顾客需要买她的东西时，不喊叫，不招手，而是从牙缝里发出一声“嗞”的声音，这声音会穿过熙攘的人群，准确地发送到这个女孩的耳朵里，很快，一笔买卖成交。后来，我经常在街道旁看见，当有汽车慢慢减速，就会有好几个头顶着箩筐的女孩跑过去，一边跟随着缓慢行驶的车辆奔跑，一边把被顾客选中的商品从头顶的筐子里准确无误地交给车里的顾客，而顾客的钱也已经准备好，交到了女孩手中。有时还要找零，但车辆并不停靠，一切交易都在汽车的行驶中完成。每当看到这一幕，我的心就不由得紧缩起来，尤其是女孩穿着简易的拖鞋，一手扶着头上的箩筐，一边随着车辆奔跑，脸上的汗流淌着，让人心酸，真担心她们的安全啊！

后来去的非洲国家多了，才知道，在撒哈拉沙漠以南的黑非洲，这种售卖方式普遍存在。

我们三人在集市里逛着，集市里的商品五花八门，大多是进口的各类商品，因为他们国家几乎没有什么制造业，生活用品全靠进口。进口需要外汇，所以他们对带来真金白银的外国投资者，确实是欢迎的。2000年的时候，中国和非洲各国的贸易额度还不算很大，在集市里看到的进口商品中，中国品牌并不多。很快，我们找到了需要的床垫、蚊香、电风扇，还有美国和泰国的大米，美国的大米价格比泰国的便宜。我还发现了面粉，未有看了看面粉袋上的说明告诉我，这种面粉是掺了当地的木薯粉的，和国内的不一样，有什么区别还不知道，买不买？我说，买一小袋回去看看怎么吃。我还发现了一款家庭用的压面机，价格还可以，买。又找到了卖蔬菜的摊位，蔬菜是不称重的，西红柿、土豆、黄瓜等是数个的，豆角和一些叫不出名字的青菜是按把卖的，连西瓜也是，你可以挑最大的，每个价格都一样。又买了几公斤当地产的牛肉，将床垫绑在出租车的车顶上，我们满载而归。

回到公司，我马上开始研究压面机，发现需要将压面机固定住，可是厨房的台面都是大理石，而餐桌和餐椅又都是塑料的，怎么固定压面机上的螺丝呢？我无计可施，只能请来小楚当助手，让他用手将机器压在餐桌上，我来压面条。掺了木薯粉的面粉和普通面粉差别太大，用水根本揉不到一起。无奈，只好一点点摸索，又加上鸡蛋，又放点食盐，总算压出了像面条一样的东西。厨房里闷热得像蒸笼，我和小楚的衣服早已湿透。好在都是爷们，我俩干脆赤膊上阵，脱了上衣，只穿短裤，一次次制造着这独特的面条。

小楚说："谁知道这玩意能不能煮，该不会一见水就变成面糊了吧？"

我也担心啊，就说："那就先试试。"我让小楚先去冲凉，让他一小时后叫未有下来吃饭。我知道，在这种生存环境，首先要关注的是安全，第二就是生活。吃不好饭，睡不好觉，说什么都没用。

中国人，中国胃，天天啃面包，吃没有油水的意大利面，怎么能在这开拓市场？今天能否做出一顿像样的中餐很重要，我才来几天，就觉得胃里很不舒服，他们怎么能在这待两个月？

开火，架锅，倒油，不一会，厨房里飘起了久违的香味，一盘香喷喷的辣椒炒牛肉丝就端上了餐桌。未有和小楚也进了厨房，未有脸上露出了从未见过的笑容："我是闻到香味了。"他笑着说。小楚说："经理，我让黑人小伙给咱们买一箱啤酒？"我说："麻烦吗？"他说："不麻烦，几分钟的事，公司对面就有卖的。"我说："好！"

小楚离开后，我给未有说："面条能不能成功，还不知道呢？看起来还不错，和国内的面条没多少差别。"未有说："我是山东人，馒头面条是我的最爱，唉，看到面条，我就像见了爹娘一样的亲啊！"

水开了，我小心地把面条放进锅里，轻轻地用筷子翻动了一下，盖上锅盖。未有拿了一个面盆，倒了一盆纯净水，放在了旁边。"把面先捞到清水里过过水，"他说。我突然发现，没有笊篱，怎么把面捞到清水里呢？未有说："我们煮意面，就是用筷子捞的。"我说："这个面条肯定不筋道，等用筷子捞上来，就化了。"未有也许真是见了亲爹娘一样，热情无比，他对我说："经理，你去冲凉换衣服，剩下的事交给我吧。"

等我冲完凉，换好衣服，来到餐厅，他们已经开吃了。未有好像已经吃了一碗面条，他高兴地说："真好吃！"小楚已经倒好了三碗啤酒，他举着碗说："为我们今天来到加纳真正的第一顿中餐，干杯！"我诧异地问："你们两个月就没吃过中餐吗？"他说："吃过啊，都是在中餐馆吃的。我还没来得及给你汇报呢，甄总走后留下了不少收据和白条，都是在中餐馆吃饭和买啤酒产生的费用，让你签字走公司账呢。”“大约有多少钱？”我问。“应该在2000美金左右！”听会计说完，我倒吸一口凉气，这么多啊！公司的规定我知道，像我这样的国家级经理，报销权限是每笔300美金，这是用在市场开销上。自己吃饭让公司出钱，我从没有处理过。

甄总是个特殊人物，他花钱吃几顿饭，我想不难处理，只是经费太紧张，市场怎么做还没有一点头绪，这是我最担心的。

未有看我不说话，说道：“赵经理，这点账你别犯愁，让会计给财务部打个报告，你签个字就处理了，谁也不会把这点小事告诉老板的。”

“我不是为这个，我犯愁的是怎么做加纳的市场。”我回答。未有又说：“不是我们给你泼冷水，我们已经来两个月了，加纳的情况基本摸清了。在加纳卖公司的保健品，简直是开国际玩笑。加纳目前贫困人口占一半以上，有人给加纳编了个顺口溜：‘吃饭靠大树，穿衣一块布，经济靠援助，说话不算数’。”

我们都笑了。小楚接着说：“我给你解释一下：吃的食物主要是来自树上的，有芒果、芭蕉、菠萝、橘子、木瓜、玉米等。没钱的穷人就吃这些水果，这些水果树到处都有，而且一年四季都会结果。大部分人吃的主食是当地的一种食物叫做‘富富’。这种食物是将木薯捣碎后，再蒸成饭团一样的东西，有钱的会煮一大锅汤，汤里有肉、鱼、西红柿、辣椒等，把富富捏成小团沾汤吃。没钱的就用西红柿和辣椒煮汤吃。他们从不种小麦和水稻，所以大米和面粉全是进口，是供富人们吃的。种玉米也是用长刀在地上挖一个小坑，将玉米种子埋进土坑就行了，玉米长不大就被掰下来烤着吃了。种木薯就更容易了，将木薯枝条插进土里几场雨下来它就长出来了，所以说‘吃饭靠大树’呢。

“至于‘穿衣一块布’就好解释了。他们的民族服装就是用一块布做成，就像是一块布裹在身上，男女都一样，男的颜色淡一些，女的颜色艳一些。‘经济靠援助’是黑非洲的共同特点，加纳的经济有三大支柱，可可、木材和黄金，尤其是黄金在非洲很有名，因此殖民者曾经给加纳起名‘黄金海岸’，独立后才更名。但是，这些产业的加工业却在欧洲，加纳其实就是原材料输出国，这就决定了他的经济很脆弱。遇到这几种商品价格波动，加纳经济就会感冒。因此，靠援助就成为必然。最后说他们‘说话不算数’，这是当地人的普遍特点，和他们在一起，你千万不能死心眼，你要是说约会定在几点，不见不散，那么你就会上当，他们说话没有谱的。”

小楚说完，我的心又沉了一下。我问他们：“你们出去看到过卖保健品的公司吗？”二人均摇头。未有的脸已经被酒精染红了，看来他酒量一般。他今天和平时不同，说话和态度都不错。

他劝我说：“赵经理，你别太较真，总部让你来，也没给你说必须要怎么怎么，能做你就做，不能做你把原因说清楚，看总部怎么办？我和老板去过不少国家，并不是每个国家都能做出业绩。美国公司投资多了，现在怎么样？也没听说卖了多少货。南非已经两年多了，十来个人，配了两部车，每月总部都要给南非汇款。投资加纳又不是你决策的，实际情况就是这样。我们现在没有电话，没有电脑，不能上网，和外界不好联系，也不知道总部对加纳有什么指示没有。”

他这一说，提醒了我。我说：“明天我们赶快去港口，带上所有清关文件，去查查我们的货柜到哪了？小楚，付款有没有问题？”小楚说：“没问题。海关一定会有银行，我们拿上付款单去银行转账就是。”“那就这样一言为定，你们再喝会，我在院子里转转。”说完，我出了餐厅。

院子里真安静，天已经要黑了，还能看到远处的火烧云。我们这栋房子外一共装了五盏灯，把院子四周照得很亮，这又是加纳的特点之一。加纳有一个水电站，据说是殖民者当时修的，因为种种原因已经无法发电，加纳用的电都是从邻国科特迪瓦买的。首都阿克拉整座城市街上没有一个路灯，政府要求住户必须在房子四周装上足够照亮周边的灯，这样整座城市也就亮了。因此，在富人区，晚上还有卖货的小店铺，生活也算方便。

科菲不知从哪里钻出来，吓我一跳，他露出洁白的牙齿冲我笑着，向我问好。

我看到有给花木浇水的水龙头，问他："有水吗？"他过去打开水龙头，水哗哗地流下来，我用简单的英语单词和他交流着，知道了给花木浇水的水费很便宜，而且是房东出钱，就让他将水管子拿出来，接上了龙头。我让他去休息，一个人悠闲地给这块草地浇起了水。从资料上得知，加纳 4 月到 11 月是雨季，不知为什么我来几天都没有看到下雨，草地一片枯黄。从那天起，给草地浇水就成了我思考问题和散心的方式。

第二天一早我们就租车去了港口。特码港是加纳唯一的港口，离阿克拉市三十多公里。港口是日本人或者韩国人修的，港口旁边还有一座规模不小的水泥厂。1960 年代，日韩在非洲十分活跃，加纳有他们援建的不少项目，这个港口和水泥厂就是那时候修建的。

在港口一查，发现我们的货柜已经到了，而且已经完成了卸货，放在了待清关的仓库里。在办理清关手续时，我们看到了一个中国孕妇，挺着个大肚子，也在排队。她也发现了我们，主动向我们问好："你们是哪的？也来清关吗？"

未有抢先回答："南方的，来清关的。"

这是一个漂亮女人，大约 30 来岁，尽管大腹便便，但风韵犹存。她的普通话里，我能听出带有一些西安方言的味道。她说："清关还是要找专业的代理来做，自己清关，手续繁琐。"

未有说："是的，我们找了代理，这是来交关税的。"

她称赞道："精明！许多中国人把事情交给代理就不管了，来都不来，在家等货就行。在这里，你不能把钱随便交给别人帮你交关税，这样大概率是要出事的。而且货物要自己清点，最好自己押车，不然一定会丢货。有些代理胆子很大，没人押车会把车先开到僻静处，开箱偷货，你发现也没用，货找不回来了，警察也没法管的。"

她的话，我记忆很深刻，顿时对她产生了好感。我对她笑笑，问她："你来加纳多久了？"

她说："三年多了。""做什么买卖？""开餐馆！"她说，"'东方姐妹餐馆'知道吗？"

我看看未有和小楚，他们说："不知道。"她说："就在中国人叫'王府井大街'的奥苏街上，往里走到头，再往左拐进去就到了，很好找。"

我轻声问道："你是西安人吧？""你听出来了？"她很惊讶地说。我说："我也是陕西人。"

她很高兴地伸出手来："老乡！我们握握手。"

我说："你这是来清中餐食材的吧？"

她说："是的，在这开餐馆，食材都要从国内运，一次一个 20 尺柜子，一年要走两趟。"

我说："我们刚来，情况还不熟悉，想买点做中餐的调料买不着。"她说："没卖的，你们人多吗？人少要不了太多，有时间过来，我给你们一些就够了。"

我们三人连忙说："谢谢，谢谢！"

这时又一个中国女孩过来，对她说："姐，都弄好了，走吧！"

我说："这是你妹妹吧？东方姐妹，都见着了！"她说："是的，我妹妹。我们姓王，我们先走了，餐馆见啊！"

她们走后，小楚还没缓过神来："姐姐好漂亮，挺着大肚子还这么美，妹妹和她长得不像，不如姐姐。赵经理，你真行，能听出她的西安口音？”

我说：“她的普通话讲得很好，但是还是能听出陕西口音。”

未有说：“我只能区别出山东和河南的口音，其他的不行。”说话间，我们的清关费也交完了，告诉我们明天来提货。

第二天折腾了大半天，终于将货装上了雇来的卡车上，小楚自告奋勇上了卡车驾驶楼，要和卡车一起回公司，我和未有则坐在出租车上，一起向公司驶去。到了公司，看门的科菲和园林工——一个大个子的中年黑人早已等候在院子里，早上给他们讲好了，和我们一起卸车，每人给 3 美金的报酬。

头天晚上我们已经在别墅的二楼找了一间最大的房间做临时仓库。最先卸下的是 50 把会议室的椅子，这种在国内最常见的铁椅子，化纤布做椅面，看着挺结实，但是据我观察在非洲不一定合适——他们的屁股大呀！椅子不用上楼，就放在了一楼的会客厅里。紧接着是电话、电脑、传真机等一些办公用品。未有和小楚最关心的就是这些，他俩指挥着黑人把东西放在了各个办公室里，就忙碌着检查和倒腾这些旧玩意儿了。剩下的是我最关心的产品了，卡车上有司机和大个子园林工，我和科菲就在车下接着。产品不算沉，先卸下来再往楼上搬。三个黑人一边干活，一边说着他们的当地土语，科菲有时还会在地上扭扭屁股，看着他们乐呵呵的样子，我心想，黑人的生活态度还是很乐观的，不管饭吃得饱不饱，有乐就好。

一箱箱货在院子里整齐地码放着，又一个箱子下来了，看车上两人抬箱子的动作，好像挺沉。我和科菲迎上去接，我还没搭上手，箱子就放下来了，整个箱子重重地砸在了我的脸上，我被箱子砸倒了。科菲用力掀起一头，车上的人连忙跳下来，他们一起把箱子从我身上搬开，我的眼镜被砸掉了，科菲拾起眼镜递给我，还好没有碎。我戴上眼镜，才觉得嘴里在流血，原来是我的上牙一排都被砸错位了。他们扶我起来，我用英语说："没问题，别担心！"我用手慢慢地把错位的牙扶正，跑到洗手间吐了好几口带血的口水。

小楚和未有听说后，急忙跑下来，问我："怎么样？需要去医院吗？"我说："没事，就是牙齿被砸松动了，我已经处理好了。"小楚说："经理，你的嘴已经肿了！这帮笨蛋，把他们的钱扣了！"我说："不能，这不能怪他们，是我大意了。那一箱应该是资料，所以很沉。国内装资料应该用小箱子，起码有个标识，它和产品箱子一样大，这一箱太重了。接着干活吧，不然天要黑了。还要让他们把产品和资料都搬到楼上去。"

写到这，我要交代一下，这次牙齿受伤，影响了我以后十几年的生活，我从一个啃骨头的汉子变成了一个只能吃软饭的废物。当时没有条件治疗，后来先是两三颗牙松动脱落，我利用回国休假期间拔牙并装上塑料假牙，一直到十几年后，经济条件允许，才花了十几万将脱落的牙一颗颗种上。这也是我到非洲后经受的第一次磨难。

尽管受了点小伤，但是货品安全收到，电脑、传真机、电话都能用，而且还有一台不大的电视。

未有和国清商量着明天去电信公司接上电话，还要申请网络，这样就能和总部联系了。

两天后，一切就绪。我们和国内有八小时时差，我一直算着时间，晚上 12 点一过，我就试着用电话和国际市场部联系。

电话那头一个姑娘兴奋地对我说："终于找着你了，赵经理，我们都急死了。"我说："我们一直和总部没法联系，这不刚接上电话，就和总部联系了。"姑娘说："我是国际市场部负责和非洲公司联系的联络员小夏，我是学英语专业的，需要翻译的资料我都可以帮你们做。"我说："太谢谢你了小夏，以后少不了会麻烦你。"她说："赵经理，你们那应该是 12 点多了吧，你快睡觉吧。你把电话放好后，拨到传真上，我有好多文件要发给你，你早上再看吧。以后你们不在办公室就记着放到传真位置，咱们及时联系。”

非洲的早上还是很惬意的，但太阳光照进房间，我们就得起床，因为还没有挂窗帘，不起床就成太阳浴了。走到院子里，看到经过几天不停地浇水，枯黄的草已经慢慢转绿了。院子里有一棵很大的芒果树，虽然芒果结的还不多，但据说品种比较珍贵，所以我每天都会认真地数一数。靠近围墙有一棵芭蕉树，被园林工修理得很整齐，芭蕉叶从树的中间分开，一边九片叶子。还有一棵橘子树，不过结的橘子和国内的不一样，外表看有些小疙瘩。我看到看门的科菲在玩一个好像破了的足球，自从几天前卸货箱子砸了我以后，他就一直躲着我，看到就很紧张。我向他问过早上好后，就进屋了。来到办公室，看到有十几页传真，都是总部各部门的文件，我看到了人力资源部转给我的文件，原来是由老板签发的任命我为加纳公司经理的文件，我看到签发的日期是我来到加纳的那一天。还有许多报表，有财务部的、国际市场部的、人力资源部的等等。我看看摆在我办公桌上的电脑，不知道怎么打开，因为我还真的不会使用电脑。在深圳和新疆当经理时，市场部没有给分公司配备电脑，再加上我以前在国营单位工作时，还没有这些先进设备，所以不会电脑，更不会上网。我心想，马上学，让小楚教我。

正在想着这事，柴未有走进来，他说：“赵经理，还没用过电脑吧？来，我给你开机。”说着，就把电源插上，摁了一下开关，电脑就打开了。他又拿起鼠标，教我点击页面，公司的主页就出现了。

他说：“很快就会了，很简单的。有时间我教你上网，我们需要接上电话线，拨号上网，加纳的网络不稳定，刚上班上网会很慢，晚上再上就会快一些。”

我真有点不好意思，对他说：“好的，谢谢你啊，有不明白的问题，我再向你请教。”他说：“小楚也是来加纳前才学的，他也懂，问我们谁都可以。”他接着问：“赵经理，接替我的人你给总部说了吗？”

我说：“还没有。你确定要回国吗？”

他说：“我想了想，我觉得我去南非比较合适。”

我说：“你坐下慢慢说。”

他说：“老板的脾气我知道，我讲真话他不爱听，而且伴君如伴虎，老在他身边工作肯定不行，我又不是他的亲戚和老乡。你知道我现在的工资是多少？”看我摇摇头，他接着说：“你根本就想不到，我每个月才 1600 块。你是老板拍板招聘的正职经理，在国内在国外都是 2000 块，我比你早到了一年多，比你们少了 400 块。我没法和你比，你是明星经理，但和你一起来的大部分经理水平不咋样，工资都和你一样。小楚是财务经理，工资相当于副经理，月薪 1800 块，也比我高。”

我问他：“那你来时是按照什么职务定级的呢？”

他说：“翻译。我是翻译级别里最高的，其他的翻译都比我少 200 块钱。”

我说：“那你去南非工资还是那么多啊？”“所以，赵经理，我有求于你。”他说道：“你能不能给国际市场部打个报告，建议把我调到南非去任副经理，这样我的工资就可以涨 200 块。”

我说：“报告好写，我写有用吗？”

“当然有用啊！”他说：“你不知道，你的威信挺高的，因为你在深圳工作时，把公司业绩搞上去了，老板多次在大会小会上表扬你。去年集团在海内外招聘你们这些经理时，大部分和老板一起创业的老人都是反对的，因为老板不知道从哪里听到一个什么‘置换理论’，经常讲要在集团内部试验推广。实际上，就是要用你们把这些老家伙慢慢地置换掉。你的突出表现，证实了老板招聘你们的做法是正确的，也堵住了许多反对者的嘴。”

我说：“我对公司内部的事知之甚少，也没机会去接触各色人物。我来公司一年多一直在市场上奔波，操心的都是市场上的事。既然你说我写报告有用，那我就写。南非公司你和他们说好了吗？”

未有说：“南非准备年底开一次经销商大会，老板也要去，他们最缺懂英语的人，而且开会时需要的翻译不少，所以很欢迎我去。我给南非的经理都说好了，如果让我去当翻译，我不去，必须任命为副经理我才去，翻译工作没问题，我会做好的。”

原来如此啊，难怪今天未有对我尊敬有加。我说：“好吧，我一会就写，写好后由你亲自给国际市场部发过去。”

“那好，我先去做早餐，你一会来餐厅吃饭。”说完，未有转身离去。

我拿过传真纸，准备按未有的意见写报告，忽然想起来好像有财务部的什么文件，好像是产品价格什么的，找出来一看，果然是财务部发给加纳公司关于产品价格的通知。我一看，倒吸一口凉气，这哪是给加纳市场的啊？是给美国的我都嫌贵。这肯定不行，这不是做市场，是瞎折腾！我拿着传真，来到餐厅，给正在吃早餐的二人看，他们只看了一眼，就不吃饭了。

小楚骂着说：“娘的，做不成了，咱们集体辞职！”

未有说：“我经常说，总部这些人是猪脑子，真被我又说中了。”

我说：“大家都先别着急，小楚，你一会打电话问问财务部，是不是把给美国公司的文件错发给我们了？”

小楚说：“文件的抬头是给加纳的呀？”

我说：“这样吧，总共十种产品，五种文宣资料，我先提出个建议销售价，你们两个看合适，咱们三个人联名写报告。如果不同意，我会第一个辞职。”

早饭的食欲就这样没有了，我回到办公室，又认真地看了看文件，想了想，决定先打个电话给国际市场部部长。我知道国际市场部经常换部长，而且部长有好几个，不知道今天能找到哪个？电话通了，很快有人问我：“这里是国际市场部，请问你找谁？”我说：“我是加纳公司的赵经理，请问部长在吗？”

对方热情地对我说：“你好！赵经理啊，我是刚上任的王部长。”

我一愣神，女的。她接着说：“我们尽管没见过，但是你的大名我已经听说。今天上午，对不起我说的是国内时间，我和甄总还说起你，他说加纳交给你他最放心。”

我接过话题：“王部长，很高兴认识你。我今天找你，是有很重要的几件事。”

她说：“赵经理，你慢慢说。”

我说：“第一，财务部给加纳公司的产品销售定价你知道吗？”

她回答：“不知道！财务部怎么能单独给一个国家的市场销售定价呢？给市场定价不经过市场部，这不是乱来吗？赵经理，你接着说。”

我说：“新部长果然让人刮目相看，有你在国内把关，我们心中有底了。”

她说：“还不能这么说，我也是刚来到公司的，还正在熟悉情况，你继续反映问题。”

我接过话题：“他们给加纳的销售定价最便宜的降脂茶都要卖到20美金一盒，最贵的螺旋藻要80美金一瓶，这个价加纳富豪也不会买。”

“胡来！”王部长很生气地说：“赵经理，你能够把你收到的文件复印一份发给我吗？”

我说：“我们没有复印机，最现代化的设备就是总部刚发过来的二手传真机。不过，我可以让财务会计想想办法把文件给你。”

“那好，请继续说，赵经理。”

我又开始说下去：“第二，目前给我们配的翻译柴未有要求调往南非，甄总走时答应给我们物色一个接替他的翻译，不知人选确定了吗？”

王部长回答：“很抱歉，今天和甄总还在讨论这件事，坦率地说，一听说派往非洲，基本所有人都会找理由推脱，逼急了就立马辞职走人也不去。我还在想办法，不过，我已经和老板约好一会去见他，我会和他讨论有关这个问题，会有措施的，你再等几天。”

我说：“好的，新人不来，我不让柴未有离开。第三，对于加纳市场的开发，我有一些想法和建议，我不知道能不能将我的想法写个报告汇报给你，请你们决策。”

王部长急忙回答：“这正是我最需要的，希望赵经理尽快给我，我决定不了就去找老板，包括产品定价，你最有发言权。”

我回答：“好的，那我们讨论一下，写好后发传真给你。”

放下电话，我马上叫来了小楚和未有，未有一进门就说：“我们都听到你打电话了，这个新来的王部长是刚从美国回国的，老板让猎头公司高薪挖来，听说有些水平，但是就怕水土不服。”

我说：“我们先讨论一下产品定价的事。”小楚说：“经理，你说定多少，我们都没意见。”

我说道：“本来给产品定价不是我们的事，应该根据产品成本再加上公司经营成本和公司利润来定，这些信息我们都不知道。但是，如果我们不拿出方案，就按照财务部的定价执行，我们只能是打道回府这一条路。我们现在只能根据加纳市场能接受的价格定价，而且这还需要采取一定的营销策略。比如，用销售奖励来刺激市场。我们自己没法去做销售，个体零售只能由当地人做，这是几乎所有国家都会执行的法律。我们让当地人去做零售，可以增加他们的就业，当地政府是欢迎的。问题是怎么让他们把货卖出去，而且我们还能及时收到货款，这是一个要研究的课题。传统生意，需要铺货，就是让零售商先把货拿走，卖完货后再给我们货款。在非洲，这个办法不行，这是我这几天反复考虑的问题。”

“怎么办呢？”小楚说。我接着说：“让他们先把钱打到我们的账户上，我们再给他们发货。”

“这根本不可能！”小楚和未有几乎同时说。

“只有一种可能，”我接着说：“用高额奖金来吸引他们。比如，一盒产品5美金，我们定价10美金，他卖出一盒，就给他奖励5美金，这样他就有可能接受这个方案。”

小楚说：“他卖不掉呢？”

“所以，我们要帮他去卖掉，而且要卖掉很多，这就是我们要做的事情。我这个方案，你们觉得能不能成立？”

未有说：“理论上是可以成立的，关键是怎么帮他能卖掉货。”

我说：“这个问题很复杂，我们以后慢慢讨论，现在先给产品定价，这个问题先要解决。”

小楚说：“我懂了，那产品价格定得高一些，经销商的奖励就会多。”

我说：“是这个道理，但价格一定要合适，低了奖金会少，没有积极性；高了，卖不掉。所以价格很关键。我们先拿降脂茶来说，财务部给的价是20美金一盒，太高，卖不掉。我建议10美金一盒，财务部肯定不会同意给发5美金的奖励，一盒茶的利润没那么高。那就卖出一盒给2美金，两盒5美金，三盒7美金，四盒10美金，以此类推，卖得越多，奖金越高。这里有一个前提是，必须先把货款打到公司账户再提货。不然，这个生意没法做。”

小楚说：“对对对，国内那种先铺货的模式，这里用不成。”

达成共识后，大家集思广益，很快十种产品的价格定下来了。我们还向国内提出建议，希望能够给加纳提供适合当地消费者的产品，具体哪些方面的产品，待我们做完市场调研后再上报。

我来后就知道了，他们在甄总带领下已经去过加纳分管食品、药品及保健品注册的机构了，只是样品没到就没有往下进行，现在样品已经到了，我让他们俩马上去做产品报检的事，这也是一项很重要的工作。

他们刚离开公司一会，天气突然变了，乌云从天边飘过来，紧跟着就是滚滚的雷声。我连忙从二楼跑到院子里，看着天空。果然，有雨点落下。科菲也站在院子里，他把他在草地上晾晒的衣服收走，招招手让我避雨。我几乎天天都盼着下雨，哪能躲开啊，心想只要头顶上不响炸雷，我就不走。正念叨着，雨突然大了，像洒水车突然打开了开关，我已经被淋得全身湿透了，真痛快！我忽然发现，许许多多白色的像飞蛾一样的小动物在雨中乱飞着，它们很快就被雨水浇落在地上，在浑浊的雨水中挣扎。

我这才看清，是长翅膀的蚂蚁，比中国的蚂蚁要大很多。对，白蚁，是它们！我在资料中看到过。非洲的房子基本都是木质结构，所以很容易滋生白蚁，这又是栋老房子，白蚁肯定不少。这场大雨，给这些害人虫带来了灭顶之灾。我淋够了，再淋会感冒，就进了楼。

刚走上二楼，我办公室的电话响了。我拿起电话，还没开口就听见王部长的声音："赵经理，吃午饭了吗？老板和我刚商量完，我给你答复你的问题。第一，你的市场销售策略很好，老板很认可，我们觉得你就根据当地的情况大胆决策。产品价格就按照你们的意见来定。第二，给你挑的人选已经有谱了，这个人和你熟悉，她一会儿亲自和你通话。第三，加纳市场还有什么需求，你及时和我们说，我们一定做好你们的后勤保障工作。"

我说："谢谢王部长！已经很晚了，你们还没下班，辛苦了！"

"别挂别挂！"王部长抢着说："你听，这是谁？""你好！"从听筒里传来一句带有天津味的女声。“能猜出我是谁吗？”我略加思索，脱口而出：“卢布！”

“哈哈，”对方在听筒里笑了。“我来加纳给你当助手，你要吗？”

我说：“不开玩笑的啊，早听说你在国内市场部当副部长了，是不是又调到国际部当副部长了？”

王部长接过话筒：“赵经理，你们给卢燕起外号呀！”我也笑了：“这还不是我的原创，是我们当时在一起培训时，一个同事起的，叫她‘卢布’很吉利呀，这不是钱吗。”

王部长说：“小卢不愿意在办公室待着，听说加纳需要人，马上自告奋勇报名前往，我哪敢做主，请示老板后，老板特批的。”

我突然想起了什么对王部长说：“卢燕是大腕，来加纳我很欢迎，她当正职经理我当副经理。”

王部长说：“那怎么能行呢？老板亲自定的，就当你的翻译，让她好好跟你学习，你带出个好徒弟。”

我说：“那就一个要求：工资和我一样，都是 2000 块。”王部长说：“好吧，我把这个要求汇报给老板。如果老板批了，我就下文件了。”

我说：“越快越好！”

卢燕来到加纳已经是 20 天以后了，办签证需要时间。她的到来，让我们小小地高兴了几天。为了迎接她的加入，我们将一间最好的卧室清扫干净，买了一台落地扇，还买了当地黑人自产的花布给她做窗帘。小楚要给我们男生宿舍也做个窗帘，我说，老爷们不怕看，要什么窗帘。主要是资金越用越少，大家当然都知道。

在这段时间里，我们完成了公司注册的一切手续，办好了营业执照，同时完成了十种产品的报检工作。第一次在非洲做这些事，当时觉得很容易，后来才发现，产品报检是最难的，加纳是我经历过这项工作最容易的国家。

卢燕个子不高，圆圆脸，长得不是很漂亮，但看着就很机灵。她是学护理专业的，本来想去美国留学，但是不知道为什么签证被拒，就和我们这拨人来到了这家公司。因为专业的优势，所以对产品研究得很透彻，能够从医学方面讲解每一种产品在健康保健方面的作用，是公司这方面的专家。

我去基层分公司，她就理所应当地留在了总部，还做了国内市场部的副部长。她的年龄不大，在总部自然会受到许多人的关注，于是有不少好事者嘴下无德。她知道后就不断找老板，要求和我们一样出国工作。先是被派到马来西亚，签证被拒，后又改派到菲律宾，依然被拒，此时各种流言蜚语就开始在总部悄悄流传。幸亏和她一起被拒签的女孩不少，这才让谣言渐渐平息。如果不是听说加纳要人，她肯定会辞职。后来我们得知，那时出国工作的中国人渐渐开始多起来，有些女性就漂洋过海到外国做起了按摩女郎的工作。这种高收入的营生，吸引着一波波想挣快钱的女性前往。于是，只要是还没结婚的青年女性大概率会被许多国家拒签。

卢燕来了，给我带了一部手机，是西门子品牌，还带了几百张总部印制好的英语版产品宣传页。

她说："赵经理你太老实，别的公司经理早都配置了手机和汽车，发达国家都是奔驰。王部长悄悄给我说，只要我们有业绩，她一定会让老板给我们配齐。"

卢燕到了，未有也该去南非了。南非的邀请函早都发来了，办签证 3 天就可以拿上。那时候中国护照到非洲这些国家容易，再从所在国去别的国家是有些困难的，有的国家必须要你回护照签发地申请，有的国家就没有这些限制。加纳是个包容性很强的国家，来加纳的外国人只要有正当的理由，就可以从加纳申请到别的国家的签证。相比较其他非洲国家，加纳的外国人还真的不少。

神奇的降脂茶

未有去南非了，我们三人开始正式面对市场。从哪入手呢？卢燕说：“经理你肯定早都有谱了，快说说吧。”

我沉吟一小会儿，问楚国清：“小楚，你去银行了好多次，发现什么了吗？”

他说：“没有啊？一切正常啊？”

我说：“银行的职员穿的什么？”

他说：“都是深色西服，白衬衣打领带。”

我说：“这说明什么？”

卢燕说：“说明他们要求很严格。还有福利不错。”

我说：“起码能看出来从事银行这个职业在这个国家收入不错，他们的服装肯定是银行发的，工资也应该有保障。国清，你接触了好几次行长，觉得行长怎么样？”

国清说：“行长太胖了，坐到椅子上就是一团黑。”“哈哈。”卢燕笑了。

我说：“卢燕该你上场了！”卢燕看看我，“你是不是让我给他讲降脂茶呀？”“对呀！”我还没开口，国清就接上话了。

我说：“目前我们对这个国家的情况还了解不多，银行是我们唯一可以入手的单位。尽管我们也和卫生部、注册局的官员有过接触，但不可能像银行那样会经常打交道。我们去存钱，他们是欢迎的，态度也不错。所以，可以从银行行长入手。能不能让行长成为我们的客户，没有关系，主要是从他那里找到一些开发市场的灵感。卢燕这么一个楚楚动人的东方美女，又说一口流利的英语，又懂医学，行长会和你一见如故的。”

国清说：“经理，你这是用的美人计呀？”

卢燕说：“你别说得那么难听。不过和行长打交道我还是有信心的。在大学里，我们也接触过非洲的留学生，黑人女孩对中国女孩很喜欢，她们问得最多的问题是你们的头发是怎么长得那么长的？我可以给行长讲减肥的方法，喝降脂茶会有效果的。”

大家你一言我一语，群策群力，很快就制定了给行长怎样讲解保健知识的方案。我们去先带一盒降脂茶，让他现场品尝一下茶的味道。我们知道非洲人不喝开水，行长的办公室肯定没有开水，怎么把茶泡开呢？所以要先买一个小的电水壶，再带上公司的资料。

第二天，我们如约来到行长办公室。

大胖子行长一看到卢燕，非常高兴，他欢迎卢燕的见面礼节先是吻手，又是贴面，还想拥抱。卢燕不卑不亢地接受了他的问候，告诉他，很高兴认识他。卢燕说：“行长先生工作繁忙，事业有成，家庭幸福，是我们在加纳认识的第一个成功人士。但是先生我发现你的健康可能存在一定的问题。”

行长急切地说：“我太胖了，我们加纳很多人都和我一样，太胖。”

卢燕说：“现在科学发达了，有许多可以减肥的方法，你愿意试试吗？”

行长略加思索，关切地问："你们今天是专门为我而来的吗？"

卢燕说："我的经理先生带我们来，首先是谈合作，我们公司还没有正式开业，开业后会有源源不断的资金进入我们的账户。我们发现加纳有太多的银行，所以想先考察一下，确定一个能够长期合作的伙伴。"

行长说："客户对银行进行考察很有必要，尤其是你们外国人，一定要选择可靠的银行。加纳有十大银行，我们巴克莱加纳银行一直排名第一，我们的总部在南非，在加纳有 50 多个分行。关键是我们银行有丰富的为外国客户服务的经验，每天存取大笔现金不用在大厅排队，而是有一个专为外国重要客户提供服务的 VIP 通道。如果你们不方便来银行办理业务，我们还可以上门服务。"

听到这里，我心中很是欣慰，如果他说的话能够兑现，那我们选择这家银行绝对是正确的。以后的事实确实证明了这家银行靠谱，当公司的业务迅速发展，每天收到的现金需要用汽车拉时，我想起了他的承诺，给他打电话，他们马上派出了运钞车，还带来了四台点钞机，直接在我们公司现场点钞收钱，保证了资金的安全。不过，这是两年后才发生的事。

我们和行长交谈甚欢，卢燕已经发现了行长的饮水机有热水开关，只是他们从不使用，她打开了电源，开水已经准备完成。

卢燕对行长说："为了感谢先生，我们今天也给你带来了一个小小的礼物，希望你能喜欢。"

行长全神贯注地盯着卢燕，好像在欣赏魔法。卢燕拿出降脂茶，打开包装，将一小袋茶放进一次性水杯里，加满开水。

她对行长说："你知道中国的医学吗？"

行长说："我在英国上学时，听说中国有一个古老的治病的方法，不过，没有见到过。"

卢燕说："我学的专业和中国的医学有联系，所以知道一些。你的问题是太胖，你的血压是不是也不正常啊？"

行长说："没有经常去医院检查，以前是偏高的。"

卢燕说："问题就出在你的肥胖上，你的血压、血脂都会是偏高的。我今天要让你喝的这不是药，是中国茶。"

行长急忙说："我知道中国茶，和中国功夫一样有名，不过没喝过。"说着，就要过来拿茶杯。

卢燕连忙说："不行，太烫！等凉了后再喝。"

恩克努玛陵墓

在卢燕的指导下，行长小心地喝了一口，我们看到他稍稍皱了皱眉，接着他笑了："这个味道有点怪，从来没有喝过这种味道的饮料。"

卢燕说："这里面有我们中国的好几种中药，这些药几百年、上千年前就被我们的祖先发现了，一直用来治病。先生，你觉得这个味道可以接受吗？"

行长说："如果来治病，当然可以啊，起码比药的味道好。"说着，就一口把茶喝下去了。

卢燕又加上了开水，对行长说："这袋茶你这种水杯可以冲泡五次，一直到水没有颜色为止，一天冲泡两袋，坚持下去，肯定会对你的身体有改善。"

行长问："你们公司就是做这个生意的？"

卢燕说："我们公司是生产和销售保健品的，这里有我们的所有资料。"国清将我们公司的所有资料都已经装在资料袋里，就把袋子递给了行长。

卢燕说："我们目前先在加纳销售十种产品，其中有降血脂的、有补钙的、有补锌的、有增强免疫力的，还有软化血管的等等。很多产品对于行长先生，都是有帮助的。”

行长拿起降脂茶，问道：“这盒降脂茶多少钱？”

卢燕说：“10 美金。”“我的天呀！”行长惊讶地瞪大了眼睛。

卢燕说：“这盒降脂茶有 20 袋，你可以使用十天，一天 1 美金你觉得贵吗？关键是它是帮你改善身体健康的，长期坚持喝下去，你的身体健康了，你就觉得这 1 美金花得值。还有，如果你觉得这个降脂茶好，你可以推荐给你的朋友，让他也买着喝。你朋友买一盒，我们会给你奖励 2 美金，如果买四盒，你就可以得到 10 美金的奖励，就等于这盒茶你是免费得到的。”

行长毕竟是专业人士，很快就把账算清了。他笑着说：“如果这个降脂茶真有用，我可以给我的朋友们推荐。我可以先给我的夫人推荐，让她买着喝。”

卢燕也笑着说：“你应该把这种茶当礼物送给夫人。”

行长说：“她比我有钱。她在那个最大的集市里开了好几家布店，生意很好。”

我插嘴说：“行长先生，我们去过那家集市，好大的，我们进去会迷路的。”

行长笑了：“那是加纳最大的集市，也有人说是西非最大的，你们发现没有，那里开店的都是妇女。”

我们说：“是的。”行长说：“那是加纳政府专门制定的法律，只允许妇女在那开店，政府希望她们走出家门去工作，所以租金和税都很便宜。”

原来如此啊，我和国清点点头。卢燕说：“有机会要带我去逛逛。”行长马上说：“我带你去。”卢燕说：“谢谢先生。今天我们就把这盒降脂茶给你留下，你就买了吧。”

行长哈哈笑着，没有说话。我连忙说："不用。"我指着卢燕说："她是和你开玩笑的，这盒降脂茶我们送给你，不要钱的。"

行长一愣，马上从座位上站起来，握着我的手，连忙说："谢谢，谢谢！"又拿起那杯早已凉了的茶一饮而尽，说道："不错不错！"并竖起了拇指。

我对卢燕说："你把说明书拿出来，再给行长先生讲讲怎么泡茶，一定要让他用开水泡，每天喝几次，每袋茶冲泡几次，要说得仔细点。这盒茶喝完后，让他记着给我们打电话，把我们的电话号码留给他。"

我们去电信局把卢燕带来的那部手机办了入网手续后，就有了当地的号码，为了和外界联系，手机我就给了卢燕。

回到公司后，我们坐下来总结今天的行动，一致认为是成功的。

我解释说："为什么不要行长付款，因为如果行长不愿意付款，大家今天就会很僵，即使行长勉强付了10美金，估计也就会到此结束，没有下一次了。我们免费提供，他一定会珍惜这次机会，坚持把茶喝完是大概率的事。只要他喝完茶，就会来找我们，因为他们从没有接触过中草药，几天后身体一定会有反应。不像我们中国人，从小到大我们的饮食中，有太多的中草药成分，我们自己的身体都麻木了，而他们不一样。我保证，他今天回家就会和他夫人说今天的事。和中国人打交道，估计他也很少，而且他还近距离地和我们东方美女亲切交谈，他一定不会忘记卢燕的。"

卢燕说："经理，你的分析是对的，我们相信。不收钱比收钱的效果要好很多。不过，今天我想起了一件事，就是我们每个人都要印名片了，经理和国清需要有一个英语名字。"

国清说："我已经有了，刚到加纳，柴未有就给我起了个英语名叫'凯文'。"

卢燕说："很好的名字。赵经理呢，有名字吗？"

我说："还没有，不过在大学读书上英语课时，读到过瑞士威廉退儿的故事，记忆深刻，那我就叫'威廉'吧。"

"太好了！"卢燕接着说："我的英语名字叫'卢娜'，月亮的意思。那我们的名片就印上我们的英语名字，以后我们在客户面前就用英语名字来互相称呼吧，你说呢？经理。"我和国清当然完全赞同。

我看看手表，已经是下午 4 点了，晚饭还没有着落。今天的事情还算顺利，大家心气也高。我说："晚上我请客，咱们去吃顿中餐。"国清说："经理，是去那家'东方姐妹'吗？""对！"我说："大家准备一下，十分钟后出发。对了，国清，好像你说过，恩克鲁玛的陵墓就在奥苏附近，我们先去那看看，然后去吃饭。"

出租车很快就打上了，在去奥苏街的沿途，国清侧过身子给身后的卢燕讲我们和"东方姐妹餐馆"两姊妹认识的经过，我则全神贯注地欣赏沿途的景色。我们周边是比较整齐的一排排房屋，还看到了几个叫不上名字的大使馆，他们的国旗从没见到过。

国清一边给卢燕比划着，一边给我介绍："你们看，那边就是英国大使馆，据说中国大使馆离咱们住的地方也不太远。这一片都是富人区，街道比较整齐，行人也不算多。当地人出行坐那种小巴的挺多，和我们国家招手停差不多。有时候，能看着白人也坐在小巴上，而且还是漂亮姑娘。一个人坐在黑人堆里也不怕，也不嫌黑人身上的味道。"

说话间，远远的看到了一个高大的大理石建筑群，这就是恩克鲁玛陵墓。汽车缓缓开到离陵墓不远的地方停下来，我们三人下了车，来到陵墓前，默默瞻仰着恩克鲁玛的塑像。塑像后面就是陵墓。造型奇特的灰褐色大理石拔地而起，好像在拱卫着恩克鲁玛。陵墓的四周，绿树和草地环绕，两边还有黑人雕塑，站在清澈的水中。对于这位传奇人物，我早在学校的历史课本上就有所了解。在黑非洲，他是最早的独立运动的倡导者和践行者。恩克鲁玛青年时期就出国留学，在美国和英国就读。他先后学习了经济学、哲学和法律，他是一个狂热的左翼革命家，深受英国共产党领袖人物的影响。回到加纳后，积极投身社会活动，组建政党。由于旨在推翻殖民统治，被英国总督逮捕监禁。恩克鲁玛主张用和平方式参选，他利用宪法赋予的权力要求英国总督允许他在监狱里参选。我读到的书里记载，当时的英国派驻加纳的总督克拉克同意让他参选，没想到恩克鲁玛创建的政党一举拿下议会的大部分议席，恩克鲁玛以绝对领先的优势取得了选举的胜利。这让英国总督克拉克十分为难，释放恩克鲁玛，等于放了一个恶魔；不释放，民意难违。克拉克还是选择了民意。这种戏剧般的情节，和1994年南非黑人领袖曼德拉参选总统时非常相似，在当今的国际政治关系里很难再看到了。恩克鲁玛的独立梦想实现了，他于1960年就任加纳第一任总统。上任后，他决定遵循共产主义的理想，要让加纳变成非洲民族解放的中心，促进全非洲的统一。但加纳的经济本身还十分落后，资源依然掌握在殖民者手中，穷富差距愈来愈大，社会矛盾也会越演越烈。在他任职总统期间，军人利用他出国访问的时候，发动了军事政变，恩克鲁玛被推翻。以后，他一直流亡海外，直到病逝。加纳人们纪念他，是因为他带领加纳人民结束了白人的殖民统治，他不愧为加纳共和国的缔造者。

参观完陵墓后我们继续乘车前行，十来分钟我们就来到了被中国人称为“阿克拉王府井大街”的奥苏。我们给出租车付完了车费，准备随便逛逛。2000年的时候，中国也还不发达，但是像奥苏这样的街道，在偏远的大西北也比比皆是。街道并不宽敞，映入眼帘的是一幢有蓝色玻璃幕墙的楼房，整幢楼应该不到五层，走近一看，我们都乐了，原来是我们上午刚刚去过的巴克莱银行奥苏分行，这可算是加纳最好的建筑了，因为我们再没见过有玻璃幕墙的楼房。再往前走，就看到一个名叫“王朝饭店”的中餐馆。

国清说：“甄总每次带我们吃中餐都是来这里，这是加纳最好的中餐馆，这里曾经接待过许多重量级的喜欢中餐的贵客。餐厅是中国香港人开的，大厨也是中国香港人，价格特贵。”

继续前行，就是一排排的街边摊贩了，他们的摊位，基本堵住了在他们身后的一个商店，这个商店的招牌可是专卖进口商品啊。看来生意不好，摊贩堵门也没人出来交涉。看到我们过来，马上就有黑人拿着各种商品向我们兜售。我们依次走过，发现有象牙制品、香水、皮带、拖鞋、饰品等等，真是琳琅满目。我们没有购物欲望，就没有停留。忽然，传来一声“师傅”，我们都不由自主地停下脚步，只见一个黑人小伙笑盈盈地看着我们。他又说了一声：“师傅！”

卢燕问道：“你会说中文？”他说：“会！”卢燕很惊讶：“去过中国？”他说：“没有。”“还会说什么？”卢燕又问道。“对对对，”他说：“还会一句：‘功夫’！”围着我们的黑人都笑了，我们也忍不住笑了。

卢燕问他：“怎么学会的？”他原原本本地向卢燕讲了学会这两句中文的缘由。原来，加纳一家著名的电视台正在放中国的动画片《西游记》，是中文原声加英语字幕。给孙悟空配音的演员嗓音很特别，孙悟空一见唐僧就叫“师傅”，这个词他就记住了。后来，又听到孙悟空说“功夫”，所以他就学会了这两句，什么意思他并不知道。卢燕认真地给他们讲了这两个词的区别，他们很开心地冲着我们一起喊了一声“师傅”！我们挥手和他们告别，我感叹地说：“多可爱的小伙子啊！”

继续前行，街道变窄，原来奥苏已经到底了。左边有一条岔路，路面不算太宽，但还算是街，因为有零零散散的商铺。

我们要找的“东方姐妹餐厅”，豁然在目。

东方姐妹餐厅

餐厅正面有一个拱门，中英文的“东方姐妹餐厅”就镶嵌在拱门上。走进门内有一个停车场，大约能停五六辆车。餐馆的门虚掩着，门口挂着中英文的“正在营业”的牌子。我看看手表，现在还不到6点，吃晚饭是有点早。既然来了，就进吧。我们刚一推门，一个穿着旗袍的黑女孩从柜台后面迎过来，由于没有开灯，室内光线有点暗，她一起身，把走在前面的国清吓了一跳。灯亮了后，我们看到，这个黑姑娘身材不错，起码不太臃肿，穿着旗袍也还显得凹凸有致。餐厅不大，也就是十来张餐桌。现在还不是饭点，所以餐馆没有客人。她引导我们落座后，放好茶杯，倒上茶水，把菜单递给我们。

我说：“会说中文吗？”她说：“一点点。”我说：“请把你的老板叫来。”她回答：“好的，请等一等。”然后就进了里面。几分钟后，门帘掀开，一个熟悉的身影走过来，生完孩子、恢复身材后的王老板身着豆绿色的旗袍，明眸皓齿，楚楚动人，不施粉黛的脸上洋溢着慵懒的笑容，看起来她正在休息。

她看到是我们，马上就认出来了，一边向我们走来，一边说：“老乡，欢迎欢迎！”她首先问道：“还有一个小伙子呢？”我说：“他调到南非了，”我指指卢燕：“总部又给我们派来一个。”

“你好！”她和卢燕互道问候，卢燕赞叹地说：“耳听为虚眼见为实，你比他描述的漂亮多了。”她朝国清努努嘴。国清的脸都红了，说：“我是小地方来的，没见过世面。”

王老板笑眯眯地听完了这些恭维话：“你们太会说话了。我第一次在特码港见着你们，就觉得你们和刚来的不一样。”

我问她：“一般客人什么时候最多？”她说：“8点左右。这里天黑得晚，当地人下班后一般会先回趟家，然后再出来吃饭。吃一顿饭一般需要两三个小时，然后再去酒吧，或者去酒店喝喝啤酒，听听歌什么的，睡觉也很晚。”我说：“你陪我们聊天，不会耽误你生意吧？”她说：“不会！”

我问她：“加纳有多少中国人？”她说：“大使馆统计的不到一万人，但实际上应该不止。有很多中国人不在阿克拉，他们在北部的一些地方，主要是挖金子的，这些人基本都来自广西。还有一部分在北面的库玛西，特码港也有。我记得你们上次说，你们是做保健品的？”

我说：“是的。我们总部和生产研发基地都在南方，到非洲来我们三个都是第一次。你在加纳三年多了，以后许多事情还需要你多多关照。”

她说：“都是中国人，不客气。我还真没听说中国人里有做保健品的。不过，我觉得这个生意蛮难的。你们现在都理顺了吗？”

我说：“刚把公司注册和产品报检的工作做完。”她又说：“你们也别着急，慢慢来，加纳的货币贬值得挺厉害的。不过这个国家对中国人还是挺友好的。我来加纳也是很偶然的。我从小学到大学就没有离开过西安，大学毕业后被分到西安飞机制造厂，因为学的是英语专业，加纳这里有援外任务，就被派到加纳工作了，结束后没有回国就留下来了。”

卢燕关心的是她的宝宝：“宝宝刚满月吧？”

她说：“快两个月了。我的事加纳大部分中国人都知道，我也不瞒你们，我来加纳前和国内的老公离了婚。我和前夫有一个儿子，儿子今年要上小学了，我妹妹把我儿子带到了加纳，准备在这读书。我这个老公是当地黑人，他有一半英国白人血统，我和他结婚生娃，主要目的是要举家移民美国，如果不结婚不生娃，根本没机会，美国每年给加纳有举家移民的名额，需要摇号。”

卢燕问：“宝宝是男孩还是女孩？”她说：“女孩。”卢燕连忙说：“肯定长得和你一样漂亮！”王老板叹了口气：“长得像他，一点不像我。”沉默了一会，她说：“你们是来吃饭的吧？想吃什么，给我说，菜单上没有的也行，只要有料，就给你们做，大厨是我妹夫，我妹妹也在。”我们连忙说：“谢谢，谢谢！”

我们开始研究菜单，王老板又走过来，每人给我们一张名片，她说：“我叫王倩倩，一个很俗的名字。我肯定比你们两个大，你们就叫我王姐，赵经理你就随便叫我都成，叫我妹子也行。”我说：“我哪有这么好的福气，有这么好的一个妹子。不过，以后真少不了会麻烦你。”

菜还没选好，又有客人到了，是两个中国人。国清一见到他们，连忙站起来打招呼：“刘大哥，李大哥！”他们两人也看到了国清，热情地走过来。其中一位看到我和卢燕站起来相迎，连忙过来握着我的手说：“新来的赵经理吧。我是河北药业的老刘，他是老李。”并对卢燕点点头。我们几人握手问候，然后坐下。

我说：“早都听说过你们，甄总走时还特意关照，让我们去拜访你们，今天相见恨晚啊。咱们今天就坐在一起，我代表甄总请客。”

正在互相推让，王倩倩走过来，指着老刘老李说：“他们可是加纳的老人了，来加纳也有两年了吧，你们都别客气了，今天这顿饭就让老刘和老李请。”

我连忙摆手：“不不不，一定要我们请，这是必须的。”我又对王倩倩说：“老乡，我今天给你付美金，我们没有带太多的塞地，那玩意儿太不值钱，一出手就是几十万，吃顿饭要背个大包装钱，太麻烦。”

王倩倩说：“大部分客人都是记账，一月一清，开支票结账，哪有背现金的。不过，你给我付美金我最开心，换美金不容易啊。今天你们五个人，你就付 50 美金，随便点随便吃，啤酒管够！”

这是我几个月来吃的最好、最多、最痛快的一顿饭，多年不喝酒的我，今天也破例喝了一瓶当地的星牌啤酒。关键是和王倩倩、老刘、老李他们这些对加纳如数家珍的朋友们边吃边聊，让我们对加纳以及非洲有了更深刻的认识。我就不同的问题分别向三位请教，心中默默地策划着公司经营的方案。他们三人都有一个共同的建议，要我们买辆车，做市场没车怎么做？

不知不觉已经是晚上 10 点了，我们向王倩倩告辞，在老刘老李的一再坚持下，搭乘他们的双排座回到了家中。到家后，我让其他人休息，我又进了办公室。看到了总部的传真，要求我们报本月的业绩，并预测 12 月的业绩。我猛然想到，今晚吃饭他们三人告诉我们，12 月 7 日是加纳四年一次换届选举总统的日子，要我们提前准备好生活必需品，在那天不要外出。我记得很清楚，王倩倩说最近餐馆当地客人少，估计选举对他们很重要。我认真填好了表，当月业绩依然是 0。下月，我大胆预测应该有 500 美金。此刻，我好像已经沉浸在收到 500 美金的喜悦中。我不由自主地对自己喊了声：“加油！”然后回到宿舍，躺在床上做起了美梦。

次日一早，我对他们两人说：“今天和行长约定的十天已经到了，不管行长来不来电话，你们两人都在银行开门的第一时间就去见他，问问情况。你们再带几盒产品，我想他今天会买的。”

国清对卢燕说："经理昨天太兴奋了，今天还没醒过来。"卢燕说："我同意经理的判断，今天会有收获，咱们准备出发。"国清又说："我估计没戏。"我说："如果今天有收获，国清回来把面条压出来，如果没有，我来完成。""一言为定啊！"国清大声说。

他们走后，我打开电脑，拨号上网，在网上搜索加纳库玛西的资料。这些天，没有太多的事情要做，我就向两个年轻人请教使用电脑，好在我还不太笨，很容易就掌握了，只是打字比较慢，也没人笑话我，我就这样用"一指禅"的手法简单地用起了电脑。

库玛西，加纳的商业中心，离阿克拉 200 公里。据说阿克拉到库玛西的道路正在扩展，很快就会竣工，那时也就两个小时的车程。我准备尽快去趟库玛西，看看那里的情况。

网上也没有太多的消息要看，我就下线，把线路连到传真上，来到了厨房。我已经研究出了一套在塑料桌上固定压面机的办法，一个人就可以压面条了。昨晚我也问了他们关于当地面粉的事，他们说，在集市上买的面都掺有木薯粉。加纳政府有规定，面粉必须掺木薯粉，就像我们中国规定食盐里必须加碘一样，这是为了保证当地人的营养需求。加了木薯粉的面，没有了黏度，和面揉不到一起，包饺子，擀面条都不行了。亏了我们买了一个压面机，还能压出面条来，不然这些面只能搅糊糊吃。他们吃的面，都是从中国运来，国内发货时，装几袋就够了。不过，还要告诉国内，给买个筛面用的筛子。从中国运来的面，基本都会生虫子，打开面袋子，虫子就会爬出来，每次吃的时候，一定要先把虫子筛掉。想想昨天吃的面条和馒头，都是长满虫子的面做的，心中肯定会有触动。所以，这是昨晚最后才谈到的内容。那时候，我们的大脑都已经被酒精麻痹了。

临到中午，他们回来了，看到他们兴奋的表情，我心中有数了。在办公室坐定，他们二人你一言我一语讲述了全过程。

行长一见到他们，就先把他们带到了会议室，让他们先等等，行长就出去了。他们二人心中很是不安，这是什么意思？

不一会，行长就带领七八个黑人进来了。行长说："这些是我的同事，都是我们这个行的职员，他们都喝了你们给我留下的茶，今天你们带茶了吗？他们一直在问我要，我没有了，好在你们今天来了。"

卢燕说："大家好，喝完茶后，有什么反应呢？"

第一个女士马上说："我肚子咕咕响，上了好几次厕所。"

另一位女士说："我喝了茶后，感觉口很渴，喝了很多水。"

一位男士说："以前没喝过这种饮料，都在说，中国茶很神奇，我们家里的人和我的朋友也想尝尝。"

行长说："我给我的夫人拿了几袋，给她用开水泡好，凉了给她喝，她觉得太神奇了，问我能不能减肥？"

卢燕说："这种茶主要是降血脂的，当然对减肥有作用的。目前减肥的方法还是需要从控制饮食入手，加上适当的运动。血脂高很容易导致其他疾病，比如动脉硬化、头晕、胸闷，甚至引起高血压和糖尿病。长期服用我们的降脂茶，一定会对你们的身体有好处。"

还有一位女士说："为什么你的身材就那么好？我能不能也变成你那样？"

大家都被她逗笑了。卢燕说："我们中国人的饮食结构和你们不同，你们如果能够养成好的饮食习惯，一定会比我更漂亮。"

行长说："带产品了吗？快拿出来吧！"

国清不知道应该怎么回答，看了看卢燕。卢燕对行长说："先生，上次说好的，那一盒产品是我们经理送你的，这次不会再免费的，你们要产品，有，但要买！"

行长用当地话给那些同事讲了一会，他们都走了。行长说："我记得你们说，买一盒 10 美金，买四盒 40 美金，再给我返还 10 美金，是吗？”国清说：“是的。”

行长掏出 50 美金：“我买四盒，你给我退回 20 美金。”

国清对卢燕说：“我给他讲公司的销售政策，你给我翻译。”卢燕说：“好的。”

国清给行长解释，需要先把 40 美金给我们，我们给他四盒茶，返还的 10 美金下个月才能给他。

行长问：“为什么？”

国清说：“我们公司坚持和你们长期合作，准备在加纳帮助讲信用、有诚信的朋友开专卖店，专门销售我们公司的产品。为了帮助当地的朋友把这个生意做起来，我们定下了规矩，先付款，再给货。产品销售业绩一个月一结算，按照比例付给报酬，而且还有详细的促销奖励方案。具体情况，请行长先生到我们公司去了解。

“如果不这样做，这个生意就无法进行。你知道的，在加纳收货款是多么的不易，何况塞地还在贬值。目前 1 美金我们是按照 5500 塞地计算的，给你十盒茶，你一个月以后给我 55 万塞地，这些钱也许那时候连 80 美金都换不回来。”

行长点点头，他说：“你们能帮我夫人开个你们的专卖店吗？我们也像你们一样先收货款，再付货。”

国清回答：“没问题。”

就这样，我们今天收到了 40 美金货款。听他俩讲着，我也很高兴，毕竟这是第一笔收入啊。不过，这也提醒了我，我们还有许多工作要做。比如：销售表格需要设计，印刷；培训室要尽快准备好，要和总部联系，尽快给我们专门制作加纳版的业绩计算软件等等。

我给他们说：“加纳大选很快就开始了，我们这一周尽量少出门，就在家做开业的准备工作吧。国清你和财务部联系，就表格、销售软件、业绩计算这些问题请求总部支持帮助，卢燕认真考虑产品和销售培训的事情，我想想怎么开设专卖店，还要制定一套专卖店的管理规定。买菜就让科菲帮我们在附近小店里采购吧。这样安排，你们觉得行吗？”他们二人完全同意。

国清叹了口气：“我输了，我下去压面条。”我和卢燕笑起来。我说：“你下去不是压面条，而是去煮面条吧！”真的？他们吃惊地朝厨房跑去。

只有50美金预算的PARTY

一周的时间很快过去了，2000年12月7号，是加纳大选投票的日子。一大早就看到科菲和大个子园林工穿着民族服装上街了。我们把大门从里面紧紧锁好，聚集在我的办公室看电视。加纳电视台没有现场直播，是CNN在现场直播加纳选举的实况。可以看到，在许多投票点，人们热情高涨，不同的党派都有不同的选民在摇旗呐喊。黑人的天性在这一天被完全释放，所有的人几乎都穿着不同的民族服装，唱着，跳着。投票点都有警察值守，大家秩序井然，没有发生大的混乱场面。尽管有好几个总统候选人参选，但呼声最高的只有两人，一个是现任总统罗林斯，还有一个就是最大的反对党领袖库福尔。罗林斯是军人出身，从1982年起就开始担任加纳的最高领袖，1992年加纳开始选举总统，至今他已经连任两届，这次是第三次谋求连任。反对党领袖库福尔律师出身，曾在罗林斯总统的内阁里担任部长，他的政党以库玛西为基地，拥有许多工商业者的支持。这次大选，究竟谁能当选，结果很难预测，但大部分舆论看好罗林斯。

次日，选举结果公布，所有的候选人票数都没有过半，罗林斯和库福尔是得票最高的两位，选举委员会根据宪法宣布，于12月28日再次投票，在罗林斯和库福尔之间选出这一届的总统。

眼看还有几天就到新的一年了，我心中的理想业绩500美金还没有着落，怎么办呢？我们三人商议，还是从银行行长这里入手。我问卢燕：他的夫人不是想开专卖店吗？你们和行长约一下，请他们到我们公司来谈谈。

卢燕和国清马上就联系上了行长，并约定两天后到公司来谈谈。于是，我们马上着手准备。卢燕负责将会客厅布置成会议室，将电视机放在会议室里，播放公司的影像资料。国清带科菲去买几个吊扇，找电工安在会议室里。我让卢燕问一下科菲，能不能找几个他的朋友来，和行长及其夫人一起参加活动。介绍完公司和产品后，我们一起开一个派对。

科菲听完，笑得合不拢嘴。连忙说："有的有的，都住在附近。我的一个哥们有专门开派对的音响，让他明天就拿过来调试好。"

我说："我们现在还没有开业，没有更多的钱来租赁音响，如果免费就行，收费就不要了。"

科菲说："不要钱，你们开派对，要买些啤酒饮料，他有一瓶啤酒就行了。"

我说："这么好啊。还有，不能只有男的，还要有女的，最好是姑娘。"

科菲指着对面不远处一栋别墅说："这栋别墅住的是加纳最著名的球星，一直在欧洲踢球，他一回来就会在他家开派对，每次都会邀请附近的年轻人参加，没漂亮姑娘谁去呀。"说着，就咧嘴笑了。

经过一天的准备，公司初步具备了接待经销商的能力。新买的四个吊扇在屋顶欢快地转着，我看工作的状态比阿克拉国际机场的要好，起码吊扇的轴不是歪的。一楼的会议室摆放着50把从中国运来的椅子，尽管是旧的，但也比当地人用的塑料椅子洋气。新买了一台饮水机，放在大厅里。大厅中间摆放着电视机和影碟机，播放着制作精美的影像资料。一个字正腔圆的英语播音员介绍着公司生产基地、办公大楼、全球分支机构，和公司的各类产品。十种产品也专门摆在了一起，还有公司的各种文宣资料。我让科菲叫来了园林工，让他再整理一下花园，一米八几的大个子园林工拿着一把一米多长的弯刀就来了。我认真地看着他，心想这老兄要做什么？只见他来到草地上，侧身躺着，用长长的弯刀砍着青草，他就用这种姿势，不断挪动着，不一会就把整块草坪修整完了。他又搬来梯子，开始修整树木，依然是这把弯刀，代替了我们中国工人的剪子、锯子和斧子，真让人不可思议。

国清过来找我，问明天买什么饮料，我让他自己做主，反正就50美金，要买面包或者小吃，啤酒、可乐和芬达。

再用厨房的电茶壶，烧好开水，泡一盆降脂茶，早点泡好，他们来了正好饮用。这些吃的喝的，明天准备，他们说的是上午10点，估计要接近中午才会到，啤酒和饮料要冰的。

第二天一早，科菲和他的朋友就把音响搬到花园，好家伙，他们是要用音响搭一堵墙啊！我真担心，这家伙要响起来，还不把耳朵震坏了？我叫来卢燕，问她带没带中文歌曲？能不能让小哥放几首中文歌？卢燕说："太好了，我带的有邓丽君。"不一会，小哥调试好音响，轻柔的邓丽君就在院子里飘响起来。原来，小哥的音响不只是高音，更多的是低音，但是我还是觉得邓丽君在他的音响里一放，多少都有些变味。

万事俱备，只欠东风。东风也没有让我们等得太久，不到11点，行长的车开进了大门。我们迎了上去，行长下车后，先和我们招招手，然后就去开车门，他的夫人下来了。行长夫人身着加纳传统民族服装，头上顶着一个特别别致的包头，这个包头据说讲究很多，都是中年妇女在出席重要活动时的刻意头饰。我们和行长及夫人握手问好。

行长说："对不起，我们迟到了一会，我的夫人特别重视这次会面，光打扮就用了一个小时。"

卢燕说："还担心找不到路呢。"行长说："你们住的这地方加纳人都知道，因为你们旁边就是我们加纳的英雄，著名球星啊。"

管理音响的小哥看到我们打完招呼，就把音乐声稍微放大了一些，邓丽君那轻柔曼妙的歌声就在院子里萦绕。行长和夫人一听这音乐，就连忙赞赏，中国音乐，太好听了。夫人一看就是有钱人，拿着精致的手包，戴着金灿灿的戒指和项链。

行长端详着整幢别墅，看到整齐的花园，赞叹道："很不错的房子。"我说："是租的。"

他说："那肯定的，你们外国人一般是不会买重资产的。就是租的，也很好啊，租金很贵的。"我把客人们让进了会议室，落座后卢燕就给每人端上了早已放凉的降脂茶。

行长说："夫人喜欢这种味道，她要和你们合作，专门卖这个东西。"

夫人说："我妹夫是开诊所的，在英国读的医学，在阿克拉开诊所好几年了，客人很多生意很好。你们中国人的保健品我还是第一次看到，我想多了解一下。"

我说："好的，先请我们的卢娜小姐给你们介绍一下情况。"

正要开口，国清说："对不起，我们刚印好的名片，经理忘记发了。"我尴尬地笑了："确实忘记了，因为你们是第一拨客人，我都把名片的事忘了。"行长和夫人接过名片，"威廉"，行长先喊了一声我的名字，又接着叫"卢娜""凯文"。

卢娜打开了电视，开始播放总部的宣传片。我刚要站起来给客人倒茶，突然发现门口站了好几个黑人，原来是科菲的朋友们来了。我起身去招呼他们，让这几个小伙、姑娘也坐下听听。

公司的影像资料播放完了，夫人拿起了我们的产品端详着。她问我：“你们知道美国的康宝莱公司吗？”

我说：“知道，美国的一个很有名的保健品品牌，今年刚在中国建立了生产基地。”

夫人说：“我妹夫从英国带回了康宝莱不少产品，在他的诊所卖，生意很好。”

我一听就明白了，对夫人说：“我们的产品不比他的差，而且经营成本肯定比从英国带回产品低。你可以把我们的产品推荐给你妹夫，让他在诊所卖呀。”

夫人说：“我就是这样想的。”

卢燕听我用结结巴巴的英语交谈，早已经帮我们翻译了。

我继续和夫人说：“我们把你作为第一个专卖店来对待，你的朋友需要产品都从你这里拿，我们算你的销售业绩。每个月如果有 500 美金的销售业绩，就可以给你 5% 的专卖店补贴。这个和销售产品的奖励没有关系，是另外的。”

卢燕翻译完，问她：“夫人，听明白了吗？”

行长已经听清楚了，有些兴奋，他用当地语言和夫人说了一会。

夫人又问道：“如果卖不到 500 美金呢？”我说：“那就没补贴。不光如此，我们肯定还有其他的奖励政策，比如年终奖励、旅游奖励等等。”

夫人终于开心地笑了。她说：“我听我老公回家给我说认识了你们几个中国人，我就很感兴趣。尽管我们没去过中国，但是我们都知道中国医疗队帮助非洲国家的事。中国人对我们好，给我们修了国家剧院，还要给我们修电站。”

夫人的话还引起了科菲叫来的四个年轻人的共鸣，他们也纷纷表示赞同。夫人和行长老公又交流了一会，就掏出笔，拿起了我们产品的销售单画起来，他们两人讨论着。

行长说："今天我们就把产品拿走。"他把单子交给国清，对国清说："凯文，我知道你是管这个的，你就按照这个单子准备产品吧。"

国清拿着单子上了楼，其他几个年轻人围着卢燕聊着。卢燕对我说："他们也想做这个生意。"我说："欢迎欢迎，你们是不是就在这附近啊？"他们回答："是的。"我说："你们随时可以来找我们，我们帮助你们把这个生意做起来。"他们高兴得几乎叫起来。夫人朝他们竖起了大拇指。

国清拎着两个产品袋来了，身后的科菲搬着两箱茶。他给我说："经理，一箱降脂茶一箱补钙茶，每箱茶 20 盒，所有产品都拿了，其中螺旋藻要了好几瓶，一共是 25 瓶产品，总共是美金 1266 元，我给他们送了一些产品的宣传页和购货单。"我不动声色地说："好，你给他们，让行长付款。"

国清和行长上了财务室，夫人认真地核对产品，卢燕在我的授意下，领着几个年轻人已经在院子里摆好了点心。我们对门的小卖部，负责给我们提供饮料和啤酒，他们已经搬来了一个装有冰块的大桶，所有的饮料和啤酒都在冰里，喝饮料的杯子也摆放整齐了。

行长和国清来了，国清说："行长开的支票，明天我们去他的银行入账。"

我说："夫人、行长，为庆贺我们今天的成交，我们准备了一点点心，请夫人和行长先生品尝。"

来到花园，音乐突然激昂起来，放音响的小哥开始播放加纳的音乐。其实加纳的许多音乐和美国黑人的乡村流行乐差不多，都是声嘶力竭那种。对我们这些人来说，有些喧闹，但是对今天的所有来宾那就是一声号角。只见夫人首先就扭动起来，踏着碎步，双手高举，手指还打着响，转动着身躯。尽管夫人不苗条，但舞姿不错。行长先生也随着音乐的节奏，弯着腰，撅着硕大的屁股，慢慢转圈。其他的几位年轻人在夫人和先生面前显得有些拘谨，但都慢慢地扭动起来。夫人转到我面前，一把握住我的手，把我拖入到音乐声中。行长也没闲着，也把卢燕拉进来，国清早就被两个黑姑娘包围了，大家都很兴奋。我尽管没有跳过非洲舞，但基本的舞蹈功底还有一点，所以慢慢地就跟上了舞蹈的节奏。一曲又一曲，音乐的旋律不断变换着，我已经微微出汗，幸亏老天帮我们，用厚厚的云层遮住了炙热的阳光，不然我们肯定就中暑了。其实，我们早就查过当地的天气预报，这几天都是阴天而无雨，因为已经进入了旱季。

我看到行长和夫人也都在擦拭汗水，节奏慢下来了，我示意音乐暂停，让大家吃东西，喝啤酒饮料。夫人对行长说着什么。

行长问卢燕："有红酒吗？"我明白了，我们太粗心了。这些混迹于中上等社会的人士，是不会和当地的平民百姓在这种场合下一起喝啤酒饮料的，应该准备红酒和高脚杯，这才显得得体。我很遗憾地向夫人和行长道歉，并表示，下次一定准备红酒和香槟。行长补充道：还有中国茅台。我们吃惊地看着行长，心想，连茅台都知道啊，我到现在也没喝过茅台呢！

行长和夫人没多久就带着产品离开了，也许他们是急着去妹夫的诊所，也许是要把茶交给自己的员工去卖，总之是开开心心地走的，并没有因为没有红酒、香槟和茅台而沮丧，我的心情才稍微好受一点。剩下来的事就简单了，我让他们把待在用人房里的科菲和大个子园林工都叫上，让国清和卢燕招呼好大家，尽情地去唱，去跳、去吃、去喝，就是注意别把音响开得太大影响到邻居，我就上楼去歇着了。

难忘的圣诞节

转眼间，就到了2000年的12月24号，今天晚上就是平安夜了。我琢磨着我们三人怎么度过到非洲的第一个圣诞节。

卢燕神色慌忙地进了我的办公室："经理，快接电话！"

我连忙接过手机，话筒里是河北药业的老刘，他说："你们接到大使馆的关于撤退的电话了吗？"

我被搞懵了，忙问："什么？撤退？"

老刘说："我打你的手机，卢燕拿着，我问她，接到中国侨民准备撤退的通知了吗？她也傻了，看来你们什么都不知道啊！是这样的，中国大使馆经参处昨天晚上通知我们，让我们做好暂时撤离加纳的准备。加纳28号开始第二次投票，执政党和反对党势均力敌，双方肯定要放手一搏。多方机构研判，这次投票产生骚乱的概率很大。为了确保中国侨民的生命安全，中国政府租了两艘商船停泊在阿克拉的外海上，随时准备让大家登船避险。我们被分到了一号船，告诉了我们登船的路线。我和老李知道你们还没有汽车，准备让你们三人和我们一起走，关键是你们也必须分到一号船才行。"

听完后，我不知说什么好。我告诉老刘："先谢谢你们，但是这几天我们从没接到过任何电话。"我又问老刘，有没有中国大使馆的电话？老刘说：没有！我说我们马上查。老刘说："查到的公开的电话一般都打不通，这是人命关天的大事，你们去大使馆亲自问，不能靠电话解决。"我说："好，我们马上去找！"

此时，国清和卢燕都在我旁边站着，脸上充满着焦急和失望。我说："马上去大使馆。卢燕，拿着我们公司的营业执照，公司和产品资料，准备好就下楼。"

打上车，20 多分钟后就到了中国驻加纳大使馆。下车后，我们看到的是一幢灰色楼房，大约有三层，院子不大。右边应该是办事大厅，大门紧锁着，门上贴着放假通知，休假两天，26 号上班。我们往左边走去，来到大使馆的正门，门没锁，但紧闭着。我上去敲门，没动静，再敲，依然没动静。

我正准备用更大的力气去敲，门突然开了。一个黑人保安出来，问我们："什么事？"

卢燕说："找大使！"

保安再问："有约吗？"

卢燕说："没有！"

保安挥挥手："不行！你们看那边贴着通知，放假了，有事后天去大厅办理。"

说着就要转身进门，我突然从他身后一下就钻了进去，卢燕和国清也趁他没有反应过来钻进了大门。保安惊讶地张大了嘴，站在那不知在想什么。门内的另一个黑人保安反应过来，一下抓住我的胳膊，嘴里嚷嚷着。

我让卢燕给我翻译，我严肃地对两个保安说："你们别动我们，我们是中国人，这里是中国大使馆，我们找中国大使有急事，快放开我们！”

不知黑人保安听懂了没有，他们僵在那不知所措。

“谁在中国大使馆撒野？”一声呵斥传来，一个50多岁的中国大姐从大使馆的楼里走出来，她肯定看到了刚才发生的事。

她很严厉地对我们说：“你们是干什么的？谁让你们闯大使馆的！”面对责问，我当时自知理亏，但是想起老刘说的“此事人命关天”，所以也就一下子来了勇气，我说：“您先别这么训斥，我们是中国人，找中国大使有非常重要的事。我们没办法找到大使，才用这种鲁莽的办法进了大使馆，我们为刚才的行为道歉。”

这位大姐稍稍消了消气，给两个保安打了个招呼，把我们带进了大楼。进去后我们才发现，门厅里有好几个中国人和当地的黑人在看着我们，他们一定从来没见过这样的场景，有人竟然在光天化日之下，硬闯大使馆！大姐让我们尴尬地站在那，她拿起一部电话说了几句什么，然后问我们：“你们是什么单位的？”

我回答：“某某国际健康产业集团的。”

她说：“什么？没听说过。从哪来的？”我说：“广州。”

她拿起电话又说了几句，放下了电话。她说：“你们等着！”转身就走了。

几分钟后，我看到楼梯上下来一个个子不高、头发花白的长者，他一边下楼，一边问道：“什么人这么厉害，跑到中国大使馆撒野！”

我们三人知道，这就是中国驻加纳的李大使。我说：“李大使，对不起，我们三人的行为确实鲁莽，我们承认错误。我们也是没有办法，想向您反映一个重要的问题，又见不着您，所以……”

李大使看了看我们，也许是卢燕那悲戚的双眼里的泪花让他动了恻隐之心。他对站在他身后的一位戴眼镜的中年男子说：“马主任，你开个房间让他们坐下说。”

马主任拿钥匙随手打开一间房门，一股热气扑面而来，沙发和座椅都是用布遮住的，他揭开布，一层灰尘被抖落下来。

此刻，大使还没来，我说："马主任，能不能开一下空调，给我们一点水喝。"

马主任显然被我们的举动气着了，没好气地说："你的要求还挺多呀，这是啥地方？你弄清楚了吗？"

我说："马主任批评得对，我们今天的行动的确不合适，我们承认错误。只是有急事需要面见大使，不得已而为之。"

马主任还想说什么，看到李大使进了房间，就打开了空调，又从冰箱里拿了几瓶水，转身关门离开了。

大使态度和蔼了不少，问道："找我有什么事？"

我说："李大使，我们是总部在广州的一家企业被派到加纳的员工，我是经理，他们是副经理。我们到加纳才几个月，情况也不熟悉。"然后我就把老刘给我说的事情复述了一遍。

大使惊讶地问："你们没接到通知？"我说："没有！"

大使说："是这样，加纳大选第二次投票争夺很激烈，各方信息的研判都认为反对党很可能会取胜。现在的总统罗林斯已经执政快20年，他能放下权力吗？他在民众中很有威信，尤其在军队中，说话一言九鼎。他们知道库福尔的总部组织了据说好几万人从库玛西徒步200公里到阿克拉来，已经准备动用军队阻止，这很可能就是一场流血事件。历届加纳政府都和我们国家保持着稳定的友好关系，这次如果罗林斯大选失利，军队很可能会找出各种理由进行干预，也就是军队夺权。这在加纳过去20多年的历史中经常发生。那时候骚乱不可避免，和罗林斯总统关系好的国家的驻外使领馆、办事机构、企业都会是骚乱中最容易被攻击的目标。我们国家政府为了保护中国公民的生命安全，就近租了两条商船，准备随时安排中国公民撤退。具体撤到哪里还没有最后决定，先上到船上，再看局势发展。我要求经参处全力负责这件工作，不能落下一个中国公民。”

大使站起来，我们也连忙起身。他摆摆手：“你们坐，你们喝点水，我去问一下情况。”说着，转身出了门，又把门轻轻地关上。

不一会，一个中国姑娘给我们又送过来几瓶饮料，我们点头称谢。大使随之进门：“你们稍等一会，我已经让经参处来一个同志处理你们的事情，不要着急。”

他转身欲走，又回过头来问我：“你叫什么名字？”我连忙掏出一张名片，双手递给大使。

大使看了看名片：“威廉赵，赵经理。好，我还有事，你们再坐坐。”

饮料还没喝完，进来一位男士，我们都落座后，他说：“我姓张，是经参处的参赞，你们的事情大使给我说了。你们以前从来没有和我们建立联系，我们也不知道加纳还有你们啊？”

他看我们三人有些糊涂，又解释道：“咱们国家鼓励民营企业赴海外投资，但是需要走一个流程。先给所在的省市外贸厅写投资报告，报告写清楚投资项目、投资额等，也就是可行性报告。外贸厅收到报告后，会让填一些有关的表格，然后让有关部门审批，获得批准后我们经过外交部给有关国家的中国大使馆备案。这些流程走完，你们才能动身到这个国家去。去了后还要第一时间到我们经参处报到备案，留下联系方式，我们就知道还有你们这些同志在加纳工作，这就不会像这次一样把你们落下了。”

我说：“原来是这样啊，我们总部派我们出来从没有哪个人给我们讲这些。”

张参赞说：“现在中国经济发展很快，出国做生意的人也越来越多，管理起来确实有困难。大家以后共同努力，按照程序做，麻烦就会少很多。”

我说：“我们回去后把这件事给我们总部汇报一下，让他们按照政府的要求去做。”

张参赞说：“对的。现在先解决你们的问题吧。”

他拿出一个小本子，问清楚了我们公司的名称、住址、电话、我们三人的姓名、出生年月日、籍贯、国内联系人等等。然后，他看了看本子，对我们说：“你们就安排在二号船吧，我们会安排专人和你们联系。”

我连忙说：“对不起，张参赞，能不能把我们安排在一号船。我们没有汽车，河北药业的老刘老李我们熟悉，他们有车可以带我们一起走，他们是一号船。”

张参赞说：“好好好！你们认识老刘老李啊？”

我说：“是呀，这件事就是他们给我们说的，不然我们三个人恐怕这次就凶多吉少了。”

张参赞说：“哦，是这样啊，不过你们也别太担心，我们是从最坏的情况出发。如果罗林斯当选，局势不会有什么变化，骚乱就不可能发生。如果罗林斯败选，军人想出手的不少，但是罗林斯也许不会这样做，他毕竟已经连续执政了近 20 年了。非洲的事情，都不好说。据说不少国家也在给双方做工作，希望加纳能够和平度过这次大选。好了，事情解决了，你们就等通知，电话一定要保持畅通。”

我们和张参赞握手道别。

出大使馆门时，还是那两个保安。我们三人连忙说：“对不对，对不起！”他们二人笑嘻嘻地说：“朋友，没事的，再见！”

路上很安静，毕竟这一片都是使馆区。我们慢慢走着，卢燕怕晒，她在路边四处张望，很快就叫到了一辆出租车。我从卢燕手里拿过手机，拨通老刘的电话，向他和老李致谢，并告诉他，我们也分到了一号船，他让我们回家赶紧做好准备，看能否从银行换些美金带上。我们连连答应，并会保持联系。

回到公司，我们三人分了工：国清和卢燕26号去银行取5000美金，由三人分别保管；从今晚起，我和国清轮流值班，手机就放在我的办公室；白天的值班还是科菲，由国清负责监督；尽快让科菲和园林工通知房东，我们在二楼楼梯口安装一个铁门，钱我们付，钥匙放在国清的办公室，我们三人共管；库房的钥匙由国清掌管，物品造册，卢燕验收签字，所有货品每天必须盘点，国清和卢燕共同签字确认；由我写一份报告，将加纳目前的情况通报国内，并汇报我们三人研究的应对措施。

这是一个不平凡的平安夜。夜幕已经降临，那位足球巨星的家灯光比平时亮了很多，站在我们二楼的凉台上可以看到他家的院子里有一个挂满彩灯的圣诞树，音乐声好像也是从他家飘来。这位深受加纳乃至非洲黑人喜爱的明星不知道在做些什么？看看我们现在，在异国他乡漂泊的游子，孤身一人，谁知道明天会是什么情况？现在国内的亲人们正在酣睡吧？而我们不思茶水，买来的面包还放在厨房的冰箱里，谁也没有去动它。我们没有条件给国内亲人打电话报平安，我刚学会上网，也不会发邮件，国内的亲人也和我一样，我们只能在心中默默的思念亲人而无缘相见。我知道，我目前是又黑又瘦，体重也就50来公斤，典型的营养不良。我们的希望在哪里？如果真是撤退到海上，我们什么时候能回来？据说特码港已经没有泊位，我们需要借助小船才能靠近商船，这一切真是像小说里才会发生的一样。

正想着，突然“砰砰”的两响，我连忙蹲了下来，进了办公室。国清和卢燕也都跑了过来，我们三人都想弄清楚“哪里打枪”？我让卢燕待着别动，我和国清下楼。我们从一楼看到科菲正从外面回到院子里，好像什么事也没发生一样。我们走过去问他：“哪里打枪？”科菲没弄明白什么意思，我们二人一再说“枪”，还用手比划着，他终于明白了。摇摇头说：“没有枪！”卢燕从窗户看到我们在说什么，连忙下楼，听科菲说了一阵，卢燕也明白了，卢燕说：“不是枪声，是放炮！”

“炮，那种炮竹。”科菲让卢燕给我们说，等等他。他转身就出了院门，随手把门关上。我还在纳闷，非洲也有炮竹？

科菲很快就回来了，他的手上拿了两个白色的炮竹：“是你们中国人让门口的小卖部卖的。”

我一看，这是什么炮竹啊？白色的，不大一点，而且没有点火的捻子。科菲看我们有些发呆，就从我手上拿了一个，在硬地上一摔“砰”！响声挺大，吓我们一跳。

我说：“这是摔炮！在国内是禁止的，因为运输中间很容易出现碰撞，发生了许多事故，怎么会弄到非洲来卖呢？这些财迷心窍的家伙！”国清和卢燕也十分气愤。唉！我叹口气，真是林子大了，什么鸟都有！

提心吊胆地过了两天，钱取回来了，但是铁门还没有装上，房东同意装门，但费用自付。可是，找不到做门的师傅，大家要么忙大选，要么在过节，只能放在节后了。每个人简单的行装也准备好了。期间和老刘、王倩倩分别通了电话，都告诉我们提高警觉，保持联系，随时等候命令。王倩倩说，所有的中餐馆都停止营业了，都做好了撤退的准备。

12 月 28 号，大选如期举行。从电视直播里看到，投票站秩序井然，造势的依然声势浩大，拉票的依然声嘶力竭，举着不同政党的旗子，穿着印有罗林斯和库福尔头像的 T 恤，让我们这些老外看来，就像和过节一样。我们无所事事，我和国清抓紧时机睡睡觉，卢燕在办公室值班。我们估计，今夜一定会有事。

喧嚣了一天的加纳终于被夜幕笼罩，我们一直没有等来大选的结果。CNN 的记者估计也累倒了，看不到任何消息。我和国清值班，我们听到“砰砰”的响声再也不会心惊肉跳了，就当是放炮竹吧。

我正在院子里转悠，手机响了，我被吓了一跳，连忙接听，是老刘：“你们知道吗？库福尔胜了，库玛西已经被点燃了，都在庆祝胜利呢！阿克拉罗林斯这方面没动静，据说被好几个大国给说服了，明天他会发布声明，承认败选。”

我说：“那我们都安全了吗？”

他说：“暂时应该安全了，不过都要在明天罗林斯承认败选之后。我们估计大使馆经参处会打电话通知的，今晚你们就安心睡觉吧。”

2000 年的最后几天就是在这惊心而没有动魄的紧张情绪下度过了。大选尘埃落定，罗林斯承认败选并向库福尔表示祝贺，从此后加纳的政局一直稳定，尽管在以后的大选中依然有争议，依然会指责对方舞弊，但都是止步于口水之间，从未产生骚乱。加纳由此被称为民主政治的典范，外国投资者蜂拥而至，我们也真正的开始了对加纳市场的精耕细作。2001 年的加纳，我们期待着。

第二章

非洲情，非洲义

初探库玛西

元旦刚过，我和卢燕就坐上了从阿克拉开往库玛西的班车。

我们三人分工，国清留守公司，行长和夫人还有那几个年轻人随时可能来公司买货。他的英语简单交流没问题，如果实在听不懂，就让他打我们的手机。我和卢燕去库马西，我坚持坐当地的班车去，说不定还可能在车上邂逅白人呢。到车站一看，有带空调的小巴士，能够坐十几个人那种。在售票窗口买好票上车找到座位，发现给我们的票还不错，是单独的两人座位，就在驾驶员的后面一排，一个还靠窗，我让卢燕靠窗坐。不一会，车上就坐满了乘客，很遗憾，除了我俩，全是黑人。司机看看后面的乘客，招呼一声，准备开车。突然，一个穿制服的工作人员向车子跑过来，她和司机交谈着。司机站起来，对乘客说：由于下一班车因车辆故障被取消了，有一个必须要走的乘客跟我们这趟车走，我们等她一分钟。他又看着我和卢燕说，她是个中国人，这时，我们已经看到车站工作人员领着一个中国女孩来到了车旁，司机不知从哪拿出一个小折叠椅放在了我们的旁边，这个位置正好放下这把椅子。中国姑娘并没有马上上车，她看着随后赶来的车站工作人员在车后装她的行李，东西还不少。

一切就绪，她上车了，发现我们时满脸惊讶。她还没落座就用英语问："中国人？"

我用中文说："是的。"

她很有礼貌地说："打扰了。"就挨着我坐下了。

车子开动了。来加纳后我就发现，当地司机开车都很快，尤其是出租车，大部分车都是那种即将下岗的破车，但在黑人手里，就像是赛车一样。今天这个巴士车况还不错，这也是我们第一次坐带空调的车子。

我身旁的中国女孩看看我们，然后问道："第一次坐这样的巴士吗？"

我说："是的。你怎么观察到的？"

她说："我看你身边的那个女孩穿得那么少，就知道了。而且我还肯定你们是第一次去库马西。这种空调车，他们把温度都调得很低，再过一会就会觉得冷，你看，我带的有披肩，可以盖在身上。你们男生不怕冷，我们女生就会怕冷。"

卢燕说："我也不怕冷，我皮糙肉厚。"她问这个女孩："你怎么看出我们是第一次去库马西呢？"

女孩说："中国人去库马西有两种人，一种是去挖金子的，他们在库马西转车，你们不是，因为他们全是来自南方，长相和你们不同。另一种人是像我这样的，跑单帮的，做个体生意的，你们也不像。你们两个不像是夫妻，也不像合伙人，倒像是国内公司派来调研市场的。"

听到这里，我不由得把这个姑娘多打量了几眼。姑娘看上去二十六七岁，长相中等偏上，一笑起来嘴角上扬。说话口音是北方人，不是东北人，也不是西北人，好像是中原一带。个子不太高，和卢燕差不多，也就是一米六多一点，身穿一件女士夹克衫，还披着一条围巾。从谈吐上看，应该在加纳有些时间了。她说她是跑单帮的，那就是做小买卖的，车后的箱子里就装着她的货，是来阿克拉进货的吧。

想到这，我觉得一路上和她聊聊也不错，刚要开口，卢燕说话了：“我不知道怎么称呼你，不过觉得你很有礼貌，观察能力超强。”卢燕指指我：“他是我的领导，是我们公司的经理，我们是第一次去库玛西，第一次离开阿克拉。如果你愿意，你和我们经理换换座，我们俩女孩子坐一起，如果真的太冷，我还能沾沾你的光，行不？”

卢燕看看我，看看女孩。女孩好像在等我的回答，我连忙说：“完全同意。”

座位换好，谈话的气氛更融洽了，我掏出我的名片，给了女孩。女孩看了看，看到我们公司的名字，她好像在思考。

她突然说：“我想起来了，你们公司在国内名气挺大的，去年我还在国内一家报纸上看到你们的招聘广告。那时我正在国内休假，我还犹豫，是不是去报名应聘呢。”

我说：“为什么没有去呢？”

她说：“那时我已经在加纳开始做事情了，钱花了不少，不做下去没办法啊。”她接着说：“没想到在这里遇到你们，还真是太有缘分了。这样吧，我把我的情况都告诉你们吧。”

她叫黄丽，今年30岁了，江苏徐州人。在大学读的是英语专业，大学快毕业时母亲得重病，她只好回到徐州工作，在一所大学教英语，一年后和大学同学结了婚。为母亲治病要花很多钱，她就做了好几份兼职。

她的老公有自己的职业规划，想出国读研，她为了母亲却不能离开。后来她只能成全老公，选择了放弃，和老公离了婚。母亲在坚持了两年后还是走了。尽管人财两空，但她觉得尽到了自己的责任，并不后悔。但是，她觉得应该做一些改变了，不愿意这样沉闷地生活下去。于是，她辞了职，应聘到一家国营企业的非洲分公司工作，就这样来到了加纳。国营企业并不是她的最终归宿，她还是喜欢过一种无拘无束的生活，于是她又一次辞职。她应该是有些商业上的天赋，利用在加纳认识的朋友，做起了中国商品的批发生意。资金不多，她就让国内的亲戚给她买一些妇女用品，什么药皂、卫生巾之类的。她用国际邮政包裹的方式走空运，一周之内就到了阿克拉机场，然后再去机场海关取包裹，缴很少的费用就可以了，这次就是从阿克拉机场取完货回库玛西。最近她又准备进蜂皇浆，她看到有中国人在集市上卖，销量不错。目前她租住在库玛西，她觉得库玛西的生意比阿克拉好做。

听完她的故事，我真的很钦佩她，一个人在这里坚持，而且开辟出属于自己的天地。卢燕更是感动得不要不要的，已经开始喊“黄姐”了。

卢燕说：“我就叫你黄姐了，你真的不容易，你没找个合伙人吗？”

黄丽说：“没有。其实你们是国内公司派来的，如果你们和我一样，我根本不会和你们交流的。”

我说：“我明白。在街上中国人见了面都会绕着对方走，我在瑞士苏黎世转机，待了两天，老外见了我们都会打招呼，问声好，中国人会躲着走，在阿克拉也一样。”

黄丽问：“你们公司好像是卖保健品的吧？”

我说：“是的，我们刚刚开始。这不，大选结束了，我们才出来。”

黄丽问：“库马西有熟人吗？”

我说：“没有，今天准备住一晚随便走走看看。”

黄丽问：“酒店订好了吗？”卢燕说：“没有。”“那好吧，我住的地方附近有个小旅店，如果你们觉得可以，我带你们去。”黄丽热情地说。

我们连声道谢，我说：“那今天晚上我们一起吃个晚饭，可以吗？”

黄丽说："当然可以啊。我第一眼看到你们就觉得你们和一般到非洲的中国人不太一样，赵经理看着很像是南亚一带的华人，比如马来西亚、菲律宾什么的。"

我说："主要是我又黑又瘦，个子又不高，这些符合南亚华人的特点。"

就这样，说说笑笑，再看看非洲原始森林的风景，三个多小时的车程，很快就到了。

到了库马西车站，黄丽一下车，就有两个黑人小伙走过来帮她把行李放在一辆白色丰田汽车的后备厢里。

她招呼我们说："上车，先送你们去酒店。"

我们还没回过神，她已经打开车门邀请我们上车。恭敬不如从命，我先上车了。这辆车估计买了不到一年，一切都很新，该不会是她的吧？黄丽最后上的车，她给开车的黑人小伙说了目的地，汽车就快速前行了。

黄丽看到我们吃惊的样子，就解释说："车是我的，刚买了三个月，是新车。这里的当地人大都会买二手车，你们在阿克拉是不是经常看到路边的停车场都是车啊，那都是二手车。绝大部分是从欧洲、美国和加拿大进口过来的，价格很便宜。一万美金能买一个开了不到10万公里的宝马、奔驰。不过，要弄清发动机是否进过水或者出过什么事故，那可不是一个容易的事。我不喜欢二手车，所以也是攒了好几年才买的这款车。我在库玛西还没发现有什么驾校，所以就找了一个黑人小哥教我。现在我开车上路没问题，但是倒车就不行了。我经常费了好长时间，还是倒不进去。有时只好停下来，请别人帮我把车倒好。我发现加纳人这方面比较好，都很乐意帮忙，即使堵住了别人的路，也没有人按喇叭，更没人骂我，我说一声'对不起'就行了。"

黄丽很健谈，绘声绘色。我心想，你太厉害了，国内人此时坐过日本丰田的都不多，你已经买上了。

我说："你怎么不开车去阿克拉取货呢？"

她说："我一个人啊？那真不敢。让这两个人和我一起去，我也不敢。我一个人在库玛西，周边全是黑人，我必须小心再小心。今天开心了，说了一天的中文，还得感谢你们呢。有时候，我常想，这何时是个头呢？"我们都陷入了沉默。

我才来了四个月，就觉得这么难，黄丽可是三四年啊，真不容易。

库玛西是加纳的第二大城市，有人说它是加纳的经济中心，但看沿途的建筑，比阿克拉差不少。阿克拉毕竟是首都，有很气派的黑金广场、恩克鲁玛陵墓、国家剧院，还有海边的五星级酒店。库玛西就是一片又一片凌乱的民房，街道两旁的商铺也是零零散散。不过新总统的根据地在库玛西，也许我们还没有看到库玛西的精华。正想着，我们要下榻的旅馆到了。黄丽麻利地要走了我们的护照，带着卢燕去登记房间了。办好手续，黄丽和我们约好两个小时后在旅馆见面，就坐车离开了。

我和卢燕约好一个小时后在前台集合，随后就各自进了房间。第一次在非洲住酒店，我好像听卢燕和黄丽说，每间房折合人民币 200 多元，在库玛西属于比较好的旅馆，早上还有早餐。房间不小，尤其是那张床，如果横着睡，中国人可以睡五六个。房间很有非洲特色，墙上挂着非洲风景画，小桌上插着几根野雉的花翎。房间没有空调，有两个吊扇。库玛西比阿克拉要凉爽一些，据说是海拔要高一点。推开窗，不但有花花草草，还有时不时在你眼前出现的蜥蜴。非洲的蜥蜴比中国的大不少，颜色有两种，一种和中国的差不多，灰蒙蒙的；另一种是彩色的，五彩斑斓，很好看。蜥蜴还会叫，叫声有点像青蛙，"呱呱，呱呱"的，据说是在招呼配偶，它们都不怕人，在房间里经常出没，我们早就习惯了，有时还会给它喂食米饭。我冲完凉，换好衣服，来到院子里。服务员很有礼貌地点头行礼，站在一旁，低头等着客人经过。我沿着花园的小路走着，推开一扇门，就来到了一个房间，这里是专门展示加纳特产的商店。映入眼帘的是木雕，有人像，有动物，还有大大小小的凳子。我听说加纳人十分崇拜凳子，凳子是普通加纳人的精神寄托，凳子可以做彩礼、嫁妆。而有权有势的加纳人则把凳子视为权力的象征，有点像中国古代皇帝的"玉玺"。在一大堆木雕后面，坐着一个黑人，他正在忙碌着，仔细一看，原来他正在给一个雕好的人像打磨上色。他们雕的人像，大部分是妇女，而且造型十分夸张，都是裸露着一双大乳，有着丰满的臀部。此刻那位黑人竟然拿出了几盒皮鞋油，有黑的、红的、棕色的，他打开一盒黑色鞋油，开始给雕像上色。原来这些黑颜色的木雕都是用皮鞋油着色的，我心中多少有些遗憾。本来，我已发现了一个做工精致的凳子，小巧玲珑，可以拿到手上把玩，但一看到这盒皮鞋油，兴趣马上就索然了。

"经理，你在这啊？"卢燕的声音让我收回目光。她换了一条裙子，化了浅浅的淡妆，背着小包，显得很有活力。

我说："小姑娘捯饬一下还是很有魅力的呀！"

卢燕说："和黄丽比呢？"我回答："各具特色。"卢燕轻声说道："经理，你对黄丽没感觉？"我轻声呵斥道："小没正经的，胡说什么。"她说："不对，我是说你觉得黄丽这个人的能力怎么样？"我还没接话，她又说道："我让她和你换座位，就是想和她多交流，多了解一些情况。我跟着你工作，也学会了一点你的本领，你看你和行长还有他的夫人，还有'东方姐妹餐馆'的王老板，是怎么接触的，这些人对我们帮助多大呀，是不是？"

我点点头，对她说："走，我们去旅馆前台，找个地方坐下聊聊。"

不大的旅馆，前台旁边有个小餐厅，看来是专为旅馆客人准备早点的地方。我们刚一落座，服务员就过来招呼，我们点了一瓶冰水。

我对卢燕说："说说你对黄丽的看法。"

卢燕马上就说："感觉不错。首先，她很随和，健谈，性格开朗，气场很足。你看她刚一上车，车上的黑人乘客眼光全在她的身上，司机唯唯诺诺，车站的工作人员也是对她网开一面。我觉得她和王倩倩有一比，都属于那种在加纳有人脉，能拿住事的主。"

我说："我同意你的看法，再补充一点，她绝对是开拓性人才。她一个人在加纳拼搏这些年，没有头脑，没有智慧是绝对不行的。问题是，我们之间如何能够合作呢？"

卢燕说："让她在库马西开一个专卖店。"

我说："这我早就想过了，我觉得她不会同意。你想，她的生意已经做了好几年了，肯定有自己的渠道和客户，我们让她开店卖我们的产品，她一看就是想利用她，肯定会反感的。"

我又问卢燕："如果你是黄丽，已经30岁了，一个人生活，还是在这样一个陌生而艰苦的环境里，会有什么想法？"

卢燕说："是我的话，我也会有王倩倩的想法，想办法移民去欧美发达国家。但是，嫁给黑人，我肯定不会。"

我说："那就是说，需要换个环境。你想想，一个中国女人，再坚强、再独立，也需要有人在精神上陪伴。我们不是一会要见面吗？吃饭的时候再好好聊聊，看情况再说。"

正聊着，黄丽已经进了旅馆。她穿着一套职业装，脖子上还系着一条小围巾，看上去好像是要出席重要的活动。

我们互致问好，我说："黄小姐这是要去参加什么活动吗？"

黄丽说："对呀！你们不是要请我吃晚饭吗？"

我心里说，这真不是一般的女孩子，做事十分认真。我问黄丽："你是地主，我们是过客，到你的地盘，你说我们去哪吃，吃什么，都由你定，但是这个单必须我们买。"

黄丽说："库马西的中餐馆不咋地，还死贵。再说，我也不想去中国人多的地方露面。我吃饭很简单，一般的西餐就行。今天坐车都很辛苦，咱们就在这个旅馆的餐厅吃行不行？"

我连忙说："当然可以啊！不过我说要请客，在这有什么可吃的呢？"

"非洲当地的食品，你们不想尝尝？"黄丽说。

卢燕拿来了菜单，我看看菜单，绝大部分不认识，我就对她们说："你们点，让黄小姐推荐。"

黄丽说："不用菜单，油炸芭蕉，烤罗非鱼，烤羊腿，炸鸡炒饭，再来几瓶本地的星牌啤酒，可以吗？"

我说："一听就有了食欲，那就这么定。"

当地人做事的风格是慢慢的，自由自在的，悠闲地，所以，点好了菜，半小时之类我们是吃不上的。

黄丽说："我们先来瓶啤酒？边喝边聊，怎么样？"

我说："当然！"

我让卢燕去要了啤酒，服务员先拿了一瓶，黄丽说："每人一瓶，换冰的。"

卢燕说："我不会喝酒，给我来杯热水吧，我今天不舒服。"

黄丽叫来了服务员，让他去隔壁的美发铺去要热水。她说："这里没有热水，你让他们烧水，他们根本不知道怎么做。你们的房间里也没有烧水的电茶壶，还没有吹风机。黑人的头发是带卷的，只会贴在头皮上。大部分小女孩是把头发剃光，结婚后会根据自己的经济情况买假发。买上假发后再到隔壁的美发铺用木针编织在小卷发上，一般这个流程需要两到四小时。有钱人有很多假发，他们会根据不同的场合佩戴不同颜色和款式的假发。"

卢燕问："那头发脏了怎么办呢？"

黄丽说："到美发铺洗呀。她们一般会在一周之内换一次假发，带过的假发要洗，要护理，所以开个美发铺生意很好的。"

卢燕继续问："那要是经济情况不好的怎么办呢？"

黄丽说："两种办法，一种是剃光头，没出嫁以前都是可以的；还有一种是从小就留头发，用电梳子慢慢的把头发拉直，这样坚持十几年，也会有不过肩的短发。没有电梳子，就用烧热的铁签子慢慢把头发捋直。所以，凡是留这种短发的，发质都很差，都是偏黄色的。这几年，国内有一家做假发的企业火了，他们的假发品牌叫'瑞贝卡'，在黑非洲几乎家喻户晓。"

我说："我在深圳时就知道这家公司，是河南的企业，正准备在深圳上市。"

正说着话，我们的第一道菜竟然上来了，是"油炸芭蕉"，啤酒和卢燕的热水也都来了。

黄丽说："他们的菜是哪个容易先做哪个，做一道上一道。"

我和卢燕从没见过油炸芭蕉，有些急不可耐地想先尝尝。用刀叉切一点放在嘴里，味道真还不错。黄丽已经倒好了啤酒，在等我。

我也连忙倒酒，然后举起酒杯说道："感谢黄小姐对我们的帮助，祝大家新的一年，好运连连！"

黄丽率先将一大杯啤酒一饮而尽，我竟然有些打怵，端啤酒的手都有些发抖。卢燕忙说："哈哈，经理，被吓到了吧！"

我说："我一口干不了，我得慢慢喝，成不？"

黄丽说："没事，我从不给人灌酒，赵经理，你随意。"

我说："谢谢黄小姐的理解。"

黄丽说："我不习惯国内的同胞叫我小姐，我有英文名字，叫'莎拉'，你们就叫我英文名字吧。"

卢燕说："非常赞同，我们赵经理的英文名字叫'威廉'，我的叫

‘卢娜’，我们就用英文名字互相称呼吧。”

黄丽说：“你们叫我英文名，我和卢燕可以互相称呼英文名，经理还是叫经理吧，上下有别嘛。”

我说：“没事，怎么方便怎么来，叫你‘莎拉’挺好。”

黄丽又一次提议干杯，她率先一干而尽，我只能小啜一口。正喝着，第二、第三道菜上来了。第二道是炸鸡炒饭。一盘炒米饭，但颜色是绛红色的，旁边放着一只鸡腿。尝一口米饭，是用咖喱粉炒的。

黄丽介绍说，这在当地是过年才能吃上的美食。第三道菜是烤鱼，看着很不错。

黄丽又介绍道：“加纳人最喜欢吃的罗非鱼，是淡水鱼，其实和我们国内的鲫鱼差不多，不过他们的个头大，肉质很鲜美。”

黄丽喝酒和她的性格一样豪爽，一瓶啤酒已经见底，我又给她拿了两瓶。

卢燕不断地提醒：“莎拉姐，慢点喝。”

黄丽说：“没事，这才刚开始。妹妹，我先给你一个电话，你记住，一会如果我忘记了你记着打这个电话，让黑人小伙来接我回家。”

我说：“没事，我们两个会照顾好你，不行你今天就别回去住了和卢燕住一间就行，那么大床没问题。”

黄丽说：“你们怎么那么好啊，没事的，我能回去。我没有别的嗜好，喜欢喝几杯，这啤酒没劲，我们换威士忌如何？”

我连忙劝阻，又给她倒满，我和她一饮而尽。我问黄丽：“你在加纳这些年了，没想过挪挪地方？”

黄丽说：“怎么没想过？我去过加纳的邻国科特迪瓦，那个国家经济比加纳发达，但是是讲法语的，我的法语水平不行，所以又回来了。我想去欧洲，去美国，但是去了以后怎么生存？那些发达国家，我们想做点小生意根本就没门。”

我问她："王倩倩知道吗？正准备移民美国呢。"

她说："当然知道，王倩倩是在加纳的中国人里的第一美女，她人脉多，中国大使馆，美国大使馆，加纳高官都能搭上话，我没那个能耐。再说，她的餐馆就是一个社交平台，而且替华人办事还是挺上心的，口碑不错。"

卢燕说："她怎么嫁给一个黑人，还生了一个女孩。"

黄丽说："这就是她的过人之处，有舍有得。并且那个黑人长得不丑，皮肤比一般的黑人要白一些。哈哈，和赵经理差不多！"我们都笑了。

她又说："赵经理，别生气啊。"我说："哪能呢？我又不是一个小孩子。"

她接着说："她在国内有一个男孩，离婚后，男孩子跟了她的前夫。前夫再婚后又生了一个男孩，王倩倩儿子的处境就可想而知了。我两年前在阿克拉时经常去她那，我俩是好闺密。她为了孩子算是豁出去了，答应嫁给苦苦追求她多年的现任的丈夫，条件是这个丈夫必须和妻子离婚，而且要带她和儿子移民美国。这个老公是富二代，钱不算很多，但是在加纳也还有些小名气。这次为这个老公生了个姑娘，一家四口移民美国基本没问题了。"

两瓶啤酒见底，黄丽的脸颊泛上了红晕，她看到我在打量她，对我说："别担心，没事！我才喝了两瓶啤酒，能喝醉吗？如果你能喝酒，我可以喝一瓶威士忌，你去问王倩倩。"

我说："没事就好，我们慢慢吃，慢慢聊，慢慢喝。"

卢燕说："还有一个烤羊腿呢？"

黄丽说："别急，那个菜要费点工夫。"

她转而问我："赵经理，你们这次是考察市场的吧？准备了解些什么呢？"

我说："你很厉害，一上车就把我们看穿了。我们就是来库玛西看看，也谈不上考察，因为第一次来，情况都不熟悉，幸亏遇到你，帮了大忙，不然我们现在还不知在哪飘着呢？你对库玛西情况很熟悉，我想请教一下，你在这里看到过有卖保健品的吗？"

黄丽说："中国人没有，我看到在黑人的集市上有卖蜂皇浆口服液的，中国出的，但不知道是中国人在做，还是黑人在做。我好像见到过一个卖欧美国家保健品的一个商店，铺面很小，我从门口路过，位置好像在银行旁边。"

我问："如果明天有时间，能不能带我们去看看？"黄丽说："当然可以啊，我回去问问我的人就知道了，是他开车带我去的那家银行。"

话音刚落，烤羊腿上来了。服务员问我们要不要酱汁，黄丽问我们："你们吃得惯他们的酱汁吗？我估计你们不行，我也不吃，我们要一瓶辣椒酱吧。羊腿就啤酒，真是佳肴美味。"

吃到现在了，我觉得我可以谈一个严肃的话题了。

我对黄丽说："莎拉，我觉得你不要一个人再这样孤军奋战了，你应该有个更大的平台来施展你的才华。我想邀请你加入我们公司，和我们一起在加纳建功立业。"

我的话一说完，反应最快的是卢燕，她马上说："太好了，莎拉姐，来我们公司吧！赵经理，你做这个决定是什么时候啊，一直给我保密呢！"

我看看黄丽，她好像还没回过神来，不过从表情上看是很高兴的。

她缓缓地说："谢谢赵经理和卢娜妹妹，你让我想想。"

我说："当然啊，我可以给你三天时间考虑。"

卢燕连忙说："三天时间哪够啊，莎拉姐还有那么多事情要处理，还有自己的生意呢！"

我说："三天时间是请莎拉给我一个明确的表态，来还是不来。如果来，我就要向国际市场部打报告，要他们向集团人力资源部要一个名额给我们加纳公司，然后还有职位的确定等等一些流程要走。”

黄丽说：“如果我说来，你们总部不同意呢？”

我说：“这你不用担心，我有充分的把握把这件事做成，不然我也不能够邀请你呀。”

卢燕说：“莎拉姐，你不知道我们赵经理，他是我们集团的明星经理，来公司时间不久，但是名气很大，他在哪当经理，那里的业绩就会倍增。他要是给总部打报告，总部一定会批的。”

我说：“我们这个公司的招聘广告你看到过，目前正在向全球扩张，发展空间很大，需求的人才也很多，像你这样又有语言又有阅历又有实战经验的太少了。用你的成本很低，你已经在加纳了，不用实习考察，甚至连一张机票钱也省了。”

听我说到这，我们三人不约而同地笑了。黄丽说：“真的感谢你们，你们是我见过的素质很高的中国人，和你们在一起一定会开心快乐。我以前曾想过去应聘你们公司，没想到在这遇上你们。我想问赵经理，以后会有机会离开加纳甚至非洲去别的国家工作吗？”

我回答她，“这是肯定的。一个公司，不会让一个人在那个地方待的时间太久，这不利于管理，人才是要流动的，这样才有活力。我来到公司两年，已经换了三个岗位，卢燕也是这样。至于待遇，我们实事求是地说，不是很高，尤其是我们在加纳属于创业阶段，没有业绩，就没有奖金。我的工资是月薪 2000 元人民币，在国外工作期间每天补贴 10 美金。我们每六个月回国休假一次，每次休假在家里待的时间是十八天，不算路途，期间工资照发，补贴只有在国外才有。”

黄丽说：“好的，我会认真考虑的，一定在三天内给你一个确定的答复。对了，明天我让司机来接你们，把你们送到那个银行附近，你们就会找到那家保健品店铺的，我明天要去放货，处理一些生意上的事，就不陪你们了。”

我说：“非常感谢你的帮助，不管我们能否合作，我们都会关注你的情况，有需要随时联系。”

第二天上午刚吃完早餐，黄丽那辆白色的丰田就来到了旅馆，不一会我们就被送到了一家银行门口。告别司机时，我给了司机一点小费，司机再三感谢，并告诉卢燕，要去给莎拉报告。我们环顾四周，也没发现有保健品的铺面。我看到一个黑人小伙从银行出来，让卢燕去问问。卢燕还没说话，小伙就用中国话说了一句“你好”，着实把我们惊了一跳。我们连忙回礼。

我用中文问他：“你会讲中文？”他很茫然地看着我们，我又用英语问他，他笑着说：“一点点。”

卢燕又问：“还会说什么？”他说：“象牙，不是象骨。”然后就露出钻石一样的白牙笑了。我和卢燕听得有些茫然，卢燕和他交流一会，才弄明白他说的是什么。

原来他曾在库马西一个集市打工，老板雇他卖象牙制品。买象牙工艺品的大部分是中国人，中国人怕上当，挑选得很仔细。工艺品有的是用象牙做的，有的是用象骨做的，价格相差很大。他们老板请中国朋友教他们说中国话，学了很多都忘记了，现在只会说这两句。

卢燕问他知不知道有个卖保健品的商铺，小伙一听就激动了，连忙问：“你们要买吗？有很多！跟我来。”

他带我们拐了一个弯就看到了一个小商铺，原来是在银行的另外一边。商铺锁着门，他掏出钥匙把门打开，请我们进去。他现在就在这里打工，是给老板看铺子的。商铺很小，放着一个玻璃柜，里面放着一些保健品。他打开柜子，拿出几盒产品，我们一看，是美国康宝莱的产品。我想起行长夫人说起过，她的妹夫好像卖过康宝莱。我问小伙，生意好吗？小伙笑笑不回答。他又拿出一些资料，其中有价格表，我们一看，比我们的产品贵得太多。我让卢燕选一盒最便宜的，是一盒补锌的产品，售价 25 美金，我和卢燕商量，如果买这盒产品，能够给我们一份康宝莱公司的材料和产品价格表，我们就买一盒回去研究。

小伙一听，很高兴地说："你们需要先办一个手续，填一张表，加入康宝莱公司，因为康宝莱是会员制，入会以后才能购买产品，还能当经销商。"

他拿出一张表格让我们填，然后出去打了一个电话，回来后他给我们说："我老板马上就到，先等一分钟。"

卢燕和小伙聊起来，小伙名叫斯蒂芬，他的老板有好几个，主要负责这个店铺的叫布莱斯。最近生意不好，老板们正商量这个店铺还开不开。卢燕问他，如果店铺关了，你怎么办？他说那就再回去卖象牙制品。

来加纳后和黑人打交道，发现他们时间观念很差。我总结了一下，他们说"一分钟"，其实至少要"十分钟"；他们说的"五分钟"，也需要"二十分钟以上"；那么他们的"十分钟"就至少是"半小时以上了"。如果告诉你，一个小时后再见，那基本就见不着了。因此，我们等了他的老板布莱斯十多分钟，也是很正常的，关键是他来了。这是一个二十多岁的青年，大高个，眼睛大大的，穿着一件大褂子，阳光帅气。他看见我们，露出开心的笑容。

多年以后，我们再聊起见面的那一刻，他问我："威廉，你知道当年斯蒂芬见了你们给我打电话说的什么吗？"

我说："不知道！"他说："斯蒂芬说，来了两个白人要买货，一个是女的，他们有好多钱，我做不了主，你快来！"

此时的布莱斯，不像是这个店铺的老板，倒像是我们的伙计。他连手也不敢和我们握，却恭敬地请我去坐那张唯一的椅子，我们当然没有坐。

卢燕对他说："你是店里的老板吧？"他说："算是吧，但是也不是最大的那个店主，我妈妈才是。"

卢燕说："价格太贵了，有没有折扣？"他说："没有，价格不是我们定的，是公司定的，这是一家美国公司。货都是从英国拿过来的，我妈妈租了店铺，在帮英国的亲戚卖货。你们要买多少货，我不确定有没有那么多。还有，我这里不收钱，需要你们去银行把钱打到我们账户上。"

他拿出一个纸条，上面写着收款账户的信息。我的感觉，这个布莱斯太老实了，根本不像是做生意的。那个斯蒂芬倒很机灵，而且是长得很帅的那种，肌肉也比较发达，眼睛充满了灵气。

卢燕说："我们今天先买一盒产品，看看质量如何，能不能给我们你们公司的详细资料，产品说明和价格表。"

布莱斯说："可以，但是你们必须先加入我们的会员，才能买我们的产品和资料。"他指指那张表格。看来不入会是买不到产品和资料的，我让卢燕看看表格，都是什么内容。

卢燕一看就明白了，就是要我们购买者的基本信息。我让卢燕填表，填我的信息，女孩子的信息最好不要泄露。表格填完，布莱斯还要了我的护照，认真核对，在表上签下了他的名字。然后对我们说："和我一起去银行打款。"我说："不是填完表后就入会了吗？你需要给我们会员的材料啊？还有会员的编号什么的。"

他说："是的，入会也要付钱的。"我和卢燕吃了一惊，这是美国公司康宝莱的规定吗？布莱斯和斯蒂芬都点点头。我问："多少钱？"他们回答："38 美金。"这真不是个小数目，难怪康宝莱公司的产品无人问津。卢燕问我怎么办？我说："走，去付款。"

布莱斯和斯蒂芬高兴了，连忙在前面带路。到了银行，需要排队，布莱斯让我们坐在沙发上休息，他去排队。卢燕要过他们的账户信息，填好支票，和布莱斯站在一起闲聊起来。斯蒂芬才想起来店铺没锁门，给我打声招呼就跑了。

一切办好，又回到小店里，布莱斯给我们买了两瓶水，而他和斯蒂芬什么也没有，我给了他们一瓶，把另一瓶给了卢燕。

布莱斯清清嗓子，站在我们对面，开始了他的演讲："我的上帝，感谢你让我们成为一个公司的会员，感谢你们今天来到我的店铺，感谢斯蒂芬我的兄弟遇见了你们，一切都是上帝的安排。我要好好的帮助我的这两个白人朋友，让他们吃了我们的产品得到上帝的呵护。"

他从玻璃柜里拿出一本小册子，原来是康宝莱公司的资料，又拿出一些产品的宣传彩页，还有一张产品的价格表。

卢燕问我："还买不买产品了？"我说："不买了，先回去研究这些资料，关键是把他们两人的联系方式留下。"

告别布莱斯和斯蒂芬，我们打车回到旅馆，办好退房手续，急忙赶到长途车站，买好回阿克拉的车票，还有半个多小时的候车时间。我问卢燕饿不饿，她说吃不吃都成。我们看到车站广场有些卖食品的摊铺，走过去一看，没有能引起食欲的东西。我记得阿克拉公司门口有时候能看到卖烤芭蕉的，就给卢燕说，找找看。环顾四周，还真有。我俩有些兴奋，因为昨晚的油炸芭蕉太好吃了，没有油炸的话，烤的也行。我们急忙赶过去，忽然我们同时发现了在烤芭蕉摊位的旁边，有一个卖油炸芭蕉的。女老板正在忙活，只见她拿出一整串芭蕉，估计有十来个，一下放进铁锅里，铁锅里的油咕咕冒起了泡，这也太生猛了吧！她拿起一个铁钩，把芭蕉在油锅里翻转。我拉着卢燕急忙离开，转而来到烤芭蕉的摊位。那位炸芭蕉的女老板还不停地向我们招手，嘴里喊着"快来快来"。烤芭蕉的摊主则是把芭蕉放在大铁桶里烤，和国内的烤红薯差不多，不同的是，她是把芭蕉皮扒了后烤的。让人无语的是，她是用报纸来包烤熟的芭蕉的，吃多了会不会铅中毒呢？

上车了，还是那种带空调的小巴车，这次我俩的运气差了点，是三个人的座，挨着窗户的是一个胖女人，浓烈的香水味熏得人头晕。没办法，卢燕只能挨着她坐着，我和卢燕说："开车了你就睡一觉，三个多小时就到了，一会给凯文打个电话，让他做点好吃的。"卢燕说："没事的，这比我在医院闻的味道要好很多，别忘了，我可是护士出身。"

第二天一起床，我就来到办公室，拿起纸笔给总部写报告。首先，要总部再派一个人。做市场需要人，我知道总部一时半会也找不到合适的人选，况且还需要办理签证。如果这时黄丽答应来公司工作，总部就会很快给予批准，如果不来，只能从国内解决，他们现在就可以着手准备了。第二，需要买车，根据目前我们的财务情况，可以买一辆价值一万美金之内的二手汽车。资金我们自己解决，不需要总部汇款。第三，要准备订货，能否像黄丽一样用邮政的方式先给我们寄一部分货。这个货最好是我们目前没有的，一定要便宜的。如果有减肥产品，要总部加速专给非洲制作。我们去库玛西期间，国清接待了好几批顾客。行长夫人带来了闺密，参加聚会的几个年轻人也要求公司给他们讲讲公司的产品，要我们教他们如何去销售产品。所以，公司需要马上开始培训，卢燕最适合这项工作。我写好报告，把卢燕和国清叫来，一起商量这些事情。

国清一进门就嚷嚷："经理，再来一个美女的话，你得给我派一个助手，昨天你们不在，来了好几拨客人，我的嘴笨得讲不出来，不然行长夫人的闺密肯定买货。"

卢燕说："怎么现在还没有接到黄丽的电话呢？"

国清接着说："卢娜，你估计她会来吗？"

我说："心急吃不了热豆腐。昨天我们离开库玛西的时候，我们本可以再给她打个电话，但是我没打。”

卢燕说：“我也一直纳闷，经理为什么不打个电话呢？既是告别，又是催促。电话在我包里，我几次都想把电话给经理，但是我看到经理四平八稳的，我就也不瞎操心了。”

我说：“像黄丽这种阅历的人，很有主见。她经过了好几年的努力，已经在库玛西站住了脚，事业也有了成效。”

国清插嘴道：“听说刚买了一辆丰田轿车，她真厉害！”

我说：“是的，到我们这来，是要让她放弃这几年的心血和到手的一切。她到我们这图什么？我们要换位思考，如果是我们，我们来不来？”

我看看卢燕：“卢燕，你说呢？”

卢燕说：“经理这么一问，我还真说不上来了。图钱，我们这挣得没法和她目前的情况比；论舒服，她一看我们经理就知道，这里不是混日子的地方。唯一让她动心的理由，就是她去年就看到了我们总部的招聘广告，这次很巧就让她在这里碰上了我们，所以她会动心。再加上我们经理的气场那么大，做事的风格，说话的逻辑，她肯定很欣赏，不愿放弃这次机会。”

我说：“别吹我，我没那么大的魅力，是总部的发展前景会吸引她。她一个 30 岁的女子，孤身一人在非洲奋斗，不知道吃了多少苦，流过多少泪。她最需要的是有个好的平台，可以让她有个归属感。美国的马斯洛的人本主义心理学上说，人的最大需求首先是生存的需求，第二是安全的需求，黄丽就缺少安全感。所以，我估计，她来的可能占六成。”

卢燕说：“昨天晚上我们回来，凯文让我到他的办公室，问情况，我给他一说黄丽的事，凯文是不是激动了一晚上啊？”

国清说：“是有些激动，我觉得我们是真需要一个人来，经理做市场的招数已经亮出来了，初见成效。你们不知道，我们上个月报了1306美金的业绩，我们财务部可高兴了，大家都在说，真没想到加纳还会有业绩。”

我和卢燕哈哈笑起来，我说：“你们财务部啊，真是的，这算啥业绩啊？等着吧，我们非洲一定会给总部、给全集团一个惊喜。”

国清和卢燕兴奋地击起了掌。我说：“都回到现实吧，一切都需要从零开始，我给总部写了一个报告，你们看看。”

他们二人看完报告，连连点头，完全同意。卢燕补充道：“业务开展起来后需要雇佣专职保安公司了，来来往往的人多了，安全问题要注意。科菲只是晚上住在这，他做不了这个，我们还要有个公司形象。”

我说：“很对，你们两个有时间可以先上网看看，摸摸价格。一是带枪的不要，二是带狗的不要，他们价格贵得很。还有，白人开的保安公司也不要，什么总部在英国呀欧洲呀什么的，都是请当地黑人做保安。咱们就找一个当地的保安公司，估计价格能便宜一点。”

国清说：“能不能给我配置一些办公用品，什么复印机、打印机什么的。”

我说：“不止这些，还需要给你买一个保险柜，但是都不是目前能解决的，等业绩超过了一万美金，都给你配齐了。”

大家都在各忙各的，我让卢燕做好培训前的一系列工作，让国清帮助卢燕调试好DVD播放机，把公司的影像资料都看一遍，以后需要在会议室里循环播放这些介绍公司和产品的片子。总之，要做好随时接待经销商的准备。

天色暗下来了，卢燕今天要给我们露一手，试着做做油炸芭蕉，让科菲买了好多芭蕉，这东西很便宜。我们上次在王倩倩的餐馆和河北制药的老刘老李聊天中得知，当地人生活一天的费用1美金就足够了，他们的主食木薯和芭蕉都很便宜。老李他们请了一个黑人小姑娘，给他们做饭打扫卫生，一个月才 10 美金，当时我都不敢相信。我来到院子里，科菲已经打开了外面的灯，看看天上，满眼的星星。我心想，上帝是真会安排，非洲黑人为什么不像我们中国人一样勤劳能干，是因为他们的资源太好了。绝大多数撒哈拉以南的黑非洲国家没有地震，没有海啸，基本没有什么自然灾害。就拿加纳来说，可以食用的植物太多了，木薯、芭蕉、菠萝、橘子、芒果、木瓜、西瓜这些一年四季都会生长。不过，他们养的牛和羊却有些太不上档次。牛都很小很瘦，有时我还误认为那是只羊，羊长得还不如欧洲的兔子大呢。他们的肉食基本都要靠进口，大米和面粉更是需要漂洋过海。正因为如此，他们的生活节奏很慢，不守时也就成了常态。

我刚想继续每天晚上的功课，给草地浇浇水，卢燕突然跑过来，她递给我手机让我快听电话。我拿起手机，黄丽的声音就传过来："威廉你好！我已经考虑清楚了，我准备加入你们的公司，不知还欢迎吗？"

我说："欢迎你加入我们公司，目前先是加入加纳这个团队，我们一起奋斗，等加纳腾飞之日，就是你接近你的目标之时。我敢保证，这一天不会太久。让我们记住今天，你会为你的选择而自豪。"

黄丽说："我记住了赵经理这诗一般的描述，一定不让你们失望。我想请赵经理再给我几天时间，我把事情处理完就来报到，这次离开库玛西就不会再回头。"

我说："好的，我们等你，你尽快处理完就来。还有，你写一个简历，然后发给我们，用传真或者用邮件你和卢燕商量。"

晚餐不算丰富，但是也比平常好很多：一大盘油炸芭蕉，和旅馆吃的差不多，意大利面，还有西红柿鸡蛋卤，国清又拿了三瓶啤酒，今天真该庆祝一下。

卢燕说："凯文，黄丽来，你有个喝酒的伴了，我估计你喝不过她的。"

我说："让黄丽教教你，要学会喝威士忌，什么黑方啊红方之类的，黄丽好这一口。"

国清说："啊，洋酒？不行不行，我和她喝二锅头可以。"

卢燕说："吹吧你，二锅头呢？拿出来呀。"

国清说："我探亲回来带上。哎，经理，我下个月该探亲了，能让我走吗？"

我说："没问题，黄丽来了，我们三个人分分工，你该给财务部打探亲报告你就打，然后把机票早些确定了，春节快到了，舱位紧张。"

让国旗高高飘扬

三天后，黄丽终于到了。还是那两个黑人小伙开着黄丽的白色丰田，拉着黄丽的细软。我原本准备让黄丽和卢燕住一屋，这样我们四个人都住在二楼。二楼已经安装好了铁栅栏，晚上一锁，下面的人进了别墅也上不去二楼，安全无忧。但黄丽提出想单独住一间房，她一直就是这样，和人合住不习惯。二楼共五间房，一间做了库房，我和国清住的是主卧室，国清在主卧室里面的衣帽间住，我一个人住在主卧，卢燕住一间，剩余两间是办公室，黄丽住哪呢？黄丽此时已经看到了一楼的客房，她提出想住一楼的客房。

我说："你一个人住在一楼，我们不放心。"

她说："这么好的条件，这个区域很安全的。我看卢燕给我的地址，我就知道了，这一片我来过，何况晚上一楼是会锁门的，这比我住的地方好得太多了。"她看我还不说话，又补充道："这样，你给我一把铁栅栏锁的钥匙，有风吹草动我就上二楼去找你们避险，怎么样？"

我觉得有道理，就同意了。黄丽说："我自己有空调，都带过来了，我让这两个小伙给我装上，可以吗？"

我当然同意。这时候国清和卢燕下楼和黄丽打了个招呼就急忙上楼了，那几个年轻人中的一个女孩带着一个老太太来了，正在办公室和他们聊呢。黄丽让我也去忙，不用管她，她自己让黑人收拾即可。我看大家都有自己的事做，就转身进了厨房，给大家准备晚餐。我在想，黄丽一来就是四个人吃饭了，每天做饭也是一件不能忽视的工作，抓不住胃就抓不住人心啊！干脆我们每人一天排班，轮流做饭，如果有突发情况离不开身，我随时顶上。真的每天大家都忙得连做饭的时间都没有，我这个经理就开心了，那证明我们的业绩会越来越好，我宁愿天天给大家当厨师。

黄丽的加入，真是鼓舞人心。我把黄丽的简历以及招募她的经过汇报给国际市场部和集团人力资源部，得到了一致的肯定。总部为此还发文介绍我们的经验，认为要走国际化的道路，首先是管理人才国际化、本地化，这样不但用人成本低，而且可以解决水土不服的问题。需要掌握好的就是，用人要谨慎。

黄丽来了，我让卢燕集中精力抓培训，希望尽快能够组织一次 20 人左右的培训，以检验我们的培训内容和方法是否能够得到大家的认可。因为这两天我们已经接到了库玛西的布莱斯和斯蒂芬的两次电话，催促我们去库玛西再次见面。而我不知为什么，已经喜欢上了这两个小伙，他们朴实，有寻找新生活的动力，外表也阳光有魅力。我们要想在当地开拓市场，去库玛西是个不错的选择，而且要找合适的合作伙伴。我心中在盘算，我们要想办法把这俩小伙培养出来，让他俩在加纳当统帅。不过，他们有没有这个福气，还要看事态的发展。

所以我让卢燕给他们回电话时就说，我们正在研究他们的销售计划和产品特点，等有结果就告诉他们，让他们和我们继续保持联系。刚上班的黄丽，也正在熟悉公司的情况，最重要的是要尽快了解公司的产品和销售模式。黄丽在库玛西还未了的生意已经委托给了她雇佣的那两个当地人，她的车也继续由他们使用，估计还需要几个月才能把货款全部收回，不过，她已经完全放下了，再不去操心这件事了。

在黄丽的帮助下，我们看好了一辆二手车，是从欧洲过来的韩国产的大宇，蓝色的车身，看起来还不错，从里程表上看只跑了不到八万公里，只是车上配置的音响没有了，驾驶台上留下了一个空洞。卖汽车的商贩给我们说，二手车在进口时需要把汽车的一些配件卸掉，比如音响，再单独申报进口，所以音响需要单独购买。

我们觉得莫名其妙，如果这个车的音响不能配上，谁会买这辆车呢？卖家信誓旦旦地对我们保证，如果我们交了定金，他一定去把这个车上原装的音响给找回来，不过需要我们单独给卖音响的付款。他还打开后备厢让我们看，这个车是环保车，行李箱里有个很大的装液化气的钢瓶。我们都被他逗笑了，在加纳何时才会让汽车用上液化气呢？大家做饭都是用电的，只看到中餐馆在用液化气，汽车如何加气呢？其实，这个大家伙占用了行李箱很大的空间，反而成了这辆车的缺陷，我们正是准备利用这些缺陷和他压价呢！他的报价是6500美金，我们的还价是4500美金，如果成交，可以给他付美金，这可是最大的诱惑，因为当地人在哪个银行也换不上这么多美金。我们在总统大选期间取回来的美金一直没有存回银行，国清天天给我提醒，说这么多现金放在他那不安全，这次就把它花了。

双方僵持了两天，黄丽充当说客，最后让卖家把原配音响安上，我们付了4700美金现金，再加上300美金当地货币支票，交易成功。招聘司机的工作也让黄丽负责，她先找到了科菲，让他请来了房东和房东的姑娘，请房东给我们介绍一个她的亲戚或者熟人来给我们当司机，试用期三个月，每月的月薪是30美金，转正后50美金，如果有业绩每月有奖金，试用期结束后，可以搬到公司来住。

第一次见到房东，老太太气质不错，不像加纳大多数妇女一样偏胖，她比较清瘦，但精神很好。她先是埋怨我们没有早点邀请她和她的姑娘来公司看看，只是听大个子园林工去她家干活时说几句，说我们不是以前的那些房客了，对他们很客气，而且公司看起来很有生气。我们前几天买了保温桶，桶里一直泡的有降脂茶，就请老太太和姑娘到了办公室，每人喝了一杯，老太太一个劲称赞：好喝，好喝！我们欢迎老太太随时到公司来，并给了老太太公司和产品的资料。老太太听说让她给我们介绍司机，而且这么好的待遇，非常高兴。她说她会认真做好这件事，因为司机品行不好，会给我们带来很大危害。

黄丽说："我们相信夫人，这件事很重要，因为我们会经常出差，我们的生命安全都会交给司机的。我们还有一个要求，就是司机的体味不能太重。"

老太太一听就明白，她的丈夫生前是联合国粮农组织的官员，她和丈夫的家就住在总部所在地意大利的罗马，他们请司机也是这样要求的，让我们放心。她还告诉我们，她有好几个朋友被任命为新政府官员，需要帮助请我们和她联系，她希望我们在这里多住几年。我笑着说："我们这次来，就准备不走了。"

我突然想起，上次在看库存报表时发现有一面公司的司旗，我让国清拿来，一看是一面新旗子，上面还标注，是和 2 号国旗的尺寸一样大的。我当即让国清找到上次给我们做铁栅栏门的铁匠，让他给我们做三个旗杆，主旗杆十五六米，两根副旗杆比主旗杆短 200—300 厘米。

国清说："国旗哪有啊？国内没人带不过来呀？"

我说："你负责把旗杆做好，底座要打混凝土，一定要牢靠，结实，千万不要一阵风就倒了，那是要出大事的。"

国清回答没问题。我想，这国旗从哪买呀？只能从中国大使馆想办法。我找到黄丽，问她大使馆有没有熟人，她说，有一个参赞能说上话，而且有他的电话。黄丽是带着手机加入我们公司的，我要给她买一张电话卡，她不要，因为目前她还需要现在的号码。我答应她等国清回国时我们再申请手机时，给她配一部。

我让她试着给这位参赞打个电话，先请示我们公司能否挂国旗，并请教哪里能买到或者借到中国国旗，公司最近要搞活动。黄丽一会就告诉了结果：中国公司当然可以挂中国的国旗，国旗大使馆是有的，但是不能卖也不能借，参赞认为只能让国内寄或者有人过来时带。不过，参赞提供了一个线索，让我们问问王倩倩，也许她有办法。

我让黄丽开车带我去“东方姐妹餐馆”去找王倩倩，她有些犹豫，觉得自己加入我们公司没告诉王倩倩，她和王倩倩是闺密，王倩倩会怎么想呢？

我说：“让别人知道你加入我们公司是迟早的事，这不丢人，我去和王倩倩解释。”

王倩倩看到我和黄丽一起来找她，十分诧异。我给她说：“我们公司缺人手，猎头给我们推荐了黄丽，我就把她挖来了。”

王倩倩说：“赵经理，你好厉害呀，多少公司想挖莎拉呀，你给莎拉开多少工资？”

我说：“你知道的，我又不是老板，没办法给黄丽承诺什么，只是希望一起做事业。”

王倩倩知道也问不出什么，就说：“你们找我不会是吃饭吧？还没到饭点呢！”

我就把找国旗的事告诉了王倩倩。王倩倩说：“真是看不出，赵经理，你怎么啥都知道啊？”

我和黄丽一听，有门！

黄丽说：“倩姐，你这是不是有啊？”

王倩倩说：“我去年从国内发货时，让国内给我买了一面国旗，谁知道他们给我发过来了一面那么大的国旗，我这地方怎么挂啊。你们看我家隔壁那个王朝餐馆，挂了好几个国家的国旗，所以就有不同国家的客人去吃饭。我没那么大的场面，但是也应该挂上中国国旗，华人来吃饭心里会更舒服。”

说着话，王倩倩就从里屋拿出了国旗，我一看，太好了！还没打开的包装上清清楚楚写着“中华人民共和国国旗，规格：2号”。

我说：“王老板，这面国旗我们想挂起来，两个月以后，我给你两面小一点的国旗，怎么样？你要几号的告诉我，我让国内同事带过来。”

王倩倩说：“那就这样说定了。”她又问：“你们要这么大的国旗干什么？”

我说：“公司准备搞个活动，我们的院子大，所以旗杆可以立得高一些。”

王倩倩说：“是开业仪式吗？”

我说：“不是，我们是个小小的分公司，不需要搞什么开业仪式。就是想请一些当地朋友去我们公司，我们给他们做一下产品介绍，想把场面搞得隆重点。”

王倩倩说：“应该这样，中国企业就应该挂中国国旗。”

我说：“谢谢你今天帮了大忙，这样，你这有现成的冻水饺或者花卷什么的，我们买一点带回去，给你今天开个张。”

王倩倩说：“冻水饺真有，昨天晚上才包好，你要多少我给你们准备。”

拿着国旗和100个冻饺子，我们准备回公司，王倩倩又拿出一个用塑料袋包好的冰块给我们放在冻饺子里，送我们出门，她又想起了件事：“赵经理，你们那有没有减肥产品和补肾壮阳的产品，好多黑人在问我们呢。”

我说：“目前还没有，国内已经在研发了，我们现在有一种降血脂的茶很受欢迎，长期饮用对减肥是有帮助的。你的朋友如有需要，和我们联系吧。”

两三天的忙碌，终于初见成效，加纳的国旗也买回来了，就是买不到和我们国旗的尺寸相匹配的，比我们其他的两面旗要小。旗杆竖起，旗帜挂好，看到鲜艳的五星红旗高高飘扬，心里确实很激动，体会到了海外游子见到母亲的感觉了，此时此刻，我们几个人早已是热泪盈眶。保安也已经到岗，白天两人，晚上两人，尽管一看就知道是几个穿了一身保安服装的中年黑大叔，但毕竟也是经过了几天正规训练。每天白天有一次保安公司的巡逻车来查岗，晚上有两次。招聘的司机也已经就位，名字很长，最后的几个字母是“BEN”，所以大家就叫“奔”。刚一见到我，他看到站岗的保安给我行礼，他也学着做了一个保安的行礼动作，既别扭又难看，国清说：“名字叫对了，真是够笨的。”

万事俱备，只欠东风。我们抓紧时间开了个会，我给大家说：“这是第一次正规培训，一定要达到一定的效果。我们要让大家知道，我们是中国专门生产和销售保健品的知名企业，在海外许多国家都开有分公司。我们的产品科技含量高，制作精良，最重要的是物美价廉。我们公司的销售策略是叠加奖励，只要你勤劳，努力，就一定会改变你的人生。我们这次要把库玛西的布莱斯和斯蒂芬请来，让他们来参加培训。这次他们两人是重点，我想把我们公司真正的专卖店开在库玛西，布莱斯负责，斯蒂芬当他的助手。开店的资金我们先出，然后让他们分期付款还给我们。库玛西开店的地址让他们自己选，但是一定不能像布莱斯他们卖康宝莱产品的店一样，要大气，面积不能小于50平方米。他们把地址选好后咱们去审查验收，租金我们先垫付。布莱斯没有钱不要紧，我们全力支持，但是需要签订一个‘保密协议’，不允许给别人说这些资金是公司出的，就说是他们自己筹借的。货款他们也没有，我们视情况而定，要布莱斯付 50 美金，我们给他借 500 美金的货。大家看这样做行不行？”

国清说：“作为财务经理，我知道赵经理这样做是为了市场，但却不符合财务规定。因为财务应该是不见货款不发货的，我知道赵经理是在下一盘大棋，但会不会太冒险了？万一货款收不回来怎么办？”

卢燕和黄丽没讲话，我问卢燕：“你说说你的想法。”

卢燕说：“对于加纳这个新市场，不冒险就等于放弃。我和赵经理一起见的布莱斯和斯蒂芬，我觉得赵经理的判断是正确的。我记得许多成功的案例都告诉我们，选对一个人，走对一条路。我支持赵经理。”

我补充道：“行长夫人有经济实力，也可以给我们不断地带新客户来购买产品，但是都只能是小打小闹。因为她们有自己的买卖，在她的店里放我们的产品，属于‘薅草打兔子’，薅草是主业，有兔子就打，没兔子就继续薅草。但是布莱斯和斯蒂芬就不一样，我们给他们这么好的机会，他们一定会紧紧抓住。布莱斯开的就是保健品的店，业务不陌生，关键是我们要教给他们销售的方式方法。库玛西不是首都，没有那么多官僚，经商传统悠久，大家都在为生活而奔波。而且库玛西的位置已经靠近了加纳的中心，通过这个城市可以往东、北和西部发展。这个店如果起来，就等于我们在库玛西成立了一个分公司，它可以是我们的培训基地，也可以从库玛西往别的地区发货，比我们阿克拉的优势还大。国清是总部派来负责管理钱和物的，我也要支持你的工作，不给你为难。这样吧，给布莱斯 500 美金的货这个钱记在我的账上，属于我私人借款，如果货款回不来，我承担一切损失。”

国清连忙说：“不是这个意思，经理，我们在一起这几个月，看到了你为公司的事操心受累，我很佩服你。这件事我同意，坚决支持你的决策，如果有损失，我们一起向总部解释，共同承担责任。”

黄丽发言了：“我第一次参加公司的会议，很感动很激动。赵经理对于市场的感悟比我这个来了三四年的老加纳还准，还敏锐。我确实要好好向大家学习，通过这次培训，我也会有许多收获的，我支持赵经理的决策。”

我说：“好的，那我们就这样按照这个办法去做。培训时间不能长，我先介绍公司，黄丽给我翻译。重头戏是卢燕的，要把每样产品都讲透，尤其是降脂茶和补钙冲剂，因为价格容易接受。国清介绍一下公司销售奖励的计算方法，再强调一下必须先付款再发货。我们讲的时间不能超过一小时，否则他们就听不进去了。然后是互动时间，让大家提问题，我们来解答。把保温桶提前泡好降脂茶，多放几袋茶，味道要浓一点，一上口就有感觉。参加人员卢燕负责通知，行长夫人的团队，几个小青年还有房东太太和她的姑娘。布莱斯和斯蒂芬卢燕你来通知，他们不是要我们去库玛西吗？你给他们说，我们最近没时间，请他们到我们公司来做客，我们在公司等他们。然后问他们什么时间能到，我们再通知别的人，最好是上午，因为黑人不睡懒觉，但也很容易犯困，开会时间稍长，肯定会睡倒一片。”

两天后，第一次培训会议如期开始。布莱斯和斯蒂芬听说邀请他们来公司做客，提前一天就来到了阿克拉，他们有很多办法解决住宿一晚的问题，因此通知早上 9 点开始，他们 8 点 30 左右就来了。问题是，保安接到的通知是 9 点开门，所以不让他们进来。布莱斯觉得是他们来早了，就没有打电话找我们，而是利用这些时间，去球星的别墅周围参观去了。后来他俩说，这地方加纳人都知道，就是没机会来，这次看到我们公司的地址后太激动了，本来想会议结束后去他家的豪宅远远地看一眼，没想到愿望提前实现了。

此时，我们的接待工作已经开始了。黄丽前一天通知了保安公司的总部，总部答应 9 点差一刻就会派巡逻车来助阵，同时还增加了两个保安，由一个队长率领。公司的大门开启，保安列队等候嘉宾的到来。看到5个高低不同、胖瘦各异的保安站在一起，穿着黄色的保安服，脚蹬一双黑色的大皮鞋，确实有些滑稽。后来我才知道，许多国家的警察、保安是不能拒绝胖子入职的，只要你跑得动就行。所以当我在不少国家再见到大腹便便的警官，系着皮带，屁股上还挂着一把手枪，总觉得是在拍喜剧片。

布莱斯和斯蒂芬见大门一开，看到保安在站岗，正迟疑着，队长一声口令，所有保安全都立正敬礼，把他俩真是吓了一跳。这时卢燕已经在会议室门口迎候，他们见到卢燕，再看看高高飘扬的旗帜，惊讶得不知说什么好。布莱斯说："这是你们公司？威廉在吗？"

紧跟着房东老太太和姑娘也来了，她俩仿佛不相信这是她们自己的院子一样，因为这么一大片就没见过高高飘扬的旗帜，老太太见过中国国旗，但没见过我们公司的司旗，我说这是我们公司的旗帜，老太太也是十分惊讶。不一会，行长夫人和朋友们来了，这是一群富婆，个个穿金带银，提着精致的手袋。门口还有不少人探头探脑，保安队长请示我们，让不让他们进来。我和黄丽出门看到，原来围墙外面的马路上停了十来辆汽车，估计都是行长夫人和房东的车，所以很快就吸引了路过的围观者。我看到了给我们借过音响的小黑，让他进来了，其余的只能劝退了，第一次要保证质量，人多会乱的。

会议室已经坐了不少人，科菲的那些兄弟姐妹早早就坐下了，黄丽提供的手提式播放机正在播放邓丽君的歌曲，这种曲子有别于其他国家的音乐，更容易让他们接受。我们所有的客人都入座了，培训正式开始。

我简单地介绍了公司，加上翻译不到十分钟，卢燕介绍产品费点时间，要一个个的去讲解，对她来说也是游刃有余。比较费劲的是国清讲解公司销售提成这一块，我们买不上白板，无法在白板上演示，只能凭嘴说，国清讲得满头是汗，但看得出来听懂的没几个。黄丽给他翻译，也是干着急。我给黄丽说，你直接给大家讲。

黄丽只能救场，她拿起一盒降脂茶，说道："这盒茶 10 美金，你卖出一盒，得到 2 美金，卖出四盒得到 10 美金，卖出十盒，就是门口那个保安队长一月的工资。也许你卖出十盒产品只需要一小时，或者两小时，这么好的工作你做不做？我们现在有十种产品，这些产品有老人的，妇女的，儿童的，更有今天来的你们这些尊贵的朋友们服用的。我们的保温桶里，有给大家的礼物，请大家拿起旁边的一次性杯子，去保温桶里接茶水。"

我看到司机奔已经站在保温桶旁边，给大家分发杯子并接水。曾经喝过茶水的行长夫人和朋友，以及那几个年轻人不停地给那些第一次端起茶水的客人说："非常好喝！"

我注意着布莱斯和斯蒂芬的表情，他们小心翼翼地品尝着。显然是从未喝过这样的茶水，两人一边嘀咕，一边连连点头。

接下来的环节是提问，卢燕话音刚落，就有人站起来问问题了。是那几个年轻人中的一个小伙："我已经来过公司两次了，我很想做这门生意，但是我没有钱买产品，我这些天一直在攒钱，我每天收旧报纸去卖，现在只有不到 5 美金。"

另一个小伙抢着说："我也是这样，也是差不多只有这些钱。"

我笑着回答他们："你们的问题解决了，两个人凑够 10 美金先买一盒，然后再一起合作把它卖出去，第一笔生意就做成了。"

大家一听，都笑了。行长夫人说话了："这个茶我一直在喝，确实很管用，我上厕所比以前多了，体重有些减轻，如果再有专门减肥的就太好了。威廉，你以前答应我让我开专卖店，什么时候开呢？"

我说："我们去过你的店铺，你是专门卖布料的，生意做得很大，现在你把我们的产品放在了你的店铺里，其实这也就是你的专卖店了。

让你重新租个门面也没必要，你就这样卖吧。我们保证，那个集市我们再不会让别的人开店卖我们的产品，你的这些姐妹们需要产品，直接上你那去拿。我们每个月根据你的销售业绩还会给你 5% 的专卖店补贴。”

房东老太太也发了言：“我以前和中国人打过交道，他们都很友善，但是我今天见到的你们这些中国人，是我从未见到过的。你们让我的这幢房子变得充满了光彩，我喝了你们的茶，我知道这是伟大的中国草药，我们今天终于品尝了，谢谢你们让我参加今天的聚会。”

我一直在看着布莱斯，他也在注视着我，终于他开口了：“谢谢威廉，谢谢卢娜，谢谢中国的朋友们，谢谢今天所有来参加聚会的我的同胞。我叫布莱斯，我的朋友叫斯蒂芬，我们昨天从库玛西来到阿克拉，今天一早过来参加这场聚会。我们和威廉是几周前在库玛西认识的，当时他和卢娜去了我们的店铺，我们就是卖保健品的，我们卖的是美国康宝莱的产品，产品从英国带来。一个月有时候连一盒产品也卖不出去，因为产品很贵，因为我们不会给顾客讲解产品。康宝莱公司规定，卖产品以前必须先成为会员，需要交 38 美金的入会费，所以我们生意做得不好。我妈妈为了让我有个工作，借钱帮我开了店铺，现在马上要关门了，我们已经付不起房租了。今天看到了这门生意，又增加了我们的信心，我想请问威廉，能让我们在库玛西开个专卖店吗？”

他拿出自己的身份证，交给我，斯蒂芬也把身份证给我。他接着说：“这是我们的证件，我们想做这门生意，请威廉批准。”

我站起来把证件还给他们，握着他们的手说：“欢迎你们，我们批准你们在库玛西开店，具体事宜，等培训结束后去我办公室谈。”

一切都在按照我们设计的流程走，我让国清和卢燕在培训散了后给布莱斯和斯蒂芬专门开了会，传达了公司的决定，他俩真的像是中了头彩一样，怎么都不敢相信这是真的。多年后，布莱斯给别人讲这段经历时，别人问他，为什么会选择你呢？你问过威廉了吗？他回答：威廉让我猜，但是到现在我也没猜出答案来。

一周后，我让国清和卢燕去了趟库玛西，奔开着我们的大宇第一次跑长途，我最担心的是安全，好在一切都正常。布莱斯和斯蒂芬签了“保密协议”，找到了房子，每月租金30多美金，我们先付了六个月的房租。我们带去了500多美金的产品，让他们付50美金，但是他俩迟迟凑不够钱。本来准备让他们下午就开始返程，我只好临时决定让他们在库玛西住一晚，一定要让布莱斯和斯蒂芬交上50美金，要让他们知道，该他们做的事情，一定要做到，绝不能松口。第二天上午再要交不上钱，你们就把房间钥匙和产品都带回来，什么时候有钱了再来公司取。第二天快到中午，布莱斯和斯蒂芬满脸疲惫地来到旅馆，交上了沾满他俩汗水的近30万塞地。斯蒂芬告诉他俩，布莱斯卖掉了他自己吃饭的桌子。

2001年的春节来得早，本来计划是让楚国清回家过春节的，但是机票确认座位要排队，再加上我们都是月底报业绩，所以他提出等2月初再走，我说也好，这样大家就一起在这过个年吧。

第一次要在非洲过年，突然觉得很寒酸，我这个当经理的，怎么能让三个年轻人度过一个愉快的春节呢？

正在发愁，卢燕又拿着电话让我接听，电话是一位中国女性打来的。

她说：“你是赵经理吗？我是加纳中国大使馆，李大使邀请你们后天晚上6点去大使馆参加春节团拜会。因为是大使临时通知的，所以来不及给你们发请柬了，到大门口给我打电话，我把联系方式已经告诉刚才那个女孩了，我去大门接你们。”

我说：“谢谢大使，谢谢你，我们四个人可以都去吗？”

对方说："都来吧，别迟到，开车的话把车停在使馆附近就行。"

真是个好消息！看来这个李大使还真是个好领导，我真的好后悔，那一次硬闯大使馆确实是有些鲁莽，我要向大使道歉。

春节团拜会

中国驻加纳大使馆的春节团拜会在除夕前两天终于举行了，这是个星期天，我们四人穿戴整齐，两位女士还化了淡妆。黄丽开车，我们开心地出发了。车已经跑了一次长途，黄丽说，车况还好就是空调不太给力。她还说，卖到像非洲这样湿热气候的汽车需要一些特殊的装置，空调应该比别的地区更猛才行。这辆车从欧洲过来，空调差一些是肯定的，二手车就这样。真应了那句老话，好货不便宜，便宜没好货。我说，我们先凑合着用，等业绩好一点我们打报告买新车。

大使馆离我们不远，已经看到大使馆的轮廓了，黄丽说现在就要找地方停车了，再往前走没地方停车的。

我们下了车，说说笑笑地来到了大使馆门前。门口的保安多了几个，我们看到了身穿深色西服的李大使，他的旁边应该是他的夫人，身穿旗袍正在和客人打招呼，一转脸我看清了，正是那天从屋里出来批评我们的那位大姐，天哪！她是大使夫人？我和国清面面相觑，好尴尬呀！

卢燕正在打电话给使馆那位女孩，不知是李大使听到卢燕的声音，还是从人群里看到了我们，他探出头来给我打招呼，我连忙带着大家走进使馆。

我握着李大使的手，轻声说道："对不起大使，上次我们太鲁莽，向您道歉！"夫人好像也认出了我们，她一脸笑意地说："没事，都过去了，你们都还好吧？"我们连忙点头，连声道谢。

大使说："先进去，今天吃好喝好玩好！"

走进使馆，从前楼旁边的一条小道进到后院，我们看到了一块草坪，有两个篮球场大小，坐落在前后楼之间。草坪四周摆放着铺着台布的桌子，上面摆满了食物，还有各种饮料和酒。人们围着草坪三三两两地在聊天，大部分是中国人，当然也有白人和黑人。

我正四处端详，卢燕领着华北药业的老刘老李走过来，老刘说："我还想给你们打电话呢，不知道这次邀请你们没有？看到卢燕，我们放心了。"

我说："谢谢你们，一直惦记着我们。"国清也和老刘老李握手寒暄起来。我一转头，才发现黄丽不见了。我知道她的熟人多，让她自由活动吧。

老李说："你们都没回国呀？"我说："国清应该回国的，但是最近工作忙，他就推迟到下月了。"

老李接着说："那年三十怎么过呀？"我说："我还犯愁呢，我们又收不到国内电视，春晚节目看不上。"

老李说："我告诉你们，很简单，安个锅就可以啦，特码港有个中国人就做这个生意，安锅不要钱，每月收 30 美金的使用费，节目还不少，信号也还可以。你们如果想安，我明天就给他打电话。"

我说："真的？"老刘说："对，没错，我们已经给他推荐了不少朋友。"他对老李说："问问能不能给些优惠，便宜点。"

卢燕说："经理，咱们安一个吧？"

我问国清："财政大臣，能批准吗？"国清："经理，你在骂我呀？"大家笑笑，我说："安！"

我又问："安锅的那个中国人今晚没来吗？"老李说："加纳这么多中国人，都能来吗？不能。原则上是中资企业，还有一些和使馆走的近的，比如餐厅呀、渔业呀什么的。"

他把声音放低，悄悄说："你们上次闹了一下，大使馆记住你们了。"

我说："我们是不是臭名远扬啊？我刚才给大使道歉了。"

老李说："和你开玩笑呢，上次那件事不怪你们，是我和老刘的话，我们肯定比你们闹得还凶呢。"

我说："那不一样，你们出国是办过正规手续的，我们企业都不知道这事，所以才会没有我们公司的信息，确实是我们总部的疏忽。"

正说着，黄丽和王倩倩走过来，老刘和老李一见黄丽，就说："莎拉，你也来了？从库玛西过来？"黄丽还没说话，王倩倩开口了："莎拉现在搬到阿克拉住了，不去库玛西了。""是吗？"老刘和老李几乎同时问道。

黄丽说："是的，库玛西混不下去了，只能挪个地方了。"

王倩倩说："我们的莎拉现在已经是赵经理团队的干将了。"

"是吗？"老刘老李显然又吃了一惊！

王倩倩说："别让赵经理他们猜谜了，我来说明白。莎拉曾经帮老刘老李的华北药业在加纳投过标，中了一些，不多。莎拉一分钱的报酬也没要，他们总部对莎拉很感谢，也看到了莎拉的能力和水平，想邀请莎拉加入他们公司，莎拉没有同意。"

我说："那都是哪年的黄历了，不是我们今天的黄丽呀？是吧？"

黄丽说："那时候，我还年轻，野心勃勃的，经过这几年的折腾，我老了，折腾不动了，想找个大树乘乘凉啦。"

正在尴尬期间，麦克风响了，主持人开始热场了，正戏马上上演，大家又恢复了常态。

李大使站在搭好的台上，声音洪亮地向来宾拜年，并发表了热情洋溢的讲话。大家的掌声也十分热烈，尤其是我们几个，由衷地感谢李大使和夫人。大使讲话后，就是自助晚餐时间，大家可以随意地取食物，或者倒上红酒白酒饮料，举杯互相祝福。黄丽和卢燕分别给我和国清端了杯红酒，王倩倩老刘老李手上都拿着不同颜色的酒，大家举杯庆祝，拜个早年。老刘和老李特意和我碰杯，祝贺我们公司请来了莎拉这样的优秀人才。

这时一个梳着大辫子的姑娘拉着一个中国大男孩走过来，我一看就知道这是王倩倩的妹妹和她的儿子，妹妹长得和姐姐不像，儿子却很像王倩倩，白白的皮肤，大大的眼睛，真是个帅小伙。

王倩倩说："他就和小姨亲，和我在一起连话都懒得说。"我说："那是你把孩子管得太严了吧？"

"我都急死了，"王倩倩说，"他的英语水平老是没长进，以后怎么办呀？"我们都笑了。

我说："老乡啊，你就别操这个心了，他以后就生活在英语的氛围里，还愁说不好英文？"

她妹妹也说："我姐太强势，把孩子吓得一天跟猫似的。"

王倩倩说："你就惯吧！"

我发现我们几个人有些太招惹人，好多人的眼光都往我们这看，我明白是王倩倩为首的这些女孩子太吸睛了，中国人在海外打拼的女性还是很少，她们一出现就像大熊猫一样抢眼，何况这些女性还都这么优秀呢？

我和老刘老李又聊起了装卫星锅的事，王倩倩和黄丽嘀咕了一会，然后和我们打了声招呼就带着妹妹和儿子转场了。老刘说他们一会回家就给那个装锅的中国人打电话，然后会把情况告诉卢燕。

我说："明天把锅装好，电视调好后，我们后天除夕就一起过，中午看春晚，晚上包饺子吃年夜饭。"

老刘老李可高兴了，明天一定要把这件事办好。另外，问我们包饺子的材料你们有吗？

我说："我们就四个人，四双手和四张嘴，材料什么都没有，关键是不知道上哪买？"

老李说："这样吧，我们后天把面、肉、擀面杖、辣椒、大蒜和调料什么的都带上。先过年再说，然后我告诉你们上哪去买这些中国食材。"

我说："好！这次算是你们请客，不过还是想现在就告诉我们上哪买这些食材，我明天就去买，过年也不是一天呀。"

老李说："这还有一个小故事。去年咱们加纳死了一个中国人，是一个中资企业的厨师，得疟疾死的，这事莎拉应该知道。"黄丽说："是的，上海人，40多岁，很可惜。"

我很惊讶："疟疾也能死人？"老刘说："中国人得疟疾，一般都会治好，黑人得疟疾，死的人还不少，尤其是孕妇和儿童。这个中国厨师大意了，也没在乎，平时身体也不错，最后严重了送到医院已经没办法了，疟原虫进到脑子里了，成了脑疟。他的老婆从上海赶来，人已经死了，没见着最后一面，可怜还有个正在上学的儿子。老婆原来是纺织厂的，企业倒闭，下岗在家照顾孩子，这下娘俩怎么生活？来加纳处理完丧事后，好心人就出主意，干脆留在加纳做生意，干什么呢？开个小超市，专卖中国食品。就这样，从国内发了一箱货，米面酱油醋，花椒大料辣椒五香粉，中国人平时厨房里的东西大部分都有。只是她们目前还没有很多的钱，这个超市其实还不算正规，就是在她们自己租住的房子里卖货，大家为了帮她娘俩，都去照顾她的生意，王倩倩也去拿过货。我现在给你说不清楚这个地方，她们也没有电话。这样，明天莎拉可以给王倩倩打个电话，她没时间可以让她的司机给你们带路。明天我们主要帮你们把电视弄好。或者，等过几天我带你们去买。”

我说：“听得很感动，中国人应该互相帮助，以后我们也会经常去买的。”

吃着喝着聊着，大家的互动很热烈。老刘老李要我们和他俩一起走走，我们才看到，在前楼的一楼大厅还有不少活动呢！有猜谜的，有打乒乓球的，有套圈的，有写书法的，还真有中国过年的气氛。

第二天一早，吃早餐的时候黄丽给我说：“咱们人多了，工作也开展起来了，家里需要请一个用人，负责打扫卫生，也可以洗洗碗，洗洗菜什么的。”

我说：“对的，确实很有必要。”我问黄丽：“有什么想法吗？”

黄丽说：“我和奔聊了聊，他有四个孩子，老婆没工作，生活压力蛮大的，如果让他的老婆来做怎么样？”

我说：“这是最好的安排，既可以帮他们解决一些困难，又可以在用人上让我们放心。”

黄丽说：“问题是奔才来公司上班几天，正在试用期呢。”我说：“没事儿，你给奔谈，让他的老婆来公司工作是公司为了帮他的家，做用人不能成为公司的正式员工，不享受正式员工的待遇。”

黄丽问：“正式员工有什么待遇呢？”我说：“咱们中方员工六个月有回国休假的规定，公司还准备给咱们西服，如果奔转正了，我们要和他签合同，还要给他发衣服的。你觉得给奔的老婆开多少钱呢？”

黄丽说：“每月 10 美金，干得好再给一点奖金。”

我说：“可以，你去给他谈。”

我来到办公室，拉开窗帘，平时这个时候太阳晒得我都不敢拉开窗帘，更不敢打开窗户，今天天气阴沉沉的，感觉好像要下雨。阿克拉目前正是旱季，哪会有雨呢？我正琢磨着，黄丽来了，她连忙让我关上窗户，我说：怎么了？她说："沙尘暴要来了！""沙尘暴？"我吃惊地问。她说："是的，每年一二月都会有沙尘暴天气，今天就很像要刮沙尘暴。"

我说："这是大西洋的沿海城市，哪来的沙尘暴呢？"

黄丽说："是从撒哈拉大沙漠刮过来的，很多非洲国家都会受沙尘暴的袭击。"

我说："严重吗？会有灾害吗？"

她说："在城市里也不会有什么灾难，就是空气很糟糕，沙尘遮天蔽日，白天恍如黑夜。"

我说："那可不好。"黄丽说："我本来和王倩倩通过电话，她让她的司机带我们去那个上海人家买中国食品的，不知司机还来不来。"我说："天上的云层越来越低，还真有些沙尘暴的样子。"黄丽说："当地人都习以为常了，这么多年都是这样，他们该干啥干啥。"

正说着，我们看到大门打开了，一辆汽车开进来。黄丽说："是的，就是他。经理你和谁去呢？要开我们的车吗？"我说："开车，王倩倩的司机把我们带过去后就让他回，你去找国清借些钱，你和我去，让卢燕和国清抓紧联系老李老刘，要把卫星电视弄好。"

一个上午都是在做过节的准备工作，我和黄丽找到了那家卖中国食材的地方，带着同情和怜悯的心买了不少做中餐需要的东西，价格虽然贵，但总算买到了。上次从王倩倩那里要了一点花椒大料，早都用完了，因此我们自己很少吃肉。以前吃的醋大多是超市里买的果醋，产自于阿拉伯国家，这次买到了镇江香醋，价格大约 3 美金一瓶，最重要的是买上了中国面粉，还有筛面用的细筛子，以及包饺子用的擀面杖。回家的途中，我们又去超市买了牛肉、猪肉和羊肉，蔬菜水果，还买了一箱啤酒，真是满载而归。黄丽给自己买了一瓶威士忌，说要和我喝两杯。我看了看这瓶酒，是在欧洲各商店都能见到的那种，她说，这是红方，还有黑方，比这个高级。我说没喝过，也不会喝，我喝啤酒都觉得难以下咽。黄丽说："我教你，回去我冻一点冰块，加冰才行。"

回到公司，我看到了来了几个当地人，估计是在安装卫星电视的，我刚要上楼就听见黄丽喊我。她说："经理，你别急着走，奔要开车去把他老婆带来，他说知道明天我们要过中国年了，他让他老婆过来打扫一下卫生，不要钱，让我们看看他老婆工作怎么样？"我说："他家住哪里？远不远？"黄丽说："他说开车不到 10 分钟。"我说："好吧，快去快回。"

我上楼，看到卢燕、国清都在我的办公室，两个当地人正在调试电视。国清说："电视就放在你的办公室吧，还宽敞一点。"我说："那个锅在哪呢？"卢燕说："在房顶上，已经固定好了。"很快，电视有图像了，一会就出现了中央 4 台的节目，终于可以看到国内的新闻了，好开心啊。国清说："经理，吃的买上了？"我说："买上了，东西还挺全，今天花了不少钱，这个月的生活费肯定超支了。"国清说："难得在国外过春节，电视也弄好了，还真有个过年的样子了。"卢燕说："再把业绩做上去，我们就在这，哪都不去了。"卢燕看看外面，问我："莎拉呢？"我说："回来了呀，是不是在和奔往厨房搬东西呢。"卢燕说："我下去看看，都买了些什么好东西。"国清看着电视一切正常，就领着两个当地人去财务结账了。

好久没看到中国的电视节目了，电视里一直在播放全国各地准备欢度春节的新闻，我看了看手表，已经是下午 1 点了，中国现在正是晚上 9 点，家里的亲人们都好吧？明天晚上，让大家给家里打个电话，拜个年吧！

卢燕在厨房里，她说："没看到莎拉，也没见到奔。"我心想，那她一定是和奔一起去接奔的老婆了，这个姑娘心很细，做事有板有眼，尤其是和当地人打交道方面，我们需要好好向她学习。

果不其然，黄丽领着奔和奔的老婆一起来了，找了一圈在厨房里找到了我和卢燕。奔的老婆看起来也就 30 来岁，身材不臃肿，看来没少干活，属于典型的劳作型的家庭妇女。她见了我，紧张地给我行了屈膝礼，就默不做声了。奔和她并排站着，也很紧张。奔用当地话给他老婆嘟囔了几句，他老婆脸上挤出了一些笑容。我和黄丽说："莎拉，你给她安排点活让她做做，我在这她很紧张，让她不要怕我们，好好干活，把规矩给她讲好。"

我转身离开了厨房。

晚上，我来到了厨房，今天买来了牛肉，我给大家做一道酱牛肉吧。我把牛肉洗干净放入锅中，让水淹没牛肉，选择电炉盘上面火最大的按钮，盖上锅盖。我看了看今天买的蔬菜，心想明天给大家做点什么凉菜呢？

"经理，晚上好！"黄丽来到了厨房，我说："你累了一天，去休息吧。"她说："你比我们都累，还在忙碌，我们怎么能心安理得的休息呢？我来冻点冰块。"

水开了，我把牛肉捞出来用清水冲洗干净，把锅里的水倒掉，再加水放进牛肉，再放入今天买的八角、花椒、桂圆、香叶和料酒，再把姜拍碎，又洗了一根葱放进锅里，开大火，盖锅盖。黄丽看到我娴熟的操作，有些发呆，她说："赵经理，你以前在哪学的这些厨艺啊？"我说："这不算厨艺，真正的厨艺体现在做菜上，我会做几道菜，那都是在家偶尔需要做饭时琢磨的。我在深圳公司工作时，我们也是要回宿舍做饭的。深圳生活费一天补贴 10 元钱，刚够一碗桂林米粉，不回宿舍做饭就无法生存。我觉得在深圳的生活压力比在这大多了，每天要早早起床，自己准备的早点吃一点，然后坐公交车去上班，中午买一碗米粉，晚上赶回宿舍天早都黑了，大家再轮流去做晚饭。最要命的是我这个当经理的还要考虑怎么把业绩做上去，在深圳工作不到三个月，整个人都觉得累瘫了。”

锅里的水开了，我揭开锅盖，香气扑鼻而来。忽然发现，有许多大苍蝇飞进厨房，刚好卢燕和国清也来到厨房，我让他们赶快把门关上，大家一起打苍蝇。

我说：“你们不是在看电视吗？”

卢燕说：“从来没有在我们厨房闻到过这种香味，我们是逐香而来。”

我说：“这些苍蝇也是逐香而来，它们还是从奥苏赶来的呢！”

大家说说笑笑一起商量着明天做什么好吃的。黄丽说：“我的名叫莎拉，我明天给大家做一盘蔬菜沙拉吧。”我说：“没有沙拉酱啊？”黄丽说：“我有，我经常自己做沙拉吃。”卢燕说：“我会做葱油饼！”我说：“这个好！”国清说：“那我就做一个凉拌土豆丝吧！”又是一片喝彩声。黄丽说：“你们来以前，赵经理正给我讲在深圳工作的事呢，你们要不要一起听听呀？”卢燕说：“还真是的，我那时在市场部，听说赵经理在深圳业绩增长20倍，具体情况知道得很少。”国清也说：“总部都知道，深圳经理厉害，今天就给我们讲讲你当时是怎么做到的？”我说：“都是些陈芝麻烂谷子，不值一提。”他们几个不停地催促，我说：“那好吧，我就给大家如实汇报一下深圳的工作情况吧。”

我告诉他们，我到深圳是1999年的11月中下旬，接替当时深圳的经理工作。当时公司租住在深圳最豪华的第一高楼“帝王大厦”旁边的振业大厦11层，位置很好，繁忙的商业区。为什么业绩会上不去呢？我到了后没有马上去接手工作，我想先调研一下。当时的经理可能自己也有一些个人的事务需要处理，希望我给他宽限几日。我说，可以，但是需要答应我一个条件，就是通知已经登记在册的最重要的经销商到公司来开个座谈会，就说新经理上任要见见大家。座谈会选择在星期天的下午2点，我一个人来到公司。在公司的会议室里，我把凳子围成圆圈放好，开好空调，放好水杯，每人一支铅笔几张公司的信笺纸。人陆陆续续来了，我随意和来的人聊天，先聊产品，来的人对产品反响不错，尤其是补钙冲剂，后来人慢慢就到齐了。我也没有站起来，就在座位上说：我就是新来的经理，刚才已经和几个大哥大姐聊了产品，大家还是认可的。深圳可不是一般的城市啊，这可是目前全球关注的焦点城市，为什么业绩做不起来呢？我这一问，就像是热油里滴了水一样，炸了！

会议开了两小时，才勉强结束。我给大家保证，从12月起，公司的整改措施开始执行，我们会在公司门口给大家公布整改后的具体做法。其实，我刚刚加入这个公司，关于产品和销售奖励政策我还没搞清楚，但是我弄明白了一件事，就是我们公司工作人员是来为经销商服务的，不是来当领导的。大家散会时每人都给我交了一份建议书，我马上开始归类整理。果然，和我预料的一样，原来的经理和团队就不是来深圳做业务的，好像是来旅游、度假的。他们的作息时间和政府机关的一样，甚至经常迟到早退。深圳是一个快节奏城市，许多年轻人需要打好几份工才能维持基本的生活，大家下班后来到公司，一看公司下班了。节假日，公司也放假了，打经理的电话要么忙音要么关机。明白了症结，就好办了。原来的公司除过正职经理以外还有副经理，一个出纳，一个会计，一个库管，一个司机。我就把六个人分成两班，从早上8点到晚上12点都有人上班，我就吃住在办公室。我下楼买了一个小枕头，一条小被单，晚上就睡在我办公室的沙发上。沙发长一米二，我嘲笑我自己，是屁股在下，两头在外。刚开始大家很不情愿，我给大家说，不干就打报告请求调离。尤其是财务会计，成天怪话连天，不上夜班。大家的困难我也知道，每天 10 元生活费，一顿饭都吃不饱，我工资最高也就 2000 元，在深圳确实存不了钱。大家又没办法做饭，怎么工作呢？我来深圳时媳妇给我了 6000 元，我工作了三个月，把这些钱都用在给大家买吃的上了。我还把自己的电话号码公布在办公室门口，承诺谁需要买货就打这个电话，保证随时在线。真有一天晚上，应该是 12 点以后了，只有我一个人在沙发上睡觉，电话突然响了，是一个香港人打来的，说他马上过关，然后坐火车去内地，想买两盒补钙冲剂有没有？我说有，他又说能不能给他送到火车站，我毫不犹豫地就答应。我马上打车，把产品送到了火车站。两盒产品价值 160 元，我往返打车就花了 100 多元，第二天财务坚决不给我报销车费，说我没资格打的，要报销去找老板签字。我二话没说就把车票撕了。我还利用星期天休息时间，和大家一起去公园，去小区，拿着骨密度仪器免费给市民朋友测骨密度，宣传公司的产品。还在各个区开了专卖店，就这样，12 月平时都是业绩最不好做的，结果比前一月增长七倍多，达到 15 万多。一月份就到了 40 多万，比 11 月增长 20 倍。

讲完这些，他们三人沉默了一会。卢燕说："我听到一些但不具体。" 国清说："我知道那个财务经理，那小子一直在后面骂你呢，说你去后日子就没法过了，后来听说公司要辞退他，是你给老板替他求的情。" 我说："他埋怨我是有道理的，我去后确实让大家没法过日子了，没办法呀，当时不采取那样的措施，深圳就没法做了。"

黄丽说："其实国内的压力也不小，竞争更激烈。我们现在在加纳，没有更多的竞争对手，只是和自己较劲。我支持经理的一切决定，让我做啥就做啥。" 卢燕和国清此时也像黄丽一样，就像战士马上要冲锋似的，表示了决心。我说："好了，大家都很棒，我真的很感谢大家，我们四人是一个很好的团队，咱们一起努力！" 我伸出手，黄丽、卢燕、国清，我们四双手紧紧地握在一起。

第二天，天气晴了，尽管太阳早早地就炙烤着我们，但心情却舒畅了。大家都起床了，争先恐后地去做着自己的拿手菜肴。我的酱牛肉昨天已经做好了，我放在冷藏室一晚上，现在正好可以切好摆盘。做完这些我就离开了厨房，不在那给大家添乱。打开电视，中央 4 台一直在播放有关春节的节目，节日的氛围越来越浓了。

老刘和老李开着他们的皮卡进了我们的院子，一下车就叫上了："这才像中国企业，国旗挂得高高的。"我把他们迎到厨房，看到大家都在忙着做菜，他俩又是一声惊叫："好嘛！真热闹啊，你们都做上了，是昨天买的食材吧？"我说："王倩倩的司机带的路，买了不少东西。"老李说："我们把包饺子的面都和好了，饺馅也调好了。"我说："刚好我们还没和面，没弄饺馅，先做凉菜呢，那我们一会就一起包饺子吧。"

正忙碌着，保安露了一下头，黄丽出去了。一会黄丽回来，她说："大门外有两个中国人要见经理。"我说："是大使馆的吗？"她说："不是，没见过这两个人，女的还长得挺漂亮。"国清马上接嘴道："经理快去看看，没准认识你呢。"我对国清说："国清，你和我一起去看看。"国清说："真的？"大家说："快去！"

我和国清一起去了大门口，门打开后，看到一个长发飘飘的中国美女站在一辆红色的尼桑车旁边，车里还坐着一位男士。长发美女向我们点点头说道："你们好！很抱歉打扰了。"那位男士看我一直在盯着他，再不好意思在车里坐着，于是也下了车站在美女旁边。我看看那位男士，应该在 40 岁左右，美女也就 20 多岁的样子。

美女继续说："我们是山西的，刚来加纳没几天，也不认识其他人。我们今天开车瞎转悠，远远看到了国旗，就朝着国旗开过来了。还以为是大使馆呢，问了保安才知道是个中国企业。今天过除夕，我们在一个小旅馆里好没趣，不知能不能到你们这看看春晚？”她看我还在打量那位男士，就说：“他是我们经理，姓高，我姓蔡。”我看看国清，国清脸上没有任何表情。我说：“那好吧，既然是冲着中国人来的，我们没理由不接待，进来吧。”

我让保安把大门打开，让他们把车开进来。我给国清说：“八个人了，我的办公室坐不下，你去给大家说说情况，咱们搬到会议室去吧，昨天刚打扫得干干净净的，不知电视搬过去行不行？”国清说：“安装卫星天线就考虑到了把电视放在会议室的位置，你带他们先去你办公室坐坐，剩下的事我来做。”

我领着他们上了二楼进了我的办公室，电视还在开着，放着有关春节的节目。

美女开口了：“不知怎么称呼您？”我说：“我姓赵，是这个公司的经理。”

美女继续问道：“这么大的院子，你们公司规模一定不小，不知是做什么的？”

我说：“我们是个国际化的公司，总部在南方，是做保健品的。你们呢？”

美女看看那位男士，男士终于开口了：“我们是山西的，做电脑生意，工厂在北京，这次发了个20呎货柜，准备在非洲看看能否找到客户。”

我说：“你们电脑程序是中文的吗？”他说：“是的。”我说：“那你的客户只能是中国人了。”他回答：“第一个货柜全是中文操作系统，以后会发英文的过来。”我说：“你们是买的配件组装起来，然后自己注册了一个品牌，是这样吗？”

美女说：“的确是的。我们现在遇到了一点困难，不知道我能不能给赵经理讲讲？”我说：“你说吧。”

她说："我们的货柜其实已经到港了，但是我们需要交清关税才能提货，我们来的时候不知道关税这么多，所以差几万美金，不知道赵经理能不能帮帮我们？"

我说："我是这个公司的经理没错，但我也是个打工的，我没权利动用资金帮你们，刚才和我一起去门口的是我们的财务经理，钱归他管，我不管钱。"

美女说："赵经理一看就是做大事的，你一定有办法帮到我们。"

男士压低声音说："你帮我们清出关后，我们给你40%的销售提成。"

我笑笑说："今天是除夕，你们是来看春晚的，怎么说着说着就跑题了。我给你们提个醒，我们今天已经有六个中国人了，加你们八个，大家现在正在厨房包饺子，你们今天和我们一起吃团圆饭，看春晚，我们欢迎，其他的千万别谈。我们这有几个男士脾气不好，说多了他们会把你们赶出去的。"

加纳和中国有八个小时时差，中午12点正是国内的晚上8点，春节晚会正式开始，我们的除夕宴也在一阵举杯祝福的欢笑声中开席了，尽管临时来了两个不速之客，但中国人的传统美德和习俗让大家很快就融入了。午饭吃得尽兴，晚会办得精彩。直到下午4点以后，新来的朋友才依依不舍地道别，走时要了我的名片。我看到老刘和老李也准备要回家，我思虑再三，还是把他们向我们借钱的事情向大家公开。大家一听，都不约而同地说"骗子"！

老刘说："在华人圈子里时不时会听到这样的故事，如果他们真的有困难应该去找大使馆，大使馆起码能够验明他们的身份。这几年出国做生意的中国人越来越多了，也有不少心术不正的人，专门祸害同胞，咱们需要提高警惕。"

老李说："我们都听说过一个故事，一个印度女孩被人骗利用身体藏毒，数量很大，在入境阿克拉时被捕，法院审理后很快就判了死刑。在加纳的印度人知道后，尽管素不相识，大家还是马上捐款近百万美金，把这个印度女孩救出来了。女孩被驱除出境，一条命保住了。我们中国人就应该这样去做事，而不是互相伤害。”

再访库玛西

一月份的业绩比我预想的还好，达到了 8000 多美金。楚国清愉快地回国休假，布莱斯和斯蒂芬的专卖店准备正式开张营业，我要和卢燕去站台助威，并准备在他们的店里搞一次培训。黄丽留守公司。

我和卢燕选择了一个晴朗的日子，天一亮就让奔开着我们的大宇前往库玛西。车刚开出不久，奔对卢燕说，能不能让他买点吃的，他没吃早餐。卢燕回答："当然可以。"奔的眼睛在四处搜索，寻找他所要买的东西。车速一慢下来，就有卖东西的女孩男孩跟着车跑着，兜售着他们头顶上箩筐里的食品。我让奔把车停下来，他立即刹车，回头望着我，好像是我要买东西一样。我让卢燕和他说："买好东西再走，我们不忍心看着小孩子这么辛苦，怕出事故。"奔听后笑笑，告诉我们不会有事的，他们天天这样。他就买了四个橘子，几条油炸的小鱼，还有一小捆削得很整齐的木棍。加纳的橘子都是黄色的，被孩子们削得像一面面的小鼓一样，整齐地排列在一起，这样奔跑起来橘子就不会滚来滚去。车子继续前进，我让奔吃完再走，他说不用。我和卢燕在后座不约而同地窥探着奔的举动，只见他左手握着方向盘，右手拿起一个橘子，用嘴吸吮，将橘子吸的只剩下一小块皮，然后再放进嘴里吃掉，既没看到核，也没剩下皮。吃了一个橘子，再吃一条小鱼，也是吃得干干净净。不一会儿橘子、小鱼就全部被吃光了。他又拿起那捆木棍，用牙咬出一根在嘴里嚼，一直到把木棍嚼完为止。

我和卢燕面面相觑，都没搞明白。

卢燕忍不住问道："奔，这个木棍能吃吗？"

奔说："这好比牙膏，嚼木棍和你们饭后刷牙是一样的，我这在开车呢，没有办法把木棍吐掉，就嚼着吃了。"

我要过一根木棍，看了看，闻了闻，没有发现有什么异样，也许需要科学家化验才能弄明白。也是多年后，我买了几捆小木棍带到了四川大学，交给了一个著名的生物学教授，请他们研究，教授说，这种植物确实能够清理口腔，是制造牙膏的很不错的原料，可惜只有非洲有。

汽车继续往库玛西驶去，途中要穿过原始森林，还要经过几个小镇子。我对卢燕说："早都听说加纳的棺材很有特色，经过的时候让奔告诉我们，开慢点看看。"卢燕惊叫道："经理，你胆子忒大了吧？你不嫌瘆人？"我说："不停车，开慢点看看就行了。"一会我就觉得困意袭来，慢慢地打起盹来。不知什么时候，我觉得车内越来越热，我醒来了，卢燕对我说："空调有毛病了，就是不制冷，已经开到最大。"我说："开窗户啊，这还受得了？"

卢燕望了望窗外，马路上尘土飞扬，原来我们正在原始森林中穿行。我问奔，这段路还有多远？奔说："这是临时改道的路，原来的路被雨水冲坏了，正在修，以前没走过这种路，不清楚还有多少里。"我只穿了一件T恤，已经是满头大汗，卢燕更不用说。我说："快开窗，不然会中暑。"窗户一打开，漫天的黄土就把我们包围了，但毕竟有风了，感觉还是要舒服一点。奔降低了车速，我们尽可能地减少沙尘的扬起。又走了一阵，右面有车超越了我们，是一辆被红土覆盖的小汽车，我估计我们的车也会是这个样子，再看看卢燕，我乐得都笑不出来了。她说："经理你还笑我，你看看你自己，快擦擦你的眼镜片吧。"奔忽然说："快了，森林快结束了。"钻出黄红色的沙尘，我们终于看到了平整的柏油公路，我让奔找个能停车的地方，奔把车开到了路边的草地上停下，我们急忙下车，用手扑打着自己的满身尘土，奔顾不得自己，从树上折下树枝清扫着车身。衣服上的土可以扑打，脸上和头上不清洗是没有办法的。我给卢燕说："先走吧，我记得快到库玛西的路边有一个大一点的酒店，让奔把车开到酒店，我们去卫生间洗洗脸，然后把西服换上。"

到了酒店，我和卢燕急忙下车，手里拿着要换的衣服。门口的保安看到两个蓬头垢面的老外进来，也没有阻拦。卢燕说："对不起，请问洗手间在哪？"保安急忙带路，我就像见了救星一样的一头钻进了卫生间。

洗手池的水流不大，我用手捧着水从头上冲洗，看到从头上流下来的水都是褐黄色的，这种颜色的水我见过，那是兰州夏天黄河的水呀。此时，我想起了国内那令人羡慕的浴室，和让人神往的碧波。看看手表，心想没时间矫情了，换上衣服赶紧走。

赶到布莱斯的专卖店，门口已经聚集了不少人，我和卢燕一下车就被簇拥着进到了店里。刚进到店里，就听见斯蒂芬大声喊道："欢迎威廉先生和卢娜小姐，请坐在主席台上。"主席台就是最前面的两把面向会场的塑料椅子，我们的座位前有一张桌子，放着两瓶可乐。斯蒂芬宣布开会，布莱斯走向前面，大家都站了起来，原来是要做祈祷，我和卢燕也连忙起立，我们随着大家的样子，闭眼，双手交叉放下，听着布莱斯用当地语言说着赞美的话。祈祷完毕，布莱斯向大家介绍我和卢燕，然后就请我讲话了。我站起来，看到一屋子人，每个人的眼睛里都充满着希望。

我说："女士们，先生们，今天我们受布莱斯和斯蒂芬的邀请来参加他们的专卖店开店仪式，非常高兴。"我停下来，请卢燕翻译。大家估计从没有听过一个中国人用中国话演讲，所以都十分激动和好奇。我举起两只手："我今天是来给大家送礼物来的，我的一只手拿的是健康，另一只手拿的是财富。"卢燕翻译完，会场里有了笑声。我接着说："我想问问大家，是想先得到健康呢还是财富呢？"大家纷纷举手喊道："财富！"我说："想得到财富，就去帮布莱斯和斯蒂芬卖产品，想得到健康，就从布莱斯和斯蒂芬这里买产品。"卢燕一边翻译，一边笑着，全场这时响起了掌声。我又说道："我们中国人口很多，很多年大家都吃不饱饭，也穿不上好衣服，怎么办呢？谁能帮我们？只能靠我们自己，靠我们去努力工作，去创造财富。今天，我把发财的秘诀都告诉你们吧，是什么呢？是勤劳致富！"卢燕翻译完，我说了一声："谢谢大家！"就鞠躬坐下了，没想到许多人喊着："再讲再讲！"我让布莱斯请卢燕讲话，大家慢慢地安静下来。卢燕把每个产品的作用和功效都讲得清清楚楚，这时我才发现现场有人一直在录像，看来布莱斯是个做事很认真的人，我没看错。

卢燕在开会前就给布莱斯和斯蒂芬说过我们会议结束后就赶回阿克拉，让他们抓紧时间，掌握节奏，所以布莱斯等卢燕一讲完就开始发言了："我们今天在我们自己的专卖店迎来了最尊贵的客人，尊敬的威廉先生和卢娜女士，他们今天是来给我们送健康和财富的。我们一定会努力工作，做出好的业绩来报答他们。由于他们马上就要赶回阿克拉，所以我们就先把最后一项内容放到前面，那就是：请他们和我们合影。"

话音一落，掌声一片。我给卢燕说："满足他们的要求。"布莱斯和斯蒂芬把前面的桌椅搬开，腾出一块地方，大家就簇拥着我们俩照相。

他们请来的可能是专门的摄影团队，有打灯的，有摄影摄像的，还有指挥的。我和卢燕被要求和不同的人物合影，有时站，有时坐。尤其是我，几乎要和每个参会者单独合影，一直到我们的司机奔来给我们解围，我们两人才能走出专卖店。

我们告别布莱斯和斯蒂芬后，先驱车去了一家修车铺，请师傅检查一下空调，发现空调漏氟，加好氟后赶紧赶路。

卢燕问我："来的时候黄土漫天，忘记你要去看棺材铺的事了，还去不去？"

我说："天都要黑了，不敢看棺材了。你问问奔，让他给我们讲讲，为什么棺材铺里还有卖飞机、汽车、火箭模型的，那么大的玩具怎么放在家里玩呀？"

奔听卢燕一说，先笑了几声，说道："那些不是玩具，就是棺材。还有把棺材做成可乐瓶、芬达瓶，公鸡、鱼这些动物造型的。小一点的是给小孩子用的，大人用的会做的大一些。"

我和卢燕惊得像小孩子一样惊叫了起来："天哪，原来是这样。"

奔接着说："我们国家大部分是基督徒，死后不是马上就举行葬礼的，需要先把遗体冷藏在医院或者殡仪馆，等亲戚和最亲近的朋友从各地回来后才举行葬礼。葬礼一般都是从星期六晚上开始，会找一个空旷的地方搭上帐篷，买一个适合逝者的棺材，有钱人会用贵重木材定制棺材，然后用金粉装饰。棺材放在帐篷里，亲人在帐篷外唱歌跳舞，喝啤酒。星期天是正式的葬礼，上午大家怀念赞美逝者，下午去墓地埋葬。葬礼越隆重，证明这家人钱越多，地位越高。"

我说："为什么棺材会做那么多造型呢？"奔说："有些人年纪不大就去世了，他在世的时候有的喜欢喝可乐，有的喜欢喝芬达，还有的梦想坐飞机，开火箭，所以会给他买一个实现他生前愿望的棺材安葬。"

我说："这也应了中国人的一句古话'含笑九泉'。"

天渐渐黑了，汽车的前方是一片黑压压的树林。奔慢慢地减速将车停在路边，他下车去小便，我也觉得有必要去上上厕所。

我和奔相继回到车上，卢燕问我："我咋办？"我突然醒悟过来，是呀，她怎么方便呢？我让奔等等。我对卢燕说："现在路上没车没人，天还不是太黑，你就下车去方便一下吧。"卢燕说："我害怕，再说了，这种野厕我从来没上过，我不去。"我说："到家恐怕还要近 2 小时，怎么能坚持得住呢，你就委屈一下吧。"卢燕说："不去，肯定不会去的。"

奔好像猜到了什么，他对卢燕说："再走几分钟有几户人家，我们一起去说说，让你去别人家上厕所吧。"

卢燕说："快走吧。"奔一脚油门，汽车向前冲去。真的是几分钟，拐了几个弯，就看到灯光了。奔把车停在一处房屋前，下车敲门，房门打开，没看到奔说几句话，他就离开了，又去另一家敲门。门打开后，一个老者出来了，奔向我们走来，他说："卢娜，可以了，去他家上厕所，他的姑娘在家。"卢燕让我陪着她一起走向那座房子，老者已经叫来了他的姑娘，领着卢燕进了屋里。奔向老者介绍，说我们是中国人，我是他的老板。老者热情地和我握手，但说的什么我一句也听不懂。奔说，老者邀请我们进屋休息，喝喝水再走。

我向老者道谢，卢燕也出来了，我们再三表示感谢，卢燕把我的名片给了老者，欢迎来我们公司做客。

车子继续前行，我和卢燕问奔，第一个房子为什么他敲敲门就走了呢？奔说："我不是先问他家的厕所能不能借用，而是问他家屋里现在有没有女人。第一个家里现在就他一个人，主人不在，所以我就离开了。"卢燕问奔："为什么呢？"奔说："卢娜借用厕所，是女人管的事，男人怎么把卢娜领去厕所呢？"我和卢燕对视一下，奔并不笨啊！

天完全黑了，路上只有我们一辆车，奔开着大灯，灯光刺破非洲的夜空，在茂密的森林中穿行。我和卢燕在摇晃的车上昏昏欲睡，车上的音乐正在放邓丽君，奔忽然对卢燕说："卢娜，你们困了就睡，我能不能只听一首歌？"卢燕马上就猜到了："是《甜蜜蜜》吧？"奔"嘿嘿"一笑："是的，我还想跟着唱，但会很小声，可以吧？"

我也听明白了，我和卢燕一起说："你就唱起来吧！"

"甜蜜蜜，你笑得甜蜜蜜，好像花儿开在春风里"，奔边听边唱，尽管发音不准，但旋律是对的。就这样，我们在"甜蜜蜜"的歌声中，回到了阿克拉。

时间过得真快，楚国清探亲已经要结束了，他突然给我一个电话，说总部要我回国开会，具体情况一会儿有国际市场部的部长给我打电话。我马上将卢燕和黄丽叫到我的办公室，给她们说明情况，黄丽有些担心，会不会将我调离加纳？卢燕和我毕竟在公司都待了快两年了，了解一些公司的情况，都认为只是汇报工作，或者总部又借加纳公司说事。黄丽问："会说加纳什么事呢？"我和卢燕认为，是肯定加纳的工作，敲打别的公司，老板的路数之一。我问她俩，我离开一段时间她们在这能应付得了吗？我说："卢燕主抓培训，一定要尽快培养当地讲师，让他们自己讲产品，分享销售产品的经验，还要做好参加培训的人员的资料登记。黄丽负责日常工作，保安、司机、保洁等工作要常检查。卢燕临时代理公司经理，还要尽快让楚国清回加纳。我也到了休假时间了，这次去就会回家看看，处理完有关事务，我会抓紧回来。"大家一致同意我的分工安排，让我放心。

部长的电话内容和我们分析的完全一致，老板突然要召开海外公司经理工作会议，要我介绍加纳工作的经验，因此必须尽快回国述职，并参加会议。现在已经过了春节，回国的机票很宽裕，马上就确认成功了，第二天我就坐上了瑞士航空公司经苏黎世飞广州的航班。在飞机上，我完成了我的述职报告，并想好了如何在不顶撞老板的前提下拒绝在会议上抛头露面，尤其是希望他别公开表扬加纳公司。加纳才刚刚起步，2月份业绩能否达到1万美金还没有数，怎么能够得到表扬呢？看看俄罗斯、印度尼西亚、马来西亚等等国家，业绩早都超过百万美金，如果大家都把加纳当榜样，那就成了笑话了。这番话我只能给国际市场部的王部长说，让她去做老板的工作，如果非要我发言，我就提前溜号。

连续飞行加转机，当我来到公司总部的宾馆已是傍晚，前台负责接待的小姐姐告诉我，有两个留言，一个是我的财务经理楚国清，另一个就是我的直接上司王部长。我用宾馆电话找到了正在房间等我的楚国清，他马上就来到我的跟前，满脸兴奋。他先给我一部手机，说是总部给我配的，电话卡是他用他的身份证办的。我问他什么时候回加纳，他说开完会就回去。我知道他说的是海外公司经理会议，我说："国清，这个会非要参加吗？"他说："咱们加纳公司是重点，不参加能行吗？"我问他："这个月公司业绩你估计是多少？"他说："1万美金以上。"我说："这么点业绩，好意思拿出来说事吗？还要介绍经验？有什么值得说的，我都脸红。"国清说："咱们多不容易啊，总部给了什么支持？你来到加纳总共才六个月，自己清关，自己定价，自己开专卖店，这已经很快了。南非大概十来个中国员工，三年多了，业绩才2万美金，那么好的条件，让他们到加纳试试。"我说："成败要拿业绩说话，目前加纳根本不值一提，绝对不能表扬，更不能去丢人现眼介绍什么经验。国清，听我的没错，我一会去给部长汇报工作，如果非要我发言，我明天一早就回家，就说家里有急事，必须要走。你尽快回加纳，家里就两个女孩，你能放心得下？"国清一听，也是有些着急，他说："我的机票已经出了，三天以后的。现在公司给定的是直飞荷兰的阿姆斯特丹，在机场等4小时就能飞加纳，比以前的快不少。"我说："能不能让小姐姐们给你重新确认，明天就飞。财务部我让我们王部长去沟通。”他说：“没问题，我把你的行李拿到房间，你去见王部长，她一直在等你呢。”

王部长是从美国回来的海归，戴着一副深色眼镜，斯文干练，谈话逻辑清晰，语速很快。她听完我的汇报后第一句话就说：“唉！把你放到加纳可惜了，你应该有更大的发展空间，怎么样，想不想换个国家？你去欧美更适合，公司长期对欧美国家投资，但一直没有回报。非洲的发展相对滞后，也不是公司投资的重点。好钢要用在刀刃上，你现在被用在了刀背上。”我说：“谢谢王部长，加纳目前刚刚起步，就像是个蹒跚学步的孩子，还需要精心呵护，希望部长以及总部继续支持。我目前还是应该留在加纳，我们有一个很好的团队，我相信我们一定会出成绩的。至于发达国家，公司人才济济，一定会有比我更合适的人选。”我还请求王部长让我尽快回趟家，孩子明年就高考了，我一直在外奔波，没有时间教导和陪伴，对妻子和孩子我很亏欠。王部长说：“我知道你的心思，你不想在大庭广众成为关注的目标，我完全理解。这样吧，你明天一早就回家休假，你的财务经理也不用参加会议了，让他立刻回加纳。你休假后再来总部一趟，我们有些事再聊聊。”最后，王部长说：“赵经理，你不但聪明，情商也很高。”这是我第一次听说“情商”这个词，我的情商高吗？我很长时间都在纠结这件事。

不到一个月，我就又回到了加纳，这次回国休假的最大收获是公司批准我们购买一辆新车。公司问我想买什么车，我想都没想就说：买一辆丰田皮卡。我一直羡慕河北药业的老刘老李，他们就开着这款车，前面可坐五人，后面可以拉货，做市场太需要这样的车了。

回到加纳依旧是天天忙碌。有一天我从电脑前走到窗前，想缓解一下疲劳的双眼，发现那棵名贵的芒果树已经结出了果子，很奇怪的是果子都结在树的下面，仿佛是知道长高了不好采摘一样。围墙旁边的那棵高大的美人蕉，依然美丽动人，仪态绰约。能看出来树的中间又长出了新的叶片，叶片稍微长大一点，就会变成两片，自然的向左右分开。大个子园林工会用他的那把长长的弯刀将最下面的老叶子砍掉，美丽的芭蕉树依然是一边九片叶子，整齐地排列着。

阿克拉的早晨是安静美丽的。院子里奔和他的老婆正在擦洗我们的两辆车，皮卡买回来了，但是还没有怎么开过，因为我们给皮卡定制的后面车厢的车篷还没到。在加纳没有车篷是不行的，一是拉的货容易丢失，二是在雨季就无法拉货了。老刘老李的车子后面是篷布，他们也建议我们买个车篷安上。丰田皮卡是四驱动，烧柴油的，拿到手 2 万 4 千美金，据说比国内便宜不少。不过一个原装进口的车篷就要 2 千多美金，比买个日本产的空调柜机还贵。我心想，日本人真会做生意，加车篷的是特殊需求，所以价格就贵不少，嫌贵你就买个帆布呀。卖车的经销商和我说："这个钱花得值的，安装上车篷后，这辆车就是加长的轿车了。"我们的车是白色的，车篷和车身用的漆是一样的，而且车篷还带有窗户，有两排可以折叠的座位，可以坐四个人呢。

向周边国家拓展

为了尽快打开市场，我认真研究了加纳周边国家的情况。非洲当时共有 54 个国家，人们习惯按照地理位置把非洲分为东非、西非、南非、北非和中非。加纳所处的位置为西非，西非总共有 13 个国家，和加纳一样讲英语的国家有 5 个，加纳东部有非洲人口最多的国家尼日利亚，但是加纳和尼日利亚中间隔了多哥和贝宁两个法语国家。加纳西部紧挨的是科特迪瓦，也是个讲法语的国家，再过去就是讲英语的利比里亚和塞拉利昂。

作为一个中国人，要想从加纳到周边国家考察需要申办该国签证。一般来说，都需要回到中国办理。有没有快捷方式呢？那就只有找到该国驻加纳的大使馆，咨询办理签证的有关事项。不过，对于西非各国的居民来说，他们一般都可以在这 13 个国家自由旅行，只要有身份证或者护照即可。当时的西非已经成立了经济共同体，而且各国领导早就达成了 13 个国家共同使用一个护照的共识，法语国家的货币也已经统一为“西非法郎”，也开设了西非共同体的专门银行，但是这种政治上的美好愿望总是被现实所嘲弄。由于各国的发展不平衡，国与国之间差距明显，这就形成了穷国人民往富裕的国家跑的潮流。当时最富裕的国家是科特迪瓦，尤其是经济首都阿比让，聚集了大批各国难民，让这个非洲的小巴黎背上了沉重的包袱。我们加纳的经销商，早也已经将生意做到了周边各国，所以我们的产品已经在西非许多国家出现。现在我们当务之急的是要在有产品出现的国家注册登记。

想到这，我马上召集大家开会研究。黄丽说："我去过科特迪瓦，经济首都阿比让很不错，比阿克拉发达。当时办签证是找的科特迪瓦驻加纳大使馆，具体是怎么办的记不清了，我可以问问王倩倩，是她帮忙找的人。"

卢燕说："把目标定在周边国家市场是很对的，尼日利亚是个有1多亿人口的非洲的最大国家，经济也比加纳发达，我们的培训中来过尼日利亚的客人，对我们的产品很感兴趣，尤其是对我们的生意感兴趣，说过马上会带朋友一起来听培训课。还有加纳西边的利比里亚，有不少难民住在阿克拉，他们有的已经销售过我们的产品了。这些英语国家目前用我们的产品和资料没问题，但是法语国家需要有法语的资料和产品包装。"

国清说："我接触过拿西非法郎买我们货的人，当时我不知道这是什么货币，是真的还是假的，所以就没有卖给他。"

我说："别呀，别拒绝！来的都是客，不知道真假好办，他们不是都会拿身份证登记的吗，用假币是会坐牢的。再说，你们看看加纳的货币，都是制作精良，那一个个钢镚，造得多好啊，都是在英国做的，西法也是在法国做的，造假币他们真的还没那个能耐。"

说话间，黄丽接到电话，告诉我是王倩倩的电话，王倩倩在电话里说，帮助黄丽办科特迪瓦签证的就是科特迪瓦驻加纳大使，也是餐厅的常客，需要约马上可以办。我说："约，马上约！"

两天后的傍晚，我和黄丽如约来到王倩倩的餐馆，王倩倩说："大使的名字一长串，你们就叫他‘伊万’吧，是个60多岁的长者，为人很和善，最爱吃的是蒸饺和春卷，喜欢喝红酒，当然是法国的。他的夫人已经去世了，有两个漂亮的姑娘在巴黎生活，所以伊万一看到莎拉和卢娜就会想起他的姑娘，一定会喜欢你们的。座位已经安排好了。”

没让我们等多久，王倩倩引领着大使先生来了。我们起身迎候，大使中等身材，没有明显的发福体态，穿着一套蓝色西装，胸前还别着一束小小的花朵，气质高雅，戴着一副金丝眼镜，更像是大学的教授，但他步履好像有些蹒跚，黄丽连忙上前搀扶着入座。我起身给大使递上名片，大使很有礼貌地仔细看着名片，轻声说道：“很高兴认识你们。”他笑吟吟地看着黄丽：“你叫什么名字啊？”黄丽也笑着回答：“我叫莎拉。”我问大使：“先生是不是腿有些疼痛呢？”大使说：“开了一天会，坐了比较久，我也没有回家换衣服，怕你们等的时间太长。不过最近一段时间我的腿是有些酸疼，是不是雨季要来了？”黄丽说：“先生您想吃点什么？我们先把菜点上，然后再来讨论您的健康问题。”大使说：“我叫伊万，你们就叫我的名字，不要一口一个‘先生’，这样更好些。我常来这吃饭，餐厅都知道我吃什么，你们请随意。”

王倩倩及时出现了，她拿了一瓶红酒给大使看，问道：“这瓶酒怎么样？今天就喝这个？”大使看了看：“很好，就喝这酒吧！”然后又把酒递给我和黄丽。

我接着刚才的话题：“伊万大使，我们公司是生产和销售保健品的，我们有许多产品能够帮助到您缓解困扰您的健康问题，希望您有时间去我们公司，让我的同事给您推荐几款合适您的产品，免费让您使用。您的关节疼，也许是骨质疏松，也可能是风湿性关节炎，我们都有相关产品。”

大使听到我的分析，眼睛都亮了，他说：“中国有五千多年的文化，好东西太多，我也听到过中国古老的医学能够治疗很多疾病，我很乐意去你们公司参观学习。”

菜上来了，法国红酒特有的醇香让我们之间的交谈更加愉悦。

黄丽问大使：“伊万大使，我一年前去过科特迪瓦，我的签证还是您给我签发的呢。”

大使说：“是啊，你们只要从加纳申请科特迪瓦签证，都需要我签发的。你觉得阿比让怎么样？”

黄丽说：“阿比让很美，被称为‘小巴黎’名不虚传。”

大使说：“是的，科特迪瓦是西非最富裕的国家，只是这几年因为外来移民太多，政府管理滞后，出现了不少问题。阿比让 430 多万人口，外国移民就占了三分之一，这在哪个国家都是闻所未闻的。”

我和黄丽都吃惊不小，阿克拉 200 来万人，阿比让的人口比阿克拉多了一倍多，这么多外国移民，管理确实有难度。

我说：“我们公司有培训课，免费向大家讲授保健方面的知识，经常有来自科特迪瓦的经销商来听课，他们已经把我们的产品带到您的国家去销售了。”

大使又一次眼睛放光了，他说：“太好了，证明你们的产品是真正的好东西。”

我说：“现在我们必须要去您的国家，把我们的产品注册报检，只有您的国家同意我们在科特迪瓦销售，我们的生意才算是合法的。我们在注册产品前，需要先成立公司，开设银行账户。正式销售后，依法纳税，不能老是依靠经销商单枪匹马去科特迪瓦呀。”

大使点头称是，说：“威廉你说的很重要，这样做生意才能把生意做大做长久。”

我说：“今天我们找您，就是麻烦您给我们办理去科特迪瓦的签证，我们先去考察市场，回来后给总部写正式报告，成立科特迪瓦公司。”

大使站了起来，我们连忙起身，他伸出手又一次和我们握手，他说："作为科特迪瓦驻加纳的大使，我的一个很重要的工作就是介绍外国有实力的企业去我们国家投资。凡是在加纳申请办理科特迪瓦商务考察签证的外国人，我们都是要面签的，今天，等于是我代表我们使馆和你们面签，我荣幸地通知你们，科特迪瓦政府和热情好客的科特迪瓦人民欢迎你们去科特迪瓦投资。"

大使对我们说，第一次去科特迪瓦，可以不用坐飞机去，开车去也行，500 多公里，需要八九个小时，都是沿着海岸线走的，可以欣赏一下大西洋几内亚湾的美景。开车需要申请科特迪瓦临时牌照，很好办理的。

临告别时，黄丽拿出了我们给大使准备的补钙冲剂和降脂茶，并嘱咐大使用热水泡开了再喝。大使让我们带好护照和照片明天下午 2 点去大使馆找他，现场给我们办理签证。

这是我一生中经历过的最快的签证。我们到达科特迪瓦大使馆，伊万大使陪我们喝茶聊天，签证官拿走我们的护照和照片，不到半小时就做好了一切，把护照交给大使，大使说："你们没有加纳的工作签证，我的权限只能给你们三个月的多次往返，办好加纳工作证后，可以给你们一年多次往返。"然后大使当着我们的面给我们签名盖章。告别时，我们和大使约定，一周后就是假日，大使和秘书将访问我们的公司。

次日，我和卢燕去移民局办理工作签证的事，来了快一年了，竟然不知道还要办理工作签证。黄丽还以为我们早都有工作签证了，没有经历过注册公司这一过程，总部也没人告诉过我们在国外工作应该具备什么样的资格。按理说，我们现在都是非法打工，是应该受到移民局处罚的。因此，走进移民局我的心就一直忐忑不安，真是"做贼心虚啊"。刚跨进移民局大院，突然听到一声中国话"同志"，我和卢燕都被吓了一跳。环顾周围，没有发现什么人在喊我们啊？

“救救我们”，这一声让我浑身起了鸡皮疙瘩，再回头一看，才发现在院子的角落有十几个人围在一起。

由于阳光强烈，我们眯着眼睛才能发现他们。我和卢燕走过去，才看到是些中国人，被圈在铁丝网里，一把大锁锁住了铁门，炙热的阳光无情地烧烤着他们。我数了数，8 男 5 女 13 个人，年龄大概从 20 来岁到 40 多岁之间。一位女性对我们说：“我们都要渴死了，给我们一点水吧。”

我赶紧让卢燕去买水，我问他们：“是偷渡的吗？”他们说：“我们被骗了，昨天晚上被关在这，救救我们吧。”

我说：“大使馆知道吗？”其中的一人说：“肯定不知道吧，我们也不会说外语，把嗓子都喊哑了也没人理我们。”卢燕叫来了卖水的商贩，每人给了两瓶水，我对他们说：“我们打电话问问朋友吧。”

我和卢燕走到门外，我拨通了黄丽的电话，把情况告诉了她，让她马上来移民局。

黄丽来后，我们三人商量，这件事该怎么处理。黄丽说：“先要找一个移民局的朋友了解一下情况。”她指了指关在笼子里的人说：“他们的话需要核实，然后才能找到解决的办法。阿克拉我没有这方面的熟人，还是请王倩倩来吧。”

王倩倩听说事情比较严重，马上就赶过来了。她对我说：“以前听说过这方面的事情，这是第一次亲眼见到。我给移民局朋友打电话问问情况。”

情况清楚了，昨晚加纳移民局在对一艘货轮例行检查中，查出了藏匿在船上的这些偷渡者，蛇头已经被关进了监狱，偷渡者先暂时关在这里，等晚上实在没有解决办法了再关进拘留所。偷渡者很难处理，判刑吧，罪行太轻，释放吧又没有去的地方。通知各国的大使馆吧，大使馆也很棘手。怎么安置他们？经费从哪里出？

我问王倩倩："像这种情况，大使馆哪个部门负责处理？"

王倩倩说："这还真的不清楚，这么棘手的事情，我觉得还是不要轻易去打扰李大使，能不能先找个经参处的熟人探探路？"

我们都觉得，这是个稳妥的办法。随即王倩倩就拨通了经参处一位朋友的电话，聊了一会，她说，经参处马上会派人来移民局，让我们在这里等等，再给那些同胞买点吃的和饮用水。

这时，我想起了几年前在荷兰阿姆斯特丹一家中餐馆的所见所闻。那家餐馆规模不小，有三层楼，而且每层楼面积都不小。那天中午用餐时，好几辆大巴拉的都是中国游客，原来是中国旅行社固定就餐的餐馆。奇怪的是，端盘子跑来跑去的服务生也全是中国人，而且男女都有，年龄参差不齐，也没有穿餐馆统一的工装。请我吃饭的当地华侨朋友对我说，这些服务生都是被移民局抓住的偷渡客，被关几天后，没有别的案底的，就让他们在中餐馆打工，餐馆老板担保，等凑足了路费再遣返他们回国。我突然想到，能不能让王倩倩她们的中餐馆也这样暂时收留呀，给餐馆打工，挣自己的路费，这么多中餐馆，13个人还不够分的呢。

我刚把这个想法对王倩倩一说，她马上反应过来了，认为完全可行。在加纳只能请到当地人当厨师和服务生，关键是他们干起活来很慢，如果有中国人来餐馆做工，肯定比当地人要强很多。黄丽和卢燕也认为这是个好主意。

经参处的同志一到，王倩倩就迎上去，两人在一起说了一会话，王倩倩就过来了。她说："这需要请示经参处和大使馆的领导。"

我和黄丽、卢燕来到铁丝笼子前，这些偷渡客看到我们，七嘴八舌地说着感谢我们的话，他们对我们也没了戒心，毫无隐瞒地对我们说出了实情。

原来，他们都是沿海的农民，家里都有亲戚在欧洲，想去欧洲打工，又申请不上签证，就听信了蛇头的谗言，根据各自不同情况，给蛇头缴纳了 10 到 20 万人民币后，开始了冒险的偷渡之旅。蛇头先把他们藏在渔船里，趁夜黑风高之际，到了公海，又让他们上了一艘货轮，在海上漂了一个多月后，抵达了加纳特码港。还没来得及下船，就被移民局给抓捕了。蛇头还对他们说，到了加纳有人接应，结果等来的是警察。黑人警察好凶，用枪托打人呢，连夜审问后，就被关到这里了。我对他们说："再别做美梦了，没把你们丢到大海喂鱼就是幸运的。"

不一会，王倩倩让我们过去，经参处的同志已经代表大使馆和移民局沟通好了，同意中餐馆的经营者担保，将这 13 个人带走。等机票的费用解决后，这些人将被遣返回国，届时移民局将会派人去机场办理遣返手续。这期间，中餐馆的经营者将要保证这些人的人身安全，如果发现有人消失，餐馆老板将会受到严重的经济处罚。王倩倩也和别的中餐馆老板通了电话，大家都表示愿意为政府解决难题，同意接受这些同胞，并遵守移民局的规定。

剩下的事情就不需要我们操心了，王倩倩马上回餐馆取营业执照，然后在经参处同志的见证下办理手续领人，王朝饭店和好几个中餐馆都马上来领人，我们的使命完成了。下面，我们要去办理自己的工作签证了。

“小巴黎”阿比让

工作证办下来还需要几天，但是去科特迪瓦阿比让的相关准备已就绪。在阿比让等候我们的科特迪瓦经销商已经联系好了当地负责注册产品的官员，也已经组织了好几百人参加培训，并租好了开会的场地，住宿的酒店也订好了，国清也给准备好了当地的货币“西法”。我让他准备500美金的产品，还准备如法炮制库玛西的经验，先在阿比让开一个专卖店，有了根据地就好了。办理科特迪瓦汽车临时牌照更容易，奔拿着他的身份证就办好了，非常便宜，看来两国一直鼓励民间交往。

事不宜迟，市场不等人，就这样我们凌晨就出发了。还别说，新丰田和二手货大宇跑起长途来感觉真不一样，车沿着海岸线向西奔驰而去，一排排的棕榈树，像守卫海防的战士排列整齐。从阿克拉到加纳另一个海边城市塔科拉底的道路很好，车速很快，呼啸而过。车窗的左面，时不时会看到有用网捕鱼的渔民。他们会划着小船，在稍浅的水里撒网，当然收获的也只是小鱼小虾。右面，大多是种植的可可树。加纳的可可产量据说是世界排名第二，而科特迪瓦则是排名第一，这两个国家的经济情况类似，可可出口的收入都占了经济总量的三分之一以上。然而，绝大多数非洲的民众从来就没吃过巧克力，包括这两个国家的普通国民。540多公里，路程不短，黄丽和奔互相轮换着开车，我在后座时而昏睡时而清醒，就这样下午就到了阿比让。

我们找到了要下榻的旅馆，经销商已经等候多时，领头的是卡农先生，他的母亲是法国白人，父亲是科特迪瓦当地人，他曾是前政府的一名官员，看来威信很高，拥趸不少。他在旅馆门前举办了一个小小的欢迎仪式，鲜花和掌声洗去了我们一路的疲惫。我被大家簇拥着到了我住的房间门口，黄丽和卡农协商接下来的所有活动。

科特迪瓦原名"象牙海岸"，大象是他们国家的吉祥物，也可以说是国家的象征。他们国家的国徽上面就雕刻着一头大象。在旅馆的房间里，大象的元素随处可见，墙上的画，桌上的雕塑等等。黄丽来到房间汇报活动的安排情况，包括今天和当地官员的晚餐，明天上午的大会，以及明天下午的返程等等。

晚餐是在当地最负盛名的非洲餐馆进行，卡农邀请了科特迪瓦的一位高官，还有负责产品报检注册的几名官员。尽管是非正式的普通聚餐，但流淌着法国贵族血液的卡农还是按照法国人的做派，将原本简单的聚餐搞得像一个宴会。就餐前的欢迎辞、主宾的演讲、法国香槟和葡萄酒的品尝，流程一点都不少。我发自肺腑地称赞了中非、中科友谊，高度评价了朋友们对我们产品及公司的肯定，并表示一定要为科特迪瓦经销商做好服务工作，而且注册产品和成立公司的事马上进行。同时，还宣布科特迪瓦的第一个专卖店今天正式成立，卡农将全权负责专卖店的经营。我的讲话先由黄丽翻译成英语，卡农又翻译成法语。

晚餐以海鲜为主，但非洲特色的烤鱼做得非常美味。这家餐厅不豪华奢靡，装修完全是非洲风格，整幢建筑都是非洲红木建造，外形就像非洲土著居住的草棚。为了欢迎来自中国的贵客，他们专门为我们做了一道"黄焖羊肉"。西非的羊属于山羊类，普遍较瘦，当地人都是烧烤或者油煎。中国人去开餐馆，就会将山羊肉红烧或者黄焖。这家餐厅经常会接待中国客人，所以就学会了“黄焖羊肉”这道菜。当厨师用中国砂锅端出菜肴时，大家都鼓掌表示感谢。一尝，味道真不错，这是我在非洲吃的最好吃的羊肉，至今还念念不忘。

晚餐结束了，餐厅老板让卡农和我说，他有一个小小的请求，让我给他的留言簿上写几句话。我无法拒绝，只好滥竽充数了。当他拿着一个装帧精美的、较大的一个本子给我后，我还是有些吃惊，心想老板是个有心人。我翻开一看，好多种语言的题词，竟然还有中国人的题词，不少都是声名煊赫的人物，翻到最近的一份题词，竟然是中国的一位家喻户晓的名人！老板翻开新的一页，拿来了签字笔，让我题词。我当时就傻了，我何德何能，能和这些人物并列？我让黄丽和卡农说，我在这个题词本上写字不合适。卡农一脸愕然，他好像完全没明白为什么不能在这个本子上题词，他对黄丽说：“威廉和那些大人物一样，都是老板尊贵的客人，没有区别，他要是不题词，老板会觉得不尊重他了。”黄丽对我说：“外国没有中国那些讲究，你就题吧，不然无法收场。”在场的嘉宾都在注视着我，我只好勉为其难，拿起了笔。我又看了看那些名人的题词内容，都是赞美中非友谊的，符合中国的特点，我就尴尬了。我把本子翻到最后一页，略加思索，写下了“景美，味美，人更美！”这7个字。黄丽翻译给卡农，卡农又翻译给在场的大家，老板用法语说了一通，大家一起鼓掌庆贺。卡农说：“老板让我告诉你们，这是他看到的最好的题词，威廉翻到最后一页再写，是让老板好好保存这些题词，他一定会做到。”

第二天一早，卡农要带我们去欣赏一下阿比让的美景。他代替了奔的角色，开车把我们带到了一个大酒店门前，酒店有很大的招牌，写着“大象饭店”。卡农告诉我们下一次来要住在这家酒店，酒店里有一个不大的赌场，只让我们这些老外拿着护照入内。赌场有51%的股份属于总统的，谁当选总统，谁就拥有这个股份。他还说下次来让我们觐见总统，总统是他的老乡。黄丽对他说："一会就要开会了，带我们去逛逛市场吧。"

市场就在我们要开会的会场附近，卡农给我们介绍当地有名的特产，其实和加纳的几乎一样，都是木雕和象牙制作的工艺品。突然黄丽发现一个宠物商店，她招呼我过去，商店里有宠物猫和宠物狗在卖，门口有一个纸箱，里面不知装的什么动物。黄丽正想看个究竟，店主人出来了，是一个白人男子，年轻帅气，就像电影明星。黄丽被电着了，愣了几秒钟，直到白人男子用英语和我们打招呼才回过神来。他说："你们好！这个箱子里装着 4 只狗狗，刚出生一个月，纯种德国黑背。"说着，他就要打开箱盖，突然一只小狗的脑袋钻出了，毛茸茸的黄色脑袋，最有趣的是两只眼睛上都有一团黑色的毛，这就是人们常说的"四眼狗"。黄丽刚被老板电着，此刻又被这只"四眼黑背"萌着了。她蹲下来，用手轻轻抚摸着小狗的脑袋，白人男子立马把狗抱起来交给黄丽。白人男子说："喜欢吗？"黄丽说："太喜欢了！"白人男子说："你们是日本人吗？"黄丽说："中国人。"黄丽对我说："咱们买一只吧，长大了给咱们看门。"我还没有回答，她又说："要不我自己买吧，当宠物养着。"我笑了，对她说道："别人是爱屋及乌，你是爱屋及狗！"我接着说："买一只，这种狗就是俗称的'狼狗'，长大后看着很凶，看门最合适。你问价格吧。"卡农看出来我们想买的意思了，他用当地语言和白人男子交流，原来老板是黎巴嫩人，这只狗开价 400 美金。价格一说，把我们惊了一跳，这么贵呀？卡农对我们说："黎巴嫩人会做生意在非洲家喻户晓，看你们喜欢就要高价了。这样吧，我想办法找人给你们买一模一样的，只花一半的钱。"黄丽说："你给砍砍价，好不容易碰着。不过，你知道我们回加纳路上会被查吗？不违法吧？"卡农说："回加纳没事的，你们是外国人，两国的警察都不会查你们的，这是合法的，也没有关税。”他又和卖狗的白人男子交涉，最后谈到300美金，一分不少了。我知道，这只狗非买不可了，就让黄丽交钱拿狗走人，开会的时间要到了。

一进会场，看到坐满了人，问卡农才知道，今天有300多人参加。我们走上主席台，全场欢声雷动，大家争相观看这两个中国人。到我讲话就更热闹了，卡农安排我一定要讲话，我说中文，黄丽翻译成英语，卡农翻译成法语，还有一个人再将法语翻译成当地的土语，我们四个人就像是在表演中国的群口相声。尤其是当我讲话时全场鸦雀无声，我面带笑容，大家都喜笑颜开，我心想，从来没有听过中文的这些黑人朋友把我当成了喜剧明星，今天会议的效果很好。

在返回加纳的途中，黄丽和我坐在车的后排，她把小狗狗放在我们中间。卖狗的老板把小狗狗装在了一个小纸箱里，还给了奶瓶和羊奶，以及一袋羊奶粉。纸箱里还有纸巾和小毛巾之类的，总之考虑得很周全。

黄丽很喜欢小狗狗，她问我：“给狗狗起个英文名还是中文名呢？”我说：“在加纳还是起中文名字好，只能让它听懂我们中国人的口令。不知道这是只公狗还是母狗？”黄丽说：“什么公的母的，好难听啊，应该说‘男狗还是女狗’，这是只男狗。”我看她一本正经的样子，真是乐坏了。

她说：“我在国内养过宠物狗，所以照顾它我有经验，就把它交给我照顾吧，三个月后就可以让它在院子里撒欢了。经理，你给它起个中文名字吧。”

我说：“名字要上口，响亮。‘虎子’叫得太多了，就叫它‘豹子’吧，如何？”黄丽说：“好！这个名字不错。”

一路上要给小豹子喂奶，上厕所，喝水，所以休息了好几次。奔看到黄丽在照顾小狗狗，就坚持要自己一个人开车，所以回到公司，已经是下半夜了。

难忘的科菲

“小豹子”的到来，给我们四人的业余生活带来了很多乐趣，训练“小豹子”成了我们四人的共同活动，尤其是国清，一口一个“狗儿子”的叫着，我们被他逗得笑出了眼泪。

俗话说得好呀，有喜就会有悲。第二天，也就是2001年5月9日，这是一个我们四人永远不会忘记的日子，那天下午阿克拉体育场进行了一场足球赛，库马西的球队来挑战阿克拉的一支球队，比赛结束后双方球迷起了争执，竟然大打出手，警察处置不当，向混乱的人群发射了催泪瓦斯，引起了骚动，大家争先恐后逃离体育场，踩踏发生了，死亡126人，数百人受伤！这个令人震惊的消息我们马上从电视和收音机上知道了，但是当房东的姑娘来公司告诉我们科菲也去看足球，他就在死亡名单上，我们才感受到了深切的悲痛。

科菲，一个话语不多、憨厚朴实、俊朗健壮的年轻人就这样突然离去了。

科菲的葬礼定于周六晚上开始，我们四人一致商议：决定每人捐100美金给房东太太，用以购买科菲的棺木和墓地。科菲是个孤儿，房东太太收留了他，并安排他住在别墅，帮助照看房屋。我们请了保安后，科菲就不需要做什么具体的事，房东太太还是给他付薪酬。这次去世是警察通知的房东太太，安葬科菲也是房东太太一手操办了。我让奔和他的妻子去帮我们给科菲买一个足球和一束鲜花，征求了房东太太的意见，准备将足球放在他的棺木里，永远陪伴着他。

周六晚上，夜幕降临了，我们院子外又搭起了帐篷，科菲的朋友们又放起了我们曾经多次听过的音乐，我们陪着房东太太和她的姑娘一起来到了置放着科菲灵柩的帐篷前，献花、默哀。奔和妻子也和我们一起来哀悼，还有大个子园林工以及科菲的那些年轻朋友们。在科菲的遗像前，哭的最伤心的是奔的妻子。那些年轻人又开始喝着啤酒唱歌跳舞了，我们陪着房东太太和姑娘回到院子里。房东太太说："科菲是个年轻人，也没有家人，所以明天就这样下葬了，已经选好了墓地。如果是有身份的或者是有钱人，明天会有许多仪式，最重要的就是抬棺了，会雇佣专业的抬棺人表演，一边唱着歌，一边跳着抬棺舞，会花很多很多的钱。明天上午已经请了牧师，教堂会派车拉着灵柩一直到墓地。"我对夫人说："您就是科菲的奶奶，您的安排很好。我们没有带专门参加葬礼的西服，就不去为科菲送行了。"房东太太和姑娘再三感谢我们对科菲生前身后的照顾，就忧伤地离开了。

第三章

觐见总统

德高望重的大使先生

尽管我们还时而怀念科菲，尤其是看到他住过的那一排用人房间，伤感犹在，但生活还要继续，任务还要努力完成。再过两天就是约定的伊万大使来公司参观的日子，我们在一起商量，如何接待。首先，我们希望能够为伊万大使的健康做点什么，我们也知道，公司的保健品是不能用来治病的，但我们可以让国内给他寄来中成药啊。这个任务就交给卢燕了，她毕竟是护士出身，医科大学毕业的。然后就是怎么招待这位长者了，我们觉得再一起去餐馆也行，就是缺少了些气氛。大家商议，干脆我们自己做，在我们这里用餐，他会觉得我们对他更尊重。黄丽说："王倩倩一直在说，要来公司看看，干脆把她也请来，她来气氛会更好。"

我说："那就请莎拉出马，把这件事搞定。"

黄丽说："没问题，我会打着经理的旗号邀请王倩倩。"

我们三个人都说：过程不重要，要的是结果。做饭的主要任务又落在了我的头上，我们准备明天一早去采购，先去卖中国食材的那个上海人家，然后再去行长夫人开店的那个大集市，有卖菜的、卖肉的，还有活鸡卖呢。

我这个人做事是比较认真的，尽管只是做一顿饭，但我还是做了认真的准备。买好了中国的面粉，一个大猪肘，一公斤牛腱子，一只活的大公鸡，还有好几种蔬菜。周一一大早，我就下了厨房，把肉从冰箱里拿出解冻，先卤肉。猪肘和牛肉需要分开做，好在有六个炉盘，可以同时操作。公鸡也要宰杀，我以前做过，所以才敢买活鸡。我纠结了一会，是马上宰杀呢还是下午宰杀，因为是晚餐。但我觉得我们没什么可喂的，与其让它受罪，还不如早一点成全它。早饭是黄丽的任务，她来到厨房时，我已经按部就班地在进行了。她告诉我，王倩倩愉快地接受了邀请，她带两瓶法国葡萄酒，还带十只包好的春卷，过来后油锅里一炸就好。

吃早饭时，卢燕说："已经让国清把自己使用的一个烤电灯贡献出来，给伊万大使烤烤膝盖，如果他以前没有用过，肯定会有好处的。"

我和黄丽说国清，藏得太深了，我们都不知道，只给卢燕用啊，我们都要用。

国清说："来加纳后膝盖经常疼，这次探亲从国内买了一个带来，不会用所以请教卢燕了。"

卢燕说："我没用过，但是这种红外线理疗仪对膝关节还是有效的。"

国清说："对，烤过电后，膝盖暖暖的，挺舒服的，让大使用用有帮助的。"

我说："我已经给国内写了关于在科特迪瓦成立公司、注册产品的报告，科特迪瓦第一个专卖店也已经有了，让总部尽快调拨法文文宣资料，印制法文购货单，先给一部分法语包装的产品，等科特迪瓦公司成立后再直接订货。"

我问国清："你膝盖疼带中成药了吗？"他说："有啊！我带的风

湿止痛膏已经快用完了，怎么，准备给大使呀？”我说：“膏药不能给大使用，他们可能不习惯，皮肤出现问题就麻烦了。你还有其他的药吗？”

国清说：“我还带了两盒‘天麻丸’，一看是那种大蜜丸，我就没有用过，一直放着呢。”我说：“快去取来，让卢燕看看。”

卢燕看了国清拿来的两盒“天麻丸”，还是北京同仁堂出品，保质期还有一年呢。是大蜜丸，每盒十粒，专治风湿性关节炎的。我问卢燕：“能用吗？”卢燕说：“没问题。给大使讲讲，让他把大蜜丸搓成小药丸再服用就行了。”

我问国清：“给大使服用，舍得吗？”

国清说：“为了中非友谊，我贡献了。”

他狡黠地看看我说：“经理，有个小要求，那个公鸡今天要烧菜吧？鸡头给我吃，行吧？”哈哈哈哈，我们三个人都笑得要趴下了。

我说：“你是想做鸡头呀？先尝尝鸡头的味道。”两位小姐姐说：“没人和你抢，你独享吧！”我说：“你答应我个条件，再给你一个鸡身上的宝贝，帮我拔鸡毛。”国清说：“拔鸡毛，没问题，你杀好鸡后，我来拔毛。”我说：“那就鸡翘翘也归你了。”“鸡翘翘？那是什么？”国清问我们，我们早已笑得要疯了，谁也顾不得回答他了。

王倩倩下午早早就来了，黄丽陪她在院子里看了看。

她走进厨房，看到我在忙碌，感慨地对黄丽说：“莎拉，你很幸运遇到了赵经理，把公司管理得这么好的我很少见。我去过加纳许多中资企业，财大气粗的多得是，但一看就是一副败落的样子，赵经理带团队注重的是团队的精气神，一进入你们公司就能感觉到一股欣欣向荣的正气。”

我说：“老乡让你见笑了，不是我优秀，而是我的这些小伙伴优秀。和他们在一起，你想堕落都不行。”

王倩倩说："中国人在国外，没有不打麻将，不进赌场，不抽烟喝酒的，你们四个人刚好凑一桌啊，我问莎拉，她说你们从来就没有人提起过打麻将，连去外面看看风景都没有。"

我说："还真是的，我们以后也出去看看风景，这事怪我。我们公司毕竟刚成立还不到一年，业绩才开始做，还不到掉以轻心游山玩水的时候。"

王倩倩说："哎，改变不了你，让我看看你今天都做了些什么佳肴。"我介绍道："自己卤的牛肉、酱猪肘、凉拌土豆丝、蒜泥黄瓜、凉拌西红柿、蔬菜沙拉、花生米，再加上你的油炸春卷，八个菜。"王倩倩说："你基本都是凉菜，没有热菜吗？"我说："还有一个大菜，'新疆大盘鸡'，再加上扯面。"王倩倩惊讶地说："真的吗？我看看，在哪呢？"我把冰箱打开，大公鸡已经被斩好成块，我和的面也在冰箱里用保鲜膜包着。

王倩倩说："是真的，好，你今天露一手，我也让厨师学学，上这道菜。"

说起新疆大盘鸡，我还真的有些研究。当时我在新疆乌鲁木齐工作时，曾专程去过新疆大盘鸡的发源地沙湾考察过，公路边有许多号称正宗大盘鸡的餐馆，吃过两家，味道基本相同。我觉得区别就在鸡上，沙湾的公鸡肉质鲜美，关键是容易炖熟。进到路边的餐馆，都是在门口吊着一个大网兜，里面装着宰杀好的大公鸡，客人可以自己挑选，也可以让店家推荐，然后当场斩块烹饪，大约半小时就可以上桌了。还有新疆的土豆也很有特色，又糯又甜，和鸡炖在一起很好吃。我今天要做的大盘鸡，食材都取自加纳当地，尤其是鸡块多久能炖熟还不掌握，土豆都是小个的，味道肯定不如国内的。为了去掉鸡的土腥味，需要先把鸡焯水。考虑到电火的能量有限，无法爆炒，只能慢炖。当地的人喜欢吃辣，所以可以多放点辣椒，还有将花椒先炸成花椒油，这样也能去腥。主意打定，就这样如法炮制。

我抽空去了趟以前的客厅，现在的会议室，招待客人吃饭的长条桌已经摆放好，王倩倩带来的葡萄酒已经放在了自制的冰盆里。鸡块在慢炖中，我的凉菜也已经装盘，就等着伊万大使驾到了。

作为资深外交官的伊万大使，时间掌控得非常好，下午 5 时 30 分，伊万大使的专车准时出现在大门口。

我们和王倩倩一起开门迎客，保安举手敬礼，车头前飘扬着科特迪瓦国旗的奔驰徐徐驶进大院，大使的女助手先下车，然后拉开车门，身着非洲传统服装的伊万大使缓缓下车，卢燕和黄丽分别给大使和他的助手献了花。

伊万大使和我们一一握手拥抱，然后来到迎风飘扬的三面旗帜前，瞩目仰望，行了举手礼。我们被老外交官的优雅举止而感动，簇拥着他走进了我们的办公楼。按照约定，卢燕先带着大使进了国清的办公室，给大使检查疼痛的膝关节，然后用治疗仪做一个简单的理疗。伊万的助手自然是陪同在侧，好奇地注视着卢燕的一举一动。卢燕又拿出天麻药丸，一边亲自示范，一边教给伊万大使的助手，先把大蜜丸搓成一个个小药丸，再让大使用温水口服。半个多小时的理疗，伊万大使露出了愉快的笑容，他感觉膝盖舒服多了。

治疗结束，晚餐正式开始，伊万大使和王倩倩都讲了热情友好的话，我举杯提议大家为友谊，为健康干杯！酒过三巡，我的大盘鸡和扯面上桌了。王倩倩教大使和助手用刀叉吃面，大使又在自己的盘子里加了些辣椒，大家都吃得津津有味。王倩倩做出决定，在她的餐馆正式推出“新疆大盘鸡宽带面”。伊万大使向我们公布了一个消息，他是驻加纳外交使团的团长，已经连任了两年。如果我们想去非洲任何一个国家开拓市场，他都可以给我们引荐驻加纳大使，尤其是西非共同体的这 13 个国家，大家联系非常紧密。

卢燕回国休假了，她本来早该休假了，已经推迟了三个多月，这次休假可以在国内休息一个月。但是，她只在家待了一周就去了公司总部，她给我打电话说，父母都很忙，她在家也没什么事，就去总部参加培训了。

既然这样，我就不客气了，让她在总部催促法文资料、产品等有关事宜，再带回几面国旗、司旗，阿克拉的阳光强烈，旗帜的颜色都慢慢变浅了。还有我们四个人的西服需要她去领，一系列的杂事都要她去办。她还说：总部正在考虑科特迪瓦公司经理的人选，新招了不少海外经理，大家听到她是从加纳回来的，都来找她打探消息呢。现在不像去年了，非洲没人来，现在不少经理都想来非洲呢。王部长说了，要给我们非洲派最好的人去。卢燕还告诉我，她正在学摄影，总部给加纳公司批了一台照相机，她刚领到手，和专业人士学学摄影，以后公司活动就由她来照相。卢燕转达了甄总的问候，说甄总现在集团驻北京办事处负责，他从北京大学一个朋友处找到了一款产品，是补肾壮阳类的，这次让她带一些给非洲经销商试试，如果有用，以后由他提供产品。

在大家的共同努力下，加纳的业绩有了稳步的增长，7 月份业绩突破 2 万美金，赶上了南非的水平。总部派往科特迪瓦的经理和财务人选已经物色好了，是两个年轻小伙，但是总部的意思是让这两人先在加纳锻炼一段时间，由我负责筹备科特迪瓦公司。不多久，两个小伙子就来到了加纳公司，一个叫骆洋，河南洛阳人，中等个，是从法国回来的留学生，担任分公司副经理；一个叫李世祥，天津人，身材魁伟当过兵，担任财务经理。来了新人，大家都很开心，公司每天都是欢歌笑语的。李世祥还会开车，这样我们平时节假日可以开两辆车出去了。我们的四眼黑背，被大家训练的人模狗样，不知道为什么，它只要是看见当地人就会狂吠，如果有中国人在它旁边，它还会对当地人做出时刻攻击的动作，吓得保安也要躲着它，唯一例外的就是奔和他的老婆，它却从来不会侵犯，还会摇尾示好。

我把去科特迪瓦阿比让为公司选址的工作交给了黄丽，黄丽带着骆洋和李世祥开车去过阿比让两次，科特迪瓦的卡农工作很卖力，销售团队已经初步形成，公司的法文资料和产品被陆续运到卡农的专卖店里，注册报检和公司选址都进展顺利。伊万大使当然知道我们筹备科特迪瓦公司的事情，我们办理签证都拜他所赐。他给我打电话说，马里驻加纳大使要来公司找我，希望我能够帮到他。

见到马里大使，我很吃惊，他竟然不是黑人，他介绍自己有黄种人和阿拉伯人的血统。马里是最不发达国家，政局经常不稳定。大使先生找我，是推荐他的侄子到我们科特迪瓦公司工作。他的侄子阿布在中国北京大学留学，学的是中文专业，会讲中文，母语是法语，英语讲得也很好，他不愿意回马里工作。我答应了大使先生的请求，请他将阿布的个人简历用英语写好发到我的邮箱。

几个月的努力，终于见了成效，科特迪瓦公司正式成立。在公司成立的庆典上，卡农给我介绍了一个重要来宾，艾玛女士。她是我在非洲见到的最美的女士，年龄不到 30 岁，身材颀长，不胖不瘦，肤色比一般的黑人要浅，一副金丝眼镜，彰显出独特的高雅。她的名片上就写着“记者”两个字，让人不敢怠慢。卡农说，今天人太多，只是引荐一下，等我下次来科特迪瓦，我们再在一起好好聊聊。说完，他就陪着艾玛先告辞了。

我们这个团队一共是七个人了，六个来自中国，一个来自马里共和国。科特迪瓦公司是三个人，在科特迪瓦的经理骆洋在法国留学三年，阿布在中国留学四年，彼此之间都了解对方的文化，大家相处得很融洽。科特迪瓦的财务经理李世祥是个很注重生活品位的人，当兵三年养成了良好的生活习惯，而且做得一手好菜，比我这个业余厨师强得太多。我们给阿布专门配置了一套锅碗瓢盆，让他单独做自己喜欢的菜肴。科特迪瓦公司有三间宿舍，有一间是给我留下的，我让他们不要管我，这样每人一间宿舍住得舒服点。我只能两个公司兼顾，来回跑来跑去。从阿克拉机场飞往阿比让航班很多，只需要 40 分钟，刚起飞就要准备降落了。那时，我乘坐的主要是加纳航空公司的飞机。非洲的大部分小公司都是租赁飞机，而且机龄大多在 30 年左右，上客是从飞机后面上的，刚开始心里还忐忑不安，后来也就习惯了。

我们两个公司经常让经销商互动，这个月在加纳开一次比较大的培训分享会，下个月就在阿比让开，大家走来走去，人气旺了，新人参加销售的就多了，业绩也就慢慢起来了。甄总给我们带来的补肾壮阳产品效果不错，需求旺盛，需要紧急订货，包装盒上的说明印有英法两种语言，这样就可以在西非 13 个国家销售。

国庆招待会

时间在不经意之间匆匆流过，当我们收到中国大使馆的国庆招待会的请柬时，才想起马上就要到 10 月份了。

集团总部为了应对迅速发展的国际市场，也在不断地调整部署，管理层的变化也是眼花缭乱。和我们熟识的国际市场部王部长不在岗位了，通知我现在的国际市场部部长姓李，总部又任命了一位新的管营销的副总裁樊总，让我 10 月份利用回国休假的时间到总部述职。

2001 年十一国庆和中秋在同一天，真是双喜临门。中国驻加纳大使馆的双节招待会选定在 9 月 29 日周六下午 5 点开始入场。因为是国庆节，所以我们决定穿西装。当我们四个人穿上总部发的藏青色西服时，还真是个个精神抖擞，这可都是第一次把西服派上用场。我和国清都嫌紫红色的领带太土气，但是也没有其他选择，只好就这样了。倒是两位美女的西服很合身，西装筒裙很洋气，再加上一条丝带系在脖子上，配上黑色的中跟皮鞋，和空姐一模一样。

走进大使馆，门口照例是李大使和夫人在迎接来宾。看到我们一行四人穿着正装，大使和夫人连连夸赞。因为除过大使馆的官员，来参加的中资企业员工和华人大都是休闲装扮，有的甚至还穿的拖鞋。使馆的草坪上照例摆满了各种食品、白酒、红酒和饮料。身穿军装的加纳军乐队，拿着各种乐器，整齐地坐在凳子上。

李大使出现在主席台上了，当主持人宣布奏国歌时，加纳军乐队全体起立，奏响了《义勇军进行曲》，升旗仪式开始，全场立正。我们四人排成一队，注视着五星红旗冉冉上升，泪水早已经模糊了双眼。

大使的讲话很短，然后大家共同举杯庆祝国庆，祝福佳节，欣赏节目。由于我们四个人长久不穿正装，今天在这种闷热的气候中，很不适应，所以大家决定撤退，去王倩倩的餐馆用餐。

刚要离开，看到李大使和夫人端着酒杯向我们走来，大使说："赵经理，你们去用餐，前楼还有好多活动可以去参加，一起热闹热闹。"

大使夫人也说："你们太让我们感动了，这么热的天，还穿着正装。"

我说："祖国的生日，不敢放肆。我们今天穿正装，就不在这用餐了，也不方便，出去吃点就行。"

李大使说："我很感谢你们对加纳大使馆工作的支持，有时间我们会去你们公司看你们的。"我说："欢迎大使和夫人随时来公司视察。"

到了王倩倩的餐馆，看到顾客盈门，差点没有座位。落座点好餐后，我问王倩倩："你怎么没去参加招待会？上次选的中国人走了吗？"她说："每年都是招待会后来聚餐的华人很多，我走不开，让妹妹带着儿子去了。妹妹给我来电话了，说你们穿着正装，啥也没吃就走了。你问的那几个难民，我带回来两个男的，两个女的。不到一周，就走了两个，还有两个呢，今天客人多，他们两个在后厨帮忙。"国清问："走的人是逃跑了还是回国了？""哈哈，逃跑？往哪跑？他们如果逃跑了，我就惨了。是回国了，那两个的亲戚在欧洲挣到钱了，他们直接从欧洲飞来，把他们领回国了。这两个路费还没挣够，他们一时半会也不想走，那就再待一段时间，我的餐馆还真需要他们。”

王倩倩又说：“怎么没在大使馆吃晚餐呢？茅台酒、五粮液随便喝。”

我说“我们穿的西服，在那种场合，吃东西不方便。怎么这么多华人吃饭？”

她说：“加纳货币持续贬值，美金又买不上，大家挣的当地钱还不如来餐馆吃饭，我们餐馆又没有涨价，所以餐馆生意好，但是也不赚钱。后天就是中秋和国庆，你们要是来吃饭，我要提前给你们留位。”

我说：“我们后天就不来用餐了，出去走走，散散心。”

王倩倩说：“你们是应该去玩玩了，整天就是工作。你这个当经理的，你老板雇你算是捡到大便宜了，工资又不高，你那么玩命干。”

我说：“你说的不对，他们几个都和我一样，没有这样的团队，我就是棵无人知道的小草。”大家一听，都乐了。

王倩倩问黄丽：“你是不是也要回国休假啊？”黄丽回答：“赵经理给总部请示了，我已经入职九个月了，总部正式批准我回国休假，我和经理一起回国，先去总部参观学习，一个月后回来。”

我问王倩倩：“你建议我们去哪玩呢？”王倩倩说：“莎拉是加纳通，你不问她？”

黄丽说：“我对库玛西熟，别的地方很少去。比不上你，你是半个加纳人，加纳的什么事不知道？什么人不认识啊？”

哈哈，王倩倩笑得很开心：“我嫁了个普通的加纳人，又没有嫁给总统。”

我说：“老乡，你还真是个加纳通，认识你是我们的福气，我们的确应该感谢你。你说，这次我们回国，你想让我们给你带什么礼物？”

王倩倩说：“一看到你，我就想起了汉中的米凉皮，你有本事给我带一点汉中米凉皮？”

我说："这有什么难处？我让汉中的亲戚给我寄汉中的米粉和蒸凉皮的不锈钢锣锣，我带来不就行了吗？"

大家都说，这主意不错。王倩倩说："你们想去放松一下，建议你们就去拉巴迪海滩吧，就在阿克拉郊区的海边，沙滩特别好，再往前一点有个哈尔滨餐厅，东北菜。他们把整幢建筑涂成了黄色，所以大家都叫'黄房子'。"

阿克拉的拉巴迪海滩，其实也不算大，但是白色的沙滩还是很诱人的，沙子很细，踩上去很柔和舒服。当时商业开发还处在早期，只要买饮料或者啤酒，就可以坐在海边的草棚里欣赏小乐队表演和黑人妹子跳的当地的舞蹈。游人不多，海水冲刷着礁石，可以看到不少小螃蟹在石缝里爬来爬去。当地人不吃螃蟹，所以螃蟹可以野蛮生长。我们曾经买过大约人民币 5 元一斤的大螃蟹。上帝真的很眷顾非洲，在非洲大陆没有地震，没有海啸，甚至也不刮台风，所以，那种特有的草棚才能安然无恙。这片海滩的周边早都建成了奢华的五星级酒店，住客大多是白人，他们基本都是来加纳度假的，所以消费很高。

从海滩出来驱车不到十分钟就到了哈尔滨餐馆，就是大家都说的"黄房子"。这幢小楼就坐落在海边的岩石上。小楼有两个入口，一个就是餐厅，还有一个类似于游乐场，里面有保龄球，还有就是游戏机。餐厅的后面还有一个门，门口有中国人守着，第一次来不敢贸然靠近。后来才知道，是一个赌场。我们既然来了，就消费一把，四个人打了一局保龄，价格和国内比，就俩字"天价"。走进餐厅，还真是东北菜，小鸡炖蘑菇、大棒骨、东北拉皮等等都有，味道也还不错。

我和黄丽回国一切顺利，我们到了集团总部，立马一起向新来的国际市场部李部长报道，李部长我认识，是原来国内市场部的副部长。他马上把我们带到了新上任的国际营销集团的樊总办公室。樊总一看就很干练，说起话来态度很和气，两位领导对我们的工作都给予了充分肯定。尤其是樊总，对加纳这一年多的历程十分清楚，他说："业绩不是衡量工作的唯一标准，更重要的是你们的团队精神，加纳公司可以说是我们营销集团的楷模，我们要向你们学习。"

樊总的表扬让我如坐针毡，很不自在。我们现在连自己都养不活，怎么能当楷模呢？樊总紧盯着我的眼睛，慢慢说道："现在给你们传达公司总部的一个决定，明年上半年集团准备在加纳召开经销商大会，董事长参加，在大会上要发三辆宝马汽车。"

我和黄丽都有些发愣，集团总部经常在不同的国家举办发车大会，但是这些国家的业绩都不错，现在的加纳每月业绩还不到5万美金，科特迪瓦也才几千美金，市场都刚起步。一辆宝马多少钱？还要发三辆，发给谁呢？

看我有些困惑，樊总说："总部反复考量，非洲的市场能否开发成功，关键就看你们了。南非公司去年年底召开了发车大会，发了三辆宝马，但收效不大，问题出在公司的管理层，我们希望加纳的这三辆宝马能够激活非洲市场。明年什么时候召开，怎么召开，赵经理你拿个方案，先不要着急，明年一季度做好准备就行，需要总部给予支持，无论是人力还是财力都可以提出来。"

压力陡然增大。在加纳有压力，但可以变成动力，激励我们挑战不可能，将加纳这个市场逐步开发出来，我们有一个很好的团队，大家心无旁骛地一心扑在市场上。我常想，我接受任务时，总部没给我太大的压力，因为总部压根就没把加纳当回事。现在，我要面对的是要完成总部的这项任务，就像一篇命题作文，要在规定的时间内完成，而且完全没有头绪。我让黄丽先回家休假，好好和亲人团聚。她也让我不要太着急上火，回加纳后大家一起研究方案。

我并没有马上回家探亲，又在总部待了两天，和有关部门协调产品开发、文宣资料的印刷等问题。樊总又找我聊了聊，准备给我派一个培训专员，在英国念过 MBA，精通英文和法文，刚被招到英国分公司工作，准备让她到加纳和科特迪瓦公司锻炼半年，协助我把发车大会开好，同时财务部准备给我们派一个会计，专门管理这次发车大会的资金，专款专用，专人管理。听了樊总的部署，我心里多少有些安慰，也对樊总有了更多的好感和尊敬。樊总还安排我和总部会议中心联系，他们是专门负责集团各种会议的团队，相信会对我有帮助。会议中心的回答是，他们接到集团的任务，开始筹备明年第 4 季度德国大会，届时会有全球的经销商 5000 人参会，非洲肯定会组团参会，所以人手紧张，就没办法派人去加纳筹备会议了，不过需要物资方面的支持可以找他们，开会的一般要求他们会给我以文件的形式发到加纳公司。

休假结束回到加纳，我马上着手安排培训专员来加纳工作的事。这几个月能不能够较快地提升业绩，培训很重要，不仅需要介绍公司，讲解产品，还应该有激励。我看到过南非公司给我邮寄的录像带，南非的一个培训师讲课很专业，我们需要培养一支专业的、能力超群的讲师队伍。

总部会议中心的文件也到了，一看文件，我真的有些吃惊，原来集团的会议有这么多讲究。文件要求：要去机场欢迎董事长，组织欢迎仪式，如果有条件，可以铺红地毯；治安有问题的国家要租赁防弹车供董事长使用；要请当地最知名的媒体报道董事长的活动，要在当地举办慈善或者捐赠仪式，邀请所在国的重量级官员参加。总之，要让全加纳都知道我们这次发车活动。我心想，加纳这个地方，想摆排场都没条件，幸亏治安还好，不然上哪去找防弹车去？

发车大会召开还有段时间，但科特迪瓦 12 月 7 日的国庆节快到了，伊万大使亲自给我们打了电话，特别邀请我们公司中方员工全员参加，请柬随后就到。此时，从英国来的培训专员英文名叫“朱迪”的朱翊轩也已经到位，这是一位漂亮的江西姑娘，原来她的专业是法语，后来去丹麦和英国留学，可谓见多识广。平时话语不多，但说起话来思维缜密，逻辑性很强。

黄丽休假也结束了，我们的团队扩展到了五人，还有一个专门负责会议财务管理的会计要来，住宿就显得紧张了。我其实早就考虑过这个问题了，办公和住宿最好分开，又安全还便于管理。我经常在我的办公室看到马路对面的一幢红色的房子，好像一直是空的，院子没见过人，大门紧闭。我让国清带着保安去询问过，找到了看门的用人，才知道房子的主人是英国黑人，长期在英国居住，房子很久没人住了。租房子的任务就交给了黄丽和国清负责，尽快落实并汇报总部。

有关发车大会的议题，我们五个人经常开会，我的脑海里已经基本形成了一个初步方案，我准备拿出一个计划，然后供大家讨论。

参加科特迪瓦的国庆招待会，必须要有一个拿得出手的礼物呀，我记得我曾经在超市看到过一瓶很高大的香槟酒，我让黄丽开车，带着朱迪一起去看看。朱迪的到来，弥补了我们法语方面的缺憾，尽管我们有过骆洋，但他已经到科特迪瓦任职了，远水不解近渴啊。

朱迪一看到香槟，就觉得这个礼物很好，这是一瓶正宗的法国香槟，6 升装，瓶高超过半米，重量近 10 斤。我们问卖酒的老板多少钱，没想到他竟然说这是一瓶男的，还有一瓶女的，这两瓶香槟是两口子，不能分开，要买必须买一对，说着就又从柜子里搬出了一瓶。我看这两瓶一模一样，就对他说："这是双胞胎，不是两口子，我们买一瓶，给你留一瓶。"他端详了好久，才说道："我怎么没看出来他们是兄弟呢？那好吧，就让给你们一瓶吧。"

在车上，我们都笑了。朱迪和黑人打交道不多，她问我这个大叔是不是故意装傻？我说，他们有时候就和小孩子一样，得哄着。在公司门口，我们把车停在小卖铺前面，科菲的哥们出来了，问我有什么吩咐。我指着皮卡车厢里的香槟酒对他说："能不能帮我们找个装酒的花篮，把这瓶酒放在中间，周边用鲜花围着，花篮上还需要做四个拉手，四个人就可以抬着花篮了，底子要结实。"他说："有专门做这个的，种花的就会做。"我让他今天下午 3 点以前做好，有问题打电话。

下午 4 点，我们一出大门就看到马路斜对面小卖铺门口放着一个硕大的花篮，色彩艳丽的鲜花中间，是那瓶 6 升的香槟。走近一看，花篮是用藤条编织的，还有四个提手。我们试了试，很结实，沉甸甸的感觉很好。科菲哥们得知我们去参加科特迪瓦大使馆国庆活动，说什么也不要钱，他们要感谢我们这些年对科菲及他们的照顾。我们商量了一下，给他们留下了 10 万塞地，相当于 15 美金。

赶到伊万大使官邸，通报后保安开了大门，伊万大使的秘书来迎接我们。当她看到我们的花篮后，惊讶地张着嘴，连连说："谢谢，谢谢。"我们被引进到休息室，秘书给我们安排好茶饮，让我们自己看看书，就去忙了。我发现桌子上放了不少小的科特迪瓦国旗，就让朱迪一会问问，能不能一会让我们每个人手拿一面国旗去参加活动。

6 点差 10 分，门外响起了音乐声，是乐队在演奏。好美的音乐啊！朱迪一听就对我们说，这是《玫瑰人生》，法国歌唱界天后的歌，歌词是她自己写的，法国人基本都会唱。第二首一开头，朱迪就说："《香榭丽舍大道》。"我们都沉浸在美妙的法国音乐中，秘书进来了都没看到。朱迪说了我们的请求，她马上把国旗拿给我们。她说，这首音乐演奏完，庆祝大会就开始了，伊万大使会先把我们介绍给在场的各国外交官。今天来参加活动的都是各国驻加纳大使，还有加纳的外交部长，再没有邀请别的客人。

伊万大使的声音传进来了，休息室的门打开了，秘书引导着我们一行五人，抬着香槟花篮出来了。我们五个人都穿着西装，一手拿着一面科特迪瓦国旗，一手抬着花篮，我则用手护着那瓶大香槟。我们站在场边，注视着在主席台上的伊万大使。

大使先生今天穿着一套蓝色的西装，胸花特别漂亮。他说："女士们，先生们，首先请允许我把我最尊敬的五个中国朋友介绍给大家，他们来自一家中国企业，给加纳和科特迪瓦带来的是中国神奇的草药，他们用神奇的草药和仪器给我治好了我的风湿性关节炎，让我今天能健康地站在这里欢迎大家，所以我今天特意邀请他们参加我们的国庆活动，他们也是我邀请的唯一不是外交官的朋友。"

我环顾四周，草地上大约有百十号人，都是西装革履的男士和装扮得体的女性，我看到了我们的李大使和夫人，还有我认识的马里大使。

掌声很热烈，我们抬着花篮慢慢走近主席台，伊万大使亲自走下主席台迎上前来，他看到了那瓶香槟，想拿出来，但是没搬动，很多大使都想上去帮忙，这时，两个侍者走过来，小心翼翼地把香槟抱出来，放在了主席台上。掌声又一次响起来，伊万大使挨个和我们拥抱，并一再说："谢谢，谢谢！"伊万大使的讲话结束后，我们很快就被各国大使包围了，尤其是我们的三位美女。因为我的外语是硬伤，说不了几句，只能尴尬地和大使们交换名片，这时我们的李大使和夫人出现了，李大使说："赵经理，我给你介绍几位朋友。"大使夫人充当了翻译，就这样，加纳外交部长、美国大使、英国大使、法国大使、俄国大使、南非大使、尼日利亚大使等等都一一见过。德国大使还通过李大使和夫人和我聊了聊中医和中药。

李大使说："没想到伊万大使和你们关系这么好。"

大使夫人也不断赞叹："你们今天应该成为焦点，精心准备的花篮，堪称完美，真给中国人争光。"

李大使说："各国大使参加这种外事活动很频繁，大家都习惯了，借这个机会喝杯酒聊聊天，所以都不会准备礼物什么的。你们今天的表现太抢眼，你看你的这些同事，像不像明星啊！”

正说着，马里大使过来了，他对李大使和夫人说，他的侄子就在我们公司上班，是威廉批准的。李大使问他，侄子北京学习结束了？马里大使说，一结束就到科特迪瓦阿比让去了，现在在赵经理的科特迪瓦公司上班呢，他非常喜欢这份工作。

四位同事和伊万大使同我们汇合了，伊万大使对李大使和夫人说：“真没想到，你的中国同胞们今天这么受欢迎，你们中国真是人才济济，太感谢我的中国朋友们，今天的国庆招待会是我组织的最好的一次。”

李大使说：“伊万大使是我们中国人的老朋友，感谢你这么多年一直支持中国政府，今天你又为中国企业提供了这么好的平台，真的要好好谢谢你。”

当我们依依不舍地离开伊万大使官邸时，乐队正在演奏一首悠扬的曲子，朱迪说：“这又是一首风靡法国的名曲，叫《今夜永远不忘》！”

加纳的发车大会

2002年匆匆来到了。经过反复考量，我们准备将发车大会安排在6月1日。这天是公共假日，邀请政府官员参会比较容易，同时围绕儿童节可以开展活动，费用也不需要很多。会议准备在中国援建的国家大剧院举行，庆祝六一儿童节和发车大会两个主题交织在一起，因此需要选择一所小学和我们共同举办。邀请的嘉宾包括总统和夫人、中国大使和夫人、科特迪瓦大使、周边国家大使及夫人。会议结束后，由董事长宴请参会嘉宾，宴会在王朝饭店举行。初步设想有了后，我将筹备工作分成了几个板块：国清和总部即将到任的财务专员负责资金保障，尽快拿出预算，报总部批准后，让资金顺利入账，专款专用。黄丽负责外联部分，邀请嘉宾，租会议场地，租车，安排宴会，联系有关学校。卢燕和朱迪负责参会的经销商的组织，资格审查，经销商必须包括科特迪瓦和周边邻国的代表，他们的衣食住行及后勤保障。我负责大会的策划和协调。大家一致认为，我的工作是关键，总体策划不出来，其他的工作无法展开。于是，我必须尽快完善我的计划。

我在以前的单位工作时曾经写过几个小剧本，还尝试导演过一个我自己写的短剧，根据我以前的经验，我需要先写出一个脚本，就像拍电影一样，然后按照这个剧本实施即可。我决定效仿春节晚会的模式，有主持人，有表演，有讲话，动静结合，突出欢乐喜庆的特点。

我看到过南非公司发车大会的录像带，总共近 6 小时，参会的嘉宾有中国驻南非大使，还有政府的高官，一个个被折磨得筋疲力尽。我们这次会议绝不能超过 2 小时，节目安排上以小学生的表演为主，再请几个专业的演员穿插表演，节目时长不少于 40 分钟。嘉宾讲话每个人控制在 5 分钟之内。有了这个思路，脚本第一稿很快就写出来了。

最棘手的问题是，车发给谁呢？黄丽问了车行，宝马最便宜的 3 系列，最低配置大约在 3.2 万美金一辆，旧车市场 1 万多美金就可以买到，对他们当地人来说，拥有宝马是很大的奢望。总部给出的回答是：必须是新车，必须是宝马，必须发三辆。三个"必须"，表明了总部的态度。我们研究了目前经销商的情况，行长夫人、布莱斯和斯蒂芬三人当仁不让。但是按照他们目前的业绩，这个奖励肯定太重了，那就先给他们发车，再给他们定目标，要求他们在一定的时间内完成业绩任务，否则就将车收回。这件工作就交给了卢燕和朱迪，要和他们签好合同。最难的任务就是邀请总统和夫人了，谁都没有这个把握，但是，也要想方设法地去试试。

我记得王倩倩说过，有一个会讲中文的政府高官老在餐馆用餐，人很友善，能不能和这位高官见见面聊聊天呢？

王倩倩就是不一般，没过几天，和这位先生见面的时间就确定了。

这位名叫约瑟夫的先生，30 多岁，人高马大。原来他在北京大学学了整整五年中文，还拿到了中国语言文学学士的学位。他的中文讲得很好，还带有明显的北京腔。他目前在政府内阁负责礼宾方面的工作，还担任了总统亚洲问题顾问。

这是我第二次在非洲见到北京大学毕业的学中文的同行，第一个是已经在我们科特迪瓦公司工作的阿里，他的中文讲得很不错，约瑟夫的北京腔更浓。和他们聊天，对我这个英语不过关的中国人来说，更方便，更惬意。

我带着朱迪来的，约瑟夫一见朱迪，眼睛就不想挪开，好在朱迪是见过大世面的美女，对约瑟夫的恭维表现得不卑不亢，一句“谢谢”就再没有任何表情。约瑟夫也就马上和我进入正题。

他说我们公司的情况王倩倩已经告诉他了，想在阿克拉召开一个隆重的大会，是个好主意，尤其是在中国援建的加纳国家剧院举办，更有意义。他首先接受了我们的邀请，出席当天活动没有问题，还可以帮我们请到几位部长。总统参加活动，他认为可能性很低。因为我们是一个企业活动，总统不宜参加，至于第一夫人，倒是有可能会请到。因为第一夫人一般都会有自己名下的“妇女儿童基金会”，加纳第一夫人的基金会刚刚成立不久，如果肯捐钱给基金会，第一夫人参加活动的可能性就很大。

回到公司，我马上召集团队商议，国清说，让总部捐 5 万美金应该问题不大，其他国家也遇到过同样的问题。我问他：“总部给我们的财务专员人选定了吗？如果有这个人，你就可以直接和他联系，让他先在总部协调，春节后再来加纳现场办公。”国清说：“我马上和财务部联系，尽快落实。”卢燕提供了一个信息，听行长夫人说，总统夫人的妹妹好像在她的专卖店买过产品。我马上让卢燕和行长夫人联系，请行长夫人把总统小姨子请到公司来。

总统小姨子在行长夫人的陪同下很快在公司和我们见面了，这是一个看起来很普通的中年妇女，穿戴和行长夫人比显得很简朴。一聊才知道，她是一个幼儿老师，在一家国际学校上班。她的姐姐已经 60 多岁了，和总统结婚 40 年了，育有五个子女。她姐姐平时在家相夫教子，很少参加公开活动。当了加纳第一夫人后，掌管第一夫人基金，主要关注妇女儿童的健康成长。她是第一夫人最小的妹妹，和大姐关系最好，经常去大姐家和他们相聚。总统库福尔被加纳人民称为“温柔的巨人”，深得人民的拥戴。

我们表达了想给第一夫人掌管的妇女儿童基金会捐赠的意向，想请她转告给她的姐姐。

她非常愉快地接受了这个使命，并告诉我们，她也买过我们的降脂茶和卵磷脂，给她姐姐送过降脂茶，她姐姐也很喜欢这个茶的味道。告别时，我们准备了产品分别送给她和她的姐姐。

时间过得很快，各项工作如期推进。我们给第一夫人的妇女儿童基金会赞助资金和赠送产品的报告总部已经批准了。我还提议我们选定一所加纳的小学，给学校赠送一批图书，希望有这所学校一年的冠名权，这个创意也得到了总部的认可。而加纳方面有第一夫人的妹妹牵线搭桥，回应很积极，对应的学校也已经选好。我准备向南非公司求援，帮助我们采购图书、小学生书包等。总部为了这次大会给我们制作了海报，采购了布置会场的彩旗、彩带和给参会人员的礼品袋。礼品袋装有产品、瓶装饮料、一小盒饼干。还给我们带来了中国国歌和加纳国歌的录音带。

我们首先收到的是请英国分公司为我们定制的精美的请柬，这是朱迪的功劳，她给英国分公司的同事打了一个电话就搞定了。

请柬谁来写？卢燕、黄丽和朱迪三位大神各显神通，每个人都展示了自己书写英文的功底，最后经过我和国清两个门外汉评选，卢燕的字最好看。英文请柬就由卢燕完成，法文的当然是朱迪了。

请柬发出去后，能不能收到确定的回复很重要，尽管离会议还有一个多月，但是参会嘉宾必须尽早确认。没想到，第一夫人办公室很早就确认了一定会参会，这样其他嘉宾就好请了。我们也和第一夫人办公室确定了给基金会捐赠基金、物资的清单，并选定了在六一儿童节前一周之内举行捐赠仪式，具体时间等候通知。以上信息很快就得到了总部的回复，让我们一定竭尽全力办好这次大会。举办会议的大厅能容纳 500 人，给嘉宾和工作人员预留 60 个座位后，其余全部留给经销商。我们印制了参会券，每个人都有座位。除过加纳的经销商外，还给科特迪瓦、尼日利亚等周边国家的经销商分发了 100 张参会券。

总部为会议准备的物资已经发往加纳，有足够多的礼品，最担心的事情已经解决。从南非采购的图书和书包走空运完全来得及。总部派来负责会议资金的财务专员马上就到，是一位名叫史芷玥的女性，同时为了支持加纳公司开好大会，还派来了会议中心的李部长。我们的宿舍也已经准备好了，所有的中方员工都搬到公司对面的别墅住，一切都妥当了。

总部派来的人员到了：财务专员史芷玥英语名叫桑妮，一个身高一米七的东北美女；会议中心的李部长，来自深圳，精干聪明。再加上前来帮忙的科特迪瓦公司的骆洋和李世祥，我们总共有五男四女九个人了，真是兵强马壮。大家分工明确，全力协助，会议各项准备工作顺利进行。

距“六一”还有不到一周的时间，第一夫人的妹妹突然来到公司，告知我们第二天上午 11 点，在总统官邸和第一夫人见面。我可以带两个助手。为了简化程序，她明天会开她的车带我们三人去总统府，我们不能自己驾车前往。

就这样，我和卢燕、黄丽如约来到了总统官邸。

库福尔总统的官邸坐落在加纳首都阿克拉富人区，由于周边没有更多的建筑，所以显得高大和宽阔。进门一看，除过占地较大外，并不奢华。一座不大的三层楼，楼前是草地。我们一下车，就看到了第一夫人正坐在草地旁边的太阳伞下在阅读着书籍或者文件，她的旁边站着两三个助手。第一夫人已经看到了我们，她款款起身，摘下眼镜，面带笑容地迎接我们。她妹妹把我们介绍给第一夫人，夫人和我们一一握手，并连声说道：“欢迎，欢迎。”

我们先向夫人赠送了礼品，这是一条苏绣披巾，夫人马上打开包装披在肩上，丝巾奢华艳丽，高档大气，夫人很喜欢。她妹妹和助手们也和我们一起为夫人鼓掌喝彩。

夫人好像想起了什么，突然问道：“听说你们要发宝马汽车当奖品？是这样吗？”

我回答道：“是真的。”

夫人又问：“是新车吗？是给加纳人发吗？”

我们向夫人简要地介绍了公司和准备在六一举办发车大会的情况，夫人听完后，又一次和我们握手，说道：“好，太好了！我一定会去参加的。”

我们也再次感谢夫人，并希望夫人能够亲自给经销商颁奖，夫人愉快地接受了邀请。卢燕给夫人递交了我们捐赠给妇女儿童基金会的资金和物资清单，夫人将清单交给了她的助手，并将她的助手介绍给我们，让我们对接，落实具体事宜。

趁着夫人心情愉悦，我向夫人请求，能否让我们董事长先生来官邸拜见总统阁下？夫人略加思索，马上爽快回答，我看可以，具体情况我告诉总统，看他有没有时间。她妹妹也趁机帮我们向夫人进言：从来都没有听说过外国人给非洲人发新宝马车当奖品的，他们要做这件事，总统应该见见他们。

夫人说：“可以啊，我们一起去给总统说说吧。有消息，我妹妹会告诉你们的。”

董事长一行六人马上就要启程了，他们将从荷兰的阿姆斯特丹直飞阿克拉，五个小时就会抵达。我和总部的李部长要一项项落实各项会议的准备工作，争取发现问题及时解决。我和黄丽陪着李部长来到加纳国家剧院，走进会场，惊讶地发现，有不少座位竟然没有椅垫，这怎么坐人呢？连忙叫来剧院的经理，他的解释让我们面面相觑。他说：这个剧院是中国政府建的，使用10年了，有些观众把座椅损坏了，我们没有配件，维修不了。

我们问他平时你们演出怎么解决这个问题呢？他说："没问题，观众自己会解决，有的人屁股大，就这么坐在椅框上没事的，有的会找一块木板。"我连忙问他："有什么办法解决吗？第一夫人带着你们好几位部长来开会，还有许多国家大使也参加，你如果不想让你们领导知道你的失职，那就快想办法解决。"他说："你看这些坏的椅子大部分都在后面，来宾不会影响的。"

我们说："那也不行。"他说："那只有找木板当椅垫了。"我们看他也实在没别的招，只好同意了，要求他明天一天必须完成。又让他打开了会场的灯光，觉得还勉强可以，因为演出以小学生为主，舞台要求不高。

会议主持人请的是加纳电视台的，男的知名度高一点，女的一般。我问司机奔，知道他们吗？奔说："男主持天天能在电视台里见到，很受加纳人欢迎，没见过女主持。"

按照总部的要求，我们已经竭尽全力，动用了一切资源，让这次董事长之行尽可能地高调奢华，大张旗鼓。我们请约瑟夫先生帮忙协调，联系好了机场方面，付了使用贵宾接机通道的费用，从飞机扶梯下一直通到入境大厅门前机场都可以铺上红地毯，我们这次赞助的学校，组织了100个小学生，排列在红地毯两旁。我们又租到了据说是加纳唯一的一辆白色的加长版林肯轿车，在约瑟夫的批示下又请到了八个礼兵，分乘八辆白色的摩托开道护卫。董事长一行下榻的酒店安排在最好的海滨酒店，包了总统套房和几个最奢华的房间。唯一令人不安的是，究竟能不能见到总统，一直没有确定的信息。

董事长抵达时间到了，是2002年的5月30日下午4时。我和总部李部长、财务专员桑妮一起进入到机场，来到了红地毯前迎候。

在等候董事长驾到的时候，李部长对我说："老赵，经过这段时间的观察，我发现你的思路确实很独特，这个会你一定会成功，而且让人耳目一新。"

我说："我们没有别的条件，只能出奇招。别的国家公司有钱，条件好，我们非洲要啥没啥，我用小学生当主角，突出的是六一儿童节，这样就可以请来第一夫人，第一夫人高兴了，就有希望见总统了。"

李部长说："据我所知，咱们老板还没见过一个真正在职的总统，见过的都是退休的前总统，这次让他见了真的，他不知道会怎么高兴呢！你估计有把握吗？"

我说："现在我和你一样，只能等六一那天大会结束后第一夫人的满意程度来看了。"我对李部长说："你看我每天忙成这样，你就这几天多陪陪老板，我和老板没说过几句话，拜托了。"

李部长说："好的，我去酒店陪他，把你的工作好好报告给他。"

我说："谢谢，为了表达我的感谢，我先告诉你个秘密，在会议上还有几个小惊喜呢！"他追着我问："先透露给我呀！"我说："别急，大会上你再看吧。"

董事长一行乘坐的航班落地了，我们请的媒体在卢燕和骆洋的带领下，都摆好了姿势，拍照的摄像的一应俱全。小学生们也在老师的引导下，手中的鲜花和中国、加纳的小旗帜也一起挥舞了起来。此刻，我刹那间有了一种奇怪的感觉，眼前的一切好像是那么不真实，我在问自己：这么大的排场，真的有必要吗？

机舱门打开，走出来的并不是老板一行人，而是其他旅客，他们都被眼前的一幕惊呆了。

尽管不知道怎么回事，但他们还是很惬意地享受着红地毯的待遇。

该走的都走了，这时先下来一个提着摄像机的中国人，李部长认识，迎上前去。等摄像师站好位做好准备，老板一行才闪亮出场。第一个出来的无疑是今天的主角，我们集团的董事长，气场强大的梁先生。只见梁先生气宇轩昂，挺胸收肚的在机舱门口向欢迎的我们招手，紧跟着的是从来没见过的一位戴着金丝眼镜身着西装的先生，李部长轻声给我介绍：是从美国来的集团运营总监，姓苟，挤走了国际市场部的王部长；第三个是位女士，总裁办杨主任；第四位是我认识的集团樊总，最后下来的竟然是柴未有。

李部长带着我和桑妮迎上前去，老板象征性地和李部长以及我握手问好，看到桑妮，他的眼睛明显发亮，他操着浓重的方言问道："你咋在这呢？这里的条件你受得了吗？"桑妮回答："好着呢！"她又说："梁总，这是赵经理，特别能干。"老板笑着点点头，继续往前走去。

欢迎的小学生们用英语喊着"欢迎，欢迎，中国加纳，加纳中国"！我们和随行的各位贵宾也陪同老板，享受着人们的簇拥和欢呼。

走进贵宾休息大厅，移民局的官员现场办公，将一行六人的护照拿走，办理签证。托运的行李需要等待，黄丽将取行李的凭证收齐，她和国清开着丰田皮卡负责将行李取出并送去酒店。移民局官员很快就办好了入境手续，将护照交给了柴未有，一行人出了贵宾大厅，就看到了等候在大厅门口的加长版白色林肯和负责引导贵宾上车的卢燕。李部长和桑妮陪同贵宾一起上车，我和卢燕、朱迪、骆洋也上了由奔驾驶的二手大宇，我们紧跟着林肯，八个头戴白色头盔、一身黑色警察制服、腰佩手枪的礼兵开着白色的摩托车分别在车队的前后护卫。

一声令下，八辆摩托同时拉响了警笛，警灯闪烁，在非洲的这么个小国家，场面很是拉风。车辆在礼兵的护卫下缓慢向前行驶，人们纷纷停下脚步，欣赏这很难见到的场景。走出拥挤的机场，警笛的作用明显发挥出来，街道上所有行驶的车辆和行人都主动停下来避让，车辆速度陡然加快。平常从机场到海滨酒店一小时的车程，不到半小时就到了。

将贵宾一行送到酒店，我和公司的同事们在酒店门口等候黄丽和国清取行李的车，桑妮也从酒店出来了。我对她说："你今天就住在酒店吧，杨主任一个女生，你们两个人住一间，多陪陪老板。"她说："我不住在这，回公司。"我说："我看你和老板挺熟的，明天你们就在酒店休息，晚上我来酒店给老板汇报工作。"她说："我不会去陪老板的，和老板谈不上熟，在总部上班肯定会和老板见面的，仅此而已。对了，赵经理，我正式要求加入加纳公司的团队，你不会嫌弃我吧？"我吃惊地问："怎么可能啊？你可是总部的财务专员，加纳这个小公司能容下你这么大的神吗？"桑妮自言自语地说了一句："我这是正式给你报备了。"

行李车还没来，樊总和杨主任从酒店来到门口。樊总和我是熟人，杨主任我第一次见面，但在集团她的芳名总是和老板同时出现，可以这么说，她才是真正的集团第二号人物。这是个不到 30 岁的很干练的女士，身高 168 厘米左右，女性的曲线美丝毫不减，她和桑妮站在一起，都是大高个，桑妮有一种妩媚的美，杨主任却是那种职场气质美女。

樊总看我注视着杨主任，笑着说："今天是第一次见杨主任吧？"

我说："是的。"

杨主任先和我握握手，然后说："其实我们早都彼此有所了解，赵经理在深圳时我还没来，但我可多次听到你在深圳的故事。财务那么刁难你，你拿出自己的工资打车去做业绩；总部不给你们报加班，你自己掏钱请员工吃饭。在深圳每个月 2000 元工资，你干了两个月，工资全请了员工吃饭还不够，又倒贴了 6000 元。就这样，全公司员工日夜奋战，业绩两个月增长 20 倍。这就是我们的赵经理，我们集团的功臣。”

听到这番话，我心情的确有些激动，仿佛以前的所有付出都是值得的。我的眼眶湿润了，我说：“感谢杨主任对我们工作的理解，其实我和同事们没有别的心思，就是希望能够做好自己的本职工作，尽自己的绵薄之力罢了。”

杨主任又说：“我和樊总都看好你，看好你们这个团队。今天的局开得不错，很有特色，老板也很高兴。尤其是小学生接机，真的好感动。赵经理不愧是学中文的，以情动人，真是妙招！”

我连忙说：“让各位领导见笑了，加纳是非洲最不发达的国家之一，条件实在有限，我们也组织不起一支像样的欢迎队伍，还好小学生们都很愿意来。”

樊总问我道：“明天还有一天时间，会议准备得怎么样了？”

我说：“樊总和杨主任放心，一切都准备好了。只是总统会不会见老板还没有准信，一切要等六一大会结束后，看第一夫人的态度。”

回到公司，大家一起准备晚餐。我和几个男同胞们轮流上阵，用小压面机加工了不少面条，以免老板们突然来公司吃饭我们会措手不及，同时这几天忙，谁饿了就下面条吃，当然也准备了猪肉和牛肉两种肉臊子。

天很晚了，我依然没有睡意，就独自来到办公室，打开电脑，将后天开会的流程又梳理了一遍。又拿出一张纸，准备写下明天工作的安排和人员分工。我正在思考着，发现有人来，抬头一看，是桑妮。

我轻声问桑妮：“怎么还不睡呢？”她说：“你怎么不睡呢？”

我说：“我的任务很重，心里头像压着石头，睡不着。”

桑妮说：“我知道，我来到这一个多月了，天天看到你在忙碌，公司经理哪有像你这样不要命的工作的。”

我问她：“你来公司多久了？”

桑妮说："不到两年。刚到总部，被派到了印度当分公司财务经理，干了一年，就被调到财务部了。"

我说："你真厉害，在印度待过，据说那里重男轻女，是吗？"

桑妮说："相当严重。我们是外国人，在自己的公司里工作还好，但治安不好，尤其是针对女性的犯罪时有发生，所以我几乎不上街，不出公司大门。"

我说："平时忙，也没有顾得上和你交流，抱歉！"

桑妮说："你的眼里没有我，因为你把我当外人，没有当成你团队的成员。"

我说："你是上级部门派来指导工作的，客观上是我们的领导，而且是财务方面，我也不便多问。"

桑妮说："我已经下定决心了，就留在加纳不走了。我的英语应该还不错，但是在印度工作时，无法用英语和当地人交流，他们讲英语很奇怪，好像舌头一直含在嘴里，无法听清楚。来到加纳，和黑人们交流感觉很好，开车的奔，英语讲得不错，还有门口小卖部里的那几个孩子，都没问题。大多数经销商讲话我都能听懂，每天可开心了。"

我说："我看到你平时和黄丽走得很近，有说有笑的。"

桑妮说："莎拉很优秀，英语好，工作能力很强，对人也很真诚。还有朱迪也不错，年龄比我们小，但是见多识广。她们都很佩服你，对你的人格和工作都是赞不绝口。所以，我希望加入这个集体，你不能拒绝我的。"

我说："承蒙抬举，其实你也是一个很完美的女孩，长得好就不说了，还个子高，亭亭玉立就是形容你这样的女孩。不仅如此，还懂英语，心很细腻。"

正聊着，黄丽来了。她进门就说："我都睡了一觉了，一看桑妮不在，才发现你们在这聊得热火朝天。这都几点了，经理你这几天会很累很累，要注意休息。走，桑妮，让经理也回去睡觉。”

我说：“好吧，不过今天已经说到这了，我还是要和桑妮说，老板找你，你还得去。天亮后我们会各忙各的，你和国清在公司留守，老板来了，你多陪陪。”

天很快就亮了，今天的早餐大家都吃得不错，都有思想准备，今天会很忙。我将国清和桑妮留在公司，其余六个人开着两辆车拉着会议物资去国家剧院，我的会议指挥部就放在国家剧院。到了剧院，我让卢燕和朱迪再一次联系各个国家经销商的领队，明天进场必须持入场券，要对号入座。11 点大会准时开始，10 点 30 分就停止入场，迟到者不能参会。

我将大家召集在一起，第一次给大家讲明天大会的流程。黄丽是我剧本的翻译，多少知道一些，其余的人都是第一次了解明天大会的内容。我剧透了以下内容：获奖者有：20 名最佳经销商，每人按摩器一个；10 名最佳团队领袖，每人一个按摩器再加一个电熨斗；5 名优秀讲师，每人一台影碟机；3 名最佳专卖店店长，每人一辆宝马车。

颁奖嘉宾：最佳经销商由卢燕、黄丽、国清和骆洋颁发；最佳团队领袖由李部长和桑妮颁发；最佳讲师由樊总和杨部长颁发；三辆宝马车由第一夫人、中国大使和梁董事长颁发。主持人的解说词是由黄丽翻译的，所以主持人的协调就由她负责。摄像有总部的摄像师，照相由卢燕负责。贵宾厅的接待和座位引导由朱迪和骆洋负责，奖品和物资由国清和世祥两个财务经理负责。老板的翻译自然是跟随他的柴未有担任。

明天的讲话嘉宾有中国大使和梁董事长，估计李大使会用英语讲话，就不要现场翻译了，老板讲话需要柴未有现场翻译。第一夫人确定不讲话了，伊万大使说需要他讲他就讲，时间紧张就不安排了。每人讲话不超过五分钟，老板估计需要十分钟以上。共有六个节目，每个节目表演五分钟，其中小学生有三个节目，经销商有一个节目，其余两个请的是在国家剧院驻场的舞蹈队表演。预计每15分钟活动或者讲话穿插一个节目。每次颁奖后有一个获奖者代表分享，时间3分钟，三辆宝马车颁发后，有一个加纳电视台的主持人现场采访，这个环节估计需要十分钟。节目总时长不能超过两小时，预计在下午1点30分左右结束。散会后有经销商的互动，可以继续在国家剧院举行。朱迪和世祥回公司，也许老板要去公司，其余人留在国家剧院，等散场后再走。嘉宾回去休息，晚宴在下午5时在王朝饭店宴会厅举行，主持人李部长和柴未有，共有大约30位嘉宾和总部来的8位领导参加，共预定了5桌。

有时间我们公司员工就去参加，没时间就不去了。黄丽负责和第一夫人的助手联系，看夫人对会议的兴趣再决定是否能够得到觐见总统的许可。

大家听完后都没有说话，我问卢燕："卢娜，你看看有什么遗漏吗？"卢娜耸耸肩说："还没反应过来，需要消化一下。"我说："今天下午2点，我们走场彩排，主持人先来那个女的，男的是大腕，明天才能到。学生下午参加表演，还有神秘的经销商表演，大家都把自己的任务记清楚，有问题下午彩排时解决。现在各负其责，各就各位，我和朱迪去车行看看汽车准备得怎样了。"

骆洋问："明天宝马车会来现场吗？"我说："9点就要把车停放在国家剧院大门口，还要给车化化妆。"世祥问："颁宝马车奖还要在剧院外面发吗？"我说："怎么可能，那不就乱套了？到时候你们就知道了，这是个小秘密。"

我问黄丽："给保安公司都谈好了吗？六个帅气的保安要准备好，两个在检票口协助国家剧院的管理人员验票，三个在三辆宝马车前站岗，一个维持秩序，估计和宝马车照相的人会很多。"

黄丽说："帅不帅不好说，六个人已经说好了，他们公司的巡逻车会把他们送到国家剧院门口。"

我问世祥："你们的礼品包都到位了吗？还有其他的奖品都要到位。"世祥很干脆地说："明白！"我说："散会后，骆洋和世祥去完成我给的秘密任务，我回来要去检查的。"他们两人用英语像战士一样调皮地大声说："是，先生！"

到了宝马车行，经理迎上前来，我们的确是大客户，这三辆宝马3系车是他们专门从德国进口的，行长夫人要的是白色的，布莱斯和斯蒂芬都要的是黑色的。经理说，明天早上他会派拖车将车子拉到国家大剧院。我说：让你做的宝马车钥匙呢？他说，做好了，昨天就喷完漆了。走，去看看。我让奔跟着我们，一起来到了后院，马上我就看到了三把硕大的宝马车钥匙，朱迪和奔都吃了一惊，这么大的车钥匙，怎么搬得动呢？我让奔去拿拿。奔走近一看才知道是用泡沫板做的，轻轻一拿就起来了，而且还很硬实。经理给我说，完全是按车钥匙放大的。我看了看，做的真不错，车钥匙上的宝马标志很清晰，BMW 三个英文字母也很显眼。问题是，这怎么拿回去？我问奔：咱们的车能装上吗？奔说，他去试试。经理说：这个是两米的，还有一米六的，我做了两组，反正不费事。奔回来了，他比划着对朱迪说，可以打开皮卡车厢的后门，放下了。我说："请经理先用纸包住，三个捆在一起。一米六的就不要了，你们留着做个纪念吧。"

回到剧院，我们三人直接到了后台，交给了负责后台的工作人员，他很麻利地就将三把大钥匙吊在了舞台上方，从台下根本无法看到。我又到了看台的第一排，低头看了看椅子下面，又认真数了数，确定是 30 个，骆洋和世祥任务完成得很好。

快到两点了，剧院大厅热闹起来了，30 个小学生在老师的带领下来了，5 个即将登场表演的神秘经销商代表到场了，原来就是公司门口经常见到的小卖部的小伙伴们。女主持人也和黄丽在一起了。

我先上台，站在舞台中间，请大家在前排就座。我让黄丽帮我翻译，我说：我们马上开始走台，因为获奖的经销商不到场，所以一会儿颁奖无法真实出现明天的场景，但颁奖嘉宾需要走场，找准自己的位置。物资保障人员要将各类奖品放在侧幕，方便礼宾小姐将奖品交给颁奖嘉宾。现在开始！

奏国歌！我一宣布，世祥就打开了音响，中国国歌和加纳国歌在会场响起，大家仿佛马上就找到了感觉。主持人上场，由于只有一个主持人，气氛无法出现。女主持人说，她和男主持人搭档多年，不会误事。男主持人很幽默，很会搞气氛的，明天会很精彩。

接着就是开场歌舞表演。30 个小学生上场，他们都穿着校服，上身是黄色的 T 恤，男孩子是褐色的短裤，女孩子是褐色的裙子，脚上都是一双黑色的皮鞋。领舞的是一男一女两个孩子，表演的是加纳传统的迎接客人的舞蹈，孩子们稚嫩的歌声很悦耳。接着就是中国李大使讲话，向加纳的儿童祝贺节日，梁董事长的讲话放在大使后面。

孩子们又上场了，他们手持鲜花，先集体向全体观众鞠躬致谢，再排着队来到第一排的嘉宾席，向坐在中间的 30 位嘉宾献花。然后回到舞台，排成合唱队形。这是一个合唱节目，孩子们一开口，把我们在场的中国人都震惊了，这哪是什么普通小学的学生，分明是音乐学院的合唱专业的大学生的水平，他们此起彼伏的和声，高音、中音和低音如此清晰，尤其是领唱的一个小女孩，天籁般的嗓音，在中国很少能听到。

歌声停下来后，就是颁奖环节。先是 20 人的领奖队伍，为了节省时间，保持好会场秩序，就不一一叫名字了，由礼仪小姐领上台站好，颁奖嘉宾直接发奖。颁奖结束，颁奖嘉宾和领奖者合影。

这一拨结束后，现场气氛肯定会越来越热烈，专业舞蹈队登台了，他们表演的是非洲传统的狩猎舞，演员有的手拿木棍，有的拿着弓箭（道具），男演员裸着上身，腰间裹着兽皮，打着赤脚，奔跑着，跳跃着，模仿人和野兽搏斗的场面。从台下当地观众的表情看，很受大家欢迎。下面又是颁奖环节，10 个人领奖，流程一样，上台，颁奖，合影。五个人领奖结束后，高潮即将到来。这时候，神秘的经销商的节目上场了，正是我们公司门口小卖部的五个小伙伴，也是公司的经销商。这次表演的是三男两女，小卖部的老板和音响师都在其中。

音乐响起来后，只见一个男孩独自在舞台上随音乐起舞，其余的四个人在舞台的侧面慢慢上场，音乐声有些悲伤。他们好像是久别重逢，又像是依依不舍。这时卢燕上台了，她让表演者先停下来。卢燕先用中文给我说：这个节目是她和这几个孩子们创意的，这几个孩子想表达对我们中国人的感谢。第一个上台的舞者，是想装扮成他们已逝去的朋友科菲，让科菲回忆在公司和中国朋友和睦相处的情景，和他们五个人亲密无间的友谊。然而，去年 5.9 事件，科菲一去再也没有回来。今天，科菲从天上远远看到了大家，看到了我们生活得很幸福，看到了我们对他的思念。这个节目的含义就是这些。我听完后，觉得这个节目很有意义，但是需要观众看明白。我对卢燕说：这个节目要保留，请你和这几个小伙伴商量写几句解说词，用场外配音的方法来协助表演，你拿话筒在侧幕朗读，就像画外音一样。大家一致认为，这个方法好。尤其是带小学生来表演的两个女老师，听到这个故事，眼泪都出来了，认为一定要让他们演出。

这个节目结束，就发车。总统夫人、中国大使和梁董事长要由三个礼仪小姐分别请上舞台，给三个经销商颁奖。合影后，嘉宾在礼仪小姐的引导下下台落座。电视台记者上台分别采访行长夫人和布莱斯，他们二人可以分享获奖感言，每人限时 5 分钟。

最后登台表演的是小学生、舞蹈队和经销商表演者在一起的即兴

歌舞，加纳人天生喜欢音乐，擅长歌舞，不分男女老幼都会跳舞，他们扭动胯骨，双手高举，手指打着响，唱着、

跳着，场上的观众也会配合，一片欢乐祥和。

会议到此结束。

走台完了，学生和其他人都回去了，我们几个也都累得筋疲力尽。这时候黄丽说，国清都来几次电话了，问我们情况，老板一行也早都到公司了，现在老板正在给我们做饭呢，让我们结束后赶快回家。我说：还有最后一件事，卢燕告诉小卖部的伙伴们，明天上午开会前准备好 30 束鲜花，直接让他们带到会场交给国清。

我们和剧场经理办好交接手续后，连忙向公司驶去。

男人的眼泪

我们赶回公司，一进大门就看到平时不见人影的院子里，有樊总、杨主任和柴未有在树荫下聊天。樊总和杨主任连忙走到汽车旁，和下车的同事们一一握手，还不停地说到“辛苦了”！樊总让大家去换身衣服，然后马上去会议室吃饭。我说：“老板在做饭？”杨主任说：“他走到哪都喜欢亲自下厨，给员工们炒几个菜。”柴未有说：“吃完早饭就让我去采购，去买海鲜，中午也没有休息就让我带着大家过来了。”我对他们说：“我去厨房看看。”

走进厨房，老板正在炒菜，摄像师正在录像，我不便打扰，便当起了观众。这时桑妮拿着一条湿毛巾进来，她看到我，悄声说：“老板一直在出汗，我给他擦汗，毛巾都洗了好多次。”

摄像师看到了我，就停止了录像，走出了厨房。老板看到我，笑笑说：“这里的海鲜真便宜，你们平时也舍不得吃，今天让大家好好吃一顿海鲜。”

我说：“谢谢老板，这么热的天，快别忙活了，剩下的活我来做。”

桑妮上前给他擦头上的汗，对他说：“老板，好了，快出去歇歇。”

老板说："好吧，老赵，炒蟹已经好了，装盘上桌开饭。"

会议室早就拼好了桌子，15 个人的座位，15 套餐具。一盘盘鱼、虾、螃蟹，摆满了餐桌，每个人的座位前都有酒杯，有红酒、啤酒，还有可乐。我去请在院子里的老板一行，大家相继入座。老板居中一坐，大家都谦让，让别人挨着老板。只有总部的苟总，不由分说地就坐在了老板的左手位置。

杨主任和樊总在继续谦让，老板发话了，他指着我们的朱迪说："你，坐我旁边，陪我喝酒。"

朱迪连忙摆手："不行不行，老板，明天我还有重要的任务，如果喝醉了，会耽误大事的。"

我说："朱迪，老板让你喝酒，你就少喝一点，去，坐下吧。"

朱迪听说后就一屁股坐在了离大门最近的位置，怎么说也不动窝了。杨主任看大家一直僵持，就坐在老板右边了，然后让大家赶紧入席。

看到大家都坐好后，苟总端着酒杯站起来："我希望大家和我一起把第一杯酒敬给我们的老板，他不远万里来到加纳视察工作，还在酷暑高温下亲自下厨给大家做饭。我们祝老板身体健康，集团事业兴旺发达！"

大家也都端着酒杯站了起来，只是老板并没有响应，他坐着说道："都别站着，站着喝酒不算啊。坐下！"

大家又都坐下，一起喝了一杯。

杨主任说："大家都别客气了，尤其是加纳公司的同事们，太辛苦了，大家吃菜，尝尝老板的手艺。"

老板也劝大家："快吃，都凉了！"杨主任给老板又倒上了酒，老板说："老赵，让你的部下喝杯酒，她们都不喝，你喝一杯。"

我说："老板，我早都应该敬你和各位领导，但是我们明天都有重任，明天任务完成后，我们陪你喝。我现在喝的是可乐，也不能敬你，请老板谅解。”

樊总说话了：“赵经理，趁着现在吃饭简要地给老板汇报一下情况。”

老板也说道：“好，说说情况吧！”

我说道：“今天下午走台结束了，一切都正常，主要是让大家适应了一下舞台，明天的几个小节目有小学生参与，今天他们在老师的带领下都来了，还有经销商表演的节目。明天的参会嘉宾有：总统夫人、加纳内务部长、卫生部长、经济部长、中国李大使和夫人、驻加纳外交使团团长和科特迪瓦驻加纳大使、马里驻加纳大使、几内亚驻加纳大使、塞拉利昂驻加纳大使、埃及驻加纳大使等，大约有30位嘉宾。大会在中国援建的国家剧院演出厅举办，有500个座位，除去嘉宾和工作人员的60个座位外，其余座位都印制了入场券，分别发给加纳、科特迪瓦、尼日利亚、塞拉利昂、贝宁、多哥等六个国家的经销商。每个参会经销商可以在入场时领到一份礼品，是总部的宣传页、一包饼干和一瓶水，一盒降脂茶或者补钙冲剂。大会在11点准时举行，请各位领导在10点30分以前务必到场，我们请的嘉宾也应该在10点30分到场。我们了解到，总统夫人比较严谨，开会很少迟到，估计她到会了其他的部长就不会迟到太久。领导和嘉宾先在贵宾室休息，可以交谈聊天。负责接待贵宾的有朱迪、桑妮和骆洋，他们英语法语都会说。贵宾室有饼干和瓶装水，明早再买一些水果。我们中方人员一律着正装，有奏国歌，没有条件升旗。发三辆宝马，请老板邀请总统夫人和李大使一起上台颁奖。大会一开始在欢迎节目之后，就要请老板讲话，老板讲话前准备安排李大使讲话。然后就进入颁奖环节。大会预计在1点钟之前结束，我们估计1点钟就可以让嘉宾和领导们离开会场。经销商还会继续在会场分享，一直到下午3点清场，我们公司员工都会在现场。

晚宴安排在王朝饭店，这是中国香港人经营的，也是在阿克拉举办宴会的首选饭店。饭店以粤菜为主，预定了五桌，5点开始，我们公司人员如果来不及就不去参加了。晚宴主持由李部长担任，未有负责翻译，老板讲不讲话没有定。”

这时，苟总站起来说：“我觉得晚宴应该由我主持好一些，这么高的规格，集团领导出面妥当些，再说我也不用翻译，直接讲英语就行了。”

李部长反应很快，他说：“完全同意，就由苟总主持妥当。”

樊总看场面有些尴尬，问我道：“总统接见的事情有消息吗？”

我说：“目前还是没有。明天我们有专人和总统夫人的妹妹保持联系，如果大会圆满成功，第一夫人估计就会让总统接见老板。因为给加纳经销商发新宝马车她们还不相信，眼见为实嘛。”

杨主任说：“这就能解释清楚为什么总统夫人一直说等会议开过后再说了。”

老板说：“三辆宝马算什么，以后给经销商发更高级的奖品。”

我说：“我们加纳目前才做到了10万美金，发这三辆宝马我们都觉得不可思议，这是老板对非洲经销商最大的鞭策和激励。”

樊总马上接着我的话说：“加纳能在一年多做到10万美金，很了不起了。”

“10万美金算个屁，还不如俄罗斯一个专卖店！”老板这一句话，让所有的人都愣在那，不知说什么好了。

刹那间，我觉得我的胸口被猛烈一击，眼泪不由自主地流下来，一旁的卢燕更是忍不住哭出了声。我的脑海里浮现出在加纳的一幕幕难忘的情景，尽管我的情绪马上就要失控，但我此时却被憋得一句话都说不出来。

那个不识时务的苟总接着老板的话又说：“就加纳这点业绩，还给你们发三辆宝马，太给你们面子了！”

想到鲁迅先生的名句“不在沉默中爆发，就在沉默中死亡”！我确实被激怒了！我冲着苟总喊道：“如果你是这个公司的老板，我会立马拂袖而走！你不配在这对我说三道四，我可以马上辞职走人，也不愿意再看到你这副嘴脸！”

说完，我就马上离席，走到了院子里。没想到，我的身后，紧跟着是卢燕、黄丽、国清、桑妮、朱迪，连樊总也走了出来。

老板和苟总可能压根就没想到会出现这样的局面。在老板眼里，公司就是他的一亩三分地，就得他说了算。他经常说：“你不干他干，总有人干。两条腿的蛤蟆找不着，两条腿的人多得是。”然而，他也会采纳一些智囊的意见，身边经常会请些高端人才，尤其是开始开发国际市场后，他知道靠当时和他一起从农村出来的哥儿们是不行的，所以就广纳贤才，进军海外。集团这些年变化很大，老板也从一个农村走出的创业者蜕变成了一个跨国公司的企业家。和前些年相比，老板的变化是惊人的，举止行为也的确有些叱咤风云的范儿。然而有时候骨子里的东西还是会冒出来，说话不考虑后果，不注意分寸。

樊总对我说：“赵经理，我知道你的心里此时很难受，我是你的直接主管领导，我的心情和你一样。你来到集团，不是为了挣钱，不是为了老板，而是为了实现你的人生价值和理想。你们这个团队是我目前见到的最好的团队，每个人都很正直。我走了不少地方，看了很多公司，像你们这个团队不抽烟不喝酒不打麻将我真的还没碰上。你们真的把公司当成自己的公司来管理，一点私心杂念也没有。”

杨主任走过来，她把我和樊总拉到一边：“他已经知道话说错了，让我和赵经理说，是话赶话，不是针对你的，加纳的工作他很满意。至于那个苟总，老板也是想看看他到底有什么本事，他给老板吹了很多牛，年底在德国开年会就是他在策划，要花很多钱，都是赌一把要在美国上市。樊总，你别理会他。”

樊总说：“我早都看出来了，也从来不去搭理他。”

杨主任看我的情绪慢慢平静下来，对我们说道：“我告诉你们个小秘密，赵经理是我的学长，连赵经理自己都不知道呢？”

我和樊总几乎同时说：“是吗？”杨主任说：“是呀，我和赵经理都毕业于西北师大中文系，赵经理是82届，我是98届，他是学长是前辈。赵经理来公司有毕业证复印件在公司，我可以看档案的。”

樊总说：“难怪你们都这么优秀。”

我说：“我这是高攀杨主任了，还请主任多多关照。”

杨主任说：“叫我学妹就行了。”她又说道：“我说啊学长就别生气了，以大局为重，明天你有重头戏。刚才听你说明天大会的流程，我都被带进去了，请了那么多贵宾，谁也玩不转这么大的场面，还请学长忍气吞声地把这个会开好，剩下的事我们慢慢解决，相信你的学妹不会让你失望的。让老板当这么多人的面给你认错，他做不来的。我现在就先和他们回酒店，樊总留下来安抚安抚大家，一会我让车来接你。”

樊总说：“好吧，你们先回吧。”

樊总让大家又回到餐桌前，菜又热了热端上来了，樊总举杯：“为刚才的不愉快，我代表总部向大家表示歉意，我先干为敬！”

大家也是看樊总人不错，都举起了酒杯。

国清说：“我憋不住了，加纳这10万美金业绩容易吗？总部给加纳投资了什么？赵经理带我们接手了一个烂摊子，老板不知道？柴未有最清楚，他当初是第一个逃跑的。我是财务，我最明白，我们接手后公司没给我们再汇过一分钱，除去这次开会的资金。”

卢燕说：“我刚才眼泪一个劲地流，我们图的什么？你们看看赵经理，又黑又瘦。有一次我和赵经理去邮局给专卖店发货，赵经理在磅秤上称了称体重，才 53 公斤，在场的黑人都笑了，真的还没有我们邮寄的包裹重。我们天天忙碌，做饭的时间也没有，中午几乎都不吃饭，我们几个谁没有胃病？谁没得过疟疾？谁去过医院治疗过？都是在给公司省钱。”

桑妮说：“樊总，我在总部见过您，没讲过话，我到加纳公司 3 个月了，天天和大家一起忙，但是大家心情都很愉快，没有一个人叫苦喊累，我再说一遍，我要留在加纳公司，让我回总部我就辞职。”

朱迪也发言了：“我来到这不久，但是感觉这是个做事的团队，大家心里很单纯透明，一心扑在业绩上，我很庆幸遇到了赵经理这些优秀的人，不然我也会离开公司的。我刚入职在总部培训一个月，不知道什么时候被老板盯上了，天天晚上要拉我去喝酒，我全都拒绝了。记得有一次来了个讲法语的老外，让我陪同翻译，大中午老板宴请，非逼着我一口气喝了一大杯红酒，有半斤吧，把我喝吐了。今天又要我陪他喝酒，我才不干呢。会议开完后，要我回总部，我会立马走人，我也希望留在加纳，加入赵经理的团队。”

樊总听完大家的述说，说道：“我完全理解大家的苦衷，也非常相信你们说的都是真的。老板就是这么个人，他认为他是公司的老板，怎么做怎么说都可以。其实一个企业，小的时候是自己的，做大了就是大家的，是社会的。这些年老板也在变，而且变化很大，你们没有听过和他在一起创业的老人们说过，现在的老板，真是今非昔比，跟换了一个人似的。

“他给我们搭建了这么一个平台，大家才可能在此聚首，我们在一起是为了把一个民族企业做大做强，在非洲就是为了中非友谊而奋斗。赵经理年长一些，是老大哥，他把同事们当成兄弟姐妹，吃苦最多，受累最多，受的委屈也最多，不是他加纳公司没有今天。我们明天就要上演一台大戏，这台戏本来是由总部专门来人做的，你们在赵经理的带领下，没有请会议中心的人，就自己完成了。会议中心的李部长来后，向总部汇报说，赵经理的团队完全靠他们自己独自完成了整个会议的筹备，闯出了一条新路子。明天，你们会用事实来说话，所以，希望大家团结协作，圆满完成任务，这不仅是代表我们公司，也从一个侧面在展示中国人的风采。我相信，明天大会一定会成功，让我们一起加油！”

我在非洲失眠是常态，而今天这个夜晚，是最彻底的一次，完全没了困意。我回想来到这个公司三年走过的路，辛酸多，安全感幸福感不多。但是，我也得到了许多，掌握了一些经营管理方面的方法。特别是到非洲后，面对一个陌生的、困难重重的市场，我们慢慢地撬开了市场的大门。尽管加纳业绩还不大，但是这是一颗冉冉升起的新星啊！他的周边，还有科特迪瓦和尼日利亚，这两个国家加上加纳就是西部非洲的中心，这肯定会点燃非洲西部这个和气候一样火热的市场。还有，我们有很好的团队，卢燕、黄丽、国清，现在又来了朱迪、桑妮，还有已经在科特迪瓦坚守的骆洋、李世祥，以及马里的留学生阿里，如果我此时离开，这个团队就散了，大家为之而奋斗的理想就破灭了。一个男子汉，受点委屈有什么了不起?

历史上哪有一蹴而就的成功，不经受风雨就不会出彩虹！想到这，我马上就清醒了，我暗暗告诫自己：不能再冲动，下不为例。

演出已经开始

当大家起床走进厨房，我已经做好了早餐，有烤面包、煎蛋、热牛奶、燕麦粥和面。大家好好地饱餐了一顿。我又给每个人煮了两个茶叶蛋，准备了面包，让大家带到会场，谁饿了就垫垫肚子。然后大家各自回房间，先把西服整理好，装在袋里，临开会再换装。黄丽和奔已经在车上等候，大家一起向国家剧院驶去。

大家都说黑人懒，也不全对，他们从不睡懒觉，很早就起床。这不，还不到9点，车行已经将三辆宝马拉到了国家剧院旗杆下的台阶上摆好了，他们正在给汽车装扮呢。我看了看已经绑上了花的第一辆车，发现怎么有白色的花，白色的花还可以忍耐，怎么还有黑色的花？我让他们把车行老板找来，他给我说：黑色和白色都是非洲最尊贵的颜色，黑色代表着他们黑人，加纳国旗就有黑色。我说："这是中国企业的会议，在中国是不能在喜庆的场合戴黑花，插黑色的旗帜，赶快把黑白两色的花换了，全换成红色、粉色和黄色的花。"我让李世祥把我们从中国运来的彩带拿来，给三辆汽车装扮上。同时我让黄丽快去会场看看，有没有黑色白色的装饰，全换了。

为了不出纰漏，我和卢燕、黄丽分别在各处仔细检查，包括电、水、空调，让剧院的值班经理检查了好几遍。贵宾室里的温度要保持在22度，不能像银行里一样，把顾客冻得呆不住。

10点，保安到场，保安公司派了一个教官带队，他听说总统夫人要来，遂要求在贵宾室门口站岗，其余五个人，三个安排在宝马车旁，两个安排在入口检票处。

10点20分，老板一行来了，他先走过来和我握握手，握手时暗暗给了些力，然后让柴未有给他们介绍一下国家剧院。

中国大使和总统夫人的车队差不多同时抵达。李大使和夫人乘坐车头两边飘扬着中国国旗的黑色奔驰先抵达，我把大使和夫人介绍给了老板。大家听到了警车的警笛声，知道总统夫人到了。李大使和夫人在总统夫人的车旁迎候，老板排在大使后面。

总统夫人和李大使握手问候，和大使夫人握手拥抱，然后听到李大使给她介绍了我们老板，她握手后就直接来和我打招呼，亲切地握着我的手说道："以后有机会来我家，我把我的大姑娘介绍给你们认识，她想学中文呢！"

我说："夫人，有什么要求都可以和我们说，没问题。"

我把杨主任、樊总、苟总、李部长一一给总统夫人作了介绍。这时，老板的随行摄影师抓紧给大家拍合影，我趁机溜进了会场。

会场里，除过预留的前三排座位外，其余都座无虚席，得宝马车大奖的三位都是盛装出席。当经销商看到我走进会场，都站起来给我鼓掌，有的还有节奏地喊道："威廉！"

两个主持人还以为进来了什么人，都从侧幕走出来，我看到了黄丽和他们在一起，我也走上舞台。

我和两个主持人握手，男主持人说："今天我会超常发挥，因为我们加纳最伟大的妈妈在看我的表演，如果成功了，记得也给我奖励一辆 BMW，旧的也行。”

说完，我们大家都笑了，男主持人的笑更夸张，从这个小细节就能看出他的喜剧天赋。

我看看表，对他们说：“还有 2 分钟就到 10 点 50 分了，请你们准时宣布大会开始，并邀请嘉宾入场，嘉宾坐下后，请先介绍到场嘉宾，气氛要热烈。”

两位主持人说：“OK！”

我在侧幕坐下，心想，该你们表演了，我希望一切都按照流程进行，我就好好欣赏吧。

“女士们，先生们，大家早上好！”男女主持人一上场，就引发了观众热烈的掌声。

男主持人说：“某某集团庆祝六一儿童节暨奖励经销商大会现在开始！”

女主持人说：“让我们欢迎嘉宾进入会场！”

在礼仪小姐的引导下，总统夫人、中国李大使和夫人、公司董事长梁先生、各位部长、各位大使等贵宾相继入场。观众的掌声、欢呼声一直在嘉宾介绍完后才停下来。

男主持说：“大家好，我的姓名加纳人都知道，外国人不知道，因为很长不好记，我也不知道为什么我的爸爸妈妈给我起这么一个不好记的名字。尽管这样，这家中国公司还是找到了我，邀请我和我的搭档主持这次活动。我听说是给我们加纳人发新的 BMW，我刚开始有些不相信。后来，他们再三承诺是真的，我就来了。没想到，真的在门口看到了三辆崭新的宝马车。”

下面有的观众兴奋地大喊：“是真的，是新的，我摸过了！”男主持说：“你没被罚款，或者打手吗？”大家都笑了。他接着说：“好了，我们现在就开始来共同见证这一历史的时刻！”

"请大家起立，奏加纳和中国国歌。"

庄严的国歌响起后，会场马上就安静下来，尤其是加纳国歌引发了参会的加纳人的大合唱，歌声真的是很好听。中国国歌一响起，我的眼泪就会流，在国外每次都这样。

表演开场歌舞的小学生，依然穿着昨天走台时的那套校服，这些小孩子完全是本色出演，他们天真无邪的笑容、欢快的舞蹈，赢得了一阵阵的掌声。

接下来李大使上台讲话，他用英语发言，他先感谢总统夫人和所有的嘉宾来参加一个中国企业的活动，并代表中国政府祝贺加纳的儿童以及他们的家庭节日快乐，身体健康！同时希望我们中国企业在加纳努力工作，帮助加纳发展经济，给加纳人民造福。

董事长梁先生上台了，他是从来都不要发言稿的。反正有柴未有兜底，讲什么柴未有都会按照套路翻译好的。也许杨主任提前交代好了，有中国大使和夫人在场，所以今天讲得还不离谱，尽管颠三倒四，逻辑混乱，这已经是超常发挥了。他的东北方言，观众们听得津津有味，尽管谁也听不懂。

孩子们又上场了，百听不厌的童声合唱，领唱的小女孩那天籁之音，事隔几十年我觉得还忘不掉。

孩子们的歌声停下来，他们把双手从身后抽出来，手上都捧着一束美丽的鲜花。在礼仪小姐的引导下，他们排着队来到30位嘉宾面前献花。嘉宾们忙站起来，我看到李大使和老板显得有些慌乱，我明白他们此时需要什么。他们身后的朱迪、桑妮和骆洋，邀请每个嘉宾从他们自己的座椅下拿出了他们想要的东西：用胶带轻轻固定在坐垫下的送给孩子的礼品，一个鲜艳美丽的双肩背的书包！在当时，这可是最先进最时尚的书包，都是英国制造的。嘉宾们给孩子们背上了新书包，很多孩子和在场的观众眼泪流下来了，嘉宾给孩子们擦拭着激动的泪水。

我在侧幕也忍不住热泪盈眶。

下面就进入了颁奖环节，女主持人宣布最佳经销商名单，20个获奖者依次站成一排，卢燕、黄丽、国清和骆洋分别给他们颁奖，每人一个海豚按摩棒。因为人多，稍稍显得有些忙乱。得奖的经销商并没有马上下台，而是在台前让摄影师给拍照。来到加纳参加过很多经销商活动，照相是他们最喜欢的环节。每次活动就有十来个摄影师抢着拍照，后来才知道，这些拍照的都是专门的摄影师，他们并不认识被拍照的人，会后会去找照片中的人要钱，可以讨价还价，然后给钱拿照片，没谈拢价格，就会把照片撕毁。因为一个人同时有好几个摄影师给拍照，所以他们可以择优选择。在那个还没有智能手机的年代，这种服务还是很受欢迎的。

下面上场的是专业舞蹈队，十男十女半裸着，奔跑着上台了，他们模仿非洲土族的生活。有嬉戏，有爱恋，更多的是拿着原始的工具狩猎。演员们充分展示了非洲黑人的跳跃、奔跑以及舞蹈功底，演出很精彩，演员很卖力。

第二次颁奖开始，是十个优秀团队领袖，奖品是海豚按摩棒再加一个电熨斗，颁奖嘉宾是李部长和桑妮。颁奖结束后，他们要求他们的团队成员代表也想上台和大家合影，我拒绝了，一是耽误时间，二是秩序无法掌控，我答应他们等会议结束，嘉宾离场后，还有分享的活动，并请主持人先向大家做了通报。这样，获奖者才恋恋不舍地下了台。

紧接着发的是最佳培训师奖，这五个培训师，认真学习中国的中药文化，把公司的产品介绍给所有的经销商，在销售环节非常重要。他们的奖品是每人一台影碟机。颁奖嘉宾由樊总和杨主任担任。

下一个节目是我们经销商自编自演的。我们熟悉的五个青年走上了舞台。音乐起，少有的悲怆的小提琴声让人们又想起了那个已经逝去的看门人科菲。卢燕在旁边解说，一个男孩在台前独舞。

画外音："我是一个苦命的孩子，在走投无路时，一个好心的奶奶收留了我，让我帮她照看她的房子。尽管我再不风餐露宿，也有食物吃，但是孤独时刻伴随着我。两年前，几个中国人走进了这个院子，他们很友善地对待我，不仅给我食物，衣服，还让我参加他们的培训。我和门口开小卖铺的小伙伴们一起参加了很多次培训，认识了很多朋友，我们的生活有了意义。然而，去年 5 月 9 日，我去体育场给我所热爱的足球队加油助威时，我和 126 位加纳朋友倒在了足球场里，再也没能站起来。我虽然离开了你们，但我还在牵挂着你们。我的中国朋友们还好吗？你们大家还好吗？"

卢燕的声音哽咽了，表演舞蹈的五个年轻人早已泪流满面，现场的许多观众都哭了。

卢燕的话音突然一转："亲爱的朋友，我们都很好，我们的中国朋友都很好！我们大家都很想念你，我们要把事业做好，生活过好。科菲，我们的好伙伴，安息吧！"

演员已经退场，观众还在鼓掌。男主持人上场，他说："在这么高兴的场合突然出现了这个令人伤心的插曲，我觉得很有意义。去年的 5 月 9 日，是我们加纳国家和人民最悲痛的时刻，没想到这个悲剧同时会牵动中国朋友的心，这说明了我们加纳人民和中国人民心连着心，让我们永远团结在一起。"

男主持人说完，优雅地把女主持人请上台。他说："今天最令人期待的时刻要到来了，我不能一个人享受这一过程，必须和我的搭档一起来宣布。我喊一、二、三，"他们二人一起说道："颁发 BMW！请获奖者上台！"

行长夫人、布莱斯和斯蒂芬都穿着华丽的民族服装走上台来。男主持人幽默地说："请大家认真看看这三位，今天你们是加纳最幸运的人。我先趁机和你们握握手，说不定我也会有好运。"女主持人也抢着说："别忘了我啊，我也要交好运。"她认真地看了看布莱斯和斯蒂芬，说道："哇！两个大帅哥，结婚了吗？散会后把我领走吧！"全场观众开心得手舞足蹈，这可是平时只能在电视上看到的大明星啊！

两位主持人看观众的情绪被燃爆了，同时宣布："请我们最尊贵的第一夫人、中国驻加纳大使、集团董事长梁先生上台颁奖。"

在礼仪小姐的引导下，颁奖嘉宾上台了。此时，在我的指挥下，从舞台的上方缓缓下来三个大物件，原来是被放大几十倍的宝马车钥匙。三个嘉宾正不知所措，我上前摘掉一个吊钩，轻轻地把一个长两米的大钥匙递给了第一夫人，这时颁奖嘉宾才看清钥匙是用泡沫做的。

他们笑吟吟地拿起钥匙，颁给了三个获奖者。台下的气氛太热烈了，时而寂静无声，时而哄堂大笑，紧接着就是雷鸣般的掌声。三个获奖者将三把钥匙立在身旁，就像拿着长矛。他们和颁奖嘉宾握手留影后，电视台的记者上台了。颁奖嘉宾在礼仪小姐的引导下回到座位，电视台的记者挨个对他们三人进行了短暂的采访。

采访结束，一行人刚退台，从舞台两边跑出来所有参加演出的演员，孩子们在最前面，舞者们率先跳起加纳的民族舞，早已按捺不住的许多观众都纷纷起身，随着音乐扭动着身躯。

我们看到总统夫人也站起身随着音乐扭动、鼓掌，还邀请李大使、大使夫人和梁董事长一起跳舞。我们准备的手喷礼花派上用场了，我和国清、骆洋、世祥以及司机奔从会场的不同方向向空中喷起了礼花，用各种颜色制成的纸花从空中飘飘洒洒落在观众中间，这种场面许多人从没有经历过，音乐声，笑声，快乐的喊叫声充满了国家剧院的演出大厅。

大会结束了，我看看表，总共用时 1 小时 50 分。

我和黄丽跟随着嘉宾一起走出会场，总统夫人看到我握着我的手说："太精彩了！"

黄丽知道我要讲什么，她对总统夫人说："威廉问你，总统能不能见我们的董事长？"

总统夫人说："非正式拜会总统好安排，如果是正式觐见就会很麻烦，要排队等候的。"

黄丽翻译给我，我马上让黄丽说："非正式。"

总统夫人说："那就安排在我们家吧，明天是星期天，就在明天吧。你们人多吗？我家客厅不大。"

我说："让我们去几个就去几个。"

夫人说："不超过十个人吧。"

我说："谢谢夫人。几点去合适呢？"

夫人说："我要回去问问总统，然后让我小妹通知你们。"

我又问："您晚宴能参加吗？"

夫人说："今晚我有别的安排。"她看到了在我们身边的她的妹妹，就说："让我小妹带着我的大姑娘去吧，她一直想要学习中文呢。"

随后，夫人准备离开，她的助手和车队已经在旁边等候。大使、部长和我们董事长都礼貌地和总统夫人握手告别，夫人在警车的护卫下离开。

李大使目送总统夫人离去后，对我们老板说："祝贺，今天的会很成功。我今晚还有别的活动，无法参加晚宴，我告辞了。"然后，李大使和夫人又分别和各国大使、各位部长握手道别。

这时，伊万大使过来了，我给老板介绍道："伊万大使是驻加纳外交使团团长，科特迪瓦驻加纳大使，给我们帮了很多忙。"

老板热情地握着伊万大使的手说："欢迎来到中国访问，来我们总部参观。"

伊万大使高兴地点头答应，他给老板说：“我们晚一点在王朝饭店见。”然后告辞。

约瑟夫看到了我，说：“我可以和董事长说中文。”

老板一听就乐了：“说中文好呀！”我给老板介绍：“约瑟夫是总统最信任的人，内务部、礼宾司都归他领导，迎接你的骑摩托的礼兵就是他派的。他在北京留学工作多年，是个中国通。”

老板终于在非洲碰到一个可以讲中文的老外，兴趣很高，邀请约瑟夫今晚一起喝两杯。

约瑟夫也愉快地接受了邀请。于是，嘉宾们纷纷握手告别，相约晚上在王朝酒店见面。我已经把总统夫人和我说的话汇报给了杨主任和樊总，正要返回剧场，这时苟总过来，他不高兴地说：“你知道你今天最大的失误是什么？”杨主任和樊总也止住脚步，看着他对我发难。

我说：“请苟总指教。”他说：“为什么没安排我上台颁奖？”本来在开会前我也发现了这个问题，但是发奖的总部领导只能有两个，樊总是主管市场的，又是非洲的主要领导，不能少。杨主任是女士，怎么也要安排的，所以只能让他不上。我本来想把这种情况给他解释一下，可看到他欲加之罪的样子，就不想给他说那么多了。我就说：“很抱歉，本来安排了你的颁奖嘉宾，但被别人顶了，我也没办法。”他说：“谁顶了？”我说：“总统夫人。”说完，我就扬长而去。

我走进剧院，发现空出的嘉宾席位早已坐满了人，后面还有不少没有座位的人。原来有从别的国家赶来的参会代表来迟了，没能进入会场，一直在外面听现场广播，现在终于可以进入会场了。

我好像觉得我的身后跟着一个人，我回头一看，是总部会议中心的李部长。

我说：“李部长，你怎么不去休息一会，晚上还有宴会呢。”

他说：“我和老板说了，大会还没结束，我不能退场，老板同意让我留下。”

我说：“那我们一起到前面坐吧。”他说：“我懂你的，你不会去打扰正在进行的会议的，我们就在后面站一会吧。”

此时，得到车的三位还在台上，台下是一排给他们拍照的记者和摄影师。主持人已经离场了，接替他们位置的是黄丽和骆洋，黄丽看到了我们，她给我们招手示意到前面去，我和李部长向她摆摆手，就站在后面的人群中当起了观众。黄丽点了点头，就继续往下进行。她看了看下面拍照的人群，手持话筒要求大家都回到座位上，然后请布莱斯先在台上和大家分享，行长夫人和斯蒂芬先回到座位。

布莱斯讲得很投入，很激动。听得出来他为了照顾台下有部分受教育不多的听众，他的发言夹杂着不少当地的土语，我是基本上听不懂，连我们的黄丽和卢燕这些和他打了一年多交道的英语专家，估计也只能听懂五成，好在他的听众都听懂了，他们的脸上洋溢着笑容。

布莱斯在人群中发现了我和李部长，他突然用标准的英语喊道：“威廉！威廉！”在他的带领下，全场人起立，一起喊着：“威廉！威廉！”我和李部长就这样被人流簇拥着走上了舞台。

布莱斯和我们拥抱完后，又拉着我的手，继续着他的讲演。我可以猜出他在讲什么，因此也就只好努力地笑着配合。几分钟后，黄丽看到我已经满头大汗，就轻声对布莱斯说了说，他才放下我的手，而且优雅地给我道了歉。布莱斯结束了讲演，但并没有退场，他又把话筒交给了我，恳求我讲几句。

我只好接过话筒，让黄丽给我翻译。我说道：“女士们，先生们，大家下午好！今天是我们公司在加纳举办的第一场发车大会，以后这种大会还会经常举行。”我等会场安静下来，继续讲道：“今天获奖的经销商是别人，下一次就可能是你！”

我知道还有许多事情要做，此处不宜恋战。我让黄丽给大家介绍李部长，让李部长给大家讲话。李部长只好拿起话筒，他是从深圳来的，浑身有一股拼劲，讲起话来逻辑缜密，语言精练。无奈，这不是用母语演讲，再好的翻译也无法诠释他的风格。我给李部长打了个手势，他马上就明白了，三言两语结束了他在加纳经销商面前的第一次演讲。

我让骆洋掌控会场，急忙在经销商的欢呼声中和李部长、黄丽逃了出来。我对他们说："现在最重要的是要立刻和总统小姨子联系，看明天什么时候去总统家合适。"黄丽如梦初醒，赶紧拿出手机，才发现手机设置了静音，好几个未接电话。她拨通一个，第一夫人妹妹急着抱怨她不接电话，告诉我们明天上午 10 点总统在官邸接见我们，人数不要超过十人，不要迟到，总统见完我们还要参加其他活动，我们最好早点到，要过安检的。

李部长一听，马上兴奋地握住我的手说："老赵，成了！我最担心这次老板见不到总统，那个荀总肯定会在后面使坏的。据我所知，总部的人对这个荀总人见人烦，不知道他用什么方法把老板弄得颠三倒四，爱听他的。你这次成功，荀总最不开心。"

我说："我就是非洲一个小小的经理，怎么和他会有瓜葛呢？"

李部长说："现在我们先去酒店，把这个消息告诉老板，然后还要研究一下具体的细节。"

我说："走，黄丽开车。"

周六的下午不怎么堵车，我们半个小时就到了酒店。我看看表，才两点多，老板是不是午休呢？李部长让我们在大堂等他，他去房间找老板。

几分钟后，我们看到樊总、杨主任和李部长一起来到我们面前，杨主任说："老板一直在房间的会客厅等你呢，快走。"

樊总边走边说："会议非常成功，老板很兴奋，一直在夸你呢。"

杨主任接着说："是的，好久没见过老板这么开心了，这又要见总统，他今晚肯定睡不着了。赵经理，老板是个性情中人，说过就忘了，别和他记仇。"

我笑笑说："他是老板，嘴大，我们还敢记仇？"

杨主任说："对对对，我经常这样说他呢，嘴大大嘴，骂人是他的臭毛病，你们没在他的身边工作，你们不知道。"

说着话，就到了门口。杨主任还没按门铃，柴未有就把门打开了。我一看，这个总统套真够大，会客厅就足足有 100 平方米。老板已经起身，我走上前去，老板握住我的手，还是那样暗暗地用力。我说："你也不休息会儿？"

苟总在老板旁边说："见总统的事你们应该早点告诉我们，这样老板才能安心休息会。"

李部长说："接到通知就马上来了，好在莎拉会开车，不然还不会这么快。"

杨主任让大家都坐，他让我坐在老板旁边，老板说："老赵，坐下。你们辛苦了，今天的会很成功，很好。"他又看看大家，说道："大家都说说。"

杨主任让樊总先说说，樊总说："刚才董事长说了，大会很成功，这是大家的共识。我有几点体会，不一定对啊，说出来和大家交流。第一点，会议的主题很好，庆六一和发车很巧妙地结合在一起，这是我们集团开过的发车或者庆典大会从没有过的，提升了大会的档次，丰富了发车大会的内涵。我说的这一点，请赵经理讲讲你们当时是如何策划的。"

我说："其实很简单，因为只有庆祝六一儿童节才能和第一夫人的妇女儿童基金会联系起来，也才有可能会请到第一夫人参会。第一夫人参会了，会议的档次就自然提高了，邀请的嘉宾就不一样了。"

杨主任说："这个策划很有创意，是这次大会圆满成功的保证。"

樊主任说："是的，主题明确了，其他的工作就好做了。赵经理，这次大会你们加纳公司花了多少钱？"

我说："具体的数目是总部来的桑妮和公司的财务经理在管，我还不知道。我知道的是，给第一夫人的妇女儿童基金会捐款和实物总共5万美金。这里包含了1万美金现金，通过银行账户直接打款给了基金会，其余4万美金有产品和书籍。书籍是请南非公司采购的，由桑妮他们直接和财务方面走的账，大约6000美金吧。其他的就是产品了，产品按照销售价算的，价值有3万多美金。还有就是会场租金、汽车租金以及奖品和礼品什么的。"

樊总说："董事长，这么有影响的会议就花了这么一点钱，比起那些光开会就要花上千万的会议来说，哪个更实在呢，一看就知道了。"

我说："还有一件事，我在给总部的报告上说了，我们和今天参加演出的学校有一个合作协议，我们给他们学校的图书馆捐书，给学校的师生捐了产品，他们负责组织了100个学生去机场迎接董事长，今天的节目都是免费表演的。我们还在他们学校的门口立了一个大石头，上面写着我们集团的名字，这个学校我们有一年的冠名权。"

老板一听，眼睛一亮，说道："这个好啊，我怎么没听你们说过呢？"

杨主任也很诧异，问我："报告打给谁了？"我说："以前联系都是国际市场部的王部长，她走后我们的报告给了谁就不知道了。"

老板问苟总："你不是接手王部长的工作了吗？你知道吗？"

从苟总的脸上马上就看到了他的窘迫和尴尬，他说："我好像看到过，但是刚接手一摊子事，就没在意。"

老板说："摄像，你找时间让老赵带你去那个学校，好好拍一下，把冠名的校名拍清楚。"摄像师傅说："好的。"

樊总继续说道："第二点，这个会，亮点很多，最大的亮点是朴实无华。从表演的节目就能看出，学生本色出演，经销商自己编的舞蹈，很感人。"

老板插话道："这几个都是咱们的经销商吗？"

李部长抢着回答："是的，我来了几个月了，这几个小青年就在公司门口开小卖部，他们在节目中怀念的那个青年就住在公司里，是给房东看门的。去年加纳足球惨案被踩死了。"

老板问："他不是公司的员工吧？"

我说："不是的，是我们没来时就给房东看院子的。但他是经销商，那几个年轻人是他团队的。"

老板说："他死了，公司有表示吗？"

我说："我们公司四个中方员工每人捐了100美金，和他的雇主房东太太一起给他买了一口棺木下的葬，公司没有出钱。"

老板沉吟片刻，说道："该花的钱要花，这样吧，把员工出的钱报销，就算是公司出的吧。"

樊总说："好！"李部长插话道："就会议本身来说，老赵做得非常出色。我来了三个月，知道会议的筹备情况，剧本是他写的，包括主持人的讲话，各个节点时间的安排。会议由三个小高潮组成：第一个是小学生献花，嘉宾赠送书包，场面感人至深。"

老板接过话题："你把书包藏在椅子下，把我和大伙急得，孩子们献花，该表示一下吧，我们手上什么也没有，多难受啊！哈哈哈哈，老赵这一手厉害！"

我说："对不起老板，如果大家都知道了，就没有现场的效果了，就是要有惊喜。"

李部长又说："第二个高潮就是几个小青年怀念科菲的场景了，把欢乐中的人们一下带入到去年那场举世震惊的灾难中，体现了我们中国人和加纳人民真挚的感情，我看到第一夫人都落泪了。第三个高潮就是发车了，当车钥匙从上面缓缓下来时，老板他们三个都不知所措，场面非常刺激。”

老板又说：“我一看就猜到了，这个大家伙是用纸板或者塑料做的，没想到做得那么逼真，这个也很好！”

李部长说：“这三个小高潮叠加到最后，就是彩带飞扬，全场起舞，大高潮形成，大会结束。真的很成功，效果极佳，再次祝贺！”

樊总说：“刚才我们就是给这次大会的总结。”

杨主任说：“我回去整理一下，写一个通稿，把这次加纳大会以公司文件的方式发下去，让各部门借鉴学习。”

老板说：“好！”

我说：“我们和给我们摄像的公司签了合同的，他们会把素材剪辑整理，刻成光盘，我们会把母带交给总部。”

我问杨主任：“明天见总统给准备礼物了吗？”

杨主任说：“没有啊？”

老板说：“那不行，赶快准备礼物。未有，你去找酒店经理，看有什么合适的礼物。”

柴未有出去了。

我说：“酒店的礼品是给旅游者出售的，给总统的一定要有中国特色。吃的、喝的都不能送，大使馆早都关照过。”

老板说：“为什么呢？”

我说：“如果喝了中国的酒和茶，吃了中国的保健品，总统啥时候生病我们都会有嫌疑，所以我们公司的产品不能送给总统。”

柴未有回来了，结果和我们分析的一样。

老板说：“老赵，快去想办法！”

杨主任又接着说：“还要准备一个签字本和笔。”

我说："好，我们马上去找。你们4点就要出发去王朝酒店，我没时间去了，未有知道地方。明早我们8点就会来这里，咱们一起从这里出发。"我和黄丽刚要出门，老板又说："老赵，你有事不参加宴会，安排你们那几个能喝酒的女孩子参加，活跃活跃气氛。"

我说："好的！"

黄丽问我，去哪买礼物？我说："奥苏街上有几个黎巴嫩人开的商店，好像有纸呀笔呀什么的，先去看看能不能买上签字本和签字笔。礼物，没得买，我们去找王倩倩。"

随后我又给卢燕打电话，卢燕告诉我，剧场3点准时清场了，人们都从会场出来了，现在又在围着三辆汽车跳呀唱呀，估计还会折腾一阵，我们都撤了，刚回到公司。我让卢燕传达老板的指示，她和桑妮、朱迪以及三个男士一起去参加宴会。可以换便装少喝点酒但绝不能喝醉。要国清带支票结账，还要他们照顾好你们几个女孩。桑妮和朱迪会是老板重点灌酒的目标，她们两有一个喝醉的，你卢燕负责。

放下电话，黄丽说："你够狠的，让卢燕负责，她喝醉了谁负责？"

我说："她就不会喝醉。"

黄丽说："这么厉害啊？什么时候我和她较量一下。"

我说："她压根就不会喝酒，滴酒不沾。她是学医的，她说她是酒精过敏。"

黄丽说："也是哈，真的没见过她喝酒。"

我说："能喝酒的只有你，但我却不派你去，为什么？你想知道吗？"

"是不是因为我要给你们开车？"我说："这不是主要的。李部长也会开车，在加纳有没有驾照目前还管得不严，关键时候，李部长能顶上。"

黄丽说："那是什么原因呢？"

我说："你也是个豪爽的人，爱喝点小酒。如果你陪老板喝酒，你一定会醉。因为老板最爱灌女生，不醉不罢手。这几天不能有任何纰漏，等老板走了，我们喝一顿散伙酒，一醉方休！"

我的话音刚落，黄丽一个点刹，不是系着安全带，我就会被甩出去的。我说："你怎么了？什么情况？"

黄丽说："你刚才说什么'散伙饭'，什么意思？"

我说："嗷，是这个呀！你没看到，我这次把苟总彻底得罪了，他可以把那么好的国际市场部的王部长挤走，炒我的鱿鱼不是分分钟的事？我也做好了准备，随时卷铺盖走人。"

黄丽说："你太悲观啦，没开会以前，你得罪了他，他去老板那告你黑状比较容易，今天你已经是光芒四射了，他不会不识时务吧？"

正说着，卢燕来电话了："赵经理，桑妮要和你讲话。"桑妮着急地问："你和莎拉在哪里？"

我说："我们现在去街上给总统买礼物，任务很艰巨。"

"那你们不去参加宴会呀？"我说："没时间去了，老板让我们一定要完成任务，不然明天见总统怎么办？"

桑妮说："我不去参加宴会，我滴酒不沾的。"

我说："那就更要去了，你劝老板少喝点，同时你和卢燕一起保护好朱迪，别让老板灌她。你还有工作要做，要和国清给宴会买单呢，不去不行的。"我又对卢燕说："记住，今天晚宴最重要的贵宾是总统的大女儿，当然还有总统小姨子。把这两个贵宾一定要照顾好，你把他们介绍给杨主任，杨主任会安排好的。"

觐见加纳总统

车到了奥苏，走进那个冷冷清清的商店，黎巴嫩老板迎上来打招呼。写到这，不得不说说这个黎巴嫩。黎巴嫩是位于中东的一个国家，人口600来万。

居民主要信奉穆斯林和基督徒，穆斯林人口比基督徒多一些。黎巴嫩东部和舒利亚相连，南部和以色列接壤，西面就是长达200多公里的地中海。这个得天独厚的交通要塞，是黎巴嫩的福，也是黎巴嫩的祸。我来到非洲后，最早接触到的白人就是黎巴嫩人。他们的经商经验丰富，以开百货商店为主，也经营酒店。早在2000多年前，黎巴嫩就陷入了连年的战火，周边的舒利亚、土耳其，甚至法国都殖民过这个小国家。而南面就是长期和以色列针锋相对的黎巴嫩真主党的根据地。因此，为躲避战火，有经商条件的黎巴嫩人很早就走出了国门，非洲当然就是他们最早的落脚地。两年后，我曾去黎巴嫩考察，在首都贝鲁特待了近十天。我当时是从埃及开罗飞的贝鲁特，原计划在贝鲁特待三天，然后去以色列。那时候我已经被总部任命为非洲及中东区域总经理，以色列公司归我领导。然而，近在咫尺的以色列我就是去不了，因为两国没有交通往来，我和翻译只能等航班返回开罗。好在有黎巴嫩朋友陪同，乘机游览了贝鲁特迷人的风光，最让我难忘的是杰达溶洞和海湾。我那时已经在埃及开罗工作了一年多，见惯了体态丰满的当地人，而在贝鲁特的地中海海边则见到了许多身着西装风度翩翩的美男子和身材纤细曼妙有致的美女。

当地朋友说，这些基本都是来此度假的阿拉伯国家的王子和公主，他们挥金如土，天天在海边喝咖啡，玩游艇，开 Party。听闻此言后，把我的翻译小妹急的，每天晚上都要出去逛逛，还开玩笑地念叨：看看会不会遇到阿拉伯王子，发生点艳遇。

此时，我和黄丽来到了这家黎巴嫩人开的店，黄丽已经给他讲了我们需要的东西。他耸耸肩，又摊开双手。我们看到，他的店确实没有本子之类的商品，都是些高级打火机、雪茄、英式茶具等。正在我们准备出门时，他又让我们等等。他对我们说：阿克拉一共有三家黎巴嫩人开的店，其中有一家有文具卖的，他可以打电话问问。不一会，回话来了，没有签字本，但是有彩色的 A4 纸，有红色、黄色和白色。他的兄弟可以给我们装订一本签字本，不过价格比较贵，因为这种纸都是一张张卖的，如果装一本 30 页的，大概要 50 美金左右。签字笔有卖的，法国的，价格也很贵。我想了想，让黄丽给他说，买一支笔，送给我们五张红色的 A4 纸，再加上一个夹纸的夹子，带木板那种。黄丽想了想，觉得明天让总统题字也不会掉价，方案可行。经过一番讨价还价，最后以 50 美金成交。这位黎巴嫩朋友让我们 1 小时以后来拿货，我们先付了款，让他送到东方姐妹餐馆，他愉快地答应了。

我们来到东方姐妹餐馆，王倩倩笑吟吟地迎接，她说：“老乡和莎拉妹子，你们找我需要我帮什么忙？你们应该去王朝饭店，宴会马上要开始了。”

我说：“你真是加纳的阿庆嫂，什么事都知道。”

王倩倩说："你们老板来，那么大的动静，在机场迎接走红毯，礼宾护卫，住总统套，坐加长林肯，这些都是中国华人在加纳的首次，当地报纸和电视台都播了。"

我问她："今天开会播了吗？"

她说："应该在今晚或者明早播，报纸明早会有。"

我说："我们今天在你这吃饭。"

王倩倩很惊讶地问："你们不去参加宴会？"

黄丽给她说了我们买签字本和笔的事，又告诉她，明天给总统的礼物还没有着落，她能不能帮忙？王倩倩想想，说道："给总统的礼物必须有特色，否则就不要送。"

我说："不送没有礼貌，但这里就找不到有中国元素的礼物。"

黄丽突然问："经理，我上次从总部给你带的王部长送给你的那个天津泥人张呢？"

我猛地想起来了，是有一个天津泥人张，在我宿舍里放着呢，盒子还是完好的，我曾打开看过，一个中国老头和老太撅着屁股亲嘴呢！是个小摆件，这行吗，送总统？

王倩倩说："你要的是中国元素，这就是啊，这多少是个工艺品吧。我这有中国元素，你看我供的关公，摆的大肚罗汉，能送给总统你就拿走，免费。"

哈哈哈哈，她的一席话把我们逗得笑个不停。我说："也是啊，我们一会回公司拿出来看看，晚上他们回酒店了我们拿给老板看看再说吧。"

王倩倩说："那就安心地吃饭吧，要吃点啥？"黄丽说："经理，这几天太累了，今天宴会你不让我去，你在这犒劳犒劳我也行啊。"我说："你随便点，我代表老板请你。"她问王倩倩："有春卷吗？"王倩倩说："你吃的东西都有，炸春卷，炸虾球，和黑人一个样爱吃这些油炸食品，还有啤酒是吗？”

黄丽说：“知我者，王姐也。”王倩倩问我：“还是一碗雪菜肉丝面，面不要太软，不吃软饭，是吗？”

我们又是一阵大笑，好在餐厅就我们两个客人，就放肆一下了。王倩倩下去准备了，我问黄丽：“你看过那个泥人张的摆件吗？”黄丽说：“看过呀，王部长让我给你带时先当我的面打开让我看。做工不错，在国内很火的，不好王部长也不会万里迢迢让我带给你的呀。天津泥人张是国内工艺品业界的翘楚，有百年传承一说呢。我是放在行李箱托运过来的，包装盒也是完好无损的。”说着话，黎巴嫩商人来了，他小心翼翼地打开一个用纸盒装好的签字版，上面夹了几张深红色的A4纸，他说多给了我们几张，一共是十张，还有一只德国制造的万宝龙签字笔和一小瓶墨水。我们验收无误，再三感谢。他说，他过去和老板打个招呼，就上后厨去了。

饭菜上来了，我一看只有两只春卷和一瓶啤酒，就让黑人姑娘再来一份春卷和啤酒，黄丽说：“你要陪我喝酒？”我说：“我请客就要像个请客的样子，一瓶你哪够啊？”黄丽说：“两瓶啤酒也不够啊，除非给我来一瓶威士忌，那才过瘾呢？”我说：“你这是得寸进尺，晚上还有事，知足者常乐。”

王倩倩陪着黎巴嫩人从屋里出来，送完客人后，看到黄丽笨拙地拿筷子吃春卷，忙让黑人姑娘给黄丽拿来了刀叉。她问我们：“平时在你们公司吃饭，莎拉不用刀叉？”我说：“偶尔会用，有时吃面条我看她也用叉子，她看大家都看她，不好意思就又用起了筷子。”黄丽说：“我的生活习惯从来到公司后，改了很多，已经和大家一样了。”

王倩倩说：“这是我最佩服赵经理的，把团队带得那么好，尤其是有那么多美女，大家还亲如一家，真不容易。”

我说：“我们来到非洲，最大的挑战是生存环境，安全呀、生活呀、疾病呀，这些问题在国内都不是事，可在非洲都是事。在国内最大的挑战来自人和人之间如何相处，在非洲是人如何适应自然环境和当地的人文环境。在公司即使人和人之间产生了矛盾也好化解，因为同在一个屋檐下，只能相互包容，才能面对现实的挑战，你无法逃避面临的一个个问题。所以，不是我怎么能干，而是环境造就了人，成就了这么一个团结奋进的氛围。”

王倩倩说：“说得好！还有，你们公司的男士不抽烟不酗酒不打牌不嫖妓，所以美女们有了安全感，有了归属感。”

我说：“这种状态不会长久了，这次老板搞了这么大的动静，我们公司再也回不到以前的状态了。人怕出名猪怕壮，总部正式开始把非洲当回事了，压力会越来越大。”

回到公司，我马上去宿舍拿出了泥人张，打开一看，还不错。仔细端详，应该是仿青花瓷，色彩明净素雅，蓝色的釉青翠欲滴，再加上一对老年夫妇刻画得栩栩如生，可以算是一件不错的工艺品，遗憾的是器型小了点，只能放在掌心欣赏。我拿到我的办公室，黄丽也认真端详了一会，说：“拿过去让领导们看看吧。”

又过了一会，我们参加宴会的同事们回来了，我看大家一个个都好好的，完全没有喝过很多酒的样子。我问朱迪：“老板没给你灌酒？”她说：“我主动过去给他敬了一杯酒就躲到一边去了。”卢燕说：“今天是你的那个讲北京话的部长朋友舍生取义了，救了大家。”我突然醒悟：“是约瑟夫？”大家说：“对！我们老板把内务部长给灌晕了，哈哈哈哈！”

我问：“领导们现在应该到酒店了吧？”卢燕说：“他们坐林肯先走的，我们又打了包，结了账才回来。”我说：“大家先回宿舍洗洗，换衣服，休息一会，我和莎拉去见领导，等我回来再集中一下，宣布明天去见总统的有关事项。”桑妮说：“见总统我就不去了，这么多人，让我们看看你们给总统准备的礼物就行。”我说：“可以，但是大家看看就行，别上手了。”黄丽拿出了泥人张，大家一看就乐了。这是什么礼物啊？在国内给朋友送还行，送给总统确实有些拿不出手。我说：“你们每个人都想想，看看你们自己的私人物品还有没有比这个更好的，拿出来先救急。”这么一问，大家都不说话了，我知道确实谁也没有想着带礼物到加纳来。我说：“还是让领导们决定吧。”

到了酒店，进了老板的总统套，还是那间会客厅，大家都在。我给领导们汇报了情况，拿出了泥人张。杨主任一看就说：“这个小摆件在国内很有名，还不好买到呢。”老板拿到手里看看，说：“凑合吧，以后老赵记着，让总部给买一件好礼品，再送给总统，明天给解释一下。”

我说：“好的。”樊总说：“我知道这件礼品，是王部长精心为赵经理准备的，我在王部长那见到过，没想到在这派上大用场了。”

苟总拿着那个自制的签字板，说：“这也太简陋了吧？”李部长接过话：“这已经很不容易了，起码买到了几张有颜色的A4纸，这些纸很厚，质量很好，再加上万宝龙签字笔，总统写几句话还是可以的。”

杨主任把泥人张和签字板拿过去，她说：“赵经理，我收着，明天我拿着带过去，你完成任务了。”

我问杨主任：“明天能去十个人，你们这七个人，我们还可以去三个人，领导说都让谁去？”

老板说：“你肯定要去啊，这是你的地盘啊！”

杨主任说：“还有两个你定吧。”

我说：“黄丽明天要开车，所以算一个，桑妮她说她不去，那就让卢燕去吧。我们公司的照相是她负责的，她去多一个照相的也好。”

老板说：“就这么定了。”他又说：“老赵，明天你还要来这，带一张大一点的非洲地图。”

我说好，又补充说："老板，明天见了总统后，以后的行程怎么安排？"

老板说："未有说离这不太远有一个城堡很有名，我们也去参观一下，后面的安排杨主任给说说。"

杨主任说："今天是6月1号，明天见总统，3号去参观游览，4号一早我们乘飞机去科特迪瓦，你陪着去，你安排明天下午或者后天买好机票，在科特迪瓦公司待一下午，晚餐你安排。晚上10点老板从科特迪瓦的阿比让直飞乌克兰的基辅，我们其余的从阿比让飞荷兰的阿姆斯特丹转机回国，李部长也和我们一起回国。"

我说："你们的科特迪瓦签证都办好了吧？"

杨主任说："在国内都办好的。李部长的，昨晚科特迪瓦大使已经答应明天加班给李部长办好签证，让他的助理把护照送到公司。赵经理，我们大家都充分领教了你的公关能力，而且你还没有去用金钱结交这些人，我是很佩服的。"

樊总说："我们都有同感，应该好好向赵经理学习，向加纳公司学习。"

我说："很惭愧，很多事情处理得不好，我很感谢集团给我们派来了这么些优秀的同事，让我们能齐心合力地开拓加纳市场。时间不早了，领导们休息吧。"我正要告辞，突然想起来，明天见完总统后，午饭在哪安排呢？杨主任说："你找个中餐馆，把大家都叫上，一起吃一顿饭吧。"我说："好的，明天早上8点我们到酒店，一起出发。"

2002年6月2日星期天，早上8点，加纳阿克拉拉巴蒂海滩度假酒店，门口的多面国旗飘扬着，尽管还没有中国国旗，但我觉得有中国国旗的这一天也快要来到了。

我和黄丽、卢燕开着我们的丰田皮卡准时到了酒店门口。酒店门口的加长白色林肯也已经就位，保安和门童正恭候着。老板一行从大门口走出，我迎上去和领导们打了招呼，老板说："走吧！"我们的车在前面带路，打着双闪一路驶向总统官邸。

那时的阿克拉汽车并不多，不去闹市区基本不堵车，尤其是去总统官邸的富人区，一路顺畅。不到40分钟，车队已经接近总统官邸。车速慢了下来，因为我们看到了有拿着AK47的军警设置了路障，在检查证件盘查行人。我让黄丽停下车，马上给总统小姨子打电话。电话很快接通，黄丽说："军警知道今天有十个中国人去总统官邸觐见总统，不会阻拦，只是例行正常手续。"我让黄丽去交涉，两辆车都摇下了车窗，卫兵们要求每个人拿出证件。于是九本护照很快就交到了卫兵手里，他们和车里的人一个个对照，检查到李部长，黄丽给他们解释说护照现在科特迪瓦大使馆办理签证。卫兵开始说不行，让李部长下车，我让黄丽问李部长带没带中国的身份证，李部长急忙拿出身份证，对照检查确认后，终于放行了。卫兵让林肯跟着他们的一辆摩托车往前开，让我们跟着另一辆摩托车向另一个方向开去。我们稀里糊涂地跟着摩托车开了十来分钟，来到了一个停车场停下来。卫兵对黄丽说，我们这是农用车不能进入总统官邸的区域，现在我们可以步行去总统官邸。好家伙，我估计起码有二三公里，我们没有时间再和他们纠缠，急忙下车，一路小跑，向总统官邸疾行。

气喘吁吁地赶到总统官邸门口，他们七个人正在焦急地等候，他们的旁边有四个高大魁梧的挎着AK47的卫兵。

苟总满脸不悦地指责我们："干什么去了？把我们晾到这！"

我不屑理他，卢燕说："卫兵不让我们的车进入总统官邸区域，说我们是农用车，把我们押到了一个停车场停下车，我们急忙跑过来的。"

杨主任说："好了，总算都到了，赵经理快联系找谁领我们进去。"

此时，门口的四个站岗卫兵看到我们已经到齐了，突然有一个走到我们面前，立正，敬礼，大声报告着什么，其他的两个已经打开了大门，他们四人分站两排，目视着我们走进官邸。大门关上后，有一个身穿军服的军官领着我们来到旁边的屋子里，在这里进行安全检查，一个女兵把三位女士领进了另一间屋子。我们每个人要求脱去外套，解下腰带，脱下鞋子，掏出兜里的物品，然后用仪器扫，再用手摸，检查很认真。最麻烦的是摄影师带的摄像和照相器材检查得比较慢。检查完毕，我们十个人又被领进了总统官邸的一楼会客室。会客室不大，最多有 20 平方米，楼梯在会客室的北面。我看看表，9 点半不到，原来说的是 10 点，大家都平静地等待着。我让黄丽给总统小姨子打电话，说我们已经到客厅了。她说她和她姐姐都看到我们进来了，一会有服务生给我们送喝的，他姐夫正在办公室办公，也知道我们到了。

杨主任说："赵经理，昨天总统的大女儿去参加宴会了，她希望能够去中国留学，老板当时就表态没问题，我们回国后帮助她联系合适的学校，这件事你要跟进，有情况及时和我协商。"

我说："好的。"

杨主任又说："她今年才 25 岁，但已经结婚，有两个孩子了，她能不能去中国学习，关键还是看她能不能离得开。"

我说："这件事不管成不成，都是好事，都需要我们及时给中国大使馆沟通汇报。"

咖啡喝过了，时间已经过了 10 点，还是没有动静，大家都有些着急，尤其是荀总，一会儿坐一会儿站，还在不大的会客室走来走去。老板终于忍不住了，说他："你别老在那晃来晃去的，头被你搞晕了。"我们都痛快地笑了。我说："领导们别急，在非洲这是常态，不可能很准时的。"10 点 30 分，我突然从窗外看到，总统的车队已经在官邸门口等候，摩托车护卫队已经就位，莫非总统有紧急外事活动要出去？我一下紧张起来，急忙让黄丽给小姨子打电话问情况，我的眼睛一直在往楼梯上瞅。黄丽说，马上就要下来了，让大家再等等。我连忙让大家做好准备，摄像师打开了机器，站好了位置，卢燕也把相机掏出来了。大家的心此刻肯定和我一样，因为我相信我们在场的所有人都是第一次如此近的距离见一位在任的总统，不激动才怪呢。

来了，从楼梯上下来了，因为是角度的问题，我先看到的是一双穿着拖鞋的大脚。库福尔总统穿着传统的服装笑吟吟地向我们走来。

老板迎上去，一把握住了总统的手，摆好了姿势让摄像拍照，而摄像师也为了光线的需要不停的要求两人调整角度。摄完像又拿出照相机不停地“咔咔”，总统始终面带笑容配合着。总统看到可以坐下了，就邀请老板和他并排坐在两个沙发上，摄像和卢燕，以及苟总和杨主任都拿着照相机在两人前面拍照，我们大家都围着总统和老板，像极了一群媒体在采访。总统先说话了，未有在翻译。

总统说：“欢迎来自中国的朋友，加纳政府和人民欢迎你们来加纳投资。我看到了你们企业的信息，知道你们在加纳做了许多帮助加纳人民的事，我代表加纳政府感谢你们。”

老板激动地说：“我们刚来没多久，对加纳人民做的事还不够，我们还要继续做下去。”

杨主任将泥人张交给了老板，老板双手把礼物递给总统，说：“这是我们从中国带来的一个小礼品，做个纪念。”

总统慢慢打开，拿出那对亲嘴撅腚憨态可掬的老夫妇，哈哈哈哈笑了起来，他说：“很好的礼物，谢谢你！”

老板指着那个老妇人说：“这是加纳人，那个老头是中国人，我们两国人民相亲相爱！”

老板又把签字本和笔递给未有，让未有给总统翻译，请总统给写几句话。总统笑着答应，拿过签字本和笔，他问道：“写点什么好呢？”

未有说："您写什么都好！"总统问了问我们企业的名字，然后写下了："欢迎中国某某公司来加纳投资，祝愿某某的事业能给加纳人民和非洲各国人民带来希望和幸福，祝某某公司一切顺利！"最后很潇洒地签下了自己的名字。

意想不到的升职

会见结束，我们走出官邸，尽管会见不到20分钟，但是气氛融洽，大家心情都很愉快。

我们十个人先来到了王倩倩的东方姐妹餐馆，王倩倩笑脸相迎，她上去和老板打招呼说："梁总这次到加纳访问，盛况空前，三辆崭新的宝马车奖励给经销商，不仅让加纳的侨界长了见识，还成了加纳的头号新闻，报纸电台电视台都是关于你和你们公司的报道。"

老板握着美女的手，笑嘻嘻地聆听美女的恭维。我连忙让老板一行快进屋，外面阳光很强烈的。我给老板和大家介绍了王倩倩，说她就是加纳的"阿庆嫂"，也具有"眼观六路，耳听八方"的本领，帮了我们公司不少忙。

落座点菜期间，在公司等候消息的其他同事也乘出租抵达，15个人正好两桌。

吃饭前杨主任站起来发言了："同事们中午好！很荣幸这次能够来到加纳，能够结识在加纳和科特迪瓦工作的各位同仁。我代表董事长在这里先敬大家一杯，不过需要说明的是，今天下午我们还要开会研究工作，所以就不上酒了，我们用饮料替代吧。这几天大家吃不好，睡不好，很辛苦。现在大家就开始吃饭，吃好吃饱，然后回到宿舍好好睡一觉，休息一下。明天一早我们大家陪董事长去参观游览，大家说好不好？”

“好，好，好！”在一片叫好声中，愉快地用完了午餐。

按照领导的部署，我们回到了公司。我让骆洋和李世祥赶紧买机票明天回科特迪瓦公司，做好后天接待老板一行的工作。科特迪瓦当时的经济状况比加纳好不少，所以公司条件还行。让他们组织几十个经销商代表来公司见见老板，老板给讲讲话。在机场租一个面包车就行了，关键是后天的两餐要安排好。

骆洋说：“不知老板喜不喜欢吃越餐，科特迪瓦越南人不少，他们的餐馆也很有特色。”

我说：“不行！老板不会喜欢的。我们从机场出来，直接去那个当地最有名的餐馆吃一顿非洲餐。晚餐在公司吃，你们看看有没有中餐馆是东北人开的，如果有就好办了，多订些大棒骨大拉皮小鸡炖蘑菇这样的菜就行。”

骆洋说：“我们和餐馆商量，能不能把食材准备好，让他们的大厨来公司加工，怎么样？”

我说：“是个好主意，你们俩回去就安排，方案可以随时变通。”他们说，那他们就立刻动身去机场，阿克拉到阿比让的航班早晚最多，而且是去就会有机票。我说：“那就辛苦你们了，我们阿比让见！”

我和黄丽晚饭后就立即去酒店，老板刚用完晚餐，樊总杨主任和柴未有在总统套等我们。

杨主任说：“黄丽，麻烦你领着苟总、李部长和其他同事去酒店后面的海滩走走，或者大家一起坐在海边喝杯咖啡，老板要和我们开个小会。”

杨主任等我们都坐好后就说："我们现在开个会，请樊总宣布总部的决定。"

樊总看看老板，然后说："根据集团国际市场的发展趋势，决定成立南部非洲和西部非洲总部，任命柴未有先生为南部非洲总经理，南部非洲包括以南非为主的 12 个国家和地区；赵彦明先生为西部非洲总经理，西部非洲包括 16 个国家，具体国家会在任命文件里标明。你们的工资会按照集团相关规定进行调整。你们有什么意见可以说说。"

柴未有看看我，请赵总先说。我和未有谦让一会，我说道："很突然，因为我已经做好了被辞退的准备了。"

老板说："辞退？谁要辞退你？"

我说："我看到苟总对我很不满意，他现在是什么市场总监，估计他会下令辞退我的。"

老板轻蔑地一笑："他看不上的人多呢，他想安排自己的人上，我早就防着他了。你们不知道，三国里曹操是用人不疑，疑人不用，我是疑人也用，让你干着，我看着。"

此刻听到老板有意无意说出这一番用人之道，我的后脊梁不由得一个激灵，看来我们在这样的老板手下要取得充分的信任很难。

杨主任说："今天这个会按道理也应该让他参加的，但是老板在商量对你们的任命时就没让他参与，不用去管他，你们还是直接归樊总领导，他给你们发号施令你们可以拒绝。"

樊总说："赵总的工作老板和我们职能部门都很满意，加纳开了个好头，希望借此大会抓紧拓展示场，赵总说说你的想法。"

我说："叫我'赵总'我很不适应啊，还是叫我老赵好。我认为我们应该加大向周边国家辐射的力度，目前我们在科特迪瓦成立了公司，注册了产品，但是加纳的东边多哥和贝宁还没有注册，这两个国家已经有我们开的专卖店，尽管业绩还不大，但他们是通往非洲人口最大的国家尼日利亚的驿站。西部非洲各个国家之间的民众拿着自己本国的身份证就可以在西非共同体内自由旅行。我觉得下一步就是要尽快去尼日利亚，成立公司，报检注册产品，西非的大市场在尼日利亚。2000 年尼日利亚人口就有 1.4 亿了，非洲总共 54 个国家人口 7 亿多，尼日利亚占了近五分之一。而且尼日利亚人特别能生孩子，专家估计再过几年人口就会突破 2 亿。总部需要给我们派吃苦耐劳的中国同事。在我的工作实践中我觉得像加纳这样的公司最少需要三个中方员工，最好是两男一女。没有女孩子的公司，管理难度会大。”

杨主任插话说：“赵总，你把你的经验给我们详细说说。”

我说：“中国人到国外打工无非是两个目的，一是挣钱，二是长见识。在发达国家二者可以兼得，在非洲最主要的诉求就是挣钱了，而男孩子要承担比女孩子更大的家庭责任，普遍压力大，挣钱的目的会更直接。在咱们公司，因为财务是独立的系统，经理和财务是互相监督的，但是如果两个人变成了一个人，情况就不好控制了。如果是三个人，就会好很多。女孩子在国外胆子小归属感安全意识防范意识都很强，不会轻易背叛公司。再者，有一个女孩子，其他两个男的就会时刻注意自己的言行，不会裸着上身在公司上班，也不敢把当地女孩带到公司来。在安全好的国家，两个女孩一个男孩也行。这样就是有人请假，公司也好临时调整支援。”

我的发言，让杨主任和樊总连连点头。

杨主任说：“对我很有启发，这次加纳之行收获满满。”

老板说：“集团来了个新的人力资源部部长，杨主任回去给打打招呼，重点保障你这边的人员需求。”

老板看到了我拿来的非洲地图，让我们打开给他讲讲。未有给老板指出了加纳的位置，老板让未有把南部非洲的国家用笔画出来，又让把西非国家圈了出来，这样还有没有被圈的国家。

老板问：“这些国家是什么区域？”

我说：“坦桑尼亚、刚果属于中部非洲，肯尼亚及周边国家属于东部非洲，北边那些阿拉伯国家属于北部非洲。”老板说：“你和未有把这些国家都分了，一人负责一部分。”

我和未有相互使了个眼色，未有说：“老板，不能这样分，我们两个也管不了这么多国家，忙不过来呀。”

老板说：“给你们多派些人手不就行了吗？”

我说：“老板，这样，我和未有不分东南西北中，他从南非往北辐射，我从西北往东辐射，哪有经销商就在哪个国家注册公司，报检产品。”

老板说：“就这样了。你们再商量商量明天后天的事，我去转转，看他们在哪。”

老板一开门，苟总就迎上前去，忙问：“老板会开完了吗？”

老板说：“他们别人呢？”苟总说在后面花园里喝咖啡呢。老板和苟总走了。

杨主任说：“真是个奇葩！”樊总摇摇头。杨主任说：“这个人是朋友给老板推荐的，在美国留学多年，不知为什么非要回国发展，老板只好安排在市场部门。谁知他一来就和王部长不对付，王部长不愿意和他成天生气，就被调到北美洲总部当总经理了，他就当了市场总监。这不，不光是在找你赵总的茬，连樊总也不放过。你们放心，他树敌太多，老板不会留他太久，正在找机会。”

我说：“明天游览这一块，未有比我熟。”

未有说：“你来的路上我给卢燕打了电话，让她把租车公司的电话给我了，我们把林肯退了，换了三辆丰田越野。明天早饭后10点出发，大概车程二到三小时，去参观奴隶堡，有讲解的，一个小时就结束了。然后就返程，大家有兴趣就去看看恩格鲁玛陵墓。”

杨主任说：“不行不行，老板最不喜欢参观陵墓了。”

我说：“那还真没什么好看的了，天气又热就让老板休息吧。”

杨主任说：“就看他的心情了，心情好了再说。”

我说：“好吧。明天我们只有六个人去，今晚科特迪瓦公司的经理和财务已经回阿比让了，在公司做做准备。后天上午到了阿比让后，从机场出来坐面包车可以简单看看阿比让的景色，午饭我们在当地餐馆吃一顿非洲餐，餐后去公司，老板休息一会，然后和经销商见面，讲讲话。晚餐安排在公司了，晚餐后就去机场。”我又问道：“摄像师和你们一起回还是在加纳再待几天？如果在加纳再待几天，科特迪瓦他就去不成，因为没有签证回不来加纳了。”

杨主任说：“那就和我们一起行动吧，他回去抓紧把拍的影像弄好，最重要的是和总统的合影，有这个其他都黯然失色了。”

我说：“知道了。”杨主任说：“我还告诉你们，老板明天如果高兴，让你们谁和他同乘一辆车就去，别让他不开心。”

我说：“明白。”

参观奴隶堡

第二天，从酒店出发，本来两个多小时的车程，我们的车队却走了四个多小时。我乘坐的是由黄丽驾驶的丰田皮卡，另外租来的三辆丰田越野跟在后面。杨主任经常陪同老板在各国巡视，很有经验，还租了对讲机。她给我一个，老板有什么需要就让我减速停车。我是第一个被老板喊去和他同乘的人，他的车副驾驶坐着杨主任，老板的指令由杨主任传达。我和老板的交流很少，我也不知道他要问我什么。他突然让杨主任停车，杨主任马上让黄丽减速停车。等车队停下来，老板跳下车就往后面走去，我急忙问他："老板，发现了什么？"他指着已经离得很远的红土堆问我："那是什么？"我说："这就是非洲的蚂蚁山，也就是蚂蚁的巢穴。"他说："我听未有说过，走，过去看看。"我说："老板想看蚂蚁山，前面很多，不必再跑很远回去看。"我让黄丽注意观察，找一个大一点的，我们再下车。他说："好吧。"我们又继续前进。

老板问我："你来公司三年了吧？现在的工资是多少？"

我说："2000元。"他说："从下月起给你按职务发工资。"他问杨主任："他这个级别的工资是多少？"杨主任说："2600 元到 2800 元之间。"老板说："不按那个了，直接给老赵工资翻番。"我还没明白是怎么回事，杨主任说："老板给你涨工资了，你是区别对待的，下个月起你的工资 4000 元了。"我这才明白，连忙说："谢谢老板！"

老板说："工资应该向一线倾斜，尤其是在艰苦地区做市场的。"

杨主任说："集团应该在人事和薪酬方面有所改变了，业绩和效益要和薪酬挂钩。有些国家业绩高是和集团大力投资扶持分不开的，像加纳投资少，有利润就应该奖励。"

老板问："你们现在的奖金是多少？"我说："没有奖金啊？公司没利润，不应该有奖金。我们有决心把业绩做上去，到时候公司自然就会发奖金了。"

杨主任说："你现在是区域经理，你的业绩考核和整个区域挂钩的。"

老板说："你要加快把整个区域的业绩做上去，以后该有的都会有。"

车速慢下来了，慢慢靠边停下。黄丽看到老板下车了，手指着公路边上草地上的一个宝塔形状的红黄色土堆说："这个蚂蚁巢穴大，起码有一米五高呢。"大家都围过去，第一次看到这个大土堆都很好奇。

老板说："黄丽，你给讲讲。"

黄丽说："这是非洲蚂蚁的巢穴，是蚂蚁的国王带领他的百万千万臣民一起修建的。这个城堡很坚固，蚂蚁用分泌的液体把土一点点粘起来，就建成了这么高人的城堡。里面就住着蚂蚁，而且里面有不同的巢穴，也就是不同的空间，居住着不同种群的蚂蚁。我看到过一个白人拍的纪录片，对蚂蚁巢穴有详细介绍，用高科技拍摄了洞里的情况，很震撼。人们就把这种土堆叫'蚂蚁山'。"

老板问："怎么现在一只蚂蚁都看不到呢？"

黄丽说："我们还是稍微离得远一点，蚂蚁看到人类靠近都躲起来了。这些蚂蚁应该是红蚂蚁，个子不大，蜇人很疼，攻击性很强。"

老板兴致很高，选择以蚂蚁山为背景，让大家靠拢合影拍照。他把我拉到他的身边，我们刚站好，苟总突然从我和老板之间钻出来，插在我们之间完成了一张合影。我趁机躲在一边，让他们尽情拍照。

此时，樊总说话了："大家在非洲的蚂蚁山旁边合影拍照了，老板想让大家明白一个道理，小小的蚂蚁可以依靠自己微小的力量，完成一个超乎想象的奇迹。我们也一样，也能在老板的带领下，创造一个商业帝国。现在，请杨主任代表集团宣布一个任命。"

杨主任说："根据集团董事长的指示，集团总部决定：任命柴未有先生为南部非洲总经理，负责南部非洲 12 个国家的市场开拓；赵彦明先生为西部非洲总经理，负责西部非洲 16 个国家的市场开拓。下面请赵总发言讲话。"

我示意请未有先讲，樊总说："未有现在是在西非出差，他回到南非再讲。"

我无法推辞，只好发言，我说："总部成立西非总部很有必要，可以帮助我们借这次加纳大会的东风让业绩倍增。对我的任命，其实是对我们加纳团队工作的肯定，我代表大家谢谢董事长，谢谢集团各位领导。我们会不辱使命，更加努力，让西非成为集团业绩增长的新星。"

大家将继续上车前行，老板让樊总带着我和未有找一辆车去研究一下工作，让我找两个人来他的车上和他聊天。我说："好的。"杨主任对老板说："我和樊总在一起吧，听听他们的非洲工作讨论，学习学习。"老板同意了。我让桑妮去和老板聊天，她说一个人不去。我知道朱迪是不会去的，只能是卢燕和她了。就这样，重新组合的车队又开始向奴隶堡驶去。

就这样走走停停，车到奴隶堡已经是下午两点多了。我们停好车，我请示了老板，让黄丽、卢燕和国清拿出了我们准备好的面包、香肠、花生米和加纳当地生产的饮料，让大家先垫垫肚子。加纳生产的水果饮料还不错，我最喜欢菠萝口味的，大家都吃得津津有味。这时候，在奴隶堡门口兜售各种纪念品和食品的小孩子围过来。老板让我把多余的食品分给孩子们，大家都不再取食，食品很快就分散完了。老板心情大好，大步走进奴隶堡。我们找了一个导游，在导游的带领下，走进了那段不堪回首的历史。

奴隶堡坐落在海边岩石上，整个建筑有三层。底层是关押黑奴的牢房和看管黑奴的士兵的兵营。第二层是管理这座城堡的白人殖民者的住所，第三层是他们的仓库和娱乐场所。城堡是300多年前瑞典人带领黑奴修建的，全是用岩石砌成，坚固无比，城堡的四角还有好几尊大炮。最早来到西非的是有着“海盗”之称的荷兰人，他们用武力征服了西非，并开始掠夺财富。后来欧洲的殖民者接踵而至，他们互相杀伐。瑞典的商人修建了这座城堡，早期主要是用来运送木材和黄金，后来发现了贩卖奴隶的生意。奴隶贩子从西非各国用各种手段将年轻力壮的黑人掠来关押在此。等贩运黑奴的船只来到，再将他们运往美洲。随着大英帝国的崛起，英国人很快就成了这座城堡的主人，他们把每个被抓进奴隶堡的黑奴用烙铁在胸前或后背烫上所属公司的标记。在等待船只期间，这座城堡的主人将黑奴们关押在一个个狭小的房间里，黑奴们只能紧紧挨在一起坐着。生病的都将会被扔进大海喂鱼，反抗者会被关进地牢或者死牢，当众鞭笞或者杀害。只要是被白人看中的女性，都会被奸淫。黑奴们在经过漫长的等待后，会从低矮的甬道被押往上船的牢房。这时，紧闭的铁栅栏会打开，露出一个只能容一人通行的洞，这些黑奴就这样被驱赶着上了等候在岸边的商船。这个洞，被关押在奴隶堡的黑奴们称为“希望之窗”，然而他们却不知等待他们的不仅是希望，更多的是死亡。在接下来的三个多月的航海中，他们中的许多人受尽折磨，葬身鱼腹。

加纳独立后，陆续有不少当时的黑奴后裔从美国、加拿大返乡寻祖，到这个已经被政府建成博物馆的历史遗迹面前凭吊自己的家人。那些黑奴后裔还给加纳政府捐赠了资金，用于修建通往奴隶堡的公路。几年后，也就是 2009 年 7 月，时任美国总统奥巴马携夫人孩子访问加纳，在短短的 24 小时的访问中，他还带领全家乘坐直升机参观了奴隶堡。

第四章

中国智慧

经济发达的科特迪瓦

次日晨，我们一行登上了加纳航空公司的飞机，飞往科特迪瓦经济首都阿比让。那时西非各国的航空公司的飞机都是租赁欧美淘汰下来的旧飞机，有的机龄已经达到 40 年以上，安全隐患很严重。一直到尼日利亚从 2005 年开始连续坠毁了好几架飞机后，才下令停飞 40 年以上机龄的老飞机。我们今天乘坐的这架飞机，是我往来加纳和科特迪瓦之间经常坐的那趟航班，乘客从飞机尾部登机，飞机的屁股像汽车的后备厢一样高高掀起，乘客登上飞机，就像进了鲨鱼的大嘴，又像钻进了一只大母鸡的肚子里，而且驾驶舱是没有门的，乘客可以看到两个驾驶员在摆弄飞机。有时候我看到的是白人驾驶员，今天我看到的是两个黑人驾驶这架飞机。那个令人生厌的苟总又开始抱怨了，老板正在闭目养神，我们大家都没有理会。就这样，飞机起飞了。好在只有 500 多公里，不到一小时就抵达了阿比让。

从阿克拉到阿比让，2002 年的时候差距还是明显的。阿克拉 2002 年有 200 来万人口，阿比让已经是 400 多万。由于科特迪瓦的整体经济实力要比加纳强很多，所以阿比让自然就成了非洲重要的金融之都。

阿比让位于埃布里耶潟湖之畔，人工开凿的水道将大西洋和潟湖连接在一起，远洋货轮可以直接进入潟湖，使阿比让自然成为了西非最重要的天然良港。法国人从19世纪初开始殖民科特迪瓦，他们把阿比让打造成了非洲的巴黎，所以阿比让又有“小巴黎”之称。阿比让的工业体系较完整，电力供应充足，所以夜晚的阿比让灯火通明，流光溢彩，街上人流如织，“小巴黎”名不虚传。

考虑到这几天老板很劳累，晚上还要长途旅行，所以我还是建议给老板安排在科特迪瓦最著名的“象牙旅馆”下榻，让他稍微休息一下。那个马里驻加纳大使的侄子、在北京留过学会讲中文的阿里，因疟疾住院治疗而没能参加这次接待老板的活动，让他遗憾了许多年。我只能让经理骆洋护送老板和杨主任去酒店，我们其他人在财务经理李世祥的带领下去公司，中午在非洲餐厅汇合。中午的非洲餐，老板和杨主任没有参加，原因是老板累了要休息。其他人如约而至，大家对非洲的鱼和烤肉评价很高。餐厅的老板没认出我来，也没有再拿出签名簿要求题词签名，我心中暗自庆幸，不然那个苟总不知又会玩出什么幺蛾子。

下午3点不到，经销商卡农带着科特迪瓦经销商来到了公司，他们要和老板座谈，这是今天最重要的活动，老板对经销商一向很重视，尤其是外国的经销商，因此他和杨主任也到了公司的会议室。卡农是我们开发科特迪瓦市场的功臣，现在的经销商基本都是他的团队，只有一个女士是从加纳嫁到科特迪瓦的，她在科特迪瓦组建了自己的团队，他们都参加了加纳的大会，所以情绪特别激动。

科特迪瓦房租比加纳贵不少，公司面积不大，会议室就显得比较小，而今天除我们十个人外，30多个经销商把会议室塞得满满当当。会议开始，卡农先向老板致欢迎辞，又给老板做了自我介绍，还向大家介绍了他团队的二号人物，科特迪瓦一所大学的法学教授。为了节省时间，我让骆洋告诉经销商，大家发言时简明扼要，对公司有什么诉求今天当着老板可以直言不讳地提出来。卡农代表经销商先发言，他的第一个问题是，加纳大会发了三辆新BMW，科特迪瓦的市场潜力远远超过加纳，也应该在今年召开发车大会。加纳的第一夫人参加了大会，科特迪瓦可以请总统参加大会。

老板一听，眼睛就发亮了。他问我："他说的话是当真的吗？"

我说："科特迪瓦经济要比加纳强，人口也比加纳多，市场潜力是很大的。发车大会今年召开我觉得有些早，明年合适。"

老板打断我："老赵，胆子再大一些，要开就今年开。集团11月在德国开一个规模空前的发车大会，计划发新宝马100辆，你们这个会要开在集团的前面，也给他们发三辆宝马。"

老板的话一翻译完，经销商马上就鼓掌欢呼，气氛很是热烈。老板又问："能保证总统参加发车大会吗？"

卡农和教授立马站了起来，向老板保证一定要完成这项任务。我想，老板马上就要表态，只要是总统参加，他一定来。可是老板没有讲话，我看到杨主任在给老板说什么。杨主任让骆洋告诉经销商，老板看情况再定，争取来参加大会。下面的问题就集中在产品上，一是贵，二是品种少。老板马上说，回去就专门开会研究给非洲研发新产品，要让他们长出像中国人一样的长头发，还给他们生产出能美白的产品。骆洋一听看着我，没敢继续翻译。我说："告诉经销商，老板会专门给非洲开发新产品。"

座谈会在经销商的一阵阵惊讶声中结束。老板和各位领导退场后经销商还不愿散去，我让骆洋通知卡农，明天请他和教授，以及那位来自加纳的女士一起来公司开会。现在请他带领大家回去休息，老板和国内的领导们晚上要离开科特迪瓦，我们还有许多事情要做。

送走经销商，已经快5点了，骆洋安排的中餐馆厨师已经在厨房忙碌起来，这是一家东北餐馆，传统的杀猪菜、大棒骨、锅包肉、小鸡炖粉条和东北大拉皮都有，还有已经包好的水饺。我让李世祥去买几瓶法国红酒，我们准备在会议室吃晚餐。

老板和其他的领导们正在院子里溜达，他们正在讨论老板刚才对经销商说的“给非洲研发长头发和美白产品”的问题。

看到我出来，老板问：“我说的研发这些产品，靠不靠谱？你了解非洲你说说。”我说：“如果能研发出这类产品，等于是改变了非洲人的基因，那我们公司别说在美国上市了，就连诺贝尔奖也是非我莫属，这是人类的一个美好愿望，目前还实现不了。”

苟总说：“你怀疑老板的决策？”

我说：“老板是一颗菩萨心肠，想帮助非洲人民，不是说不能够，是说目前我们的愿望还有很多。我们要努力实现老板制定的全球发展战略，具体帮助非洲人民实现个别愿望等以后条件成熟后再说，是吧，老板。”我接着说：“大家都饿了，请大家在会议室就座，厨师的菜已经做好了。”

菜一上齐，老板先让摄像拍照摄影，他说：“这是我在国外第一次见到的最全活的东北菜。”他让把厨师请来，得知厨师来自黑龙江，惊讶地说：“怎么还有杀猪菜？”厨师说：“我们和一家中国香港人开的餐馆有联系，他们自己有养猪养鸡的地方，只要是杀猪都会把猪下水留给我们，所以才能做成杀猪菜。”

这顿饭大家吃得痛快淋漓，尤其是老板，真没少吃，不是大家担心他一个人后面的行程，估计会让他喝高的。酒足饭饱，大家一起来到机场，没想到卡农组织了一群人来欢送老板，经销商们手中拿着小小的中国国旗和公司旗帜，来送别老板一行。神通广大的卡农竟然办好了两张 VIP 送机卡，我和骆洋就这样和老板一行一起走进了候机大厅。老板的航班先飞，我一直可以凭送机卡将老板送到登机口，他在临上飞机前转身和我拥抱，只说了一句话："你的工资再翻一番，每月8000元。"我懵懵懂懂地和他挥了挥手，看到他走进了机舱才离开。

我又回到杨主任一行的候机室，杨主任和樊总把我叫到一边，杨主任问我："老板和你说了啥？"我说："他很激动，登机前和我拥抱，说我的工资再翻一番，每月8000元。"

杨主任和樊总对视一眼，樊总说："我们看出来了，老板对你很欣赏，好好干！"杨主任说："从来没有见过他在下面情绪这样好的，以前到哪个公司不是指责就是训斥，老发脾气，就在你这被你给制服了，那个苟总会感到不妙了，他想说你的坏话也没机会了。"

我说："谢谢两位领导的关照，我会努力工作。"

第二天，卡农和教授以及那位加纳女士一起来到了公司，我记住了那位女士的名字，她叫"卡拉"，是加纳移民，目前在科特迪瓦炼油厂工作。他们都知道即将到来的发车大会，幸运很可能会降临在他们头上。我要对他们说的是，必须要更加努力，确保住业绩在前三位才有可能获得大奖。我召集他们来，是要他们明确能否请到总统参加发车大会。卡农依然信誓旦旦，教授和卡拉没有说话。

我对卡农说："你讲讲你的计划。"

卡农说："公司开业时，我带了一位非常漂亮的女士来参加，威廉还记得吗？"我说："有印象，好像是个记者，名字叫艾玛。"卡农说："对，是她。她在法国读的是传媒学，硕士毕业，回科特迪瓦后自己办了一张报纸，发行量不大。她在科特迪瓦是公认的大美女，所以社交能力很强，很快就成了现任总统巴博的女友，而且为巴博生了一个女儿，孩子由她照顾抚养。我和巴博是老乡，巴博在法国留学读的是历史学，回国后在大学当教授，我们早就认识。"

我问卡农："现在艾玛和总统关系还在维持吗？"

他说："她是总统最喜欢的女人，随时可以见到总统。"

我说："好的，那请卡农尽快安排我和艾玛见面，时间地点请她决定。"

次日下午2点，我和骆洋在今天的女主角选定的市中心一家咖啡馆里见到了她和卡农。第一眼看到艾玛，我和骆洋都不由自主地在她的面前站直了身子，仿佛是见到了真正的第一夫人。艾玛也很有风度地从座位上站起来，和我们轻轻地握了手。卡农作了介绍后，我还是情不自禁地恭维了艾玛："艾玛女士是我见到过的最美的非洲女性，你真的很漂亮。"

艾玛笑了笑："谢谢！"她接着说："你们公司很了不起，在加纳给非洲人发了三辆崭新的BMW，听说也要给我们科特迪瓦人发新车，是真的吗？"

我说："卡农先生亲自参加了昨天的座谈会，我们老板在会上已经有过承诺，作为他的下属公司，我们肯定是会坚决执行的。"

艾玛说："卡农先生说了你们想请巴博总统出席你们的发车大会，一般来说，总统出席一家外国公司的商业活动是不合适的，但是从没有一家外国公司会给非洲人发新的BMW，所以总统如果出席你们的活动又是合情合理的，这是对你们善待非洲人的回报和支持。"

艾玛的一番话讲得十分精彩，她的学识让我刮目相待。

我说："我听卡农先生介绍过你，你是巴博总统最好的学生和最亲密的人，是总统最坚定的支持者。巴博总统蒙难时，你始终不离不弃，给了总统阁下战胜困难的勇气，成就了巴博总统的今天。夫人如果需要我们做点什么，请不要客气。"

艾玛说："谢谢尊敬的中国朋友。我有一张报纸，可能是办得不好，所以发行量太小，如果中国朋友能够给我们推荐一些新客户，我将十分感激。"

我说："现在发行量是多少？"她说："每天不到500份。"

“从明天起，你的发行量将会达到5000份。”我的话音刚落，艾玛就睁大了眼睛，吃惊地问：“你确定？”我说：“请夫人从明天起，每天给我们公司送5000份你们的报纸，先订三个月合同。明天请派人到公司拿转账支票，找我们的骆洋经理。”

看到夫人和卡农惊讶的表情，我说：“这是一件很小很小的事，如果夫人能够经常关注我们科特迪瓦公司的情况，我会将这份报纸在我们的经销商中推广，每个专卖店必须要订50份或者100份，免费发给经销商。如果我们的发车大会有总统参加，媒体采访、电视转播这些业务我们会都交给你来经营，利润我们分文不要，都是你们的。”夫人越听越兴奋，她放下了矜持，紧紧握住我的手：“太好了！太好了！让总统参加大会的事交给我，我一定促成这件事。”

卡农说：“我也会去觐见总统，给总统做工作。”

我说：“我们完全相信你们的能力，但是总统毕竟是一国至尊，他的行程会有专门的机构安排，我们需要做的是，第一步先确认总统能否参加。根据加纳的经验，总统也有假日和休息日，不在工作时间参加活动是不是会少一些约束，也就是非正式活动。还请二位和总统府有关部门协商；第二步是确定大致时间，比如10月或11月？再往前我们会来不及筹备，放在10月份最好，具体哪一天现在肯定定不下来，一般会在一周前有消息就行。第三步就是开会的地点，我想这也不是我们三个人就能确定的，需要有关部门确定，因为这关系着总统的安全。我们也知道，贵国北部有些麻烦，所以开会日期和地点我们只能等你们国家有关部门的通知。”

安排好科特迪瓦公司的工作后，我当天晚上就飞回到加纳阿克拉。

大家都在等我的归来，原来才离开两天就有一堆事情等我处理。加纳大会后，经销商热情大涨，产品库存不多了，要赶紧补货，从总部发货到清出关至少需要三个月，市场起来了，没有产品就等于给经销商泼了冷水，市场受到伤害就不好弥补了。我说：咱们赶紧和南非公司联系，看他们的库存多不多，能不能紧急调一批产品。从欧洲调货价格太高，太不划算，或者请总部给我们空运少部分产品救急，这件事国清负责。国清回答："没问题！"第二件事就是总部的人力资源部给我们西非推荐了几个人员，需要我确定。我把这个任务交给了黄丽和朱迪，请她们先筛选。第三件事是总部给我们配备了一辆汽车，建议我们在加纳当地购买，要求必须是奔驰，型号选好后报给总部审批，选车的事黄丽是行家，由她和桑妮去办。第四件事是几内亚大使馆、塞拉利昂大使馆和埃及大使馆都邀请我们去大使馆访问，大使们想和我们探讨去他们国家投资的事宜。这几个大使都是参加了发车大会的，其中埃及大使最恳切，是他亲自打来的电话，要我先确定好时间，他会邀请埃及的一个议员从开罗飞来和我见面。我说，很好，先去拜访埃及大使，然后再去塞拉利昂大使馆。几内亚留在科特迪瓦大会后再议，因为他是法语国家，深受科特迪瓦的影响。这些事商量完后，我简要地介绍了科特迪瓦的情况，尤其是这次科特迪瓦大会很可能会有在任总统参加，大家纷纷叫好。当我介绍到和艾玛见面，大家都要我说得详细一点，不管男生女生都想让我描述一下，这个被总统十分器重的女友是个什么样子。

我说："她气质很好，戴着金丝眼镜，温文尔雅，身高大概有一米七，还穿着半高跟鞋，我和卡农和她站在一起不能并排，觉得实在不配。"

桑妮马上接话："她和我站一起，个子差不多。"

我开玩笑地说："你和她比，只能看身高，其他你就别比了，太寒碜。"

我们都哈哈大笑，桑妮也笑了。

我说："她今天没有化浓妆，只涂了淡淡的口红，也没有戴假发，自然拉直的短发扎在脑后，穿着一条半袖连体短裙，肤色是那种介乎于棕色的，她应该有法国白人或者混血的基因，皮肤真好，很细腻。总之，是我这么些年见到的最美的非洲妇女。”

我突然想起了如果能邀请到总统参加大会，一定要提前给巴博总统准备礼物。我问桑妮：“你以前在印度公司工作时是否觉得印度的银匠打造的工艺品很好？”

桑妮说：“是的，你咋知道呢？”我说：“听别人说过。你现在还能不能找到在印度工作的同事，帮我们问问能不能找一个好银匠，给我们用银子做一对大象。”

桑妮说：“没问题，做大象干什么呢？”我说：“在座的都可以猜猜。”

黄丽说：“猜对了，你请客好不好？”

我说：“没问题。”

国清说：“给老板送礼！对不对？”我笑而不语。

黄丽说：“你把我们经理看成什么人了？送礼是肯定的，但不是送给老板！”

朱迪和卢燕都明白了，她们三个人都说：“给科特迪瓦总统准备礼物。”

这下大家都明白了。科特迪瓦又名“象牙海岸”，大象是他们的国家的象征，是国宝，用银子打造一对大象作为礼物再好不过了。

桑妮说：“做多大的呢？关系到用多少白银，白银是按克卖的。”

我说：“要大气，拿得出手，最关键是工艺要好。我估计至少需要1公斤银子，具体要请印度的工艺师设计。这件事你全权负责，越快越好，说不定下个月总统就会接见我们，没礼物咋行。卢燕和国内联系，再给准备几条苏州出的真丝围巾，我们还应该给总统的夫人、家眷以及艾玛准备礼物。”

颇有传奇色彩的巴博总统

总部安排接替我担任加纳公司的经理已经到位，这是位接近 40 岁的中年女性，她还带来一个财务和一个学计算机的，用于经销商销售业绩的汇总和奖金的计算。我原来的班子除了楚国清因为需要财务轮岗被调离非洲外，其他的四位女生和我一起归属于西非总部，大本营先继续留在加纳公司。我将四位女生分了工，黄丽和桑妮协助刚来的加纳公司经理耿筱妹和财务经理张灏，和他们先工作一段时间，慢慢把工作移交给新班子，同时还要尽快和埃及大使取得联系，了解有关埃及的情况。桑妮对这份额外的工作十分上心，私下里给我说，如果我们开发埃及市场，一定要把她带上，她对埃及神往已久。

卢燕和朱迪跟着我，集中精力筹备科特迪瓦发车大会。

我们向总部申请的让印度银匠打造的大象通过 DHL 寄到了阿克拉，这真是一件精美的艺术品。大象高高扬起鼻子，眼神炯炯，唯妙唯肖。大象的背上还铺着坐垫，坐垫上还有花纹。据说用了一公斤银子，拿到手上沉甸甸的。想想我们送给库福尔总统的泥人张，真让人觉得寒碜。

我们让司机奔给奔驰车办好了去往科特迪瓦的通行证，开着新奔驰就来到了科特迪瓦。

科特迪瓦公司的阿里也身体康复回来工作了，他和公司经理骆洋都会开车，也都有科特迪瓦的驾照，所以我就让奔回加纳阿克拉了，那里有两辆车，他和黄丽一人开一辆。

来到阿比让，首先约见了卡农和教授，他们工作十分努力，团队共开了五个专卖店，单月业绩已经快到 10 万美金。卡农说："艾玛问了好几次，想和你见面。"我说："马上安排，请艾玛吃顿饭吧。"卡农说："不要吃饭了，她的身份特殊，如果吃饭，可能还需要给有关部门报备，手续很麻烦，找个咖啡店就行。"我说："好！请艾玛决定时间和地点，我们会准时去的。"

第二次见艾玛，依然是那么干练潇洒，气质卓越超群，以至于第一次见到她的卢燕、朱迪和阿里都目不转睛，仿佛是见到了大明星一样。

我问过好后，对艾玛说："夫人，你真的太漂亮了，我的同事们都有些失态了。"

她说："谢谢！其实这两个中国姑娘也很漂亮呀。"她接着说："感谢你让我的报社起死回生，你们要在科特迪瓦发车的事我给总统说了，他很感兴趣，提出来要先见见你。"

我说："好啊！我现在就在科特迪瓦工作一段时间，随时等候总统的召见。"

卡农问艾玛："你会一起参加吗？"

艾玛说："我不参加了，你可以带你的同事们一起去。"

我说："我们还有两个中国同事能够一起参加吗？"

艾玛说："一定是你们公司的，不要带别的人。"

我说："那是必须的。"

艾玛说："科特迪瓦的情况你们可能也知道一些，北部有一些地区被反对党控制，他们一直在寻找外国政府的支持，甚至希望借用武力推翻巴博总统。”

卡农忿忿地说：“我们要保护好我们的总统，保卫科特迪瓦。”

回公司后，我召集公司员工开会，明确了最近的工作重中之重是要开好这次发车大会，巴博总统参加大会是大概率的事。科特迪瓦国内两派争斗激烈，我们是外国人，是来做生意的，不参与政治，对敏感问题不表态，尽量回避。经销商也会有不同的政治派别，要让他们知道我们的政治态度，希望他们不要把政治倾向带到生意中来。

巴博总统接见我们的日子定下来了，也是利用休息日，在总统官邸接见。和加纳库福尔总统的官邸不同的是，这里通往官邸的路被视为禁区，汽车在弯曲的道路上缓慢行驶，来到第一个检查站，在前面带路的卡农下车后拿着通行证和卫兵交涉，卫兵让我们下车后一个个查验证件后放行。我们上车继续前行，每拐一个弯就看到有用沙袋垒起的掩体，掩体里有装甲车、坦克、重机枪等武器，让人感觉大战即将来临。到了总统官邸，汽车在红地毯旁边停下，我们一下车就被一群记者包围，旁边有官员给记者讲着什么，阿里说：“官员说，现在只能拍照，不能提问，一会有专门的采访时间可以提问。”另一位官员带领我们走进了总统官邸，记者只能对着我们的背影拍照，闪光灯一直闪烁着。

进了接见大厅，总统的座椅宽大，高高的椅背旁边立着两根巨大的象牙，比科特迪瓦驻加纳大使伊万办公室里的象牙还大，而且这两根象牙是弯曲的，相对而放，恰好组成了一个半圆，拱卫着总统座椅。一位官员给我们安排座位，我紧挨着总统，阿里作为翻译，座位在总统和我之间的后排，卡农和我们的中国同事都依次而坐，我们的对面应该是总统的幕僚和官员吧。

几分钟后，几个人从正门进来，卡农连忙起身打招呼，为首的是一位中年女士，卡农给我们介绍：内务部长、外交部长、教育部长、卫生部长、总统幕僚长等等。内务部长说：“欢迎来到科特迪瓦，大家先坐下，总统马上就到。”

话音刚落，一位礼兵迈着整齐的步伐走进大厅，站定后大声喊了一句什么，对面的部长们和卡农都站起来，我们也站起来，总统要到了。

正当我们几个人的注意力都盯着门口看时，总统却从我们的身后出现了，原来有边门。

总统个子不高，据我目测不超过一米七，上衣是一件蓝色碎花长袖衬衣，下身是一条香槟色的长裤，一双棕色的皮鞋。他笑吟吟地看着我，自己先坐下，然后让我们也坐下。从礼兵喊口令到我们都坐下，像极了是在大学上课，巴博总统就像个和蔼可亲的老师。事实上他的确是教师出身，教历史的教授。他的眼睛很大，肤色比加纳库福尔总统的要浅一些。他对着内务部长说了一句什么，阿里在我耳边说：“总统让记者先进来。”

门外的记者都进来了，大家都抢好位置，拿起相机拍照。电视台的摄像机也架好了，录音和摄像就位。这时卡农先站起来了，他对总统说，请让他先发个言。总统点头了，卡农拿出了准备好的讲稿，开始念起来。阿里同声给我翻译，大意是歌颂巴博总统治国有方、深得民心等等，然后就是要保卫科特迪瓦，保卫巴博总统。最后介绍了我们公司，说我们在加纳给经销商发了三辆宝马车，马上也要在科特迪瓦发三辆宝马车，他目前是我们公司在科特迪瓦的第一人，他会第一个得到一辆宝马车。他讲完后，总统带头鼓掌，大家都鼓起掌来。

总统看着我说：“欢迎兄弟般的中国朋友，你们是发新车还是二手车？”

我说：“新车！”

总统对记者们说：“你们要好好报道，中国人把我们当朋友，他们懂得尊重我们，我们欢迎他们来我们国家投资建设，做生意办厂。”

这时卢燕把我们准备送给总统的礼物拿出来了，我站起来对总统说："感谢总统在百忙之中接见我们，我们准备了一件小小的礼物送给总统先生，请总统先生收下。"

卢燕双手捧着装大象的盒子，弯腰上前送给总统。

坐在总统旁边的内务部长从卢燕手中接过了礼物递给总统，又帮着打开盒子拿出了用丝绸袋子装着的大象。刹那间，大家的眼光都聚焦在那只大象上，只见总统一边欣赏一边情不自禁的啧啧称赞，嘴里说着："好，真好！"

我说："这是一公斤纯银打造的，是请的印度的银匠手工制作的。"

总统更高兴了，他说："你们知道大象在科特迪瓦人民心中的位置吗？"

我说："我们知道，科特迪瓦原名就叫'象牙海岸'，大象就是科特迪瓦的象征。大象是个吉祥的动物，尽管个头大，但从来不欺负别的动物，它热爱和平，就像科特迪瓦的人民一样。我们送给总统这尊银质的大象，希望科特迪瓦国泰民安，和平安详。"

总统开心地笑着，他问我："你这是送给我本人的吗？我是不是可以拿回家收藏呢？"

我看着总统先生像个淘气可爱的孩子，也开心地说："这就是专为总统阁下定制的，当然应该放在总统的家里。"

这时内务部长轻声给总统说："记者们想近距离的给大象拍照片，可以吗？"

总统把大象交给内务部长。说："你拿去给他们拍照，别摔坏了！"

记者们拍完照片，总统让内务部长请记者们下场休息。记者都走后，总统对他的那些部长们说："中国人口众多，但是他们不愿意看着非洲人受穷，还尽可能地帮助非洲，这样的朋友可交往。"他指着我又对内务部长说："你知道他的名字吗？"内务部长连忙拿出我的名片看了看："威廉，我记住了。"

总统说："以后威廉一进入科特迪瓦你就要告诉我，我随时要见他。"

内务部长说："是的，总统先生。"

总统又对我说："你们的发车大会我去参加，具体时间和地点你们等候内务部长的通知。"

我和内务部长对视一眼，都点了下头。总统站起来了，说："给我们两个照张相。"内务部长一招手，门口的礼兵就去带了一位摄影师，马上就给我们拍了好几张照片。总统离开时，和我们每个人都握手，包括他的部长和幕僚。

总统走后，内务部长说："你们要去接受媒体的采访，回答几个问题。"

我说："好的。"

我们来到大厅外，记者们已经就位，我们六个人被安排在采访区域，我站在前面，其他的同事们都站在后一排，阿里作为翻译，站在我的后面。

主持人对着摄像机开始说道："今天，这几个中国来的朋友刚刚被我们巴博总统接见，我们想请他们回答几个问题。"

主持人问我："威廉先生，欢迎你们来到科特迪瓦，你们来到科特迪瓦后，一切都习惯吗？"

我说："科特迪瓦是个美丽的国家，在西非的十几个国家中，发展一直走在前列，尤其是阿比让，号称'小巴黎'，果真名不虚传。我们很喜欢这个国家，喜欢这个城市，热爱这里的人民，希望科特迪瓦和平发展，人民生活幸福。"

主持人："谢谢你的祝福！但是，现在我们的国家出现了些问题，北部的反对党一直要求我们的巴博总统辞职，甚至不惜发动战争来推翻现政府，你怎么看这种危机？"

我回答："我们是外国人，对于科特迪瓦的内部纷争不好说三道四，但是大家都知道，有问题可以坐下来谈判，不要轻易诉诸武力，尤其是国内问题，都是骨肉同胞，互相残杀是不能容忍的。看看你们的邻国利比里亚和塞拉利昂吧，多年的内战让许多难民来到了你们国家，这种惨痛的教训不能忘记。”

主持人：“说得很好。请问你们的公司是做什么的？来到我们国家想做点什么呢？”

我回答：“我们是一家以健康产业为中心的企业，总部在中国。我们的产品已经覆盖欧美、东南亚等许多地区，在非洲也正在快速发展。为什么企业发展这么快呢？一是因为我们有很好的产品，能帮助许多人解决健康问题；二是我们有很好的营销策略，销售我们产品的经销商能够得到丰厚的回报。我们在科特迪瓦的公司成立不久，现在正在努力扩展业务。如果大家有兴趣，可以开一家销售我们产品的专卖店，或者做我们产品的经销商都可以。”

主持人调皮地说：“能不能把你的电话号码告诉我，我在这里公布一下，让想做这门生意的朋友都来打你的电话！”

我说：“很遗憾，我现在还没有科特迪瓦的电话号码，只有中国的，我中国的电话是关机的，朋友们打不通，因为我的电话只能回到中国使用。如果有朋友想找我们，可以去我们公司，每个员工都会热情接待你们的。”

主持人：“感谢威廉，感谢参加活动的每一个朋友，愿大家平安幸福。”采访结束。

第二天，科特迪瓦的报纸、电台、电视台都报道了巴博总统接见我们的新闻，还有记者的采访，卡农给我们拿来了科特迪瓦报道我们的多家报纸，遗憾的是把我的肤色照的和巴博总统差不多。我心想我是够黑的，但是也不至于那么黑吧？

卡农说：“昨天记者采访是艾玛一手安排的，艾玛非常能干，能量很大。”

这是我第一次见巴博总统，第二次见巴博总统是一周后吧，内务部长通知第二天下午让我带着我的团队去见巴博总统。我们刚好到了一批新的气血循环机，我就送给了总统一台，巴博总统是要介绍他的妹妹和我们认识。总统详细询问了气血循环机的使用方法，然后就要我们当场给他做示范。然而我们的机器是中国的插头，而科特迪瓦的插头是和法国的一样，也就是用的欧盟插头，所以必须要有转换接头。内务部长马上让人去找，等插头到了后。我们接通了电源，气血循环机开始转动，我们示意总统脱鞋后站在机器上，带有颗粒状的踏板刺激按摩着总统的足底，总统从没有这种感受，先是大叫着跳下来，又慢慢地试着踩上去。

我们把机器调到低挡，降低转速和刺激足底的力度，总统慢慢适应了，高兴地说："太好了，太舒服了！"他的妹妹和内务部长都尝试了，都对我们表示，也想拥有一台这样的机器，我们爽快地答应了，让内务部长派人来拿。卢燕和骆洋用英语、法语简要地介绍了足底按摩的好处，让他们长期坚持，不但能帮助减肥，还能加速血液循环，达到增强体能的作用。

第三次见巴博总统就是科特迪瓦的发车大会了。这次大会是在 2002 年 9 月下旬的一个周六的下午举行的。大会在阿比让一个五星级酒店召开，我们是提前两天才得到通知的，这是我在非洲召开过许多次大会最让我们省心的，也是规格最高的一次大会。主办方是我们，承办方是艾玛的公司，早在一个来月前我们就签好了合同。我们提要求，她们尽力按照我们的要求来做。因为关系着总统的安全，我们已经不具备在这种条件下自己来办会了。酒店的会议中心被征用了，租金是我们付。大厅只能有 200 个经销商的座位，而且都必须是科特迪瓦的经销商，入场要拿着科特迪瓦的身份证。来自周边国家的经销商都被安排在了酒店的广场上。广场搭建了高大的遮阳棚，放满了塑料座椅，好几处都安好了硕大的投影幕布。三辆崭新的宝马车打扮得像待嫁的新娘，安放在酒店入口处的专用车位上。参会嘉宾由内务部来请，会议时间控制在一个半小时之内。主持由科特迪瓦最受欢迎的电视台主持人担任，文艺演出也是科特迪瓦国家最著名的演员表演。

这种规格的会议我也是人生第一次，想必经销商们都和我们一样吧，所以会议的有关信息早已经由卡农给剧透了。这200个到场内参会的名额肯定会争得头破血流，这个问题就由骆洋去处理了。我也及时给总部汇报了会议的情况，老板本来是想来的。我和杨主任商量了，最好他别来，目前科特迪瓦局势不稳，他来动静太大，所以最后就放弃了。

会议当天，从上午9时开始，酒店的会议中心就戒严了，交通要道被全副武装的士兵把守。我和朱迪在艾玛的带领下走进了会场，会场入口有安检通道，安放着专门运来的安检门和仪器。会场前面正中的椅子被拆卸了不少，空出了好大的一块地方。

艾玛说："这里将安放三把座椅，总统座椅在正前方，侧后方将会安放两把座椅，是你和内务部长坐的。"

我很惊讶地说："让我坐？不合适，我怎么会坐在这呢？那些部长和大使们坐哪里？"

艾玛指着左面那些椅子说："嘉宾就会坐在左面，包括中国大使，右面是政府的部长们，总统和你们三人的后面是保护你们的士兵。你是这次会议的主人，总统是你邀请的贵宾，你当然要坐在总统旁边。"

发车就由总统亲自出面，三辆汽车的模型宝马车行提供了。但是出于安全的考虑，总统不能上台，他的动作都会通过大屏幕同时播放。我看了看挂在舞台两边的大屏幕，这是要现场直播啊！科特迪瓦比加纳先进得多，艾玛也比我们能干得多。

艾玛说："总统座椅和你们的椅子都由总统府过一会送来，你们坐的区域要铺上红地毯。还有中国国旗一会儿由中国大使馆送来，两面国旗将会摆放在舞台靠后的中间位置，不影响演员的表演。你们提供的中国国歌我们已经试着放过了，没问题。下午 1 点钟摄像和音响师到位，总统下午 3 点到会场。你要和各位部长、嘉宾一起在酒店门前迎候总统，将会有工作人员负责引导，你和你的中国同事 2 点要到场。”

我问：“你不在贵宾席上坐吗？”

她说：“我是今天的总调度，你看我的胸牌，我的位置在那！”

她指了指将要安放摄像机的地方。

下午 2 点不到，我们就来到了酒店。我们惊讶地发现，酒店四周布满了军人，还有我们在总统府见到过的装甲车。直升机偶尔从酒店飞过，酒店的制高点还有狙击手，随时好像都会爆发枪战，对于我们这些长期生活在和平环境中的人来说，好像这是在拍电影一样，那么得不真实。

艾玛的人过来了。给我们每人发了一张胸牌，胸牌上写着“VIP”和我们的法语姓名。然后带我们来到了 VIP 休息室门口，接受安全检查后，进了休息室。此时加纳的经销商乘坐的好几辆大巴已经停放在酒店旁边，布莱斯和斯蒂芬远远看到了我们，我们都互相挥了挥手算是打了招呼。休息室空无一人，我们正在疑惑中，工作人员急忙喊我们出来，总统的车队快到了，大家都在等候。我们和工作人员一起出来，我被安排在部长队伍中，紧跟着内务部长，其他的同事们都站在了欢迎的队伍中。

警车、装甲车，防弹汽车，总统的车队到了，一股威严肃杀之气让气氛更加紧张。看着平时和蔼可亲的长者，刹那之间变成了杀伐果断的总司令，总让我有些不适应。巴博总统依然是碎花长袖衬衣，不过花色会有变化，今天是一件白底红花衬衣，蓝色西裤，黑色皮鞋。

面对将军们的行礼致敬，他表情严肃地挥手还礼；面对部长们，他又将笑容挂在脸上。在大家的簇拥下，总统进了会议大厅。

我一走进大厅，就看见了大屏幕上的总统，他的一颦一笑都被呈现在大家面前。人们欢呼着，激动地叫着。总统坐下了，他看到了我，我连忙和总统握了握手，他让内务部长安排我坐在自己的位子上，我的侧后面安放着一个小一点的凳子，这是我的翻译的位子，今天我的翻译由朱迪担任。这时我发现了坐在嘉宾席位上的伊万大使，还有一位中国女性，不知是大使还是商务参赞。因为听说中国驻科特迪瓦大使是位女性，姓赵，商务参赞姓王，也是女性。她朝我点点头，我也礼貌地点点头，算是打了招呼。我一回头，发现在我们的身后是一排身穿防弹衣、胸挎冲锋枪的士兵，他们尽管坐着，也不比我站着矮多少，身高都应该接近一米九。

主持人上台了，场面沸腾了，大屏幕上看到了总统满脸笑容。主持人宣布会议开始，首先要对今天参加这个大会的科特迪瓦人民尊敬的总统巴博先生致敬，向各位部长、各位大使、各位嘉宾致敬！然后就是奏科特迪瓦国歌和中华人民共和国国歌，大家起立！

巴博总统神色肃穆地起身，我们都站起来，身后那一排士兵把我和巴博以及朱迪围了起来，就像是一个半圆型的包围圈，他们高大的身躯仿佛是铜墙铁壁，紧紧地护卫着我们。

再次坐下后，文艺表演开始了。首先上场的是一个喜剧大师，他一出场，场内就引起了爆笑。只见他穿着一套不和谐的西服，尤其是那双超大的皮鞋，十分夸张。他的喜剧表演尽管我很多时候并不懂，但看到大屏幕上的总统喜笑颜开，我也就很自然地开心了。喜剧表演结束后，内务部长上台致辞。朱迪给我小声地翻译着。

内务部长说："今天我们出席中国朋友企业的会议，尤其是总统先生亲自参加，说明了我们对这家企业的赞赏。因为他们带来的产品不仅能给科特迪瓦消费者带来健康，还帮助我们解决了许多人的就业问题。我们欢迎世界各国的企业家来投资，商人来做生意。你们友好的对待科特迪瓦人民，科特迪瓦就会把你们当朋友，再次的热烈欢迎你们来到科特迪瓦。"

内务部长的话引来了阵阵掌声。下面该我上台演讲了。在主持人的邀请下，我和朱迪登上舞台，我站在舞台中央位置，朱迪在我的侧面，手持话筒给我现场翻译。

我首先感谢了总统、部长、大使和各位嘉宾，感谢科特迪瓦的经销商，感谢所有的西非地区的经销商。我说：“我们的企业是一个关注健康领域的企业，我们的产品旨在帮助人们解决疾病的困扰，增强免疫力。我们的产品依靠广大经销商来经营，到目前，已经有近 2 万名西非各国的经销商在经销我们的产品，科特迪瓦也已经有超过 5000 人，他们在科特迪瓦开了 20 多家专卖店。正因为他们的不懈努力，我们才能取得这样优异的销售业绩。为了表彰他们的贡献，今天我们将给科特迪瓦最优秀的三名经销商奖励三辆崭新的宝马轿车。”

朱迪的话音刚落，巴博总统突然站起来鼓掌，身后的士兵们急忙上前护卫，内务部长也连忙把总统扶回座位。

我结束演讲走下舞台，巴博总统站起身迎接，我和总统握手致谢，又和内务部长握手。

这时一位歌手开始表演，她演唱的歌曲一定是科特迪瓦最流行的歌曲，因为场内许多人都和她一起唱起来，巴博总统一边哼着歌曲一边有节奏鼓掌的特写镜头又出现在大屏幕上。

接下来的发奖和节目表演都顺畅地进行，最重要的项目快要来到了。内务部长过来给我说：“为了总统的安全，发车就在总统座椅前面进行，由总统给他们颁发证书和奖品。”我说：“完全同意。”她又去和总统报告，我看到总统点头表示了赞同。女主持人看到了内务部长的表情，下台听从了部长的指示，又上台和男主持人耳语一番。

男主持人大声的宣布：“下面将颁发的奖品是今天酒店外面的三辆 BMW，由我们敬爱的巴博总统亲自为三位颁发。”

女主持人已经来到了台下，将得奖的三位幸运儿领到总统前站好，男主持人念着获奖者的名字，总统站起来了，后面的卫兵也都站起来，把总统拱卫起来，总统把获奖证书和汽车模型一一颁发给获奖的三人。卡农领头，他们一一和内务部长握手，和我握手，和朱迪握手，然后高举双手走上舞台，向总统致敬，向嘉宾致敬，向全场的来宾们致敬。由于时间原因，没有让他们发言分享。

最后一个节目是舞蹈，科特迪瓦的舞者和加纳的舞者风格迥异，两个国家是邻居，加纳的歌舞基本是原生态的，大部分表现的是非洲的文化元素，而科特迪瓦的舞蹈更倾向于法国的元素，更加唯美。我想这也许是艾玛根据自己的喜好挑选的节目吧，不过这种风格更适合今天这种场合。

表演一结束，两位主持人向全场宣布，请大家起立，欢送巴博总统离场。巴博总统起身后先和内务部长握手，然后和我来了个大大的拥抱，和朱迪握手后，在卫兵的护卫下退场了。

全场观众齐声欢呼“巴博，巴博，巴博，巴博”，总统一边和大家招手示意，一边缓慢地从人群中向场外走去。我看着总统的背影，心想今天的会议很圆满，祈祷总统在返回总统府的路上平安无事。内务部长和我握手告别，她让朱迪对我说：“明天中午在亚穆苏克罗大教堂有一个和平祈祷大会，如果我有时间，可以去看看。”我回答：“好的，我们明天去。”

再次见到巴博总统是在 2011 年 4 月的中国电视新闻里，我看到巴博总统被外国特种部队包围在总统府，由于他拒绝承认反对党的选举，不愿意放弃总统的权力，遭到外国特种部队和反政府武装的逮捕。被捕时，巴博像个战士，头戴钢盔，身穿白色圆领汗衫，尽管已经被士兵们包围着，但是仍从他的神态中看到了他的倔强。我一直在关注着巴博的情况，因为和他对峙的反对党领袖瓦塔拉曾经是他的内阁总理，一直到现在依然担任总统。巴博被关押在国际法庭，一直到 2019 年被释放，被关押将近 8 年。

2021 年 7 月终于传出来好消息，巴博和他的政敌现任总统瓦塔拉在科特迪瓦总统官邸会面，两人握手言欢，呼吁共同面对未来，这也许是不同派别的政治人物最好的归宿。

和平祈祷大会

我和朱迪、阿里一起开车从阿比让赶往亚穆苏克罗。从阿比让往北240多公里就是科特迪瓦的行政首都亚穆苏克罗。世界上有些国家有多个首都，什么经济首都、政治首都，亚穆苏克罗是科特迪瓦的政治首都，而阿比让是经济首都。当时的北部是反对党控制的地区，当我们将要出阿比让，在经过一个军队控制的检查站时，一个军官来到我们车前向我举手敬礼，他说："先生，我参加了昨天的发车大会，我带领着士兵在执行保卫总统和你的任务。我接到长官的命令，在这等候先生。"

他递给了阿里一张照片和一张通行证。照片是总统和我握手时拍的，应该是上次在总统府接见时的合影。他让我们把照片放在车前，和通行证放在一起。从这里开始，一直快到亚穆苏克罗都是政府军控制的地区，这样我们就不需要接受频繁的检查。

汽车一路向前，这是阿比让通往亚穆苏克罗唯一的一条较好的公路，但由于南北方的对峙，使这条道路年久失修，坑坑洼洼很不好走。沿途哪有心情欣赏风景，时不时出现一个检查站，尽管我们可以不用接受繁琐的盘问和检查，但是车还是要停下来的。看到挎着AK47冲锋枪的军人我们已经习以为常，但是看到肩扛火箭筒的军人，而且火箭筒的把手似乎已经有些破碎，被胶带缠着，心里多少还是有些小紧张。

朱迪接到了卡农的电话，抱怨我们没有让他陪同我们前往。他说艾玛已经安排了一个朋友在教堂等我们，和平祈祷大会是由梵蒂冈派来的红衣大主教主持，下午 2 点进行。

不知不觉，我们已经来到政府军控制的最后一个检查站。一个军官看到我们后，立正敬礼，大声报告："先生，你已经要离开我们的保护，请将通行证和照片交给我们保管。"他又递给我们三面小旗子，让我们看到反对派的检查站时不要下车，摇着小旗子就可以了，原来这是反对党的旗子。这时我们的心情才真的紧张起来，阿里问那位军官："我们去有危险吗？"军官回答："你们都是外国人，是去大教堂的，不会有事的。"

没走几公里，就看到了许多人在集会，汽车只能缓慢前行。人群堵住了公路，我们打开车窗摇动小旗，果然人群就慢慢地散开，给我们留出一条通道。这些人不是士兵，手中没有武器。他们有的把头都伸进车窗，看我们车内。朱迪坐在后排，她拿着小旗子朝这些人挥动，嘴里不停地用法语念叨"朋友，朋友"！这些朋友们慷慨地挥挥手，示意我们通行。又一个人走过来，挡住了汽车，他拿来两面小旗分别插在汽车两边的挡风玻璃缝里，给阿里说："你们走吧，没人再会拦你们的。"阿里大声喊道："谢谢！"

240 公里的路程，走了五个多小时，下午 1 点我们终于到了亚穆苏克罗大教堂。这真是一个庞大的建筑，在空旷的原野上，这拔地而起的大建筑，很是壮观。阿里开车把我们送到教堂门口，和等候我们的朋友汇合。

艾玛的朋友是一个精干的中年男子，他自我介绍是一名记者。他给我们介绍了这座教堂。这座教堂的全名翻译成中文叫做"亚穆苏克罗和平圣母大教堂"，是科特迪瓦老总统亲自主持筹款，耗时五年修建的，总共花了 3 亿多美金。这里原本是可可种植园，是老总统自己的产业，他把可可树全部砍掉，用来修这座教堂。建材和装饰全部来自欧洲，是请法国设计师设计，法国建筑企业承建的。目前这座教堂被公认为是世界最大的天主教教堂，教堂内有7000多个座位，还可以再容纳一万多人站立于内。

我问他："我不知道为什么内务部长让我们今天来这个教堂，是有什么活动吗？"记者说："从这里往北就是反对派的实控区，为了不让两边发生冲突，联合国和西非共同体组织了维和部队驻守在亚穆苏克罗，这里又叫着'缓冲区'。每个礼拜天，这座教堂都会举行和平祈祷活动。因为政府官员不好到这里来，所以内务部长想让你来这里看看，这也是我们科特迪瓦最著名的旅游胜地。今天来这里做弥撒的是梵蒂冈派来的红衣大主教。"

一边听他介绍，我们一边走进教堂，我们看到陆续有不带武器的军人也走进了教堂，大部分是白人，这就是记者说的联合国维和部队里的法国士兵。整个教堂很高大，座位空的很多，目测到会的大约有一百个人左右。教堂四周的窗户都是彩绘玻璃，包括高大的屋顶上都是绘画，全是描绘的《圣经》里的故事。记者说："我去签到。"我说："麻烦你帮我们签'两个中国游客'。"

下午2点，钟声响起，弥撒活动正式开始。尽管我没有什么宗教信仰，而此刻在这么神圣的地方，我也不由得和所有的信徒一样，虔诚聆听，准确的说是感知主教的教诲。红衣主教头戴紫色小帽，虔诚地向信众宣读福音，讲授《圣经》。另有执事说出今天的祈祷意向，是祈祷科特迪瓦和平不要战争。主教带领大家同声祈祷，记者给朱迪小声讲解，朱迪再翻译给我听。各种仪式大约进行了一个小时，这时我们看到大家都起身，慢慢地排成两队，走向主祭祀台，我们也和记者一起，排队跟着人流慢慢地走着，原来是去领圣餐。圣餐是一小块麦饼。然后再回到座位，吃下麦饼，在心里体会着耶稣受难前准备献身的崇高情怀。最后大家起立，唱诗班唱起圣歌，节奏震撼，和声优美。我看到领唱的是一个黑人小女孩，大约四五岁，站在椅子上，她的声音真是天籁之音，悦耳动听。时隔多年，还在我的耳边萦绕。

走出教堂，告别记者，我们马上返程。在路边买了一些吃食和水充饥，向阿比让驶去。

一直到政府军的第一个检查站，我们被拦了下来，带班的军官认出了我们，又是敬礼又是报告，收走了我们车里反对派的小旗子，又把照片和通行证给我们放在车前，让我们继续赶路。我让阿里给这些忠于职守的军人一些小费，军人们连声道谢，向我们挥手告别。

回到阿比让，夜幕早已降临。修整一天后，还是阿里，开着车将我和朱迪、卢燕送到加纳阿克拉。

到阿克拉是下午，时间尚早，阿里知道公司没有办法安排他的住宿，我说没问题给他安排住酒店，但阿里执意要返回阿比让。我这次在科特迪瓦公司工作期间，和阿里有一些接触，这是一个有些腼腆的好青年。他在北京大学留学，汉语讲得不错，还是北京腔调，书写汉语马马虎虎。他在用汉语写诗，让我看了看。我不好评论，因为要用汉语写诗，必须要用中国的思维方式来观察事物、思考问题。不然，表达的还是自己国家的东西，中国人会读不懂的。他对我说，他希望回他的国家马里建立一个分公司，让我批准。我给他说，先在科特迪瓦学习锻炼一两年，条件成熟后再提交申请。他自己住在公司的一间小房子里，生活很自律。他的理想是将来从政，先争取竞选议员。

送走阿里，回到宿舍，厨师阿姨已经准备了一桌子好吃的，还包了馄饨。我让她先别急着摆桌，等大家都回来再吃饭，我们先谈谈工作。黄丽和桑妮给我说了去埃及大使馆见大使和他的朋友的事，桑妮对埃及的事很上心，她对大使的朋友名叫奥马尔的那位先生印象很好。

我问他走了吗？桑妮说他在等我回来，和我见面，现在就住在埃及大使馆里。我让黄丽明天去给新来加纳的财务张灏办理科特迪瓦签证，让他去科特迪瓦顶替李世祥，李世祥已经快一年没回国休假了。现在科特迪瓦的业绩还没有大爆发，一个月后肯定会倍增，因为总统给我们站台了，效果会很明显，那时李世祥就回到科特迪瓦了。加纳的财务桑妮可以帮忙，桑妮回答没问题。我让桑妮马上和埃及大使联系，看什么时候我们去见他们。

次日下午，我和黄丽、桑妮按约定来到了埃及驻加纳大使馆。一头白发的易普拉欣大使亲自在官邸门口迎接我们，然后把我们带到他的后花园。我们刚落座，一个满脸笑容的阿拉伯中年男子走过来，他来到我面前自我介绍："奥马尔，埃及议员，某某公司董事局主席。"

我们连忙起身，握手，互致问候。坐下后易普拉欣大使先说道："威廉公司的情况我已经给奥马尔先生介绍过，现在我简单介绍一下奥马尔先生的情况。奥马尔是我国资深的政治家和企业家，他已经多次连任议会议员，他的企业涉猎很广，有很强的实力。他的最大特点是有智慧，人脉广，为人善良，很受人们尊敬。如果你们企业想要在阿拉伯国家开展业务，和奥马尔先生合作是个很不错的选择。"

奥马尔先生说："欢迎你们到埃及投资、旅游、度假，不管以什么形式来埃及，我都会很热情地接待你们。"

我说："谢谢！我想请教的问题是，能否在埃及找到符合我们要求的产品。"

我们中国生产的产品由于运输问题的困扰，已经无法满足市场的需求，我想在非洲寻找能提供我们产品的合作伙伴。

奥马尔听说后，和大使相视一笑，他说："这也正是我们之间合作的方向。我的企业尽管不生产保健品，但是我的朋友却是埃及最好的制药企业的老板，他的企业生产的产品主要销往欧盟各国，不仅有药品，还有不少保健品。"

我听后也是很开心，俗话说得好，“刚想睡觉，就遇到了枕头”，这也真是太有缘分了。我们接着又讨论了有关物流和关税问题，据奥马尔介绍，非洲各国之间都有贸易协定，关税都是最优惠的。为了帮助撒哈拉大沙漠以南的黑非洲发展经济，摆脱贫困，埃及向加纳、科特迪瓦、尼日利亚，甚至南非出口产品，政府给出口企业还有补贴，因此产品价格肯定不会比从中国进口的贵。至于物流，埃及的产品可以直接从亚历山大港装船，从地中海进入大西洋，运距比中国到非洲少一半还不止。从理论上来看，这个方案是可行的。

奥马尔很直接地对我说，希望你们能够尽早访问埃及，我们先去这家制药厂考察，如果不满意，还可以多去几家制药厂看看。同时，作为四大文明古国的中国和埃及，更应该紧密合作。听说威廉先生是学文学的，金字塔和卢克索神庙不能不去看看呀。

奥马尔真是个很精明的阿拉伯商人，他的话的确打动了我。

我说：“埃及是我向往的国家，金字塔、卢克索神庙，以及尼罗河这些令人耳熟能详的圣地，是世界各国游客旅游参观的首选，希望我们能有机会一睹它们的风采。不过，我需要先写一个报告，将我们讨论的问题报告总部，得到批准后马上实施。”

奥马尔说：“这是必要的程序，但是我听我的朋友大使先生说，你现在是你们企业的明星，你们的老板到加纳还受到了加纳总统的接见，你这次在科特迪瓦召开大会，更是把总统都请出来了，为你站台助力。听说好几个非洲的总统都邀请你去访问呢。”

大使插话说：“这是我们西非各国大使们聚会时的一个话题，马里、塞拉利昂、几内亚、甚至刚果金的大使都邀请你尽快去他们国家考察投资呢。”

谈话很愉快，我们和奥马尔相约在开罗再见，然后连忙去科特迪瓦大使馆找伊万大使，给张灏办理科特迪瓦签证。

直面持枪歹徒

几天后，李世祥启程回国了，他先要到加纳，给加纳财务送 1 万美金现金。科特迪瓦目前还没有找到将美金汇回国内的渠道，他们只能将西法兑换成美金，再带到加纳，由加纳财务汇往国内。在国外经营，资金回笼也是一个很大的问题，解决不好，企业将无法生存。

李世祥抵达阿克拉应该是晚上 7 点多钟，天刚刚黑。黄丽开车，拉着我和桑妮去机场接人。从入境大厅的出口接到李世祥，他带着两个行李箱，我们装好车，正要开车，突然发现汽车的前轮有什么东西挡着。我们上前一看，找到一块钉着钉子的木板，如果我们没有及时发现，轮胎就会被扎破。我们看看四周，停车场没有什么异常，也没有发现什么可疑的人。我们的车停在机场停车场的车位上，怎么会有这样的事呢？因为以前从没有发生过这些事，我们估计是有人恶作剧，或者认错了车，也就没有多想，上车回家。我坐在副驾驶座上，桑妮和李世祥坐在后排。他俩都是财务，业务上需要聊的话题很多，大家一边聊天，一边向公司赶去。从机场到公司车程半个小时。阿克拉路灯很少，我们住的区域都是靠住户装在室外的灯照亮周边，因此能见度很差，黄丽只能开着大灯。

到宿舍了，黄丽轻轻地按了声喇叭，通知门卫开大门，这时我发现有两辆汽车突然从后面堵住了我们汽车的退路，我很诧异，还没来得及说话，就看见有几个人拿着手枪来到了车前，其中一个对刚要打开大门的保安说了句什么，保安又把大门关上了。

我看清楚了，这些人戴着头套，手里都拿着手枪。我喊了一声："打劫！"这时，黄丽还等着保安开门，汽车没有熄火。她说："赵总又在吓唬人，哪有打劫的？"话没讲完，她也看到了匪徒正在车窗外拿着手枪对着她。桑妮和李世祥也看到了，刹那间车里顿时安静下来。

黄丽突然醒悟过来，她急忙把车锁上，匪徒拉不开车门。"呯呯，呯呯"，匪徒连开了四枪，吓得我们急忙低头，我只看见车窗玻璃冒着火花，没见到玻璃破碎。黄丽又喊了一声："我们这车是防弹的，他们没办法！"

我知道这辆车并不防弹，还没弄明白啥情况，就在车灯照耀下看到一个匪徒双手高举一块大石头要砸车，我连忙打开车门，用英语喊了一声："停下，等一下！"然后我高举双手，下了车。好几个匪徒拿枪对着我，我四处看了看，一共是七个劫匪，他们的头套是女人的尼龙丝袜。一个劫匪开始搜我的身，他们拿走了我装在裤兜里的手机，又来摘我的手表。我带着一块日本产的双狮手表，是镀金表壳和表链，在当时还是比较时髦的。匪徒一看就很开心，他们的丝袜并不能完全遮住面容，对我们来说，也真的分不清他们之间长相的区别，所以他的表情我能看出来。那个笨蛋劫匪，打不开我的表链，拼命拽我的手腕，我只好自己解开表链，刚取下来给他，另一个劫匪又从我的屁股兜里搜出了一部手机。这部手机是桑妮的，她穿得很清凉，没有口袋，让我给她装上。在搜查我的同时，黄丽那边的门也被打开了。黄丽今天戴着一副黄金项链，因为是18K金的，所以有柔性，匪徒拽了好几下，也没能拽掉，我只听黄丽不断地用英语说“求求你，求求你”！我不由自主刚想放下举着的手，一个劫匪就用枪托打了我胳膊一下，我当时胳膊就抬不起来了。我用中文骂了一句：“去你妈的！”我又给大家说：“都给他们，把命保住，损失公司给补。”

后面坐的两人也都分别被搜身，桑妮身上没有口袋，劫匪在她身上摸来摸去，桑妮很气愤地用英语骂了一句“滚”，结果那个劫匪就狠狠地打了桑妮两个耳光。李世祥人高马大，他的1万美金装在裤兜里，他侧着身子将另一边让劫匪搜，劫匪没有搜到，又搬弄他，想搜另一边，世祥装着听不懂，没有理他，劫匪就用枪托狠狠地砸了世祥的头，我听到世祥“哎呀”一声惨叫，就问他：“世祥，怎么了？”世祥说：“钱保不住了。”我说：“给他，别反抗！”

这时劫匪已经得手，那个拿着一万美金的劫匪兴奋地朝一辆汽车跑去，汽车的窗户摇下来，钱给了车里的人。我看到车里的这个家伙开始数钱，一边数一边笑着。汽车的后备厢也被打开了。世祥的两个行李箱被抢走了。我看到了那两辆汽车的牌照，我大声地说：“你们记住这两辆车的牌照。”我将牌照报了出来。

这时那个数钱的吹了一声口哨，劫匪开始撤退，两个劫匪依然用枪指着我，他们慢慢地向车里退去。我看着两个黑洞洞的枪口，心想，我今天怕是要挂了，我已经看到他们的嘴脸，他们会杀人灭口的。我慢慢地转身，对车里人喊着：“请你们告诉我的儿子，不要到非洲来报仇。”

直到他们都上了车，我还看到那个坐在车里数钱的人还在拿枪指着我。突然，他们的车发动了，那个数钱的人将枪收回，朝我喊道：“再见！”

我也不由自主地用英语喊了一声：“回头见！”

我对车里人喊道：“他们走了，下来吧！”

他们三个人刚下车，我突然发现四周又来了许多人，我心想这回是真的没命了。走近一看，原来是过路的人，他们都目睹了整个打劫的过程，因为看到对方有枪，就都躲在黑暗中没有出声。一个人看到李世祥，突然喊道："他流血了！"

我们这才发现，世祥的白色T恤胸前已经被染红。李世祥一摸头，摸了一手血，他突然叫了一声："哎呀，好疼！"就一屁股坐在了地上。

我给桑妮说："车上有急救包，快拿来，给包扎一下。"另一个路人说："我已经报了警，你是不是给你们朋友打个电话？"他把他的手机给了我。

我们公司大门的保安也过来了，我让他去通知公司办公室的同事们。我拿着借来的手机给李大使打电话。电话接通后，我简要汇报了情况，李大使告诉我，他正在参加一个外事活动，他会通知陈参赞马上去看我们，让我安抚好其他同事。

我们宿舍大门的保安走过来了，大门打开了。黄丽生气地对他说："你怎么不开门？"

那个保安说："我刚打开大门，一个劫匪就拿枪指着我的头说，如果我开门就打死我。我就又把门关上了，然后翻墙去给我们保安公司打了电话，他们马上就到了。"

在公司上班的同事们都来了，大家连忙安抚我们。卢燕是护理专业的，她又重新给世祥包扎了伤口。

耿筱妹经理说："我们听到了几声好像是爆竹的声音，谁也没想到是枪声。大家都在公司加班，宿舍里也没人，连咱们的'豹子'也没叫一声。"

保安公司的所谓"快速反应部队"来了，都是些高大魁伟的壮汉，穿着保安制服和防弹衣，手里拿着木棍，坐着大卡车。他们四处查看，询问路人。警察也到了，两个警察开着一辆警车，陈参赞和大使馆的两位同志也到了。陈参赞查看了世祥的伤情，看了看汽车，问我大概损失了多少？我给陈参赞汇报，应该是在2万美金左右，1万美金现金，还有一些塞地和私人物品，世祥的两个行李箱应该都是给家人买的东西，都被抢走了。这时，陈参赞和警察在交涉，要求他们尽快破案。警察让我们把车先开到院子里，但是黄丽已经受到了惊吓，发动不了车子。

一个警察帮忙把车开到院子里停好，让我和世祥去警察局录口供，黄丽作为翻译和当事人也一起去。我们希望先送李世祥去医院处理伤口，但警察说，先要录好口供，然后由警察局开出到医院治伤的单子，医院才会给治疗，而且是免费的。陈参赞让我们先和警察去警局，按照他们的流程来，不然没法解决问题。就这样我们三人坐着警察的车，去了警局。

警局的办事效率很低，再加上是夜晚，没几个人上班。还是这两个警察，拿着问讯笔录反复询问，主要就是让我们确定除现金以外的财产，要求再换算成美金。一个多小时后，才给我们开了去医院治疗的通知单。我们没有车，这两个警察只好开车送我们。到了阿克拉一家军队医院，警察把我们交给急诊室，就开车走了。

这里晚上值班的护士也是男的，他伸出毛茸茸的手，给世祥检查伤口，然后开单子，再去手术室处理伤口。

接待我们的是一个挺着肚腩的男军医，他对黄丽说，需要缝针，先打麻药。折腾一阵后，他拿出了一个针管。

我看着长长的针头，对世祥说："谁知道他这针麻药是按照什么标准确定剂量的，万一打多了，造成后遗症怎么办？"

我这一说，黄丽赶快叫停，世祥也说："是的，万一打多了，会不会把我变成植物人？这是往脑袋上注射麻药的。"

我说："如果不打，就这么缝针，那不疼死了？"

黄丽说："咋办？"

世祥说："宁可忍着剧痛，也不能冒被弄成植物人的风险。"他又说："我的痛感高，刚才也没觉得有多疼，索性不打麻药就这么缝针。"

他让我和黄丽一人拉住他的一只胳膊，他坐在椅子上，对医生说："来吧！"医生耸了耸肩，做了一个鬼脸。先拿出一把剃刀，准备清理伤口。

他拿出酒精消毒，把李世祥疼得大叫。我说："能坚持吗？"他说："还有其他的办法吗？只能坚持。"医生拿剃刀剃去了周边的毛发，又拿出弯弯的缝针，一针针扎下去，就像缝衣服一样，缝了四针。李世祥既紧张又疼痛，把我们俩的手都要抓破了，黄丽也被抓得嗷嗷叫。好在只有四针，很快就缝完了，医生又给开了消炎药，要求七天后来拆线，就把我们送出来了。

我们在医院坐出租车回到公司，已经是凌晨4点多了。在公司宿舍门厅，大家都没有回房间睡觉。我算了时差，国内应该是晚上8点多，我要了一个手机，拨通了国内老板的电话，汇报了情况，他问我还有其他人受伤吗？我说，没有了，他让我安抚好大家。我趁机开了个短会，让天亮后卢燕负责去荷兰航空公司把李世祥的机票往后延期。李世祥插话到：要延就延一个月，等新头发长出来再理发就看不出来了，不然回家会被发现的，家人担心说不定就来不了了。我们觉得有道理。我说，那就让世祥在加纳公司工作一个月再回家休假。以后谁再要晚上去公司加班，都要带上"豹子"，"豹子"比保安要强很多。

天亮上班后，公司的座机就接到了大使馆的电话，要我们赶紧写个书面报告，把昨晚的情况写清楚，送到大使馆。我又让奔开车带上黄丽和桑妮去买四部手机，一并办好通讯手续。我马上开始写报告，一份给大使馆，一份给总部。

总部很快回复：同意我给受到伤害的科特迪瓦公司财务经理李世

祥先生补贴1000美金、给西非总部黄丽女士、史芷玥女士500美金的补贴的意见，并让我全权处理个人财物损失的问题，处理结果报备。总部对我的关于在埃及寻找合作伙伴，以解决产品短缺问题的报告也给予了批复，让我抓紧落实，及时向总部汇报进程。

两天后，我和黄丽、桑妮去大使馆拜访了李大使，李大使对我们遭受持枪抢劫又一次表示了慰问，并告诉我，警察局在我们报案后又接到了一起报案，有两辆出租车被劫，司机被歹徒捆绑并塞住嘴巴，扔到路边的树丛中，直到天亮才被发现。估计这是一伙歹徒所为，警察询问了被劫持的司机，据司机反映，歹徒不应该是加纳人，很可能是流窜作案。他们在机场先选择车辆，了解司机和乘客的情况，再跟踪尾随，伺机作案。他们拿的那种枪是自制的土枪，能发出声音和火光，没有弹头，不能伤人，但用来威慑吓人足够了。大使馆把在加纳持枪歹徒抢劫并打伤我中国公民、抢劫我财产一事向中国外交部做了汇报，外交部已经召见了加纳驻中国大使，向加纳政府递交了外交照会，敦促他们早日破案。李大使说，这已经是外交层面最严厉的措施了。我们再次感谢李大使一直以来对我们的关心和支持，并告诉大使，因为工作重心的转移，我们三位将要暂时离开加纳去别的国家工作。李大使也告诉我们一个好消息：库福尔总统已经确认来年上半年去中国进行国事访问，他的大使使命有可能会在库福尔总统访华后结束，因为他也到了该退休的年龄。

告别了李大使，我们从大使馆赶往公司。看到一路上熟悉的景色，我们三人都没有说话，尤其是黄丽，她在加纳工作生活了五年多，我也两年多了，这段日子留给我们太多的回忆。

我走进非洲是从加纳开始的，这里的一切都会永远铭记在我的心中。

再见了，加纳！再见了，阿克拉！

下一步该怎么走

2004年的夏天注定酷热。

我从南非总部回到国内，一个是南半球的南非，号称最冷的约翰内斯堡，一个是北半球的中国广州，真是冰火两重天。然而，这并不是让我不适应的原因，而是老板这次对我的态度明显冷淡起来。我知道，这是我最近多次在公开场合提出辞职而造成的。我几次想找他单独聊聊，想说明我辞职的原因，可他都是借故有事避而不见。作为一个企业，员工辞职是经常会遇到的，好合好散，是大家都应该遵守的职场规则。对于我们老板来说，我的辞职，也许就意味着背叛。这次总部让我们几个大区经理回国，是总部专门针对我们几个人而开设的一次培训，培训又是交给了一家著名的培训机构，开设的课程也很有针对性，主要是向我们灌输“对企业忠诚”的理念，培训的老师经常有意识地让我回答问题，针对性十分明显。其实，我的内心也很焦虑。眼前经常像过电影一样，将我五年以来所走过的路一一展示出来，我真不忍心就这样离去。在老板的眼里，我是总部一手培养起来的，工资从原来的月薪2千元，涨到了年薪近百万，还承诺了许多令人向往的福利。我的职位也从一个加纳公司经理快速上升，先是西非总经理，又加码到西非、北非、东非总经理，然后再到整个非洲区域总经理，再到非洲、中东区域总经理。最后总部成立国际营销集团，我又被任命为集团副总裁。四年里，我的足迹走过了非洲、中东以及欧洲、南亚 30 来个国家，相继在非洲 20 来个国家建立了公司，业绩猛增到每月近千万美金。我被总部评为有卓越贡献的风云人物，我的照片被放大后长期被放在总部的光荣榜上。对于老板对我的信任，和公司给我提供的平台我知恩报恩，踏实工作，义无反顾。

但是，我心中的痛老板却从不知晓，也不愿听我倾诉。我为什么要离开难舍的工作岗位，和我朝夕相处一起拼搏的那些伙伴呢？这其中的原委只有我知道。

几个月前，我正在国内休假，突然接到杨主任的电话，让我火速回到总部。原来老板要去美国看病，要我在总部主持一个阶段的工作。我感觉很突然，因为排名在我前面的副总还有好几个，而且我长期在国外做市场销售，别的部门的工作很少介入，我怎么能主持全面工作呢？杨主任的回答也是合情合理，一是说其他的副总都在海外出差，暂时回不来，二是我也应该借机熟悉一下其他部门的工作。好在时间并不会长，也许就一个礼拜或者十来天老板就回来了。我问她：你呢？她说他要陪老板一起去，给他安排医院等。杨主任说完，就让我去见老板。我看到老板精气神都很好，不像是有病的样子。

我说："老板你怎么了？哪不舒服吗？"

老板说："我去美国做做体检，再说了我不应该去休息几天啊？"

我说："身体健康最重要，你是应该好好休息一下，这几年企业发展太快，你太累了。"

老板说："让你来主持工作，最重要任务就是要接待南亚一个国家的工信部长，他要来公司考察参观。接待这位部长是个很重要的任务，交给你我放心。这几天你要一个部门一个部门的检查落实，谁要是不听你的安排调遣，你可以就地免职，马上辞退。我让总裁办拟好了文件，我签名下发，全集团都要听你的指挥。”

就这样，我走马上任。我知道，我不了解的部门是生产和研发，我也想借此机会多学习学习。我每天都去工厂看看，整齐的厂房，清洁的车间，工人们都身穿工装在机器前操作，的确有国际化的范。至于研发，公司才刚刚起步，目前正在研发护理产品，听完汇报，我心中还在想，如果能给非洲也研发出一种突破传统观念的护理产品该多好呀。

转眼就要到外宾参访的时间了。一天快要下班时，突然接到了上级部门的传真，告诉了我们外宾参访的时间、人数以及内容。必须参观考察的内容有：原料仓库、生产车间、成品库、实验室、产品检测等。我一看，主要是生产部门的事情，我让马上通知生产部门的主管来和我开会。主管我认识但不熟悉，知道他是老板娘的近亲。

我让他看了传真，他说：“赵总，你准备怎么接待外宾啊？”

我一听这话，就知道他的后面有话。我说：“有什么问题尽管说。”

他说：“你在接待外宾方面有经验，让他们看看总部的办公条件，讲讲企业的发展前景，在院子里转转，然后宴请，再送些礼品就打发了。”

我说：“传真你都看过了，他们想看的不是这些，是你主管的那些部门。”

他说：“我主管的那些真没什么看头，原料库味道很大，不允许参观的。”

我说：“这不是允许不允许的事，味道大我们明天集中精力搞搞卫生，外宾要看的我们是必须要接待的，这是上级给我们布置的工作。”

他明显有些不耐烦了，说：“赵总，这都下班了，我还要挤公交车回家呢。”说着就要往外走。

我真的忍不住了，严厉地说：“别走！今天都别下班，这个问题必须解决，原料库一定要看。”

他说：“你给老板打电话，老板说必须看，那就看，我听老板的。”

我说：“老板在美国，怎么打电话？老板给我授了权，如果你不服从，我马上就免你的职，立刻辞退，而且要你交出库房钥匙。”

他也急了：“赵总，你怎么这么不明白呢，都说你们知识分子懂得多，你咋就不懂老板的难言之隐呢？老板去美国了？你信吗？他就在家呢。让你主持工作，是让你顺利把老外打发走，不要他们接触到原材料这一块。这是我们公司的机密，原料的价格、进货的渠道都是保密的。”

他的话，让我如梦初醒。老板没去美国？让我把老外打发走？我现在终于明白了，这个烫手的山芋，让我接到手里了。做企业的，谁家都有自己的秘密。生产和研发是企业的根本，造不出好的产品，我们拿什么去做市场？这次参加考察的不仅有外宾，还有主管部门，还有电视台的记者。老板来接待，是正面接触，对方的要求不好当面辩驳，把我放在一线，就是先建一道防火墙，责任我来承担，给企业留下缓冲的余地。

想到这，我觉得真没必要为难生产部门，于是我说：“好了，你回家吧。你今天晚上马上安排生产设备检修的事情，明天员工来了，打扫卫生，放假休息。厂区门口挂上‘设备检修，禁止入内’的牌子。”主管露出了狡黠的笑容，朝我竖起了拇指。

两天后，外宾抵达，同行者除了他的随访人员外，真有电视台的记者。我们也认真地做了接待，所有环节都安排得很好，但当提出要去看看生产厂区和原材料库后，我也做了解释：很抱歉，前几天生产车间设备出了事故，导致生产线被迫停产，设备目前正在检修，工人们都放了假，这次就没法安排阁下去厂区参观了。听了我的话后，看得出来外宾马上有了反应，他和随行者商量后，提出就此结束访问，马上返回酒店，准备的午宴也不吃了。

从那以后，我经常扪心自问：我在非洲不遗余力地在做销售，而总部给我们提供的是什么样的产品我却无法知晓。我回想起这些年老板讲过的话：销售和生产就像是电线，一根是火线，一根是地线，同时抓住就会触电，所以需要隔离。销售就只管销售，生产就只管生产，互相别打听，这样就不会出事。

可是，作为职业经理人，应该对自己的行为负责，把控好什么该做，什么不该做。我认为，就像是卖汽车，销售人员必须知道所卖的汽车的性能，这样才能给客户介绍清楚。我们所销售的产品不也是这样吗？我知道，不用我汇报，老板立马就知道了我和生产主管争论的问题，也知道了这次外宾考察的结果。

我迫切需要厘清思路，总结一下这些年的经验教训，认真思考一下职业发展的方向。

于是，我要求回到我的非洲、中东总部，也许在那里会找到我急需的答案。

为什么不能把中草药带到非洲呢

我先到了迪拜，这里有我们刚成立的中东总部。公司还没有做销售，计划先做物流中心，承担一些文献资料的印制工作。总部经理热情地邀请我去参观一下著名的号称七星级的帆船酒店，中午在酒店享受一下丰盛的自助餐。我听说一个人需要 150 美金，谢绝了，因为我估计我连 50 美金也吃不回来，我对吃的确没什么兴趣。迪拜的发展速度很快，吸引了全球人的目光，如果你能忍受夏日的高温，去旅游参观是个不错的选择。由于气温太高，中午大家都在睡觉，没人出去闲逛，一直到下午 4 点以后，人们才陆续出去工作。

晚上，大家相邀去海边吃火锅。尽管已经晚上 10 点了，气候依然闷热。吃着热腾腾的火锅，流着汗，坐在没有一丝风的海边，也是另一番情趣。我们在中餐馆用餐，餐馆把座椅都摆放在海边，时不时会有印度裔的警察拿着长长的细棍子，到各个餐桌前检查你有没有喝带酒精的饮料。他们会用棍子敲打桌子下的包，如果怀疑有饮料，一定让你拿上来检查，如果人赃俱获，马上就会被逮捕。禁止酒精饮料是迪拜的法律，所以没人会去冒这种风险。

离开迪拜，我又回到了开罗。那座熟悉的小楼，是我和同事们工作的地方。来埃及快两年了，尽管我们住的离金字塔并不远，但是我却从来没有组织让总部的同事们参观游览。我唯一的一次参观是陪同集团的 CEO 来的，他来非洲考察检查我们的工作，提出要参观金字塔，我带着翻译和助手一起陪着 CEO 来了金字塔，这次我准备利用公休日和大家一起再来参观一次金字塔。顺便说一句，埃及的公休日是星期五和星期六，所以他们星期天不休息。

埃及金字塔真不愧是人类的瑰宝，被世人瞻仰的是位于开罗西南的胡夫金字塔。关于他的传说不胜枚举。当我们接近金字塔时，我总感觉一种神秘的东西在看不见的地方潜伏着。尽管垒起金字塔的巨石表面已经布满沧桑，坑坑洼洼的毫无美感，但仔细一想就觉得是那么的不可思议。在几千年前，是什么力量能把最重达 50 吨重的一块块巨石垒得那么高，那么整齐，最上面那块巨石是怎么放上去的？而且巨石之间严丝无缝，连最锋利的匕首也插不进去。金字塔有 40 层楼高，金字塔底正方形的边长乘以 2 再除以金字塔的高，恰好等于圆周率 Π，金字塔的重量乘以 10 再乘以 10 的 15 次方等于地球的重量，金字塔的高乘以 10 再乘以 10 的 9 次方等于地球到太阳的距离，金字塔底边长等于埃及的度量单位 360 多一点，大约是一年的天数。这一切的一切，难道都是巧合吗？金字塔的秘密人们至今仍然无法一一破解，这是人类自己的创造还是什么无法知晓的神秘力量的杰作，还需要不断探索。

至于狮身人面像，隐藏的秘密就更多了。他的鼻子被拿破仑的炮弹击毁，他的人面的原型是谁，建造他的意义何在，这些疑问更加让这座古埃及人留下的宝物深不可测。我第一次来到这里，被吸引的还不止这些，我发现在狮身人面像前面有一个很大的广场，而且还摆放着很多椅子。我让阿语翻译去问，原来这个广场是可以做商业活动的。广场可以容纳 5 千人开会，白天还会有直升机可以用来展示广告，晚上可以有灯光配合，只要你有需求，都可以提供，按小时付租金就行。我原是想做一个策划，让集团的发车大会在这里召开，这会吸引全球人的目光。我曾给老板聊过，他很感兴趣，让我抓紧做出方案。而如今，我已经对此没了兴致。老板是高调再高调，要让全世界都知道，而我的主张却是低调做人，埋头做事。也许这就是我的格局，注定要打一辈子工。

结束了北非埃及之行，我南下来到了尼日利亚。这个非洲人口最多的国家，GDP 在当时已经是仅次于南非居非洲第二。尼日利亚由于人口众多，和加纳比人们的生存压力很大。所以在非洲，尼日利亚人绝对是最勤劳最聪明的，也有人说他们是非洲的中国人。我们当时在尼日利亚全国开设了五个分公司，在中国经理的带领下，每个分公司都经营得很好，业绩月月增长，最高时尼日利亚单月业绩超过了 800 万美金。

然而，对于外国人来说，尼日利亚的工作环境相比其他非洲国家又是最具挑战性的。在经济首都拉各斯，人口超过了 1500 万。而外国领事机构、外资企业以及各种银行都扎堆地选择在相对安全、服务设施比较好的维多利亚半岛安营扎寨，致使这个地区交通常年堵塞，更要命的是停电停水家常便饭，因此家家户户都要准备储水设施和安装发电机。发电机全靠进口，许多欧美淘汰的产品被翻新后卖到了尼日利亚，而且价格不菲。为了节约资金，大部分住宅安装的发电机都是没有减噪音功能的二手货，有的甚至为了散热将发电机敞开胸怀，掀起盖子。每当停电后，开始自己发电，就能听到各种发电机的轰鸣声，有时竟然彻夜不停，还有那种难闻的柴油味道，再加上各种人的体味，人的耳膜和呼吸要接受双重挑战，没有忍耐力的人，是熬不过三天的。每当这个时候，我就想起了中国的一句名言“鱼和熊掌不能兼得”，要想挣钱，就得付出代价，这个代价是身体和心理都需要接受考验的。

离开尼日利亚，我继续南下，来到了南非约翰内斯堡，我们当时的非洲总部所在。南非是非洲最美丽的国家，无论是生态环境还是发达程度，在2000年到2016年我经常往返的这段时间都是最好的。南非人口5000多万，有近十分之一是白人。记得第一次去南非是2000年的10月，从加纳阿克拉登上南非航空公司的飞机，就感觉不一样。无论从飞机的硬件还是服务，都和欧美国家的航空公司没有区别。基础设施方面，也是非洲最好的，尤其是在废水处理方面在撒哈拉大沙漠以南的国家中，南非是最完备的，这就减少了许多疾病的发生。南非地处南半球，既有面对印度洋的祖鲁人的故里德班，也有濒临大西洋的白人为主的世界名城开普敦，还有中国人最爱居住的经济首都约翰内斯堡。

当然，吸引南非的不止这些，还有南非森林中的动物。举世闻名的克鲁格国家公园，这里不但有非洲著名的五大兽（狮子、野牛、犀牛、豹子和大象），还汇集了许许多多的珍禽异兽，是旅游者的必到之地。

南非三面环海，东面是印度洋，西面是大西洋，印度洋和大西洋在南非的开普敦海域西南处交汇，世界著名的好望角就坐落在两洋交汇处。印度洋的海水是温暖的，而大西洋的海水是冰冷的，冷暖气流在此汇集，经常会掀起惊涛巨浪。每当船只从此地经过，都会是一场惊心动魄的考验，所以人们把此地叫做“风暴角”。后来人们为祈祷平安，将名称改为“好望角”，还竖起了灯塔。苏伊士运河通航后，极大的缩短了亚欧之间的水上航程，但是几十万吨的超大型巨轮无法经过苏伊士运河，所以还需要绕“好望角”而行。当风平浪静时，站在“好望角”的灯塔下，可以清晰地看到印度洋和大西洋之间有一条明显的水纹，这就是两洋的交汇处。当地的居民为了招揽游客，将两洋之水分别装在两个小瓶子里售卖，价格亲民，十分畅销。

如果你去过开普敦，那么一定会被这里的美景所吸引，这里有被称为“上帝的餐桌”的桌山，还有风光旖旎的码头。如果你能在码头餐厅用餐，离你百米可能就会停泊着一艘世界最著名的远洋邮轮，你在观赏豪华巨轮时，也许不经意就会发现，你的旁边就坐着一位好莱坞的巨星，此刻她也正好和你一样在享受美食美景。即使没有这样的艳遇，也会有成群的海洋精灵——海鸥围着你，欣赏着你。它们有时会落在你的肩头，用红色的喙轻轻地挠你。最令人惊奇的是，时而会有海豚在你的旁边翻滚追逐，这不是动物园的表演，而是纯野生的海豚在嬉戏。

南非的美绝不仅仅是有一个世界名城开普敦，从开普敦沿着印度洋往东，再往北，有一条号称“世界最美公路”的花园大道。这条沿海公路，将南非印度洋沿岸美不胜收的许多小城镇串联起来。当雨季来临，驾车行驶在花园大道，经常会看到色彩斑斓的彩虹，南非的别名“彩虹之国”由此而来。这些小城镇大多是白人居住和管理，一幢幢乡间小别墅坐落在树丛中，绿得醉人的草地，被建成了高尔夫球场，免费向居民开放。小镇上有许多维多利亚时期的建筑，荷兰人在中世纪修建的教堂依然完好无损。沿途还有许多野生动物，最常见的南非狒狒随处可见，鸵鸟悠闲地在草地上奔走觅食。

以前我经常想，假如经济条件允许，我会在南非海边的小城镇买个小屋，和大自然为伴，读书操琴，养老终生。

这次来到南非，我知道是一次告别之旅。南非有五个分公司，我这次都去了，看了看在分公司坚守的兄弟姐妹，有条件时，我还和大家一起下厨，度过了一段快乐的时光。

南非周边的国家我以前都去过了，都设有分公司。这次应该看看条件比较差的斯威士兰公司。斯威士兰是一个君主专治的王国，也是少数没和我们建交的非洲国家，这个以养牛和旅游为主业的国家，经济条件单一，人民生活水平在南部非洲算是比较差的。这个国家崇尚男尊女卑，妇女地位低下，男人可以两妻三妾，妇女只能从一而终。由于性生活开放混乱，所以艾滋病横行，带有艾滋病病毒的国民约占三成。这种病很难治愈，死亡率很高，所以该国人均寿命排在全球最低的位置。

从南非总部约翰内斯堡开车到斯威士兰约五个小时车程，中国护照过境签注就可以。

南非和斯威士兰的自然环境差别不大，但一进入斯威士兰就看出有明显的差距。

斯威士兰公司陆经理是一个上海人，他和妻子经营着一家中餐馆，妻子也是上海人，漂亮能干，把餐厅打理得井井有条。在斯威士兰的华人，很少有没到过这家餐厅的，他家的饭菜质量好，价格公道。陆经理将我安排到当地一家五星级酒店，这家酒店主要是接待来自全球的高尔夫爱好者来此比赛和度假。据说有一个海岛的所谓总统来这个国家访问曾在此下榻，他乘坐的波音 747 专机降落时，由于机场太小，机翼被铁丝网损伤，斯威士兰无法修复，只好租用南非航空的一架飞机才得以离开。

我问陆经理：斯威士兰的条件和南非差距明显，为什么高尔夫球手们还要舍近求远来此比赛呢？

陆经理说：斯威士兰有一个惯例，每年都要举办选美大赛。这个选美大赛和传统的选美不一样，是给国王选妃子的。国王从他的父亲那里继承了这套传统，而且不断发扬光大。国王是 68 年生人，年轻力壮，每年都要纳妃。只要被他选中，全家都会摆脱贫困，所以适龄女子都会跃跃欲试，希望一跃龙门。

我说：选妃子有什么吸引人的地方呢？经理说：他们的选妃活动要进行一周时间，按照年龄分成两组：18 岁以下的一组；19 岁到 24 岁的一组，都必须是处女。女孩子报名后，被召集在一起，每天要载歌载舞徒步几十公里，相当于我们讲的拉练。最后来到一处指定地点自己砍伐芦苇，将三米多高的芦苇捆扎在一起。国王将在最后一天亲临现场选妃，大臣们则当评委，分立在国王两侧。少女们被分成500人的方队，每个人都穿着五颜六色的短裙，赤裸着上身，手持芦苇，每个方队在统一的指令下从国王和大臣们的面前跑过。国王和大臣从女孩奔跑中鉴别女孩的乳房是否丰满挺拔，这是选妃中最重要的一个条件。当地华人戏谑的称这项活动是“千球运动”，500个女孩，一千个乳房。这项活动就成为全球唯一，吸引了无数游客。每年举办此项活动的时间是8月末9月初，这也是斯威士兰旅游的最佳季节。

尽管已经是8月份，但我没有时间在此久留，我已经接到了总部的通知，要求我回国参加培训。

临行前一天晚上，陆经理和他的夫人在自己的餐馆宴请我。多年饮酒不超过一杯啤酒的我，被这对夫妇的诚意打动，也破例和他们开怀畅饮。

几杯啤酒下肚陆经理开了口：“大哥，今天我和我的老婆喊你一声大哥，只限今晚，明天我还是喊你赵总。我们接触不多，上次你来斯威士兰，带了一个小团队，有你的助理，有南非总部财务专员，我们没有机会和你单独接触。但是，在你们逗留的三天里，我老婆对你印象很好。你办事很公道，做事讲原则。我来到这家公司已经四年了，我在原来的马总在时应聘加入的，后来是柴未有，我那时是在约堡负责后勤保障。因为我会开车，所以他们下班后总是让我开车带大家去赌场玩。当然不是所有的人都好赌，赌场里也有影院、书店、保龄球、商场和各种餐馆。我老婆在约堡开中餐馆，生意很难做，竞争太激烈。南非公司的业绩也很不好，一个月不到2万美金，开了有三年了，才这么点业绩，大家都不急，南非呆着多舒服啊。马总是和老板一起创业的老人，他倚老卖老，谁也把他没有办法，直到两年前他身体查出有毛病才回的国。柴未有你熟悉，是你推荐他到南非做公司副经理的，后来老板让他做了南非的总经理。他也不懂怎么做市场，只会摆摆谱。你上任后，把非洲搞活了，你经常派西非的经销商来南非搞培训，搞互动，去年你的几次大型活动让业绩飙升到 80 万美金，不可能的事，你做到了。我老婆在朋友的帮助下，两年前来到了斯威士兰开餐馆，没想到开得这么成功。我当然也随老婆来到了斯威士兰，我们的孩子在美国读书，就我们两个人在这拼搏，必须要来。我离开时递交了辞呈，马总马上要回国了，他理解成我是因为他不在南非了所以才辞职的，因此建议我在斯威士兰注册一个分公司，我当斯威士兰的经理，这个主意我当然同意啊，但是我知道，业绩不好做。所以我提出要求，给我一个死工资，不要和业绩捆绑在一起。我就这样浑浑噩噩地过着。去年你来了，把我叫到约堡谈话，要求我重新给公司定位，首先要保底，找到公司的盈亏点，如果在半年内不盈利，公司就关门。我知道，你这样做是对的，但对我却不是什么好事，我必须要为生存而努力了。随后，你就带着团队来了，给公司做了测评，划了保本点，提出了如果盈利给我提成利润的两成。没想到，你把我给逼出来了，不到半年，就盈利了，每月我的提成奖已经超过了我的工资。大哥，这都是托你的福，我必须敬你！”

我一直安静地听陆经理的述说，他老婆时而去招呼招呼客人，时而坐下来陪我们。她看到老公的神态，知道他今天是真的把我当成好朋友了，所以也没有打断他。只是给我说：“大哥，你别介意。他的确十分敬佩你，特意托人从南非开普敦采购了新鲜食材，让我烧给你吃。现在我最拿手的一道菜马上就要出笼了，你知道是什么菜吗？”

我脱口而出：“上海人的红烧肉！”

陆经理说：“只对了一半，最重要的你没有猜出来，是红烧肉炖南非鲍鱼。”

陆经理得意地说：“这道菜是我老婆独创的，她将南非的鲜鲍鱼和五花肉放在一起炖，要微火炖 24 个小时，做出来的味道好极了，既有上海红烧肉的甜而不腻，又有南非鲍鱼的软糯可口。这道菜不能选用太大的鲍鱼，选用 6 头鲍或者 8 头鲍最好，能够入味。听说你要来，我们就准备了。这道菜客人一般是吃不上的，需要预约。南非鲍以个头大而闻名世界，大家津津乐道的 2 头鲍不能做这道菜，太大的鲍鱼很难入味，这种一斤 6 到 8 头的新鲜鲍鱼还不好买呢，因为南非为了保护野生鲍鱼资源，专门立法，个头小的鲍鱼不能捕捞，否则罚款坐牢，8 头小鲍严格说就是禁止捕捞的，只能偶尔凭运气吃到。”

我边听边吃，也已经微微有些醉意了。

陆经理的夫人送走了最后一拨客人，坐了下来。

她打断陆经理的絮叨，说道：“闲扯了半天还没说到正题上。大哥，他已经喝的有些多了，语无伦次的，还是我来说吧。是这样，他听公司的同事们说你准备辞职，很为你的决定而高兴。他经常对我说，你是一个开拓性人才，不自己干可惜了。为了公司的业绩，你的付出大家都非常清楚。公司能有今天，完全是你们这些为他卖命的懂管理懂经营的能人拼出来的。但是，老板留不住人才，大概是他的猜疑心太重吧。公司的高层走马灯似的换了一拨又一拨，连 CEO 都辞职离他而去，你的离开似乎也是逃不脱这种定律。听说老板专门找人带笔写了一本书，专门讲如何管理人才，就是所谓的‘置换理论’。拿他的话说，就是不停换人，‘你不干他干，总有人干’！”

“是的，”我接过话题：“我在公司工作五年了，对公司的了解更加深刻。以前我总认为，我们做销售的就是想方设法把货卖出去就行了，现在我对销售有了新的理解。销售是和经销商和消费者打交道的，需要对他们的诉求有所关心，并且及时将信息反馈给公司，让公司能够为消费者做出更好的产品。销售应该对公司的产品有全面的认识和了解，包括原材料的产地，生产的流程。严格的说销售应该具备一定的专业知识，懂得这些产品会给消费者带来什么。当我们看到那些辛辛苦苦把血汗钱交到我们手上，希望买回去的产品能给他们带来健康的时候，慢慢的我的心里总有一些不安，因为我逐步开始怀疑我们的产品是否有公司宣传的那么神奇。”

陆经理说：“大哥，你的书生气太浓了。保健品这个东西中国是和欧美、日本等地学的。有用吗？长期服用也许有用，但也要看产品质量。我和老婆在美国的时候，也接触过美国的保健品，那时候我们没有怀疑美国保健品的质量，因为美国的法律很严，如果保健品出现质量问题，那这家企业和老板就会倾家荡产，会被判刑坐牢，甚至要把牢底坐穿。”

我说：“我一直在想，我们为什么不能把中国的中草药带到非洲呢？老祖宗给我们留下了这么好的东西，我们完全可以根据非洲的实际情况，选择适合非洲市场的中草药产品来销售啊。还有，为了让当地的经销商和消费者对我们的产品放心，还应该在非洲建厂，在当地生产，把产品生产的全过程完全放在消费者的目光所及的地方，这样我们的销售人员才会无所顾忌。”

陆经理和他的老婆对我的理念完全认同，但是他们认为实施起来难度很大。首先需要在非洲建厂，起码是一家中等规模的中药厂，建在哪个国家？原料怎么办？需要多少资金？建厂周期有多长？这些问题都不是轻易能够解决的。

他们关心地问我：“这些问题你都研究明白了吗？”

我实话实说：“这些是我一直都在想的问题，目前还没有答案。我知道老板是不会认同我的理念的，因为他的工厂不具备生产中草药的条件，要他彻底改变已经形成的产业链是不现实的，所以我只能选择离开。我希望能够去寻找到和我的理念相同的企业，在非洲投资建厂，给非洲人民带来真正的健康和财富。”

和陆经理两口子的聊天，坚定了我的理想，尽管要舍弃千辛万苦努力换来的荣誉和丰厚的薪酬，我依然会坚定地走向未来。

从非洲回到总部后，我去找了杨主任，她明显不正面回答我的问题，只是说：“要权衡利弊，让老板改变是不可能的事，你要离开我也没办法劝你，希望你不要草率行事。”

按照公司规定，我们这些高层管理人员实行的是年薪制，每月只发 2 万生活费，其余工资要等到来年一月份兑现。我如果现在离开，大半年的薪酬就会泡汤。这对刚改善了生活条件的我是一笔不小的损失，但我不想继续这样耗下去，已经表明了心迹，就要义无反顾地走下去。于是，我给总裁办留下了一封辞职信，拖着行李箱离开了公司。

人生的又一次抉择

我在市里找了一个酒店住下，不一会我的手机就响了，原来是我的秘书给我的电话。

她知道我的决定，她问了我住的酒店，告诉我她马上会带一个朋友来找我。

这个公司有个规定，区域总经理以上的高层管理人员，总部都会给配专职秘书。海外老总更是如此，不管你懂不懂外语都要配的。我们都知道，这些秘书都是由总部精心挑选的，不仅要好好配合老总的工作，还要将老总的情况随时给总部汇报，也就是说，是老板安排在我们身边的耳目，秘书基本都是半年一换。我这些年换了好几任秘书，有的刚来一个多月就被调走了，又换一个。我的最后一任秘书姓陈，英文名字叫丽埃娜，是总部专门为我从国内招聘的，在美国读的工商管理硕士学位，给我当秘书才两个月。我辞职的决定和她说过，她完全支持我的决定，并表示会跟着我一起去迎接新的挑战，目前她正在办理离职手续。

丽埃娜带来的朋友我认识，也是以前公司的一个高管，他离开公司有好几年了，听说在俄罗斯发展，他诚邀我加入他的团队去俄罗斯发展。我谢绝了他的好意，表明目前不会离开非洲，请他理解。

这位朋友离开后，我和丽埃娜商议，对外界的联系仍然由她出面，我的手机号只有她一人知道，这样就可以让我的行踪不至于被暴露，我们估计会陆续有人来找我合作。我们的原则是一不会离开非洲，二需要有中草药资源和资金，这两条是先决条件，我住在酒店等她办理好离职手续再说。

两天后丽埃娜办完手续，她又带了一位朋友。原来是公司的副总裁廖总，他负责公司的产品研发，是老板从美国招聘来的。他一见到我，握住我的手说："这两天公司上上下下都在议论你辞职的消息，你的大幅照片终于从公司的墙上撤下来了。"说完，我们三个人都哈哈大笑。

我说："廖总，你不会是老板的说客吧？"

廖总说："哎，很遗憾，这个公司留不住人，我肯定也会离开，今天我就是和你来商量下一步如何走的。我把我的想法告诉了丽埃娜，这样她才同意我们见面的。具体我的想法，请丽埃娜给你汇报吧。"

原来廖总一直在和药监局打交道，因为公司也想研发新产品，但又不想投入，只想让他在药监局找一些别人正在报检的新产品，然后买下来。廖总知道，好货不便宜，老板又不想花大价钱，所以做这些事没任何意义。尽管事情做不成，但朋友却结交了不少。廖总以前在美国读的是药理方面的博士，药监局是个很好的平台，他正在考虑去药监局工作。廖总认识了不少中草药业界的朋友，其中一位他认为很符合我的合作要求，所以他希望我能够尽快和这位朋友见面。

据廖总介绍，这位朋友姓李，中医药大学毕业，在用中医中药治疗前列腺疾病方面有很深的研究，曾发明了治疗前列腺的仪器，研究出了治疗前列腺的中药。他在北京有一家中药厂，他是董事长，虽然规模属于中等，但是他说了算的企业。李董年龄和我相仿，事业心很强，人脉很广。廖总在得知我辞职后第一时间和李董通了电话，希望我们能够合作。李董当即表态，欢迎赵总来北京考察面谈，共商合作大计。

在廖总的精心安排下，我和丽埃娜在北京和李董见面了。李董中等身材，不胖不瘦，戴着一副眼镜，皮肤白皙。他握着我的手说："我听廖博士多次介绍过你，说你很有一套，在非洲把保健品都能卖得那么火。我对廖博士说过，我们这么多老祖宗留下的中草药，能治病，如果我们能合作，那就是强强联手啊。"

我说："听说李董首先是个中医医生，其次才是个发明家，现在又成了一个企业家，不简单。"

李董说："我的主业还确实是看病的中医医生，搞发明和出书都是业余兼职。后来为了验证我的发明，才办了一个不大的中药厂。其实我根本没时间去管理和经营这家企业，现在企业请我弟弟打理，业绩还不理想。这次如果赵总能够和我们合作，企业可以完全交给你来管理。"

我没有去接李董的话题，只答应可以先去看看他的工厂，然后再谈合作。

李董的工厂在北京周边的燕郊，规模不大，虽然设备还是新的，但是生产的产品并不多，主要是他自己研发的治疗前列腺的中药。这款产品的反响不错，订单还不少，产品覆盖了几乎全国各地。正因为如此，所以企业也就围着这一款产品做文章，处于不温不火的状态。

参观完工厂，李董和我闭门畅谈。他知道我对他的实力有疑问，仅凭他的这一款产品怎么能去开发国外市场？他告诉我，找我的真正目的，是以他为核心的一个团队正在筹备一个重要的项目。由于他的人脉广泛，好几个做基金的大佬已经和他在一起，准备成立一个金融公司，公司包括实业部分。这个实业就是中草药，不是在国内做，而是要走向海外，把中国的中草药推向全世界。对于金融，我是个门外汉，也不关心，而对于想把中草药推向国外的构想我却十分认同。李董告诉我，这个实业就是想让我牵头，拿出一个方案，组成自己的团队，向海外进军。

李董说："我们和大佬们研究了好多次，实业部分准备投资 20 亿人民币，总部设在海外，请我担任总经理。"

我一听大吃一惊，20 亿是什么概念？这么多钱，我根本驾驭不了。我知道自己的分量，这个使命我是承担不起的。

我说："我相信李董的实力，你的构想很诱人，但是我觉得做市场还需要一个国家一个国家的去做。尤其是中草药，不同的国家有不同的要求，有些国家对中草药有许多限制。我可以先拿出一个国家的方案，先去占领市场，再向周边国家发展，我在非洲就是用的这个战略。至于产品，我们需要在全国范围内去挑选符合非洲市场的产品。"

我和李董商议，三天后我先拿出一个开发市场的方案，等我们双方达成一致时我们再来讨论下一步的计划。

丽埃娜的家在杭州，以前她一个人在美国读书工作，我给她三天假，让她先去看看父母。这期间找我的电话先让她做好记录，三天后我们在李董的公司见面。

我的方案是先开发尼日利亚市场，我们选择 15 到 20 种在国内临床上确有疗效的中药产品，在尼日利亚寻找能够做来料加工的药厂，将我们的产品在尼日利亚注册生产。先占领市场，再考虑自己建厂的问题，完成第一个目标大约只需要投资 50 万美金，最多两年可以收回投资。

我的方案李董当然赞成，同意先用这个方案去开拓尼日利亚市场，他出资，我负责组建团队挑选产品，在尼日利亚注册公司。公司由他担任法人，他占60%，我占40%。我招聘的人员和他公司的员工住在一起，给我单独租好了一套公寓，我马上就可以入住。公司在北京筹备时，给我们发薪水，但薪酬不高，到国外后员工薪酬由我议定。公司的所有经营均由我负责，他不会干预。

就这样，我带着丽埃娜正式加入了李董的公司。李董的公司也有不少员工，他让我可以先在这些员工中物色合适的人选。我建议他派一个懂英语的财务人员，最好是女的，这样可以和丽埃娜搭档。

没过几天，廖总也加入了我们的团队，他本来是马上要去药监局上班的，考虑到我们需要有懂中药的专家，李董请他先来帮忙。李董推荐的财务人员小秦也到位了，我们四个人马上开始了工作。

我们先从搜集有关资料开始，将国内已经生产销售并在临床上有口碑的中药产品按疗效分类整理。再筛选出毒性较大的、含动物类的、金石类的，将这些产品剔除，这类产品目前不宜出口。然后按照疾病再次归类，范围就小了很多。我们一致选中了“六味地黄丸”，将这一款中药作为我们的主打产品。2004年的中药生产，工艺有了很大的变化，传统的大蜜丸由于服用时口感差，口里会留下浓重的中药味而逐步被淘汰，取而代之的是水丸和浓缩丸，尤其是浓缩丸非常盛行。但是，我知道这种剂型仍然不适合非洲。非洲人对数字不敏感，每次服用八粒，一天三次，是个很不容易完成的任务。而且一瓶100粒浓缩丸，服用四天后还会剩余四粒，这对他们来说也无法理解。因此，只能找到符合非洲人习惯的剂型，那就只有硬胶囊了。因此，我们寻找的产品的范围又进一步缩小了，那就是尽量寻找硬胶囊产品。

廖总提议，先去中医药管理局，找找朋友，帮我们在全国范围内找到目前能够生产硬胶囊剂型“六味地黄丸”的厂家。很快，答案就有了，山东烟台就有一家中药厂目前正在生产浓缩型硬胶囊“六味地黄丸”。

于是，我们四人立即飞往烟台，对这家工厂进行考察。工厂属于中等规模，老板是海外华裔，产品不多，但是符合我们要求的产品不但有“六味地黄丸”，还有用于癌症病人辅助治疗的“金菌灵胶囊”，这款产品还是处方药。还有治疗风湿类疾病的“风湿骨痛胶囊”等等。和老板开会研究后，达成了合作意向：由这家药厂为我们提供加工好的药粉，并负责运往我们指定的国家，所有出口手续他们办理，产品注册报检的资料他们提供中文版本，我们负责翻译。

烟台之行收获颇丰，但困扰我的问题仍然没有解决。我知道我们再次走进非洲是需要马上站稳脚跟的。我们的产品能否一炮打响，是要看疗效。中药产品普遍疗效较慢，需要一段时间的服用，有没有一种在三天内就能见效的产品呢？我把这个问题提了出来，大家一起讨论。

廖总沉吟片刻，说道：“三天就能见效的产品很难找到。”

我说：“非洲的常见病除去艾滋病、疟疾、霍乱等流行性疾病外，就是肠道类、消化系统的疾病很普遍。由于卫生条件太差，医疗水平落后，生活习惯不健康等因素，非洲人很容易被细菌感染。在治疗这些疾病方面，化药的确是来的要比中草药快。但是，在保健方面，中草药的作用却十分突出。非洲的男人都想壮阳，女人都想减肥，这是非洲长期不会改变的基本需求。”

廖总说：“请赵总详细介绍一下。”

我接着说道：“拿尼日利亚为例，他们国家许多男人可以娶四个老婆，再加上他们在性生活方面比较开放，所以尼日利亚的男人每天性生活的次数是比较频繁的，这就让壮阳产品有了广泛的市场。尼日利亚的女人有相当一部分体型比较肥大，这与她们的基因和饮食习惯有关，所以她们非常羡慕中国女孩婀娜多姿的体态，渴望能够变身成中国女孩的身材。她们无法做到通过控制饮食达到减肥的目的，而是寄希望有一款奇特的产品，帮助她们减肥成功。”

廖总说：“原来是这样。减肥产品，中草药效果明显的还没有发现。有些在市场上销售的减肥产品，无非是通过疏通肠道，增加排便达到减肥目的。这些产品效果都不明显，而且会产生副作用，我们还是谨慎选用。至于壮阳补肾类的产品，最好的要数‘六味地黄丸了’，但是三天见效的可能性不大。”

我说：“我以前在非洲销售过一款壮阳补肾的产品，反映还不错，但是具体效果没有仔细去研究比对。我现在还能找到这家供货商，我们和他接触一下，看看能否有所收获。”

廖总完全赞同这个方案。

这家供货商在北京，我让丽埃娜和他用邮件联系。很快就有了回复，约定了在我们公司见面的时间。

来公司和我们见面的是一位姓戴的教师，任职于北京一所高校。他所从事的研究就是植物药方面的课题。几年前，他的团队研发的壮阳补肾草药在非洲和南亚一些国家取得了成功，但是很快产品就被仿制。目前他们正在和国内的药厂合作，将产品在中国注册报检。我们商谈了合作的细节，并要求产品不能有任何化药成分，确保植物提取物的纯洁度。至于是否能做到三天内有明显效果，戴老师更是斩钉截铁。他承诺会在一周内给我们做出样品，让我们去任何机构检测，并希望我们自己亲身体验。

廖总在这方面是行家，他说：“中草药里有淫羊藿、肉苁蓉等都有壮阳补肾的作用，关键是看怎么组合在一起更有效果，这个问题你们解决了？”

戴老师说：“目前我们的研究已经取得了很好的进展，我们的原料就来自这类植物，等样品拿来后请廖总检验。”

筹备工作进展顺利。我们及时和李董开会，我汇报了目前的工作情况，同时建议我们应该马上着手前往尼日利亚调研，和尼日利亚药监局接触，了解产品注册的有关政策。我也需要尽早和我的尼日利亚朋友们见面，重新组建销售网络，事不宜迟。李董当即批准了我的建议。并希望我们四个人一起去尼日利亚，落实相关问题。

用中国智慧解决问题

2005年3月的一天，我们一行四人乘坐阿联酋航空公司的航班，从北京经迪拜飞抵尼日利亚的拉各斯国际机场。对于初次来到非洲尼日利亚的廖总来说，闷热的气候和夹杂着地方语言的英语都不是大问题，毕竟他在海外生活多年。而对于第一次走出国门的小秦，考验是明显的，好在一路上有丽埃娜的照顾，她一直在努力坚持着。出发之前，我们通过邮件和中国商务部驻拉各斯经参处取得了联系，订了两个房间，就下榻在经参处。经参处的领导和同志们对我们很热情，在生活方面提供了很多帮助，大家旅途的劳累很快就得到了恢复。

第二天，我们马上去拜访尼日利亚药监局的二号人物阿扎伊博士。

这是一位风度翩翩的绅士，我和他交往已经好几年了。记得那时我刚被任命为西非总经理，我去尼日利亚公司，听说报检工作开展不下去，药监局将我们的产品全部归为药品，需要在尼日利亚做临床。当时公司的产品全部是保健品，和药品一点边也不沾。再说，做临床要做三期，起码要两年的时间。我决定去尼日利亚药监局找他们领导申诉。

我和同事们穿着公司配发的西装，公司给女孩子做的服装配有一条小丝巾，和空姐的很像。我们一起坐在药监局局长办公室外等候，来来往往的人看到我们这几个正襟危坐的来访者，都会打量一番。有的人还嘀咕："这是中国航空公司的？来错地方了吧？"不一会从局长办公室出来一位工作人员，他和蔼地问我们是来办什么业务的，我告诉他我们是中国一家保健品公司的，我们来找局长申诉，因为我们的产品都被划为了药品，无法报检注册。他让我们稍等，就进了办公室。

几分钟后，他出来告诉我们，药监局局长阿昆伊利博士在国外访问，现在主持工作的是阿扎伊博士。阿扎伊博士的访客很多，都是预约好的，没办法安排你们去见他。他已经知道这件事了，他会让有关部门的负责人给他汇报这件事，你们先回去，两天后再去负责产品注册登记的办公室打听结果吧。

我说："很抱歉，我们没有和局长预约，我们没有这方面的渠道。现在我们预约可以吗？请你告诉阿扎伊博士，我们是一定要拜访先生的，我们可以坐在这安静地等待，或者告诉一个可以接见我们的具体时间。"

经过再三沟通，终于确定两天后上午的 10 点，阿扎伊博士可以接见我们。

一见到阿扎伊博士，我们眼前一亮，这是一位身材颀长的帅气绅士，他的风度气质很特别，不像个官员，更像个学者，一下就让我们觉得很亲近。我简单地介绍了我们的企业，并告诉他我们的产品在美国已经注册成功，不应该被划分为药品，因为我们没有治疗功能。他听说我们的产品已经在美国注册，很快就表态了，让我们把在美国注册的产品文件和美国药监局的批号给他们，他们会参考美国的批复来研究我们的这些产品。

我对阿扎伊博士说："保健品在中国已经几千年了，它的作用是治未病，就是不让疾病发生，长期服用保健品对身体是有好处的。”

阿扎伊博士说：“我不得不承认，我和我的同事们在区分保健品和药品方面是有争议的。究竟将保健品分在哪一类中，我们是应该有个定论了。”

我说：“阿扎伊博士，我冒昧地说一句，能否让我们和你的同事在一起讨论这件事。当然，我们不能用开会的方式来谈论这件事，但我们可以用另一种方式来讨论呢？”

阿扎伊博士显然被我绕晕了，他说：“什么方式呢？”

我说：“我们组织一次聚餐，可以边吃饭边讨论啊。”

“哈哈哈哈，”阿扎伊博士爽朗地大笑，他说：“你们中国人的智慧，我又一次领教了。好吧，我算算，我们同事有几个人。”

就这样，他们共八个人，我们四人参加，一次很有意义的宴会即将开始了。

宴会我定在了当地最有名的中餐馆“金门饭店”，在餐厅老板的协助下，我挑选的菜单不但有当地人最爱吃的海鲜，还有许多中国菜，芹菜炒粉条、鱼香茄子煲、家常豆腐、西红柿炒鸡蛋，还有凉拌西兰花、凉拌黑木耳、凉拌平菇等等。

宴会开始，我先致辞：“非常荣幸今天能有机会在这里和阿扎伊博士率领的药监局的朋友们聚会。今天的菜都是普普通通的中国菜，是我们每个中国人天天要吃的。除过海鲜外，每道菜都是有故事的。我们还准备了法国红酒，能饮酒的我们可以举杯共饮。”

对于尼日利亚朋友来说，吃中餐的机会很少，所以很多人连豆腐也没有吃过。我给他们介绍了豆腐，问大家好吃吗？答案是肯定的。

我说：“豆腐不但好吃，还可以预防疾病，它被研发出来已经有两千多年了，高蛋白、低脂肪，有降血压、降血脂、降胆固醇的功效。”

我指着芹菜说：“芹菜是发源于中东地区的，中国人发现芹菜有清热解毒、利尿消肿、镇静安神的作用，于是大量种植，目前更是中国人餐桌上的佳肴。还有西兰花可以抑制癌细胞，蘑菇可以提高抵抗力，黑木耳可以预防血栓等等。我们中国人天天吃这些东西，这就是中国人的养生之道，也是中国人的食疗。问题来了，我们这些常年在海外的中国人怎么办呢？豆腐、芹菜、蘑菇没有了，于是我们就把这些食物的营养成分提炼出来，装进胶囊，这样我们就可以随身携带，天天服用了。胶囊只是一个壳，它可以装化药，也可以装我们从豆腐里提取的营养素。如果都把它们一律当成药品，未免过于简单。”

我的话音刚落，阿扎伊博士先站起来为我鼓掌，所有的人都站起来鼓掌。

阿扎伊博士说：“感谢威廉为我们上的这堂课，我们以前也听说过一些中餐的故事，但今天感觉不一样，印象会很深刻，我们回去认真讨论，会给你们一个满意的答案。”

就这样，我们产品报检最重要的一道坎迈过去了，他们参照了美国药监局的标准，把我们的产品归类于药品里的植物添加剂，因为国外没有保健品这个类别，但是执行的标准就是按照保健品制定的。

这次来尼日利亚之前，我让丽埃娜给阿扎伊和他们负责报检的同事阿巴斯都写了邮件，不知道今天能否见到他们。

我们先去药监局见阿巴斯，他是负责产品分类的官员，产品必须先要经过他才能进入到下一道流程。我们在他的办公室见面了，他看到我们非常高兴。他说他收到了我的邮件，并且也转告了阿扎伊博士我们要来拜访他的消息。我问他现在报检产品和以前有什么变化吗？他说，上次从你们开始，分类问题就解决了。现在多了一道程序，就是要去你们国内的工厂考察。他还告诉我，他申请调回家乡工作的报告已经批准了，目前正要办理工作移交。他的家乡在尼日利亚中部偏北的州，他这次调回家乡工作，担任州药监局的主管，可以照顾到家了，家里有三个孩子，妻子很辛苦。至于我们注册产品的事，没问题，他照样可以帮忙。我问他，尼日利亚当地最好的制药企业有哪些？如果我们要找合作伙伴在当地生产草药，你给我推荐一下。他马上就说："菲森制药，尼日利亚最好的当地制药企业。"

告别阿巴斯，我们上楼来找阿扎伊博士。阿扎伊对我们的来访表示了欢迎，他知道我们这次来有新的设想，很关切地问，需要他怎么帮助我们。我告诉他，我有一个良好的愿望，希望能够将中国最好的中药产品带到尼日利亚，对尼日利亚的健康事业做出贡献。我们会考虑在尼日利亚生产中药产品，真正做到生产本地化。他高度评价我们的设想，认为这是个非常正确的决定。尼日利亚是非洲人口最多的国家，也是非洲最大的市场，到尼日利亚投资将会得到丰厚的回报。如果在尼日利亚生产中药产品，报检注册会更加方便，也不需要再去中国考察我们的工厂了。我问阿扎伊博士："如果我们需要一个当地的制药企业作为合作伙伴，你能给我们推荐哪家企业？"阿扎伊马上回答："菲森制药。"

回到经参处，我们四人都很高兴，没想到两个药监局的官员都会一致的推荐菲森制药，看来这家企业非同小可，我们马上着手准备，先在网上了解菲森的有关资料，准备好后就去走访菲森制药。

从网上看，这是一家完完全全的尼日利亚企业，老板名字叫菲德里斯，正在准备在尼日利亚上市。它有两个厂房，我们不知道总部在哪里，先去一个厂区看看吧。

菲森制药就坐落在拉各斯市内，它的办公区域和生产厂区连在一起。我们是临时拜访，没有预约，所以只能在总经理办公室外等候。

一直等到快到午饭时间，我们才被告知可以去见总经理了。

走进总经理办公室，看到在办公桌前迎候我们的总经理后，我们四人相视一笑，哇，又是一个大高个！阿扎伊有一米八以上，这位总经理应该在一米九以上。可能经常会有客人被他的身高所折服，所以他并没有觉得有何异样。

落座后，我开玩笑地说道："这几天我们都是在和巨人打交道。阿扎伊博士的个子已不低了，你比他更高。"

丽埃娜翻译完我的话后，总经理笑了："阿扎伊博士个子比我低，但权利比我大很多，我希望个子低一点，权力大一些。"

说完，他笑了，我们也都笑了，他的幽默显得很有亲和力。

廖总平时不说话，他多次和我说，我是这次考察的主角，他尽可能不讲话。这时，显然是被这种气氛感染。

廖总说："我们只有站在巨人的肩膀上，才能看得更高更远。先生显然是我们希望能够遇到的巨人，在中国也叫着'贵人'"。

总经理边和我们握手边交换名片。他说道："我的名字很好记，Small。"

他问丽埃娜："在中文里怎么读？"丽埃娜说："小。"他跟着读了两遍。我心想，这些老外很随和，确实也很特别。大家说笑一阵后，进入正题。我说了我们的来意，特别强调是阿扎伊博士推荐我们来的。

总经理说："我们企业的产品主要是片剂和水剂，胶囊也有但不多。你们需要在我们这加工的剂型只是硬胶囊吗？"

我说："先加工硬胶囊，以后会有片剂。我们的加工量初期不会太多，随着市场开发的进程，以后的量会越来越大的。"

总经理说："我们目前有两个生产厂区，还会继续扩展，企业目前正在筹备在尼日利亚上市。尼日利亚药监局对我们企业非常重视，药监局局长阿昆伊利博士和我们董事长亲如兄妹，她经常来我们企业视察，帮助企业解决一些问题。我们企业和印度制药企业合作很多，还没有和中国人合作过。"

我说："我相信我们一定会合作成功，因为阿扎伊博士是我们的老朋友，我们很敬重他，他推荐你们不会有错的。”

我们双方约定隔一天再见，他会向他的老板董事长菲德里斯先生汇报，董事长目前在国外出差。下次见面会直接带我们去参观厂区和车间。

第一次参观撒哈拉大沙漠以南的非洲药厂，尽管这已经是当地药厂的最高水平，还是觉得和我们国家差距不小。我曾经多次参观过埃及的药厂，因为埃及药厂的产品多出口欧盟，所以设备管理都是一流，不比我国的差。菲森的药厂设备绝大多数都是从印度引进，车间里也经常会看到有印度人的身影。好在我们需要生产的只是填充胶囊和包装，车间的洁净度达到 10 万等级就可以了。

总经理带着我们来到了一个正在装修的厂房，他说：“我已经给我们董事长汇报了，他非常希望能和中国朋友合作成功。这个正在装修的厂房就可以专门给你们加工产品，我们准备按照 10 万等级的标准做洁净处理，竣工后药监局会派人来监督验收的。至于加工的价格等我们董事长回国后你们直接商谈。你们需要做的工作就是要尽早确定和我们合作，双方通过律师起草合作协议，然后我们就可以按照你们的要求完善厂房的配套设施，包括通风系统，和设备的安装。你们得有一个进度时间表，而且要尽早拿出方案。”

短短几天时间，最重要的两件事情办完了。一是产品注册报检，二是产品加工生产的合作伙伴已经明确了。剩下的事就是回国汇报，然后尽早再来尼日利亚。至于和经销商见面，由于我们住在经参处，不方便来访，所以这次就不见面了。

回到经参处，恰好遇到经参处的龙参赞，他很关心我们的工作。我们简要地汇报了情况，他为我们取得的阶段性成果高兴。他告诉我们明天正好是周六，中午大家在一起包饺子，为我们送行。

经参处平时看不到有几个人，大家都很忙。龙参赞组织包饺子，大家都陆陆续续地来到了餐厅。这天包的是韭菜猪肉馅的，韭菜是中国人自己种的。中午天气比较热，餐厅的门窗都开着。眼看饺子都包得差不多了，突然一大群苍蝇飞进了餐厅，朝着韭菜饺子猛冲。大家一愣，才连忙想起关门关窗，但是已经有不少饺子上面都爬上了苍蝇，而且马上就下了蛆。

胡参赞大喊一声，快用报纸和苍蝇拍子打苍蝇。大家气得用报纸、纸板和苍蝇拍子连打带赶，这些大个头苍蝇忙乱地飞着，把人的脸撞得生疼。此时此景，不由得让我想起了二战大片《珍珠港》，这些令人恶心的苍蝇，像极了偷袭珍珠港美国舰队的日军敢死队，他们密集的俯冲，直到被消灭。可惜我们有近一半的饺子已经没法吃了，我们齐心合力终于把最后一个苍蝇击毙，然后用扫帚清扫战场，再清除掉被污染的饺子。这一番恶斗，把我们俩美女吓得不轻。龙参赞总结道，这是韭菜惹的祸，是韭菜招来了大批绿豆苍蝇。

好心情尽管受了些影响，但是无碍大局，在非洲什么样的事情都可能发生，我们的心脏已经变得越来越强大了。饺子继续包着，欢乐的气氛又洋溢在大家的脸上。这顿韭菜猪肉馅的饺子，我又是终生难忘。

去尼日利亚再创业

回国连续忙了三个多月，终于有了头绪。产品分别从烟台、北京和成都选择了十种，全是硬胶囊。这些产品涵盖了男性和女性、儿童和老人，基本达到了走进我们的专卖店，每个顾客都能找到符合自己的产品的需求。我们要求厂家给提供药粉，有些产品还要求制粒。“六味地黄丸”是浓缩型胶囊，每次一粒，每天两次，要求比较高，药粉都要空运到尼日利亚拉各斯菲森制药的工厂。和菲森合作的意向也已经签好，一签五年，五年后再续约。加工费初步谈好，我们感觉还是有些贵，等再去菲森我准备直接和董事长谈。产品的注册报检资料我们也已经翻译完成，有些部分已经以邮件的形式发给了阿巴斯，请他先看看。十种产品的样品也都准备好了，补肾壮阳的样品也已经找人试用过了，反应不错。廖总专门找朋友对样品做了检测，没有发现任何化药成分。总之，一切妥当，只等李董发话，我们就可以组团前往非洲。没想到，李董这里出了问题。

李董在下一盘大棋，因为棋盘太大，博弈者较多，意见迟迟不能统一。而我们又等不及，真让我左右为难。廖总已经去药监局上班了，他经常催促李董，再不行动他会将我推荐给别的企业。

廖总约我一起找了李董，李董如实给我们讲了目前的情况。他是无论如何也要把非洲的项目往前推进。几十万美金不是大钱，他完全可以拿出来，但是牵一发而动全身，我们一行动，会给其他的利益相关者产生错觉，认为我们是甩开其他人单干了。可是尼日利亚方面也不能再等，这个机会错过了，就再也没有了，大家一时不知怎么办好。

我说："这样吧，我自己还有 3 万美金，我先带几个人拿着这 3 万美金先去，马上和尼日利亚药监局和菲森药业接上头，开始启动注册报检程序，菲森看我们来了，也会马上开始厂房装修和设备安装调试工作，这都需要时间，我估计要三个月。我们住在经参处，开销不是很大，在那工作坚守三个月没问题。"

李董一听，马上说："这是个好办法，我保证三个月之内我们这个项目开始正式启动，那时候一切都不是问题了。"

廖总说："如果三个月以后你们的项目还没有结果怎么办？这不是把赵总坑了吗？"

李董说："真要是那种情况，我个人出资 50 万美金，把尼日利亚这个项目做下去。为了弥补赵总的损失，这个钱我可以不要，就等于给赵总的补偿。"

我说："那倒不必。真要是这样，你就放手，让我们自己再去寻找新的合作伙伴。"

廖总说："我们三人的谈话，能不能写个纪要，我们签上字。"

我看李董有些尴尬，就说："李董，我们去首先要注册成立公司，否则无法注册产品，你确定你还是要当这个公司的法人吗？而且占公司的 60% 股份？"

李董说："我确定要当法人，出资 50 万美金。你这次带去的 3 万美金是我借你的，我会加倍偿还。你们的机票我来定，3 万美金去尼日利亚再用。你们走以前，我会让财务把你们在国内的工资一次性结清。你在尼日利亚注册公司的名字你自己确定，我都同意，报备给我就行。”

我说：“财务小秦你打算还让她去吗？”

李董说：“必须去。”我说：“我先和她谈谈，不要勉强她。现在在你们公司搞电脑的那个小王，能不能让我带去？”

李董说：“他的学历太低，又不懂英语，有用吗？我觉得你再招一个肯定会比他强。”

我说：“我看他平时事情也不多，电脑玩得不错，孩子还小，多锻炼一下有好处。再说，招一个条件好的要求会很多，我们目前的情况还不明朗，尽量能省就省。”

李董说：“赵总考虑得很全面，我没有意见，你决定要就让他们去，不服从就走人。”

我说：“我先和他们聊聊。”

于是，我和丽埃娜，带着财务小秦和20出头的毛头小伙王小旺又一次走进非洲，走进了尼日利亚。

我们仍然下榻在经参处，龙参赞给我们很多关照，可以让我们用他们的厨房自己做饭，这样我们就有条件改善生活了。对于小秦和王小旺来说，这可是天大的喜讯，他们俩一个来自河北，一个来自北京。小秦号称烙饼高手，小王吹嘘自己是北京炸酱面的传人，天天斗嘴解馋。我们已经约定，等忙过这一段，让他俩现场比试，一决高下。

尼日利亚的骄傲——菲森制药

我们先去药监局，找到了阿巴斯的接班人，递交了报检的材料和样品。又去拜访阿扎伊博士。阿扎伊说：如果我们是在菲森的工厂里加工生产出来的产品，报检注册很容易。也可以马上给我们先办个临时销售许可证，可以一边销售，一边等正式批文。以前业界都认为尼日利亚药监局是最不好打交道的，报检注册很困难，看来是他们以前走的途径不对。我们中国企业绝大部分是商品出口方，在国内生产好了拿到非洲销售，所以手续很繁琐，批准难度大。换到在尼日利亚生产，马上就不一样了。

当然，国内的生产条件比这里强很多。当我们一步步地走上在尼日利亚生产这条路上的时候，才发现，困难远超出我们的想象。

我让丽埃娜马上预约菲森的总经理，丽埃娜说："小脑袋"问我们见不见董事长？我和小秦一听丽埃娜把菲森的总经理叫"小脑袋"，肚子都笑疼了。丽埃娜却没有笑，她一本正经地说："你们都忘了，他在给我们名片时自我介绍说，他的名字叫'Small'，为什么叫这个名字呢？是因为他的头长得小。"我说："真是这么说的吗？"丽埃娜说："我确定，这句话我没翻译，你们也没注意。”小秦说：“他的头和身材比起来确实显得小，叫‘小脑袋’也是名副其实”。

我说：“好吧，我们自己就这么叫，叫‘小总’也不好叫啊。”

丽埃娜说：“没事的，自嘲也是幽默的一种形式。明天见不见董事长？要给‘小脑袋’回话。”我说：“见！”

菲森的董事长菲德里斯先生是一个身体很结实的中年大叔，他的声音很好听。丽埃娜一听他说话就知道他是在英国接受的教育。我们第二天去菲森，正在“小脑袋”办公室外面排队等候召见。看到这位大叔正要走进挂着“董事长”标牌的办公室，他看到了我们，马上过来给我们打招呼。他对我说：你是威廉赵先生吗？我是菲森的董事长菲德里斯。我们立即起身，和他握手致意，随后他带领我们走进了他的办公室。

这是菲德里斯先生第一次和我们中国人接触，从此后，他就开始了和中国企业的合作，他和他的家人经常到中国出差旅游，他们都成了我们中国人最好的朋友。

我们那天第一次会谈尽管显得有些拘谨，但是气氛很好。菲德里斯先生先介绍了菲森制药的发展历程和前景，又表明了愿意和我们很好合作的态度。我们介绍了这次来尼日利亚就是想寻找出一条在尼日利亚建立中草药生产线的最佳方案，选择和菲森合作，是药监局阿扎伊博士的推荐。我们也参观过菲森的工厂，符合我们加工生产的需求。准备先从中国引进十种产品，剂型都是硬胶囊。昨天已经把这十种产品的资料和样品都交给药监局了。下面的工作是注册公司，寻找办公室。等他们专为我们加工的厂房验收达标后，我们就马上从中国国内空运药粉。考虑到初期需要循序渐进的开发市场，所以准备每样产品先空运 100 公斤药粉。

菲德里斯先生问我们：“准备将办公室选在哪个区域？”

我说："准备选在伊科伊。维多利亚岛交通拥堵，进出都不方便。"

菲德里斯说："看来你对拉各斯情况很熟悉啊！"

我说："我曾经在非洲工作过，经常来往尼日利亚。"

丽埃娜说："威廉几个月前还是某某公司非洲的总经理，2000 年就来非洲了。"

菲德里斯一听，很是惊讶："早就听说过这家公司的名字，原来你就是他们的总经理啊。好，希望能够再次创造出奇迹。威廉赵，我还能帮你做点什么？"

我对菲德里斯先生说："我知道西非各国深受疟疾的困扰，每年死亡的儿童超过百万。我们中国科学家已经研究出了治疗疟疾的青蒿素，这本来是草药，但已经被法国人抢先在非洲注册了，而且因为这是有机化合物，已经被认为是化药，我们要注册需要在非洲做 3 期临床。能否帮我们把青蒿素注册了，我们马上和国内的企业商谈，争取尽快把这个产品引进尼日利亚。这个产品我们不赚钱，保证以成本价售出，还可以每年定期向社会捐赠，算是做慈善事业。"

菲德里斯听完，向我们竖起了拇指。他爽快地说："没问题，我可以直接给尼日利亚药监局局长阿昆伊利女士说，如果你们不能注册，就注册在我们菲森公司名下，不需要临床。"

我接着说："我们既然是合作伙伴，就要深度合作。我想请你帮我们推荐一位律师，一位会计师，我们公司的税收以及各种法律方面的事务必须按照尼日利亚的法律来运作。"

菲德里斯说道："我有一个亲戚，是我的晚辈，就是学法律的，他正准备成立自己的办公室呢，他是个律师兼会计师，有律师和会计师的资格证，可以帮别的公司做账，报税，还可以做有关法律方面的工作。而且他的收费不会贵，他的名字叫阿肯，我让他来帮你们。"

两天后，我们在离菲森总部不远的喜来登酒店旁边的中餐馆宴请菲德里斯和“小脑袋”，并且让菲德里斯通知了将要和我们合作的阿肯，一并宴请三位新朋友。阿肯年龄30出头，但却人高马大，是个体重在300斤左右的庞然大物。

“小脑袋”边吃边说：“专为你们准备的生产车间已经开始做10万级的洁净处理，准备先安装一台半自动胶囊灌装机，胶囊你们负责提供，数粒和包装用人工操作。你们进口的药粉要先经过菲森化验室的化验检测合格才能入库，重金属超标和农药残留超标的药粉都属于不合格原料，不能进入我们的库房，由你们自己处理。我们的原料库都是恒温的，原料保存一年以上没问题。”

菲德里斯插话：“我们知道现在胶囊生产线都自动化了，印度许多工厂都是自动化操作。但是我们非洲发展缓慢，尤其是尼日利亚年轻人就业问题很多，所以我们还是用人工多，我们这里人工可能比中国便宜很多。你们早期需求量不大的话，我们先这样安排，销售上去了，我们随时可以引进全自动生产线。”

我说：“没想到你们的安排这么周到，尤其是原料入库的规定我们非常赞赏，这就为我们产品的质量又增添了一道保障。我们从中国出口时会严把质量关，尤其是重金属和农药残留，这是我们中草药的大忌。早期在调试设备准备灌装胶囊时，我们会全程在场，因为中药药粉每个品种的含水分和黏度有差别，再加上车间的湿度和中国车间的湿度也会有差别的，我们会根据实际情况适量添加淀粉，这需要多次试验才能掌握。”

“小脑袋”听到这番话后很高兴，他对菲德里斯说：“中国人很聪明，和他们合作会很愉快的。”他又对我们说：“还有，药瓶不允许进口，因为印度人办了好几个生产药瓶的工厂，为了保护投资者权益，进口需要批文的。你们可以在这些企业挑选药瓶。”

菲德里斯说：“丽埃娜你告诉我你们的邮箱，我会发邮件给你们，告诉这些印度工厂的地址和联系人，就说是我介绍你们来的。”

说完，菲德里斯站起来，端起葡萄酒，提议为了合作愉快，“干杯”！

一直没有说话的阿肯发言了：“尊敬的菲德里斯董事长、菲森总经理，尊敬的中国朋友们，我很荣幸今天能够参加这样的宴会。我是个年轻人，正是努力工作的时候，我感谢菲德里斯先生把我推荐给中国朋友们。我目前可以帮助中国朋友做的事是注册公司，以及开设银行账户。中国朋友们目前还没有办公地址，我会想办法把公司先注册在我的办公室地址上，等找好地方再更换，你们把公司的名字和股东的姓名以及持股比例告诉我就行。”

就这样，一顿饭解决了许多问题。尽管这里的中餐真的很贵，还不正宗，但这 2 千多美金花得值。

回到经参处，我们一件件梳理要办的事情，已解决的和未解决的都一一列出来。

我告诉大家：“我以前只是一个做销售的，现在从研发到生产，再到销售都要做，还有物流，这是对我的很大的考验。因为没做过，所以难免会出错，大家发现有问题有遗漏一定要提出来。”

丽埃娜说，“现在国内要和我们同步才行，有许多事情要国内配合，比如：订胶囊，订药粉。”

我说：“是的。小秦，李董的这盘棋有消息吗？”

小秦说：“没听国内的同事们说过，估计还是没戏。其实，我们做财务的对李董的这盘棋看不懂，他带我去参加过几次会议，我见过几个基金大佬。我搞不明白，那些做基金的大佬为什么对李董这么感兴趣，非要李董掺和金融呢？他是学中医的，又不是搞金融的。”

我说：“鸡有鸡路，马有马道。李董被这些大佬盯上，肯定是有自己独特的资源。他们允诺投资 20 亿人民币做有关中草药的推广，也许就是一个谋略。玩资本的，是要有故事的，故事讲得好，投资的机构就会很多，这就是钱生钱的道理。我们不管他们，自己做自己的事，节奏不要被他们打乱，只要李董的50万美金到位，我们就要快速把尼日利亚市场拿下。”

开会前，我曾单独找了丽埃娜，我问她：“小秦和小王的情况怎么样？”丽埃娜说：“小秦不可能呆得太久，她和我说过准备和男朋友结婚呢。再说，她也不是个吃苦的人。小王这孩子不错，挺机灵的，就是学历低，好多事还不懂，但能吃苦，也愿意跟着你锻炼自己。每天都在学英语，和黑人们有时能讲几句英语。”我给她说：“我准备带小秦回国，让她问李董要资金，再回来就不带她了。你和小王在这，这样安排行吗？”丽埃娜完全同意，只能我回国催促李董让国内赶快行动，她和小王坚守，用邮件和药监局、菲森以及阿肯联系。

约法四章

我接着宣布了几项决定：我带小秦马上回国，小秦回国的目标就是盯着李董，让资金尽快到位，我回国后主要解决药粉和胶囊的事情。丽埃娜和小王在这里坚守，每天都要用邮件和药监局、菲森和阿肯联系。有机会可以租车去伊科伊岛找找办公室，把挂牌要出租的、合适我们使用的房子都记下来。丽埃娜还有一项工作就是在国内网站注册一个网址，开始招聘人员。先招聘一个做市场的、一个分管生产和物流的、一个财务。财务要女的，学历不一定多高，最好做过出纳。我们以后的财务只能是做做内部账，外账要交给阿肯的会计事务所去做。招聘的待遇：基本工资加补贴再加奖金，财务出纳年薪不低于 6 万人民币，生产物流不低于 8 万人民币，做市场的不低于 10 万人民币。“大家说说，这个条件行不行？”

小秦和小王都惊讶地张大了嘴：“这么高啊！”我问小秦：“你工资是多少？”

小秦说：“我是 3000 元，小王 2000 元，每月都是我做工资，我知道小王的工资。”

小王怯怯地问："我参加这个团队后，工资会涨么？"

我们都笑了，我说："不涨你干不干？"

小王说："干！我来时给爸妈都说了，不挣钱也会来这里锻炼锻炼。"

丽埃娜说："你就放心吧！领导是个很讲情谊的人，他不会亏待每一个下属。"

小秦说："'领导'，叫领导比叫赵总亲切，以后就叫'领导'吧。我要是不回国结婚，我也不想走，跟着领导能学很多东西，丽埃娜就像亲姐姐一样关照我，这比在国内的单位强得太多。"

我说："丽埃娜和小王拿笔记一下，招聘的条件和'约法四章'。"

小秦说："什么？'约法四章'我也能记一下吗？"

我说："当然可以。来我们公司工作的中国员工，必须做到以下4点：第一：不吸烟；第二：不酗酒；第三：不赌博；第四：不嫖娼。如有违反者，处罚金20万人民币，并被辞退。这四条要写进合同的。"

小王说："我都能做到。"

我说："大家看，这样写行不行？"

丽埃娜说："我们在以前的公司工作时，我们领导带的团队都是这么执行的，所以大家的心气很高，业绩在整个集团是最高的。"

我说："出国后，和国内不一样。我们大家除过晚上睡觉那几个小时外，都在一起相处，一定要树立正气。我们应该向解放军学习，建立严明的纪律和作风。我在非洲工作的这几年，我们的团队没有打过麻将，打过扑克。大家有条件可以唱唱歌，看看电影，玩玩游戏都可以。"

我接着说："我想了两个公司的英文名字，一个'Bluewell'，翻译成中文就是'布鲁威尔'健康产业有限责任公司，另一个叫'Wellgo'，翻译成中文就是'威尔购'健康产业有限责任公司，你们看行不行？"

丽埃娜沉吟片刻，说："我觉得第二个更好一些，第一个好像是人的名字。我们准备两个吧，第二个有重复的就用第一个名字。”小秦和小王也都同意。

回国后，小秦去找李董催促资金的事，我在北京落地后转飞上海，先在家休整两天，再去上海、浙江的制造胶囊的工厂摸摸行情。

我发现国内的胶囊工厂，生产硬胶囊都是用明胶，而明胶是用动物的皮和骨头当原料的。

这马上就触动了我的神经，我在网上查到有一家不用动物皮和骨头作原料的胶囊厂，在内蒙古包头市，我马上赶往包头，这个厂的胶囊是用植物做原料的，有国家认证的“清真”字样的证书和出口许可证。我看了他们的产品，拿在手上认真观察，觉得有弹性，但是再稍一用力胶囊就碎了，说明胶囊比较薄。为了不影响进度，我决定先少买一些试用，于是就采购了五公斤胶囊壳。

小秦的工作也有了成效，她打电话让我尽快去北京见李董。原来李董知道我们不能再等后，先拿出了250万人民币的一张银行汇票，让我们先去使用。这些钱按当时的汇率相当于30万美金，其余的20万美金稍后再兑现。

有了这笔钱，我们的工作暂时不会中断了。但是怎样将这250万人民币换成美元汇到尼日利亚呢？这对我又是个挑战。按照规定，应该由李董以公司的名义向上申报，说明我们投资的国家和项目，然后等上面的批复。如果同意了，再拿着批复去银行申请购买美金的额度，再经中国银行汇往投资国的银行，这些手续办完不知道是猴年马月了。现在李董天天神隐，根本找不到人，完全指望不上。

我想起了在尼日利亚经营中餐馆的一位朋友，他应该会给我一些意见。我让丽埃娜马上给他写邮件，把我们需要他帮忙的事情写清楚。朋友告诉我，简单的办法就是让我把银票交给他在国内的亲人，他在尼日利亚给我们转账尼日利亚当地的货币奈拉，汇率按当天的银行中间价结算。不过他也告诉我，我们是会有些损失的，那就是尼日利亚当局无法认定我们在尼日利亚投了资，以后我们也无法向尼日利亚中央银行申请购买平价美金。

我知道，在非洲国家，美金一直是硬通货，而且黑市上一直有美金交易，但是和中央银行的汇率差别很大。如果我们从中国汇入 30 万美金作为投资，以后我们也可以申请购买平价美金，只是给的额度很小，也许一年只给 1 万美金，而且要排队等候，时间会很长。所以外国投资者都是从黑市上购买美金，这不违法，就是会有不少汇率损失。事已至此，我们没有别的办法，只能这样操作了。

丽埃娜告诉我，招聘信息发出后，应聘的人很多。她筛选了一下，有一个住在重庆的女孩子很适合做出纳工作，还有一个已经在尼日利亚工作两年的 30 多岁的男士应聘生产物流经理，这个条件也不错，人已经在尼日利亚了，如果需要她会把这两个人的资料发给我。我让她发过来，趁我在国内把这个出纳确定下来。我同时通知了小秦，尽管她可以不去非洲，但她可以帮助我们在北京做些事，比如帮我们新招聘的员工办理签证，订订机票啥的。小秦回答："没问题。"我还让小秦转告李董，把在北京给我租的住房退了，我们这些出国人员的机票还需要北京公司负责承担。为了节省资金，从我开始，我们一律乘坐非洲埃塞俄比亚或者肯尼亚航空公司的航班，不要再乘坐阿联酋航空公司的航班，他们的比较贵。

我并不是第一次乘坐埃塞俄比亚航空公司的航班，和阿联酋比起来，他的飞机没有那么高大上，但和尼日利亚和加纳这些国家的航空公司比可强很多。埃塞俄比亚航空公司给我们印象最深的是他们的空姐，这些埃塞俄比亚美女皮肤比非洲人白，比亚洲人黑，长得很像阿拉伯人，但五官又比阿拉伯人精致，她们是典型的黑白混血人种。她们热情的服务，甜美的笑容，弥补了航空公司硬件的不足，给旅行者留下了美好的回忆。

回到尼日利亚拉各斯，我们立即去看房子，丽埃娜和小王已经做了许多功课，在多次比较下，我们终于确定了我们将要租下来的房子。

这座建筑坐落在伊科伊岛的一条富人居住的街上，不长的一条街道，住着州议员、退役将军，还有一个奢华的酒店。警察分局和移民局都在附近，办事很方便，治安很好。距拉各斯国际机场40分钟车程，基本不堵车。楼高三层，我们能租的相当于这座楼的一半，另一半已经被教堂的神职人员租走。经过多次砍价，基本谈到年租金大约合近4万美金，但房东要求合同签三年，三年房租要一次付清。我们多次和房东谈判，要求房租一年一付，房东都是支支吾吾的，没有明显拒绝，也不开口答应。我们目前一切都是从头开始，资金不充裕，而且也不可能冒太大的风险，一次性付三年房租，我们是难以承受的，我们的策略是拖他几天再说，因为当时房子正在粉刷，外面的围墙也还没有完工。

一天我们又去看房子，小王兴冲冲地对我和丽埃娜说，他刚才和房东的姑娘聊了聊，姑娘说决定权不在她爸爸手里，这些房产的所有权是她妈妈，她爸爸不是老板。那个姑娘说让她妈妈直接和我们谈。我和丽埃娜非常惊讶。我说："小王，你那几句英语就和别人聊天？"小王说："是啊，我们聊得挺好的，我结结巴巴，连猜带蒙，意思听明白了。再说，又没有什么复杂的词汇啊！是吧，丽埃娜。"他还朝丽埃娜挤挤眼。

还真是的，不一会，姑娘带着她妈妈来了。这是一位打扮很时髦的中年大妈，戴着好几个大钻戒，一看就是富婆。

她对我们说："是你们要租房子吗？"我们说："是的。"

"一年500万奈拉你们接受吗？"她问我们。我说："能不能再优惠一些，比如450万？"

她说："不能，但房租可以一年一年支付。如果同意，你们把支票带来，马上就可以签合同。"

我说："现在签，合同从什么时候开始算起？"

她说："从明年一月一日算，现在才 10 月份，你们付完款就可以搬来住，内部的粉刷明天就全部完成了，你们可以免费住两个多月。"她看看姑娘，说："是我的宝贝姑娘替你们求情的。"

真没想到，毛头小伙小王，一个职高毕业的孩子，竟然办成了这么一件大事。

房子有了，注册公司的事就可以加快进度了，丽埃娜马上把公司地址发给了阿肯，让阿肯直接用我们的地址注册。

2005 年 11 月 1 日，威尔购健康产业（尼日利亚）有限责任公司的营业执照正式被注册局批准签发。

2005 年 11 月 24 日，威尔购和菲森合作协议正式签署。我们虽然在去年就和菲森签订了合作意向，但那时不是以"威尔购"公司的名义签的，在菲森的建议下，我们又举行了正式的签约。我们在尼日利亚当地招聘的负责生产和物流的吉晓天也正式到岗了，国内招聘的出纳春节后再上岗，开业前的人员配备基本就齐了。我们简单地采购了一些必需的生活用品，从经参处搬到了新的办公室。

这座房子有三层，原本是为一个家庭设计的，有主卧室、会客厅、餐厅和孩子们的卧室，我们把它作为办公兼住宿。一楼有两间屋和一个会客厅，一间屋准备用来存放产品，另一间用作财务室，会客厅用作培训室，还有一间厨房，准备用来给中国员工做饭的。二楼有三间小房间和主卧室，三间小房子一间是未来的计算部门，一间作为中方员工的办公室，还有一间是女生宿舍。主卧室就作为会客室兼我和丽埃娜的办公室。三楼是一件贯通的放杂物的库房，我和两位男生就住这里了。这样的房子一年租金 30 多万人民币，确实很贵，但由于地段好，房子新，交通便利，以便于树立公司的形象，关键是看业绩能否做起来，这就像是一场赌博，我们已进入赌局。

第五章

中草药之光

开业前的准备

公司营业执照批下来后，我们依照尼日利亚法律，申请了十个岗位的工作证，我们让律师开始给我们几个中国人申请工作签证，这样就可以合法地在尼日利亚工作，来往尼日利亚就不需要再申请签证了。

药瓶的事，我让吉晓天和王小旺先按照菲德里斯提供的地址去这几家印度工厂看看。他们回来给我说的是，没有一家的瓶子能够被我们相中。吉晓天带了照相机，他把拍的照片让我们看，这些药瓶确实长得很丑，和中国的药瓶完全两样。尽管都是圆形的瓶子，但他们做出来的都又细又长，而且好像都立不住。吉晓天给我说，感觉瓶子很薄，拿到手上轻轻一握瓶子就瘪了。我说：这样吧，我们今天去维多利亚岛上的商场看看，那里有不少卖药的商店，带上照相机，把我们看好的拍好照片，让他们照着做。

两天后，我和吉晓天、王小旺带着我们拍的照片去印度人的工厂，老板看后都说，没问题能做。一个老板说："我们争取半年后交货。"另一个说："你们要先付一部分钱，因为要开发磨具。"我问磨具多少钱，他说大概 5 万美金。又说，也可以我们自己在中国开发磨具，把磨具发到他们工厂，他们来生产。

我们已经知道了，目前只能在这几家找一款他们生产的瓶子先用了，矮子里拔将军吧。

经过考量，我们选定了做瓶子的工厂。我和他们老板商议，能否每个瓶子加些料，将他们生产的重量只有 5 克的瓶子做成重量到 15 克或者 20 克。老板答应试试，让我们三天后再来。

回到公司后，我们商议，必须自己想办法解决瓶子的问题。要找药监局，说明我们需要进口药瓶的理由。我说："尼日利亚药监局不是要求我们的药瓶要有明显的区别吗？不然不识字的文盲会分辨不清产品，而尼日利亚企业目前生产的瓶子的种类单一，不能满足这个要求，我们就以这个理由申请进口，这个任务由丽埃娜完成。"同时，我让丽埃娜上网查一下，看美国辉瑞药业有没有生产胶囊，我觉得我们从包头买来的胶囊可能不一定合适，另外这些东西从中国进口，物流成本会很高。

王小旺也领到了任务，我让他在网上找合适的药瓶，我们自己先设计一下大概想要的样子。吉晓天马上要和国内药厂联系，看我们确定的十种药粉要多少天能够生产出来，并联系好国内的物流公司，走空运是哪条路线，大概每吨的价格是多少，都要掌握。

印度工厂的瓶子样品拿来了，我们看和以前的瓶子比加料后是好一些，起码能够立住了。从性价比来看，我们选择了加厚到 15 克的那款，要求是 10 万个起订，我们再三交涉，先订了 1 万个。

截至 11 月底，所有人手上的活都忙得差不多了，我再次给大家布置任务，这次的任务很艰巨，就是要我们这个团队自己设计制作出我们公司的事业手册。事业手册由三个部分组成：一是公司介绍，包括公司主要管理人员，办公地址，联系电话等；二是产品介绍，这是很重要的一部分，尤其是中草药，要让消费者知道这是中国的国宝，有很深的文化底蕴；三是销售奖励政策。我们采用会员制，要做我们的经销商，需要先申请加入会员，缴纳一点小钱，领取一本“事业手册”、一张有编号的会员卡和一个购物袋。有了这张会员卡，可以终身在我们公司的任何专卖店里购买我们的产品，可以有资格参加公司举办的各种培训会议，参加抽奖等有关促销活动。

我给大家分了工：我负责第一部分，吉晓天负责第二部分，王小旺在我的指导下负责第三部分，丽埃娜负责英语翻译。

由于我要撰写介绍公司的文章，需要董事长李董的个人资料，然而李董的手机一直关机，无法联系到他。我找到小秦，小秦说，根本看不到李董，大家都还正常上班，但大多数北京公司的员工已经不在了，有的去了燕郊的药厂，有的被辞退了，也没有任何其他的消息。不过小秦告诉我，李董的秘书小周一直在上班，她让我联系一下小周，并给了我小周的电话。

李董的秘书小周我见过，是一个阳光朝气的大男孩，据说是武警退役军官。

我和小周联系上了，关于李董的情况，小周也如实告诉我了。原来李董被人引入了设计好的一个圈套，李董将药厂抵押给银行贷款了 5 千万，参与了这个所谓的筹备金融公司的项目。然而，在他参与后原来答应的让他担任公司董事长的承诺无法兑现，而且还被边缘化了。

他要退出，但是 5 千万资金却拿不出来。他被逼的已经申请司法介入，但这需要很多流程和很长时间。李董特意告诉小周，如果我问起李董的情况，让他如实对我说，不过需要严格保密。同时，转告了我几点意见：第一，很看好我的非洲项目，很认可我的人品。第二，不能继续支持这个项目了，李董目前的当务之急是要保住燕郊的药厂，马上要还贷的 5 千万他要想别的办法融资，所以已经没有能力继续兑现对我的承诺了，很对不起我。第三，北京公司租的办公楼要退租，他和小秦还有一个同事会搬到别的地方坚守，处理一些事务。

给小秦留下了50万资金是为我们非洲项目服务的，包括订购第一批药粉，还有赴非洲人员的机票和办理签证的费用。

我听到这些消息很沉重，商场如战场，处处充满了杀机和陷阱。原来自信满满、胸有成竹的李董竟然也被逼到悬崖边上。小周还告诉我，可以和廖总联系，和廖总商量完的结果我们通过他告诉李董。

廖总听到这个消息后和我一样感到很吃惊，不过廖总说对我们来说可能是个好事，因为这样李董只能放手，他让我别急，等他几天，他会给我电话。

这件事我不能对其他同事们说，只能等廖总的消息。不过我也想清楚了，目前的资金还够用，李董还给我们留下了购买药粉的钱。我们暂时不买车，不购置办公用品和家具，大家的工资延后再发，省吃俭用坚持到开业还没问题。所以廖总再介绍其他投资者已经不必要了。

我们如果能够取得阶段性的成果，资金稍微富裕一点就分批把李董的钱给他还了，这也是我们应该做的力所能及的事情。

廖总要说的事被我猜中了，他告诉我有一家在中国香港上市的中药企业的老板知道我，对我们在非洲所做的事很欣赏，希望能够合作。第一次就投资5千万人民币，让我们在非洲把蛋糕做大。成立的新公司他占70%，我30%。如果同意让我马上回国和他见面详谈。我谢绝了廖总的好意，告诉廖总，有困难我们自己克服，再不需要和别人合作了，非洲市场风险也很大，不能再让别人和我一起去承受这种压力。

编撰《事业手册》是个很有挑战性的工作，我们四人都没有这方面的经验。以前我们都是拿着公司印制精美的资料来做市场，现在白手起家，自己动手来做，才知道隔行如隔山的道理。好在网络很发达了，可以在网上搜集一些资料作为参考。我的任务最重，我要以执行董事、总经理的身份对将要成为我们经销商的朋友致辞，不仅要语句流畅，还要态度亲切。

吉晓天负责介绍产品，他以前对中草药了解不多，网上的材料又过于笼统，他要讲清楚我们中药的特点，还要让消费者理解一些简单的养生知识，很难。王小旺更是不知从哪儿着手，我告诉他，让他考虑设计一款软件，经销商一加入成为会员就要在网络上查到他的资料，他的会员编号会伴随他的终身。在他的名下购买的每一盒产品都会有记录，这样我们销售出的产品都能找到出处，仿造和假冒我们的产品就不会有市场。王小旺说，他一个人完不成这个任务，能否找国内的朋友帮忙，我说可以找国内专门的软件公司来做，不过价格要合理，我们现在要省钱。

这是一个学习的最好机会。我对大家说："'纸上得来终觉浅，绝知此事须躬行'，这是宋朝大诗人陆游的诗句，经过这次我们亲自实践，我们对这份工作会增加更多的热情。我们下面还要进入生产的环节，我也是第一次面对，是挑战更是学习。"

进入到印刷《事业手册》的环节，也是状况频出。找了两家印刷公司，报价竟然相差一倍以上，再去找一家，正所谓货比三家，价格靠近的两家进入到我们的考察范围，让他们各自先做一本样本。结果两家样本都不理想，一家的颜色看着很别扭，蓝色不像蓝色，绿色不像绿色，是老板是色盲还是他们就是这种玩法？另一家颜色对了，但字体模糊。两个老板给我们解释，都是说设备刚从国外买来，正在熟悉和调试阶段，再做一本肯定会做好。那就拿回去再做，比第一次好一些，但封面都不行。不知道他们是不理解我们的意图，还是就没有这样的技术，我们需要封面起码要显得厚重，或者干脆是硬壳，他们做得就像小学生的作业本一样。我们经常哀叹，怎么在国内很容易的事，在这就这么难呢？

2005 年的圣诞、2006 年的元旦和春节接踵而至，在国内这是大家最开心的日子，亲人团聚，饕餮盛宴，拜年访友，玩水游山。而对在海外的游子们而言，却是最孤独最难熬的时刻。春节前一天我带领大家去了趟拉各斯的中国城，那是中国的小商品批发地。这个中国城，坐落在拉各斯的市中心地带，不知是为了安全考量还是投资者相当崇拜《水浒》里的梁山好汉，整个建筑就是一座城堡，外墙有时候还被涂成了红色。第一次走进它，我就觉得似曾相识，头脑中马上就闪现出《水浒》的山寨，只不过山寨门前的吊桥被换成了栅栏，城墙上也挂上了中国国旗。我破例拿出了相当于100美金的尼日利亚货币奈拉，让大家给自己买一点心仪的东西。大家仔细转了转，问问价格就转身离去。我告诉大家，这里的商品质量和价格没法和国内比，不过都是中国货。大家实在没什么可买，一会带大家去大超市买点水果。丽埃娜首先赞成，王小旺说："能不能买些食材，春节大家包顿饺子，领导再给大家做几个菜？"又是一片附和声。我说："当然要买，我们今天买点中国面粉，再买些中国调料，买个擀面杖，春节包饺子。"

我问吉晓天和王小旺，他们有谁会理发？吉晓天说他会，我说那就在这买套理发工具吧，咱们回家自己理发。吉晓天说："领导，别买了，我的就在这买的，不太好使，先凑合着用，以后有人来从国内买一套好点的带来。"

进了大超市，这里东西不少，全是进口货，肉类很齐全，还有猪肉馅卖。小王发现了生猪肚，叫唤着让我买。他说："这次多做点，我上次连一口也没吃上。"

听完小王的话，我又一次乐了。那是圣诞节的事，"小脑袋"给我们打电话问候我们，问我们圣诞期间做什么。丽埃娜说："我们会继续工作，不会出去的。""小脑袋"说，他想带他的夫人和两个孩子到我们这来玩，他的孩子想和中国人交朋友。丽埃娜就说，欢迎他们全家来做客。"小脑袋"和家人商量好后，决定元旦当天下午3点来。我们于是赶紧准备，我和吉晓天来到了这个超市，买了鸡、肉、生猪肚和红酒。我将猪肚煮熟，做了辣椒炒猪肚，又做了大盘鸡，炒了好几个菜。我们平时四个人吃饭，餐具不多，关键是坐的椅子就那么几把，他们一下来了四个人，我和丽埃娜陪着，吃饭前吉晓天和王小旺就躲在了二楼办公室里没下来，我们心想他们吃完走了我们再说，没想到他们吃得太香，临走时还问我能不能打包带走，就这样，这顿饭都让他们一家承包了，我和丽埃娜也基本没吃。“小脑袋”全家走了后，吉晓天和小王下来，一看就傻眼了。小王最馋的“辣椒炒猪肚”早已精光。后来我们只好又做了一点，但好些食材已经没有了，尤其是猪肚。

我说：“这次就是我们几个人，辣椒炒猪肚管够。”

我让他别光想着猪肚，去看看水果。我们发现了苹果和梨，一看就是从欧洲进口的，品相很好，被摆放在恒温的冰柜里。再看价格，我们都惊讶地叫出了声，一个苹果大概 5 美金，梨子要 7 美金。我想，今天再贵也要给大家买，我让每个人去选，不管是苹果还是梨子，每人买两个。我买了一棵白菜，大约 4 美金，买了猪肉馅，第二天就是年三十，我们也可以包饺子啦。

一边过节一边工作，这已经成了我们的惯例，只是早上大家可以睡个自然醒，谁饿了下来熬点粥，煮个鸡蛋什么的垫肚子，下午大家一起做大餐。

我琢磨着还有经销商加入单和购货单还没有设计出来，早早地下楼来到办公室，却看到丽埃娜已经在电脑前忙活。我问她怎么这么早起来，她说那个国内的出纳很早就在 QQ 上给她留言，问我们什么时候让她来报道，她已经迫不及待了。

丽埃娜对我说：“她叫于霞，什么时候让她来呢？”

我说：“这次来要她先乘飞机飞到北京，在北京住一晚上，和小秦联系，她的护照在小秦那。小秦给做了 1 万张会员卡，让她带上 500

张，其余得让小秦寄过来。王小旺委托国内软件公司做的计算软件也做好了，U 盘在小秦那让于霞带来。这个软件花了 10 多万元开发的，告诉她把 U 盘保护好。小秦还给我们买了一套理发工具，也要她带来，行李足够多的。好在埃航行李可以托运 30 公斤，就麻烦她了。”

我又问丽埃娜：“她英语如何？”

丽埃娜说：“是你面试的，你没问啊？”

我说：“我记得好像她说还可以，不过人看到是很麻利的那种，快人快语的，重庆小辣椒。我主要担心她第一次出国，而且要转机，你多嘱咐她几句，让她注意安全。告诉她怎么填写进入尼日利亚的申请表，走以前一定要在重庆打好防疫针，拿好黄皮书，不然是入不了尼日利亚海关的，还要让她带一点小面额的美金，遇到海关刁难的，会有用的。”

丽埃娜说：“不要给小费，我就从来不给，你们就惯他们这些毛病。”

我说：“谁能和你比，你是在美国学习生活多年，见的世面大了。你的英语和尼日利亚人吵架，我发现他们都吵不过你。”

“哈哈哈哈。”我们的笑声未落，吉晓天和王小旺也进了办公室。

小王见面就给我和丽埃娜作揖：“拜年了，拜年了！领导过年好，陈姨过年好！红包拿来！”上来就搜我的兜。

我躲开他，说：“你刚才叫什么？‘陈姨’？谁是你的陈姨？”

小王说：“陈丽埃娜呀？”“啊？她是你的陈姨？她才多大呀？就当姨了！”我吃惊地问。

丽埃娜说：“怎么？领导还吃醋啊，我比他大十几岁呢！”

吉晓天也凑起了热闹：“那小王也要管我叫叔叔。”

小王说：“我只认一个陈姨，别的都不叫，领导年龄辈分大，但是领导，就叫‘领导’”。

我说："别贫了，让丽埃娜给你们说说，于霞要来了，你们需要她带点什么现在就说，不过她的行李不轻。对了，让她在家过了十五再来。你们有时间商议一下'加入单'和'购物单'的事，设计好后让印《事业手册》的印刷商一起印了，每样印20本咋样？我去厨房给大家弄早点。"

吃饭的时候，吉晓天想起了一件事，他说："前几天给'小脑袋'打电话，问他们那专门为我们用的车间进度到哪了？'小脑袋'说基本完工了，就等着尼日利亚药监局来验收了，验收合格后就开始安装设备，大约4月份就可以使用。"

我说："他们说的时间我们再延后一个月差不多，他们的时间概念不强，那么我们要在4月底前就要做好我们的所有工作，5月初开始试生产。吉晓天你要多跑几趟工厂，一是看他们的进度，二是去看看他们的原料仓库，我们的药粉进来后就会放在他那，还有装产品的包装盒还要他们提供，我们每月和他们结一次账，灌胶囊的加工费、装瓶子的费用和包装盒的费用，以及从他们工厂将产品运到我们这儿的费用都一笔笔列清楚，我们每月会给他们结清。同时，你还要算一下，我们什么时候让国内药厂开始生产药粉，然后空运的时间，尼日利亚清关的时间都要弄清楚。"

吉晓天说："这些问题都已经弄明白了，我会马上给你一个书面报告，供你决策。"

丽埃娜说："我也要汇报我的工作，胶囊美国辉瑞的有生产，离我们最近的工厂在比利时，这是专供欧盟市场使用的，以后工厂可能会迁往印度。价格看我们的订货数量，要求是100万粒起订。我算了一下，比国内的贵，但不是贵很多，大概在10%左右。和药监局联系了，进口药瓶的事，我们可以让菲森打报告，就说无法为我们提供令客户满意的药瓶，希望能够从中国进口，药监局就好批了。"

王小旺说："该我汇报了，药品标签我设计了好几个，领导你看看选一个。药瓶我也设计了好几个，我们三个还一起设计了司徽。加入单和购货单丽埃娜有你们那原来公司的，我们稍加改动就可以了。"

我一个一个回答以上的问题："药粉3月份再签合同，付预付款，一定要保证4月中旬药粉进入菲森的仓库，吉晓天算好时间。辉瑞的胶囊等样品到了可以考虑订货，尽管贵一点，但是运距要比从国内近很多，最关键一点，'辉瑞'这是全球药业的翘楚哇，我们用的是'辉瑞'的胶囊，本身就是个很好的卖点。瓶子也是，我们去找菲德里斯，让他们给药监局打报告为我们进口药瓶。小王设计的药瓶样品大家都提提意见，等开业后再办这件事，不是已经订了1万只瓶子吗，先这么用吧，也许经销商会接受呢？设计好了标签和司徽，做得好。等正式营业产品被接受后，我们还要开发许多衍生品，比如文化用品、日用品等等，这些产品都需要印上个我们的Logo，所以司徽很重要的。"

我每次和大家在一起开完会后都有些感动，我们这次是从头做起，以前只管销售，现在从研发、物流到生产，再到销售，环环相扣。最要命的是北京的总部已经马上指望不上了，小秦站完最后一班岗，也要离开了。事无巨细，都要靠我们自己了。其实，决定我们生死的关键时刻还没有到来，如果我们生产的产品不受欢迎，那么真的会死得很难看。好在我们这个团队还算给力，大家都在默默地做自己的工作，都在努力做得最好，这是对我莫大的安慰。

重庆小妹于霞终于到了，丽埃娜带着小吉和小王去机场接她了，我在家做饭。人下飞机了，迟迟出不来，原来是拉各斯机场出关要检查她的行李，把她的行李翻了个乱七八糟，虽然没有扣留她的物品，但翻乱后她怎么都装不上了，幸亏有一个中国小伙看到后帮她一起整理，还不断安慰她，陪着她一起走出了机场大厅。丽埃娜他们三人都看到过于霞的照片，所以一下就把她认出来了。我们让于霞先去宿舍洗洗脸，然后下楼吃饭。

于霞的到来让我们多了一个专门管钱的，这很重要。平时大家都很忙，有时用了钱忘了记账，显得很乱。我让于霞尽快把流水账整理出来，她管钱不花钱，从她那借出的钱都要有我的签字，然后按票据下账。我们不但要会挣钱，还要会管钱。她还有一个重要的任务就是抓紧时间学习英语，开业后她是直接和经销商接触的，别人买东西她要能听懂才行。

转眼3月到了，我们开始通知国内的药厂为我们生产，小秦及时配合把预付款都打给了几家药厂。

临签合同前，我给这三家药厂的老板都写了一封邮件，我写道："很荣幸能够和你们企业合作，我相信我们是第一个把中国的草药放在非洲来生产的，尽管这只是在非洲完成生产环节的最后部分，然而意义却很重大。我们的中草药的质量就掌握在阁下你们的手中，你们从采购原料，到加工成药粉，都会为质量负责。我们在非洲销售你们提供的产品，如果被检测出农药残留或者重金属超标，我们公司会被告上法庭，我本人会受到尼日利亚法律的制裁，而为我提供产品的你们，也难辞其咎。我深信，这种情况不会出现，因为选择和你们合作，是我们正确的决策。只是希望阁下把工作做得再细一点，责任心再强一点，对部下的要求再严一点。让我们共同把中国的瑰宝带向全世界，为世界各国人民造福，让我们共同见证这一目标的顺利实现。谢谢你们！"

走进他们才能了解非洲

拉各斯从4月份开始，进入了长达半年的雨季，这段时间是拉各斯最好的季节。每天基本都会下雨，有时是绵绵的细雨，有时是突如其来的阵雨，如果是下午和傍晚下雨，雨量都比较大，暴雨倾盆也是常事。下雨以后，天空更蓝了，抬眼望去，那朵朵漂浮的白云充满着诗情画意。尽管雨后的积水给人们的出行带来不便，但雨季还是要比旱季令人舒服许多。

雨季的到来，给我们带来了一些挑战。我们从中国运来的中药粉，有的湿度加大了。这不会影响药品的质量，但会增加灌装胶囊的难度。我们计划这个月药粉到位，下个月开始试验灌装胶囊。为了做到未雨绸缪，我们提前和国内厂家联系，请教如果因为潮湿而导致药粉流动性能差，如何解决呢？答案有多种，但我们能用的只有一条，那就是在药粉里加药用淀粉。我们这次除过六味地黄丸经过了制粒工艺外，其余药粉都没做，完全是中药浸膏粉，所以在灌装胶囊过程中很容易吸潮。同时，不同品种含水分也会不同。为了不影响产品的质量，加这种辅料最好不要超过10%。我看到过菲森制药工厂里的工人们的工作状态，多少有些担心。我想，这也是我们中药制造走向世界的一道难关，我们必须想方设法去攻破。

进入5月，药粉到位，设备安装到位，药监局认真地检查了菲森新厂房上报的10万级洁净等级，发给了合格证，我们可以开始在这里试生产了。

我们和菲德里斯董事长以及“小脑袋”总经理召开了有关生产的联席会议。老菲和“小脑袋”把专门为新车间物色的主任叫来一起参加会议，并介绍给我们认识。这个主任和印度人合作多年，自己能够操作半自动胶囊灌装机。他介绍自己时说，没有见过中国的草药，但是知道中国的中药有好多年的历史，非常有名。他认为在灌胶囊时可能会出一些状况，这很正常，问题会解决的。我们当即表态，将和车间主任一起共同摸索出一套经验来。

我们约好了在菲森原料仓库见面的时间，先让主任认识一下原料，需要化验的话，还要请化验室再化验一下水分，这些结果出来后，再制定操作方案。

期盼已久的灌装胶囊的日子到了，我带着吉晓天和王小旺早早就到了菲森的工厂。换好防护服，戴好口罩和鞋套，我们来到车间，主任已经和四个工人在调试机器。主任给吉晓天说，已经用酒精把灌装机彻底消了毒，酒精也已经干了，可以开始了。他准备先从“六味地黄丸”开始，因为“六味地黄丸”是经过制粒的，表面干燥，好操作。

根据管理规定，我们三人不能进入操作间，只能在操作间的玻璃窗户外面旁观。我们看到主任操作设备很娴熟，他一边操作，一边给徒弟们讲解。

一切进展顺利，“六味地黄丸”总共操作两次，每次灌装300粒，胶囊装好后，还有专门的质量检查人员拿着胶囊到天平上去称，非常认真，除有破损胶囊外，其余都很正常。我们计划将十种产品都要操作一遍，但是更换不同的药粉，需要给设备消毒，用药用酒精认真擦拭机器，每一个缝隙都不能放过。擦拭好后，设备需要在通风状态中晾放两个小时。在消毒时，质量监察人员一直在场，然后由监察员签字，库房才能给发放下一个产品的药粉。

真没想到，菲森的管理这么严格，尽管显得有些死板，但这种规定让我们对产品在加工过程中的质量更加放心了。

“六味地黄丸”灌装完毕，两个小时后，第二种产品出场。这次明显不顺，只见主任不时地停下设备，拿出胶囊查看。他来到我们面前，拿着一个没有装满的胶囊给我们说：药粉湿度大，下料不顺畅，需要加淀粉了。我让吉晓天对他说：先加 5% 试试。他让吉晓天和他一起进入操作间，两人一起操作。王小旺不理解，对我说：让他加 5%，就这么简单吗？我说：一是要算出 5% 是多少，二是灌装的药粉每个胶囊都要增加 5%，要掌握住这个精确度才行。如果 5% 的淀粉加上了，还不顺畅，还需要再加淀粉。

就这样，反反复复的实验，终于成功地将第二种产品灌装完毕。

到中午了，我让吉晓天和王小旺去外面买些吃的，给主任和那几个工人，我们看到过工厂门口有不少卖吃的。

利用中午休息时间，我和吉晓天、王小旺简单地讨论了一下，目前的进度虽然慢一些，但是已经取得了初步的成功。尤其是第二种产品添加了 5% 的辅料后，解决了药粉潮湿问题，胶囊罐装的量也随之增加，掌握了操作的方法，主任都一一做好了记录。这个主任还是很专业的，他完全能胜任这项工作。现在我们要趁热打铁，连续作战，把剩下的 8 种产品都灌完。

我让吉晓天给主任说清楚我们的意思，我们会另外给他们发补贴，按照他们每天工资的三倍发放。

主任同意了我们的意见，听说有三倍的工资，另外四位也欣然接受。他知道我们不会离开，会一同在这里守着他们，也很受感动，不断地说：“我们会做好的，我们是最棒的！”

到晚上下班时，第三种产品完成，这次5%的辅料还不行，增加到了10%，药粉灌装很顺畅。趁着擦洗设备，主任走出操作间，我们早已经给他们买来了当地人最爱吃的“炸鸡炒饭”和可口可乐、芬达饮料，主任高兴坏了，他看到四个徒弟把设备擦洗好后，让他们一起出来，我们还请来了负责质量监督的人员，大家一起享用美食。

吃好喝好，他们又要进去干活了，我让吉晓天给他们说：灌好一种产品，让主任休息，他们四人负责擦洗设备，准备好药粉，再叫醒主任。四人也可以轮流休息，别把主任累坏了。

同时，还要做好记录，他们以后要当师傅带徒弟的。再装完两种产品，一起出来吃夜宵。

王小旺出去了一会，想找点什么垫在地上，让我躺躺。我说：这是10万级的洁净厂房，不能坏了规矩，我们就在地上坐坐，在墙边靠靠就行，这地多干净啊！你们困了就躺平了睡，我值班。吉晓天说：“我在非洲一直在车间里工作，熬夜是常态，这条件比起我以前的工厂太好了。”我问他：“你以前的工厂生产什么？”他说：“生产铁锹、铁镐这些农具。”我说：“怎么样？能卖得动吗？”他说：“老板是一个福建人，他和一个朋友两人共同投资，结果亏大了。”我说：“我来到非洲这些年，也到过很多国家，没看到过黑人用铁锹干活的，更不要说铁镐了。”吉晓天说：“黑人穿鞋几乎都是拖鞋，干活时都是赤脚，都不会使用铁锹。所以说，不了解当地情况，盲目投资，肯定会失败。当时老板和朋友自认为能够教黑人们学会使用铁锹干活，甚至他们乐观地认为，他们会给黑人们开创一个使用工具的新时代呢，理想很丰富，现实很无奈。”

我说：“是的，非洲许多国家的情况远比我们眼睛所看到的要复杂。”我曾经到访过一个西非讲英语的国家，这个国家由于连年战乱，民不聊生。战争结束后，急于寻求发展，我也是受邀去考察市场。接待我的是咱们国家经参处的一个参赞，这个参赞年富力强，是个干事业的人。他看到这个国家的平民没有饭吃，就对我说，为什么就不能在这里种植水稻呢？这里气候和雨量都非常适宜种植水稻，起码可以一年种两季。我也觉得这是个好主意，这里土地肥沃，而且大量荒芜，基本没人种植，可以在这发展农业产业。一年后，我再次来访，见到那位能干的参赞，但他好像已经没有一年前的锐气。再问及水稻种植，才知道原委。原来在许多朋友们的帮助下，国内著名高校派了一个科研小组来到这里，当地政府也划出了一块用于种植水稻的试验田。水稻种植成功了，而且长势良好，完全不需要化肥和农药，属于那种纯天然的优质农作物。正当大家满怀喜悦准备收割水稻时，突然来了一队警察，不由分辨地雇佣当地人把水稻铲除了。

官司打到当地政府，主管部门推三阻四，不了了之。后来才知道，大米和面粉这些关系到民生的食物，几十年来就是靠进口，进口商就是几个白人和当地的权贵组建的公司，早已经形成了市场垄断，这都是在殖民统治时就已经形成的局面。总统更迭，政府重组，但垄断局面没有丝毫改变。你种出了水稻，那进口商的生意怎么办？即使允许投资者在这发展农业，也招募不到那些不怕吃苦会做农活的工人。人们早已经习惯了这样的生活，有了钱马上就花，痛快潇洒几天，花完了再去挣钱。没吃的就去树上寻找吃的，反正饿不死人。尼日利亚是非洲人口最多的国家，人多地少，靠天吃饭是不可能的事，所以才出来努力地工作。因此，尼日利亚人很骄傲地说，他们是非洲最聪明最勤奋的人。

夜已经深了，我看到王小旺早已经躺平睡着了，吉晓天依然很精神地透过玻璃看着操作间里忙碌的几个人。我打了个招呼，来到了车间门口，脱去防护衣帽走出门外，深深地吸了口气。

拉各斯的雨季空气是湿润的，雨过天晴，星空灿烂。我不懂天象学，不知道星座的名称，也不知道在非洲是否也能看到北斗星，估计看不到吧。我知道我的祖国在那遥远的东方，此时我的家人和同胞已经起床了吧，新的一天又要开始了。我回头看看还亮着灯的车间，其他的车间早已经下班了。菲森制药是两班倒，晚班 10 点下班，早班 7 点上班。看到技术熟练的车间主任和他带领的四个徒弟，我们对选择和菲森合作很是庆幸。我原本对制药一窍不通，一年的学习也就了解了一些皮毛，这次能够成功地把中药产品在菲森生产出来，也可以说是我们中药第一次在非洲落地，我们积累了经验后，就可以在非洲大批量的生产植物药。

想到这里，我好像有了一个新的想法：第一步，完成在当地生产制作产品；第二步，建立以中医为基础的医院；第三步，成立研发中心，用当地的植物治疗当地的疾病。我常想，据说艾滋病是在非洲刚果的原始森林里生活的大猩猩传染给人类的，为什么大猩猩没有因此病而灭绝呢？这说明大猩猩具备了对艾滋病的免疫功能，也许在它的食物链里，有一种可以免疫艾滋病的植物。如果能查清大猩猩的食物链，就会有所发现。

记得我以前去刚果（金）访问的时候，曾经下榻在刚果河旁边的一个酒店，这个酒店住的全是外国人，傍晚客人们齐聚在刚果河旁边的酒吧，喝着酒欣赏着当地土族人表演的舞蹈。这些土族就是传说中的矮人，身高一米多点，脸上涂满用树叶做的颜料，腰上系着一根藤条，一片树叶遮住下体，裸露着全身，男的手拿茅箭，女的手持树枝，随着鼓点跳着舞蹈。我多想有机会和他们交谈啊，但我知道在座的欣赏者都和我一样，都是想想而已。他们的语言只有招募他们来的当地几个人知道，而且据说他们就是恶名在外的“食人族”。我曾经看过一部纪录片，讲的就是一个白人去食人族布道，第一天和长老们在一起开会，他给长老们带来了文明社会的食物，教大家去信奉上帝，长老们和他一起分享他带来的礼物。第二天，还是这些长老，唯独不见这个白人，原来长老们正在分享美食，食物就是这位老外。

不仅如此，这片广袤的原始森林中，还隐藏着刚果（金）和周边四五个国家的多支叛军，各国政府军多年来都不能深入腹地完成清剿，更别说让科学家去寻觅大猩猩的食物链了。在到访刚果（金）的那几天，我每天都只能在酒店房间的窗前长久地伫立，看着奔流不息的刚果河从窗外潇洒的流过，看着眼前这隐藏着许多秘密的神秘的原始森林，直到眼睛酸困为止。

我走进车间，大家刚用完夜宵，设备已经清理完毕，正在通风晾放。主任对我说："已经让徒弟们上手操作了，都很熟练。"吉晓天也说："质量监督的记录都看过了，每次胶囊的重量都符合标准。现在已经完成六个品种，剩下的四个品种速度会加快，有经验了。"我说："把握住节奏，要把质量放在第一位。"

我看着双眼有些发红的吉晓天和似睡似醒的王小旺，心里很是感动。多好的同事啊！来到非洲这些天，大家毫无怨言，吃不好睡不好。尤其是听说公司李董那边进展不顺，资金出现了问题后，丽埃娜首先表态，先不领工资，等以后资金宽裕再说，小王和吉晓天也马上同意。新来的于霞也很快适应了这里的环境，每天都在勤奋地学习英语，找机会和当地人交流。

我心中一直在提醒自己：要带好这支队伍，让这批年轻人在非洲得到锻炼和成长。

天渐渐地亮了，药厂早班的工人们已经开始上班了。这时，"小脑袋"总经理突然来到了车间。他看到我们后，给我们三个人每人一个拥抱，朝操作间里忙碌的主任和徒弟们竖起了大拇指。

他问吉晓天："你们一夜没睡？"吉晓天说："是的。"

"小脑袋"说："你们确实是我们合作伙伴里最棒的，做事非常努力和认真。看门的门卫都夸你们，说你们还给门卫买夜宵，中国人了不起啊！"

我说："我们是第一次在国外药厂生产中药产品，很庆幸和你们这样管理到位的企业合作，你们的车间主任和他的徒弟都很好，做事很专业。我们的胶囊灌装完成后，会拿走一些，先让我们身边的当地朋友试用，看看反应如何。"

"小脑袋"说："好的，这是最重要的，在中国好不算，要让当地的消费者说好才行。"

完成十种产品的胶囊灌装任务，回到公司已经是下午了。丽埃娜和于霞热情地欢迎我们凯旋，于霞做了她最拿手的重庆麻辣烫，丽埃娜蒸好了米饭，等我们冲好凉换好衣服就开饭。我将我们带来的胶囊交给丽埃娜，十种产品，每种产品500粒胶囊，我让她贴好标签，胶囊都是一样的，别弄混淆了。

吃饭的时候，王小汪绘声绘色地给两位女士描述黑人的工作状态，于霞问道："现在国内有那么多的自动化设备，为什么不用全自动的呢？"

我说："全自动胶囊灌装机和数粒机都很便宜，但是目前还不适合我们，因为我们的市场还没做开。那些设备一开动，一天的产量也许我们一个月还销不完。再加上工厂要帮助国家解决就业问题，不用人工政府也不同意的。不过我们总有用上自动化设备的那一天。"

十种产品的试用者很快就找到了，房东一家就领走了五种产品，其余五种产品都被邻居们领走了。第一天过去了，没有任何反馈信息，第二天还是泥牛入海。大家都有些沉不住气了，难道我们的中药水土不服？我不断地宽慰大家，中药不是化药，反应不会太快，大家别急。

第三天刚上班，人高马大的房东太太和丈夫就来了。太太说：“简直太神奇了，我们要买你们的那个‘伟哥’。”

她老公说：“可解决大问题了，我按照你们说的办法服用了那个神药，第一天晚上我兴冲冲地对老婆说，让她洗好澡等我，可是我没有反应。老婆骂了我一顿。昨天我早上服用两粒，晚上又服了两粒，睡觉时还是没有反应，我不敢去老婆房间找她。”

太太抢着说：“我都睡着了，他去敲我的门，我没理他，他越敲动静越大，我再不开门，他就会破门而入的。”

她老公又抢着说：“没想到我半夜来劲了，好硬好硬的，她还不相信呢。”

太太说：“他把我折腾了一夜，这么多年了，他还是第一次这么威武。”

听完后，大家都乐坏了。

听着他俩的述说，我的眼眶湿润了。这和我的预期是一样的，第一个见效的一定是“还原胶囊”，“六味地黄丸”是需要慢慢调理的产品，没有立竿见影的效果。

我又问房东太太：“夫人，你吃的减肥胶囊有没有反应呢？”

太太说：“吃了那种药后，食欲少了，吃不了多少就觉得饱了。”

我说：“这个产品就是控制食欲的，是用中国的一种植物提炼而成，这种植物遇水会膨胀，所以会有饱腹感，对胃没有任何损伤。减肥一是节食，二是运动。还有，‘六味地黄丸’不会在一两天见效，是会有一段时间的，但是这是我们最好的产品，建议你们家庭成员都可以服用，最好连续服用两到三个月，那时候效果会非常明显的。”

有了初步的市场反馈，我觉得还需要继续扩大影响，又挑选了几个受试对象。我们把“还原胶囊”按六粒三天的量装好小纸袋，分别给青壮年、中年人和长者发放，这些人都是我们街道上的警察、保安和环卫工人，要求他们二三天后到公司来反馈信息，然后再领一份奖品。又向有需求的受试人员发放了“减肥胶囊”和“风湿骨痛胶囊”等产品。

过了一天，就有反馈，反应最强烈的还是“还原胶囊”，青年、中年和长者都反应不错。

这下，我的心算是彻底放下了。

困难比想象的要多

开业前的筹备工作继续进行，我们正式招收当地员工了，先招聘两位男士，分别做前台发货和库管，这两个人都归于霞领导，把于霞紧张的，每天都在和他俩练口语。

我又带着吉晓天和王小旺去菲森的工厂，这次是胶囊装瓶。

走到车间门口，主任已经在此迎候。我们穿好工作服，和主任一起走进车间。看到在工作台两边，分别坐着十个男女工人，他们每个人都穿着蓝色的工作服，戴着帽子，每个人前面放着一块白布，手上都带着乳胶手套，数粒装瓶要开始了。首先要装的是“还原胶囊”，一瓶 30 粒。我们三个在不同的位置观察工人们的工作情况，都发现数粒这种我们认为很轻松的活，对他们有些人可并不轻松。只见有的工人手很笨，十根手指都在忙活。手型瘦小的还可以，几根手指在拨弄，很快就装好一瓶。我让吉晓天给主任说，给他们找一根小木棍，或者竹签，这样比用手指拨弄会快点。都说黑人对数字没概念，终于让我们看到了。我觉得这道工序会出问题，如果少数一粒就装瓶，会给售后带来许多麻烦。怎么验证呢？我们先做个实验吧。

我让车间主任把每个工位都写上工人的名字，装好10瓶后离开工位，站在凳子的后面。

然后大家交换位置，再把自己面前已经装好的瓶子重新数一遍，发现有问题的就把它拿出来放在一边。完成后离开座位，站在凳子后。一看结果，吓了一跳！竟然有六个人有错！我们再让他们交换一下座位，再数一下面前的产品，结果仍然是六个人有错。我让吉晓天和王小旺找到没有错的四位，发现全是女生。

问题找出来了，如何解决？我们和车间主任一起来到“小脑袋”办公室，“小脑袋”一听就乐了：“哈哈哈哈，我还以为是什么大问题呢？我们当地人把产品买回去后不会数的，真少一粒也没关系的。”

我说：“那不行的，少一粒就是我们的产品存在质量问题，一粒都不能少。我们今天装的是30粒一瓶的，后面还有60粒的，90粒的，怎么办？”

“小脑袋”和车间主任也愣了，这么多呀，都招女生来数也还会数不清的。

我继续说：“只有一个办法，赶快找数粒板。要30粒和15粒的数粒板。”

“小脑袋”大惑不解：“数粒板是个什么东西？”

我说：“数粒板就是用一块有机玻璃，上面刻好30个装胶囊的凹槽，然后把胶囊铺放在槽里，再把30个胶囊倒在白布上，就不用人工去一粒粒数数了，直接装瓶就行了。如果是60粒，就分两次，如果是45粒，就再用15粒的数粒板装一次就行了。”

终于听明白了，“小脑袋”和车间主任都觉得这个办法行。数粒板哪有呢？

我对他们说，我们从中国采购，很快就能用DHL快递到菲森。

近一个月的努力，成果显著。2006年5月26日，第一批3000瓶

“六味地黄丸”生产完毕。一直到6月10号，十种产品都生产完成，“还原胶囊”也生产了3000瓶，其他产品有1000瓶、500瓶和300瓶不等。

与此同时，培训工作也在开展。我们在会议室里不停地播放着在国内制作的有关中草药的英文节目，丽埃娜和于霞经常组织曾经使用过我们产品的街坊邻居来参加培训，每次培训快结束时有提问和抢答环节，回答问题的都会得到我们从中国城买来的小礼物。有的是几块糖，有的是一个熊猫玩偶，有的是一个能挂在胸前的香荷包，大家都非常喜欢。

夜幕降临，大家拖着疲乏的身体进入梦乡，我却整夜无法入眠。我盯着摆放在办公桌上的十种产品发愣。产品做出来了，比预想的要快，遇到的问题也少，而且产品功效测试的效果也还不错，但我就是高兴不起来。

我看到那些长得很丑的药瓶就直叹气，瓶子毁了我上好的中药啊！看看大超市里从欧美进口的药，哪一款药瓶也比我们的好看，无论是颜色，还是造型，包括拿到手里的质感，我们都是最差的，印度工厂怎么就生产不出一款像样的药瓶呢？也许当地消费者不讲究，但对于我这样一个重视细节、讲究完美的人来说，这样的药瓶我是完全不能接受的。马上解决药瓶的事。

再说，那一万个印度阿哥生产的瓶子也用完了，国内的瓶子必须要衔接上才行。如果消费者不接受这样的瓶子呢？总不能等新瓶子到位后再开业吧？还有文宣资料也不行，必须从国内印制。李董已经完全指望不上了，我们目前也不具备在国内成立办事处的条件，我还要国内国外两边跑。开业后事情很多，一定要物色一个能做市场还能独当一面的副总。丽埃娜是女孩子，抗压能力还不足，最好有个和她能搭档的男生，我离开一段时间公司不会有大问题。

我还想招一个中医，最好能讲英语的，既能给当地人看看病，还能从中医角度给消费者介绍产品。明天一上班就让丽埃娜在网上发布招聘信息，至于做市场的人，我还是觉得从曾经和我共事的熟人中去找吧。只要一开业，马上信息就出去了，相信会有不少过去的同事愿意和我们一起奋斗呢。

天亮上班后，大家一起开会，都觉得我们已经具备营业的条件了，药监局的产品批文马上就可以下来，药监局也对我们说过，可以先试营业。我们这次的产品标签上都没有印上产品批文号，就算是试营业的产品吧。我们算了算日子，就把开业时间定在6月18号，6月16日就先开始卖货，攒人气。

我对于霞说："你给前台售货的皮特说，他就是我们公司当地的001号员工，库管焦治哇是002号员工，让他们打起精神来，好好工作。"

我对吉晓天和王小汪说："你们今天去拜访一个朋友，就说我请他到我们公司来喝中国茶。"

他们几个都用诧异的眼光看着我。丽埃娜沉不住气了，说道："领导，没听说这里有你的什么中国朋友啊？"

我笑了："告诉你们谜底吧，你们注意没有，从我们公司往维岛的路上一过桥有一栋楼吧，那栋楼里过去住的是中国人，前些年那栋楼失过一次火，中国人都搬走了。重新装修后，许多做批发生意的小商铺就在那里安营扎寨了，那栋楼里肯定有我以前所在公司的专卖店。你们挨家挨户地去找，专卖店是有标志的。找到店主后，把我的名片给他，就说我在拉各斯呢，请他来我的办公室喝茶。"

王小汪说："领导，你认识店主吗？"我说："还不知道，应该不认识。"王小旺说："那他认识你吗？"我说："我也不知道，但是，只要找到了专卖店，店主肯定知道我。"

吉晓天又问："如果楼里有好几个这样的专卖店呢？"

我说："不会的，肯定只有一个。我当时在那家公司做总经理的时候，专门制定过开专卖店的规划，方圆几公里只能开一家，避免恶意竞争。你们去看看，我估计我的判断不会有错的。店主是男是女都没关系，请来就行。”

一个多小时候，他们两人回来了。看他们兴高采烈的样子，答案就已经知晓了。我们齐聚在办公室，听他们娓娓道来。

吉晓天说：“我们去到那栋楼，远远就看到了大楼的墙上贴着卖保健品的广告。那家店在三楼，铺面不大，只有一个男的在那打瞌睡。一问，就是店主，名字叫‘蛮牛’。我们问他这些保健品好卖吗，他说好卖，问我们加不加盟，也开一个专卖店。我们对他说，要卖就要卖能治病的产品，一句话就把他怼到那了，他也没生气。问我们是中国人吧，有事找他吗？”

王小旺接着说：“我们给他领导的名片，问他认识不认识这个人，他看看名片，问我们怎么有这张名片，我们就说是受名片上的人委派来找他去公司喝茶的。”

于霞插话说：“他相信吗？”

吉晓天说：“他真没相信，他说，这个人是我们以前的总经理，不是辞职离开公司了吗？现在是不是他又回来了？”

我给他说：“是你们以前的总经理，现在是我们公司的总经理，你看名片，这不是你们那家公司。”

王小旺说：“这个‘蛮牛’还真够‘蛮’的，盘问了我们好久，也许他上过当。问我们这个威廉长得啥样？把我们乐的。”

吉晓天说道：“后来他好像相信了，他打了个电话，给我们说，明天一上班他和朋友就一起来我们公司，一定要我们告诉威廉在公司等他们。”

王小旺还是没明白，他说：“领导，你怎么算得这么准呢？”

我看看大家的表情，好像都想知道答案。我说：“那我就公开这个秘密吧。”

其实，这也不是什么秘密，只是我多年对市场的感悟而已。我熟悉非洲市场，因为在这里白手起家，打拼了整整四年。当时尼日利亚大概开了200多家专卖店，有的专卖店每月业绩达到四五十万美金，我们把大部分精力都放在了这些大专卖店上面，他们得到的奖励也更多，像宝马车、全球旅游等等。而那些小专卖店呢，每个月都面临生存危机，交不起房租就得关门。所以，活跃的专卖店不到一半。大专卖店一般都租的铺面大，我们还对他们有很多要求，比如必须有培训室，有讲师，有固定的客户群。这次我们重新回到非洲，如果去找那些大专卖店呢，也行。那些店主和我个人的感情都很深，说实在话，是我带领团队帮助他们把业绩做大的。像加纳的布莱恩和斯蒂芬，他们目前都是我原来公司的精英领袖，他们名下的专卖店都有几十家，每年的收入都在几十万美金。我现在如果去找他们，会给他们带来很大的困惑。如果不跟着我们干，好像他们就没有良心；如果和我们干，就要放弃已经得到的一切，这对他们很不公平。

所以，我不会去打扰那些和我个人感情很深的朋友们，让他们安心地去做自己的事。我和原来的公司存在竞争关系，但是我的办法是，要比原来的公司做得更好，而不是去挖他的墙脚。有些人理解竞争关系，就是“你行，我要让你不行，这样我才能行”；我把竞争关系理解成，“你行，我要比你更行，这样才会行”。

那位蛮牛先生的专卖店肯定属于不温不火的状态，挣不上什么钱，只能勉强维持。开在批发市场上的店，竞争力不会强的，所以说，他们的选择空间会更大一些。明天蛮牛来，我们先和他聊聊，主要聊产品，不要提让他开店的事。第一家专卖店的店主一定要选准，我们先观察一下他，看他的心态和能力。

蛮牛来了，从外表上看是一个本分老实人。和他一起来的是一位30来岁的女士，在尼日利亚女性中，外表属于中上等。蛮牛一见到我，满脸都洋溢着笑容。他说他见过我，听过我在大会上的讲话。我确实对他没什么印象，这说明我的判断是正确的，他不是高级别经销商。落座后，蛮牛先给我们介绍了和他一起来的女士，这位女士名叫艾迪，是拉各斯州政府的公务员，一直想和蛮牛合作做点事情。听说原来公司的总经理来了，她一定要来见见。

丽埃娜先给他们介绍了我们公司的产品，我们公司最大的卖点就是我们的产品特别有竞争力，这都是我们中国最好的中药。我们的“六味地黄丸”，被发明已经接近千年，儿童和成人都可以服用，是可以对人体有很大帮助作用的神药。我们还有帮助病人增强抵抗力和免疫功能的药，减肥的、治疗关节炎的等等。

蛮牛拿着产品认真端详着，我问他：“是不是觉得样子很丑？”蛮牛笑了笑，没有回答。

我说：“这些产品就是在你们拉各斯的药厂生产的，这个包装瓶也是当地生产的。”

艾迪问：“哪个药厂？”丽埃娜说：“菲森制药。”艾迪说：“知道这个药厂，是我们尼日利亚人自己的厂子，规模很大，马上要上市了。”

我说：“是的。我们的产品以后都会在菲森生产，你们也可以去参观我们的生产车间。”

蛮牛说：“太好了！终于有我们尼日利亚自己生产的产品了，谢谢你们为我们尼日利亚人所做的一切。”他和艾迪再一次和我们一一握手。

蛮牛说：“威廉你们现在有多少经销商？”

我说：“我们还没有开始销售，产品前几天才生产了一批，准备开始销售。”

蛮牛对我说：“让我来做你们的第一个经销商吧，怎么样？”他看了看艾迪，看到艾迪使劲地点头。

我说：“我们今天请你们来，就是想看看你们的态度。你们知道，我曾经在这里工作，认识很多人，大家都不知道我已经回来了。我们中国人是讲究缘分的，既然你们有这个意向，那我们就把你们当成第一个经销商。”

艾迪说：“蛮牛是第一个，我要做第二个。”

我说：“好的，你们的要求我今天就答应了。”

蛮牛说：“下一步我们如何办手续？什么时候可以来买货呢？”

我说：“我们的入会费是 15 美金，这可是非洲用会员制销售产品入会费最便宜的了。”

蛮牛和艾迪都说：“是的，比别的公司便宜不少。”

我说：“15 美金，包括一本我们公司的事业手册，价格表，培训材料和一张会员卡。这个会员卡是和你们的身份证绑定的，终身制的，可以在我们任何公司和专卖店购买产品。你们今天来，可以先不办入会手续，先拿我们公司的事业手册和产品价格回去研究一下，等你们确定后再来办理入会手续。你们也可以申请开专卖店，也可以不用开专卖店来我们公司直接购买产品，公司财务算出你们应得的提成，下个月给你们发放。申请专卖店的进货标准是不低于 500 美金，产品品种你们自己选定。我们给的专卖店进货标准和别的公司比也是最低的。你目前有一个专卖店，在销售原公司的产品，我们的意见是你可以逐步转到我们公司来，把你们原公司的产品卖完以后，再不进货就行，所以同意你在专卖店里同时销售两个公司的产品，这是给你们的特批，别人申请开店，我们是要去检查门店地址的，也不会允许同时销售几家公司的产品。”

蛮牛和艾迪用当地话在交谈，好像很快达成了一致。蛮牛说：“感谢威廉对我们的信任，我们决定选择和你们合作，做你们在非洲的第一和第二个经销商，申请开第一家。我们回去后，两天内把原公司的产品都处理完，然后来进货。希望我们的位置不要被别人抢走，一定给我们留下。”

我说：“我们保证在两天内不会销售产品，也不会让别人入会。两天后你们没有来，我们就会把名额让给别人了。你们要把事业做大，就要从现在开始组建自己的团队，抓住这次机会吧。”

蛮牛和艾迪走后，大家又开始讨论。吉晓天说：“这其间如果还有人来问情况，要买货怎么办？试用我们产品的人我们怎么不选呢？”

我说：“大家还有什么问题，一起提出来，我们一起讨论。”

王小旺说：“蛮牛说话都会看艾迪的眼色，艾迪应该和他不是一般的朋友关系。”

丽埃娜笑着说：“别看小王年龄不大，男女之间的关系研究得很透彻啊！”

一句话，把我们逗得大笑。

我说：“大家说得都在理。首先，你们看看这个蛮牛可靠不可靠？他的人品怎样？”

没有人说话。我接着说：“是不是大家觉得时间太短不好判断啊？其实，看他可靠不可靠，不一定要很长时间。我说的可靠，就是做这门生意我们选他作为合作伙伴合适不合适。他没有其他职业，以前就是靠卖保健品为生，所以他要养家糊口必须要努力工作。小王说得没错，艾迪应该是他的情人，不是他的老婆。他的这个情人不错，是个公务员，起码是政府的一个雇员，人长得也算是有几分姿色。艾迪能看上蛮牛，证明蛮牛有一些吸引艾迪的特点。蛮牛讲话还是有水平的，懂得分寸，有礼貌，笑容有亲和力。这些是蛮牛能够胜任这份事业的一个方面，另一个方面就是艾迪了，如果没有艾迪的助攻，我们真的会看不清楚蛮牛到底具备不具备当第一人和开第一家专卖店的能力。其他使用我们产品的人，大都是街坊邻居，也没有销售过保健品的经历，更不具备开专卖店的能力。我们的房东两口子，将来只是我们产品的消费者，让他们放下自己的事业来帮我们推销产品是不可能的。然而，蛮牛的最大缺点就是不是领袖级的人物，他的每句话都会看艾迪的态度，没有自己做主的习惯或者魄力。根据我的经验，蛮牛会长期地和我们合作，但是他带领团队的能力比较弱，公司的初期他会发挥出很好的作用，我们先用他，帮助他和艾迪开好第一个专卖店，然后边做市场，边去寻找能胜任率领团队的领袖级人物。”

我讲完后，听讲的四位都鼓起了掌。吉晓天说：“耳听为虚，眼见为实。以前在尼日利亚早都听说过领导的大名。领导这么一讲，我突然明白了，做市场学问很多，以后我们会好好跟着领导学习锻炼。”

两天后，蛮牛和艾迪早早地来到了公司，他们愉快地为自己办好了会员卡，还购买了 20 个会员卡和 3000 美金的产品。

我对他们说：“今天是 2006 年 6 月 16 日，按我们中国人的传统这是个好日子，希望你们记住今天，一年后，如果你们专卖店每个月的收入不到 5000 美金那就是你们不努力工作。你们今天进了货，我们先给你们记录在册，但今天我们还不能和你们签订专卖店合同，因为我们还没有拿到尼日利亚药监局给我们产品的正式编号。我们可以销售产品，这只是临时销售的许可证。这个月正式批文下来后，我们马上补签合同，001 号专卖店就是你们的。”

蛮牛和艾迪十分兴奋，艾迪不是太黑的脸庞都泛着红晕，我给他们定的目标刺激到了她，她坚定地说：“我们一定会努力的。”

我提醒他俩：“后天，也就是 6 月 18 日，我们将正式开业，对外销售产品，希望那天不但你们来，还要多带些人来，我们也需要人气。你们还可以现场发表演讲，蛮牛和艾迪可以自豪地给大家宣布，你们是我们公司的 001 号和 002 号经销商。”

蛮牛说：“我肯定来，艾迪上不上班、有没有时间还不好确定。”艾迪说：“是的，我只能争取前来。”

今天是个好日子

2006年6月18日，是我们公司正式营业的日子。我们五个中国人，再加上皮特和焦治哇两个当地员工，都穿戴整齐、精神抖擞地站在大门两旁，欢迎前来参加公司开业仪式的来宾。

菲森总经理“小脑袋”带着车间主任来了，我们聘请的律师兼会计师阿肯带着两个小弟来了，房东两口子和他们的姑娘来了，十来个试用过我们产品的左邻右舍也来了。蛮牛和艾迪竟然带了20多个人来到了现场，我们的培训室真是座无虚席。

上午10点，开业仪式正式开始。吉晓天主持，他先给大家介绍了菲森的总经理、我们的律师兼会计师阿肯、我们的房东这些贵宾，然后请我讲话。

我和翻译丽埃娜走上讲台，讲台上放着十种产品。我说：“尊敬的各位来宾，女士们、先生们、朋友们，大家早上好！今天是我们公司开业的日子，我想说的是，没有在座的朋友们的帮助，我们就没有今天。我想请大家记住，我们是第一家把中国传统的中草药拿到非洲生产的企业。为了生产这些产品，我们的朋友，菲森制药做出了不懈的努力。我代表我们公司，向菲森制药表示衷心的感谢！我想请我们的朋友，菲森总经理斯莫先生讲话。”

斯莫走上前来，他说：“威廉要我讲几句话，我要说的第一句话是，你们把中国的中药带到了尼日利亚，带到了非洲，我们要感谢你们。我没去过中国，但却知道中国的中药和中国的神奇的医术。威廉做的饭很好吃，我的家人爱上了中餐。我相信他们的中药也会像中餐一样受欢迎。我的第二句话是代表我们工厂的小伙子们说的，那些为威廉生产草药的车间小伙子们，在生产一种什么产品时，感觉到下体不断地膨胀。他们没有偷吃产品，只是闻到了药味，而且还戴着口罩，就有这么大的反应。他们让我转告威廉，给他们找个老婆吧，他们都没有对象呢，这样下去是不行的。”他不但说着，还夸张地伸出握紧拳头的手臂。

斯莫的话和形体动作把大家逗得哄堂大笑，有些人边笑边抹泪，斯莫却一本正经，他又说了一句：“不信，你们来问我们的车间主任。”

好几分钟后，现场才安静下来。蛮牛举手要求发言，吉晓天让他走上前来，请他发表讲话。蛮牛十分镇定，露出了标志性的微笑。

他说：“我和威廉是老朋友，他是我原来那个公司的总经理，尼日利亚、加纳、科特迪瓦这些国家整个行业都知道他。正当我们要跟着他创造更大辉煌的时候，他突然不见了。没了他，我们的事业马上就陷入了低谷。没想到，他突然回来了，原来他是换了一种思路，将中国能够治病的草药带到了尼日利亚，而且选择了我们尼日利亚最好的制药企业菲森作为合作伙伴，在菲森建立了自己生产中国草药的基地。不要小看这些变化，他们把生产基地建在尼日利亚，是对菲森的最大信任。昨天，我的朋友们看到了我拿回去的产品，有的说这个包装不好，我对他们说，确实没有从中国进口的产品做的包装好看，事业计划也印得不好，印刷质量很差。但是你们知道吗，这些包装瓶是我们尼日利亚自己生产的，印刷的事业计划也是我们尼日利亚人自己做的。尼日利亚现在的水平就是这么高，你们可以先不要管这个瓶子，要关心瓶子里面装的产品，这才是我们最看重的。刚才菲森总经理斯莫先生讲得很生动，闻了一点味道就变得雄壮起来，这才是神药！”

现场又一次被点燃了，下面听众有的站起来说：“我试过那种产品，很神奇，非常好！”举手的越来越多。

我走到台前，让丽埃娜给蛮牛说，我先来解释几个问题。蛮牛就站到了一边。

我说：“我要告诉大家，这个药瓶是尼日利亚药监局规定必须要在当地采购的，它的价格比我们在中国生产的贵好几倍，印制的事业计划也是这样。不过这种情况马上就要改变了，经过菲森总经理斯莫先生的协调，尼日利亚药监局已经同意我们从国外进口药瓶了，我们从中国定制的药瓶正在运往尼日利亚菲森工厂的路上。我们还和美国制造伟哥的企业辉瑞公司签订了合作协议，从辉瑞制药订购药用胶囊，这可是全世界顶级的制药企业。我们以后的所有产品都会使用辉瑞生产的胶囊。我们生产的中药‘伟哥’，和在全世界销售的西药‘伟哥’的药厂是合作伙伴，但我们的产品从性价比上要全面超越‘伟哥’。我希望大家记住我们中药‘伟哥’的名字，我们产品的英文名字叫‘Revive’。”

我让丽埃娜请蛮牛继续讲话。

蛮牛说：“大家听到了吗，很快这些问题都会解决。我要告诉在座的朋友们，我和艾迪已经是公司的会员了，我是001号，艾迪是002号。我们今天来的好多朋友也已经入会了，我们今天来是要办理入会手续，购买产品的。”

房东老公站起来说：“我们也要购买产品。”还有好几个都举手要求入会和购买产品。

我看了看时间对吉晓天点点头。吉晓天走到前台，说道："今天是我们公司的开业仪式，我们给所有参会的来宾准备了一个小小的礼物，请大家收下礼物，然后就正式开始售货。"

只见于霞和皮特、焦治哇每人端着一个托盘走过来，吉晓天拿过一个小袋说："这里装的是两粒还原胶囊，另一个袋里装着四颗中国的糖果，寓意着我们公司和朋友们事事如意，大吉大利。"

于霞和皮特、焦治哇向来宾分发礼品。有的来宾想多要一个装还原胶囊的礼品，吉晓天对大家说："这两粒对年轻人来说可以有效果了，对中年人来说需要四粒，对年龄较大的就需要六粒了，你们一会可以在前台去购买。"

下面开始忙乱了，丽埃娜把"小脑袋"和阿肯带到了二楼办公室。"小脑袋"知道我们会很忙，就说："威廉给我们几瓶产品我们就走，你们会很忙。"我说："早都准备了。"

丽埃娜拿出产品，每人两瓶"六味地黄丸"，这是给他们夫人的，两瓶"还原胶囊"，这是给他们的。同时给菲德里斯董事长也准备了一份。

这一天，是忙乱的一天，大家从上午一直忙到了晚上。由于厨房和餐厅是连在一起的，餐厅用作了培训大厅，所以根本就无法做饭。好在我早已经预料到今天会这样，所以昨天去中国城买水果糖的时候，就买了一些饼干和面包，还买了挂面和榨菜。客人们走后，大家都在清点现金和产品，我赶快去厨房给大家煮碗面条。

在中国城买东西，比在印巴人和黎巴嫩人开的超市买便宜很多，但质量确实不敢苟同，挂面在开水锅里一煮，那股难闻的馊味直冲鼻子，我只好将煮熟的面条再捞到纯净水里过水。

于霞说她想吃一碗热汤面，我调侃地说："今天大家饿了一天，我怕你们上火，所以做的是凉面，下次我给你做一碗热汤面。"

吃完面，清点战果，连两天前蛮牛买的3000美金产品和20张会员卡，一共有2万多美金的收入。这样的成绩我们都没有想到，这是一天的收入啊！

想当年我在加纳时，2001年开张的一个月里，总收入是1304美金，我、卢燕、黄丽和楚国清高兴了好几天。这次来自尼日利亚，真是应了“开张大吉”的老话，一天的业绩就是当初加纳一个月的20倍呢！

忙完以后，大家照例在我的办公室坐坐，丽埃娜和于霞会拿出珍藏的小吃，我和吉晓天会泡上一壶茶，悠闲地喝几杯。小王照例会鼓捣他的电脑，玩玩游戏。

丽埃娜看我好像心事重重，问我：“领导，怎么啦？开门红还不开心啊？”

我说：“开门红当然开心，但是担心的事还真不少。”

吉晓天说：“领导是不是担心销售太好了，货跟不少啊？”

我回答：“确实也担心，但是我觉得问题不大，我们现在生产了1万瓶，足够销售两个月的。从国内订购的药瓶和从比利时发过来的美国辉瑞公司生产的胶囊，也肯定在一个月之内进入菲森的库房。我们计算过，运往尼日利亚的集装箱快船从广州黄埔港启航，40天就能抵达拉各斯港，我们的货在一个月前就发出了，所以我心中有底。我其实最担心的是明天会不会有买了我们产品的人来投诉。”

王小旺听到这也不玩游戏了，其他几个人也都面面相觑，不知所措地盯着我。

我说：“不是我们的产品质量有问题，我是担心黑人数数有问题，少一粒就会有麻烦的。”

王小旺说：“咱们不是给买了那么多数粒板吗？还会出错吗？”

吉晓天说：“领导担心的是对的，黑人干活时没我们在场，疏忽粗心是很有可能的。”

我说：“于霞，明天如果有人投诉粒数不够的，马上给换一瓶新的。如果损坏了药瓶，就不能换了，他们肯定会打开瓶子的封口的，这没关系，不打开封口就说我们少粒一律不予接待，那是来闹事的。如果投诉的人多了，丽埃娜和小王也去参与接待，一定要注意态度。我和吉晓天明天一早再去工厂，早点走不堵车。”

我们中途就接到了丽埃娜的电话，果然有好几个经销商来找我们，说胶囊数不够。我告诉丽埃娜，让咱们员工当着客户的面，带着乳胶手套再数一遍，发现少了马上给换。

我和吉晓天直奔数胶囊的操作间，看见有一个带班的正在给员工讲什么，员工清一色女性，正站在座位前准备上岗。看到我们来了，带班的负责人给我们打了招呼，就让女工们坐下了。我让吉晓天把他叫来，我问他：“这些员工是每天一换吗？”他说：“有些是干了好几天的，有些是新来的。”我说：“一万瓶胶囊不是都装好了吗？今天还做什么？”他说：“我们已经发现了有些胶囊粒数不对，有多有少，今天准备把瓶子打开，重新数一遍。”我问：“封口好撕开吗？不会留下痕迹吧？”他说：“他们都试过了，很好撕，没问题。”我想了想，对他说：“先不要开始，我们去找总经理和车间主任开会研究一下再进行，等我们的通知。”

找到“小脑袋”总经理和车间主任。

“小脑袋”说：“很抱歉，我们已经发现问题了，正准备再数一遍。”

我说：“数一遍还不能保证不会再出错，要解决人工数粒少出错，要想个办法。第一，能否将数粒的员工相对固定，她们的工资结算按照速度和准确性计算，每个员工装的药瓶上留下她们自己的编号，将来有投诉的我们就会追查装瓶人的责任；第二，菲森有没有小塑料袋，就是装30粒、60粒胶囊的那种透明的白色塑料袋。”

"小脑袋"说："有，是装片剂和粉末药的。"

我说："对的。先把胶囊数好后装在塑料袋里，把塑料袋封口后再装进药瓶里。"

"小脑袋"说："为什么要装进塑料袋里？"

我说："客户买进产品后，一般都会打开药瓶数粒，有的人会数错，明明是对的，他也来找我们，打开封口后就说不清了。有了这个塑料袋，可以不用打开塑料袋数清楚瓶子里是多少粒，少了我们就给换，并且从塑料袋上就可以知道是谁装的胶囊。把塑料袋撕开后，一律不给退换货。"

车间主任说："瓶子还需要封口吗？"

我说："需要，装好塑料袋，封口，再装进产品说明书和干燥剂，然后再封瓶，拧盖，装箱。"

"小脑袋"弄明白了，说道："办法不错，就是要增加一些成本，塑料袋我们药厂多得是，都是药用的。"

我说："这个成本微不足道，我们认。"

问题终于解决了，工人们开始返工，把已经装好的产品重新按要求再数一遍，又用新装的产品换回了已经运到公司的产品，隐患彻底消除。

2006 年 6 月 29 日，尼日利亚药监局给我们申报的十种产品的批文下来了，每个产品都有编号，我们的产品标签又重新换上了印有产品编号的标签。

这一天，我们马上通知了蛮牛和艾迪，和他们正式签订了专卖店经营合同，我们的编号为 001 号的专卖店正式成立。

从那天起，我们在拉各斯当地的报纸上正式打出了招聘讲师的广告，招聘并培训讲师的任务交给了丽埃娜和吉晓天。

我则每天上网，打开邮箱，看收到的邮件，因为许多都是我过去的同事知道我们自己开始在尼日利亚创业后希望加入的，我希望能找到符合要求的人才。

进入8月，产品上新了，瓶子是我们自己设计在国内加工的，和原来的印度工厂生产的瓶子比，造型和质量要好得多，胶囊也换成了辉瑞制造的，整个产品完全实现了质的飞跃。

老话说，“人靠服装，马靠鞍”。产品也要有卖点，这一改变，深得经销商的欢迎。再加上我们产品的效果逐步显现出来，尤其是“六味地黄丸”和“还原胶囊”，被经销商交口称赞。

产品好，服务好，业绩就好。6月18号开始营业，到8月底，不到两个半月，业绩突破30万美金。

业绩快速增长，人手必须跟上，环环相扣的管理，不能有一丝疏忽。我的工作日志上列出了迫切需要解决的事：1，解决中方员工住宿问题、吃饭问题；2，招人，重点是招一个中方管理人员和一个中医；3，买车，先买一辆，解决出行问题，等资金宽裕再买一辆运货的面包车。

尼日利亚租房是需要找中介公司的，出租的房子都会在房子上挂上广告。很快我们就看到了一处房子，就在我们公司附近，步行只要五分钟。给中介打了电话后，我们提出必须和房东见面面谈。房东是一个退休的将军，看到我们这些外国人要租他的房子，他很高兴，第二天就安排我们去实地洽谈。

走进将军府，看到院子不小，房主将院子隔成了两套分别出租，我们要租的是大的一套。院子里有两栋楼，每栋楼都是两层。两楼之间有一个地下水窖，这很重要，因为拉各斯的自来水供水系统根本无法满足1700万人口的用水需求，我们的日常用水基本都是买水，有这么大的水窖，起码可以装4吨水。但是，房子都比较陈旧，有的地方还能看到裸露的电线。前楼有厨房，餐厅宽敞，两栋楼有十几个房间，可以满足我们的住宿要求。我们的隔壁邻居，一家是美国黑人，一家是中东的黎巴嫩人。

将军看到我们基本同意，马上表态，只要签了合同付了定金就给我们维修房间和设施，三个月后保证让整个院子焕然一新。

在招人方面，一个名叫江海潮的人在我的脑海里不断出现。这是一个30出头的大小伙，和我在南非共过事，曾经担任过分公司经理，车开得不错，英语很好。我去年在北京和他吃过饭，他新婚不久的妻子也在座。在那次会面中，他还跟我开玩笑说，要和我去尼日利亚创业。我知道他新婚不久，不能对妻子不负责任。在非洲，起码一年以后才能回国探亲，这对他妻子不公平。前不久，我收到了他的邮件，问我新公司的情况，还说了一句，随时听候我的召唤。我不明白他的意思，决定写个邮件问问情况。

邮件很快就回复了，原来他的妻子刚刚被公派去美国留学，要两年才能回国。他的妻子也支持他来非洲和我们一起工作。我怕这其中有什么别的原因，就告诉他让他妻子给我写个邮件，我要证实这件事的真伪，这不能开玩笑的。

在应聘中医这个岗位的人选中，有一个姓陈的山东大汉引起了我的注意。说他是山东大汉，其实有些名不副实，虽然他的身高有一米八，但体重还不到65公斤。看到他的简历，知道他其实学历不高，毕业于山东的一所卫校，但他是中医世家，父辈就是中医。他今年35岁，行医却已经超过15年，他的叔叔是他的师傅，擅长推拿正骨。他在应聘邮件里说得很明白，就是想出国挣钱，他的要求是工资不能比刚毕业的大学本科学生低。至于他的英语水平，他回避了没有说，我估计水平应该不高。

我招中医，大家都不明白，还以为是李董的主意，其实李董早已经不关心我们了。我也就顺水推舟，说是李董的意见。我一直有个在非洲建一个中医院的梦想，当然如果能够在非洲建中医院，最好的地方是南非。南非的自然条件、基础设施在非洲是一流的，而且还有500多万白人，几十万华人，发展中医的基础已经具备。我这次在尼日利亚招一个中医，就是先试试市场，看当地人接受中医的程度。具体怎么操作，还要等中医到了后再研究，我们就来个“摸着石头过河”吧。

江海潮的妻子不但回了邮件，还给我打了电话，她很支持丈夫来尼日利亚工作，原因是我带的队伍没有坏毛病。在南非江海潮经常去赌场，他妻子很担心。我告诉她，让她放心，尼日利亚赌场少，我们是绝对不会去的。节假日休息都是集体行动，不允许单独外出，管理上有点像部队的做法。搬到新的宿舍楼后，我准备每天早上让大家做广播体操，打太极拳呢！

中医在非洲

时间飞快地来到了10月。江海潮和陈医生也从国内来到了拉各斯，加入我们的队伍。

按照陈医生的建议，我们让当地的木工做了两张按摩床，陈医生还随身带来了两盏远红外线理疗灯。不久我们就搬到了新的宿舍——“将军府”，每人都有一间住房，装好了空调，淋浴设施齐全。陈医生就在公司一楼有了自己的一间诊室。我让陈医生先熟悉环境，抓紧时间学习英语，空闲时间也可以给大家调理一下身体。

吉晓天给我们推荐了曾经给他们做过饭的一名中国厨娘，姓刘，湖南人，年近40，在尼日利亚给中国人做饭已经有几年了。由于她在家排行老三，在尼日利亚的华人都把她称为“刘三姐”。第一次来我们公司见面，一点也不怯场，说话快人快语，人也干净利落，还有些颜值。我们正缺能做中餐的人，她来得正是时候，所以马上就让她搬来上岗了。

我还招聘了一位在另一家中国公司上班合同期满的会计，他很快也到岗了，这样我们的队伍就有了九个人，各项工作都能够顺利进行了。

一天，“小脑袋”打来电话，让我去一趟工厂，有重要的事情和我商量，我马上就和丽埃娜赶了过去。

走进总经理办公室，看到“小脑袋”、车间主任和化验室主任都在，大家满脸严肃。我和丽埃娜不知出了什么事，忐忑不安地坐下来。

“小脑袋”拿出一根麻绳和一节铁丝，摆在我的面前，说：“这是在你们的原料中发现的。今天开始打开第二桶原料，分别在两个桶里找到了这些。剩下的我们就没有再打开。”

我大吃一惊，认真端详着这两件异物，麻绳和铁丝都有100多公分长，麻绳肯定是包装带上的绳子，怎么会在原料里呢？更让人不能理解的是怎么还有铁丝呢？

我说：“我很抱歉，这些东西是万万不能出现在原料里的。我回去后马上和供货厂家联系，看问题出在哪里。”

“小脑袋”说：“这些异物虽然是不会影响到你们产品的质量，但确实说明你们国内的合作伙伴存在问题。化验室主任的意见是应该马上停止生产，查出原因后再说。车间主任的意见是，可以继续生产，因为即使发现了异物，这些东西也不会进入到产品里面。我知道你们目前刚刚开业，如果现在停止生产，对你们的损失会很大。”

丽埃娜翻译完后，我连忙接着“小脑袋”的话题说：“对对对，不能停产，我们会马上去调查清楚，如果别的原料里再发现问题，请马上通知我们，最好给我们拍一张照片发到我们的邮箱里，我们会留作证据，和国内的厂家谈。”

“小脑袋”说：“我已经请示了董事长菲德里斯先生，他的意见就是让我们通知你们，重视这件事情，生产可以继续，产品的质量问题可关系着企业的生死，不敢大意。”

在回公司的路上，我的心情很沉重。我对丽埃娜说，我马上回国，你和吉晓天负责公司的工作，有事你们和大家一起商量，并及时用邮件和我保持联系。

丽埃娜说："好的，你快回国处理那些棘手的问题吧，这里的工作我们会努力做好的。"

我马不停蹄地飞回国内，又从北京坐火车到了烟台。到了生产厂家，我的心凉了，看不到厂里的老板，原来是老板正和从美国赶回来的弟弟打官司，争夺厂子的控股权。官司不会短时间分出高低，我们的合作计划已经名存实亡。

原来是想和厂子的老板谈原料质量问题的，现在已经没有必要了。怎么办？我们在尼日利亚生产销售的十种产品，八种产品是这家药厂提供的原料，必须尽快重新找到合作伙伴。

我连夜从烟台赶往北京，先去和廖总商量一下，因为烟台工厂是廖总推荐的。

廖总一听也很吃惊，我告诉廖总，我们第一次购买的原料可以支撑半年以上，从现在起我们还有三个月时间。下一批原料我们准备走英航的空运，价格我们也测算过，比海运贵不少，但时间短，清关容易，安全系数很高。廖总一听心里就轻松不少，我说：我们现在已经有两种产品是和成都一家药厂合作的，我想将来的原料基地就定在四川。我最想找到的产品是治疗疟疾的"青蒿素"，这个产品也在四川。我先和成都的合作伙伴联系一下再说。

廖总同意我的想法，原料基地集中在一个地区比较好，便于管理和物流。

我问廖总有没有李董的消息？廖总回答我："李董已经不和以前的朋友们联系了，这件事对他打击很大。听说李董燕郊的药厂保住了，总还是有退路的。"

我说："我打算从明年起逐步将李董投资的30万美金还给他，如果资金宽裕再多给他一些。他现在已经退出了，我不知道他还有什么别的诉求。”

廖总说：“你做事很仁义，我可以作证，这个资金李董当我们的面说的是给你的补偿，不需要还给他的。”

我说：“这不行的，何况李董突遭劫难，我给他还款是一件必须要做的事。我明天先和李董的秘书小周联系一下，看看李董能否联系上。”

和小周第二天通了话，他告诉我，李董现在不在北京，我的情况他都及时转告给了李董。

因为我经常通过小周给李董写邮件，报告公司的各项工作进展。李董让他告诉我，公司的股份都转到我的名下，法人变更成我，他不能再担任法人。李董和我合作时就有言在先，只认我，由我组建团队，团队成员不能担任股东，他也不会将股份给其他人。

我知道再也无法和李董见面详谈，他目前正陷入更大的一些麻烦中，根本无暇顾及非洲的事。我只能把公司运作好，经营好，才能不辜负李董的良苦用心。

我马不停蹄地赶到成都，和成都的合作伙伴谈起产品原料的事，他们没有任何推辞，马上让我拿出产品名录。我知道，我们选中的产品都是中药里面最基本的品种，一般的中药厂都有能力生产，而且都有这些产品的注册批号，剩下的就是价格问题。一切谈好后，我将可以在成都加工的七种产品分别给了两个公司，规定了交货时间。

我觉得我们和成都合作的前景无限，但是双方应该有个约定，就是一定要保证产品质量。

我又找到了四川大学一位德高望重的老教授，这位教授是从美国回国的华裔科学家，他带的博士研究生就是专门研究植物种植的，对中草药很有研究。他多次呼吁药农摈弃传统种植草药模式，不施化肥，不洒农药。他的课题小组会不定期地去检查药农种植的草药，对我国中草药的种植贡献很大。我希望能和他的团队合作，为我们在国内加工的所有原料把关。

药厂为我们生产的原料，必须有老教授的签字，才能允许出口。我觉得很有必要再给产品质量加上这把保险锁。

回到我的居住地上海，和亲人团聚，在上海又找了几家印刷商印制了5万套事业手册。

忙完这些事，我就匆忙又飞回尼日利亚。

公司运作正常，中方管理层分工明确，每个部门都在招聘和培养当地员工，我的目标是逐步实现管理当地化，要多花些时间和精力发掘当地人才，让公司的中层以下管理人员能够独立运作。

最令人头疼的是经销商在购买产品填表时粗心大意，把自己的身份证信息和联系方式填错，我们在次月发放奖金时无法联系到本人，只能再请专卖店店主一一核实。专卖店店主要求代领奖金，让我们很是为难，万一店主把奖金私吞了我们怎么核实呢？我和王小旺商量，决定再开发一款软件，发到每个专卖店，由专卖店自己录入信息，然后再上传数据到公司计算部，这样有问题可以随时发现和解决。

因为我们是一个外国公司，为了公司的安全，我们决定不能在公司出现大量现金，所以要停止在公司的零售，要求蛮牛的团队在公司附近再开一个交通方便、标识醒目的专卖店，来公司购买产品的客户都可以去他的专卖店消费和参加培训，从此后公司再没有现金流，专卖店的销售款都是走银行账户，发放奖金也都是转账给各专卖店，经销商可以去所在地区的专卖店领取奖金。

拉各斯的业务开展顺利，但尼日利亚有36个州，我们不能眼睛只盯着拉各斯一个州，而要放眼全国。虽然让蛮牛的团队加大对周边市场的开发，但仅凭他一己之力是撑不起一个国家市场的。我想起一个叫桑尼的尼日利亚人，他是我原公司的经销商，销售做得还不错，尽管业绩不是很大，但表现还是很优秀，曾经得到过一辆宝马车的奖励，是我亲自给他颁发的奖品。我这次重返尼日利亚后打听过他的情况，听说在南非和哥哥嫂嫂在一起做些生意。

桑尼 30 多岁，正是精力充沛谋发展的最佳时期。我让丽埃娜查看我以前的资料，能否找到桑尼的联系方式。

我的资料里不但有桑尼的联系方式，还有他哥哥嫂嫂的详细信息。我马上让丽埃娜和桑尼以及他的哥哥嫂嫂联系。因为我和他的嫂嫂在南非工作时很熟悉，他的嫂嫂非常能干，给我留下的印象很深。

没想到仅过了几天，桑尼和他的哥嫂还有哥嫂的两个孩子突然就到了我们尼日利亚威尔购公司拉各斯总部。

桑尼和他的哥嫂终于和我又见面了，久别重逢，交谈甚欢。丽埃娜目不转睛地盯着桑妮的嫂子看，把桑尼嫂子都看得不好意思了。丽埃娜对客人们说：嫂子是她在非洲见过的最美的女性。桑尼嫂子是白人和黑人混血的后代，她的肤色稍稍偏黑，但皮肤紧致细腻，比白人的好很多，身材不臃肿，前凸后翘，根本不像两个孩子的妈妈。

桑尼和哥嫂听了公司的介绍，看了产品，了解了销售奖励分红政策，当即表态，马上办理加入会员手续，从此以后就一心一意跟着我们干，而且只做我们这一家公司的产品。他的哥嫂也申请在南非开第一家专卖店。

我对桑尼说："我们这次回来，就是要改掉以前公司短板，一是做好产品，二是做好服务。这个服务是全方位的，包括培训，和修改奖励制度。我们已经调低了获得汽车奖励的门槛，也不一定非要奖励宝马，汽车的品牌获奖者可以自己选择。我在迪拜做过调研，一万美金也可以买一辆新的德国大众制造的汽车。"

桑尼说："这很重要。大多数经销商现在还没有汽车，有一辆便宜一点的汽车代步，不仅会给他的家庭带来惊喜，还会激励他把事业做得更大。得一辆宝马车的门槛会很高，要努力好几年，有不少人做着做着就放弃了。”

我说：“你是个领袖级的人物，你要自己组建一个团队，不但自己把生意做好，还要帮助你团队的人把生意做起来。你居住在尼日利亚的东南部，希望你把重点放在你的家乡及周边地区，拉各斯你就不要再布局了，这里已经有不少经销商，专卖店也开了不少。”

桑尼和哥嫂很赞同我的看法，他表示一定不辜负我的希望。他需要在拉各斯住几天，见几个朋友，把他们带到公司来参观。

我又对桑尼的哥嫂说：“南非市场很重要，我们目前还没有精力去南非成立公司和注册产品，等把尼日利亚的市场再进一步打好基础后，我们要开发加纳、科特迪瓦和南非市场。”

接下来的一段时间，桑尼天天会带不同的朋友来公司参观，他热情地给朋友们介绍公司，介绍产品。他带来的朋友愿意注册成为会员的，他立马自己出钱给办理入会手续。他让朋友在他的家乡租下了不小的一个门面，成立了当地第一家“威尔购”公司专卖店，桑尼的团队就这样慢慢地成长起来了。

2007 年 1 月，公司从开业到 2006 年底的业绩算出来了，差几千就达到 100 万美金，六个半月的发展速度超过了我们的预期。

当然也有出乎预料的情况发生，我招来的中医，来了三个月，尽管他也想好好地发挥作用，但由于语言不通，自己无法和经销商交流，大家上班时间都很忙，没有人能给他当翻译，就是有病人来找他，他也无法和病人沟通，更不用说治疗了，只能请病人躺在按摩床上，他给揉揉捏捏。他也知道，这根本不是在行医治病。三个月试用期满，他主动找我提出回国。

我同意了他的请求，告诉他不是他的问题，是我考虑不周。他表示很喜欢我们这个团队，他回国后马上报个班专门学习英语，等语言过关再来。我鼓励他，让他继续努力，还年轻，路还很长，机会有的是。

这件事让我对目前的情况有了清醒的认识，我在不少非洲国家看到过中医行医的小广告，都是个体医生租住在唐人街或者华人开的小旅馆里，其实主要是给华人看病。在国外，中医几乎不可能拿上行医执照，有几个发达国家允许中医接诊，只限于推拿、按摩、针灸，用中药治病，几乎是不可能的。我以前定的目标是开一家中医医院，完全用中医和中药治病，这个愿望目前还没有条件来实现，要解决的问题太多了。

2007 年春节，我回国休假，和夫人及在交通大学读书的儿子小军团聚。小军读的专业是计算机软件工程和国际营销双学位，学制五年，6 月份就毕业了。他所学的专业在当时很紧俏，全国高校开这个专业的很少，毕业分配找工作很容易。我问他毕业后有什么打算，他告诉我，想到我们公司去实习，撰写毕业论文，问我有什么意见。我征求他妈妈的意见，他妈妈很支持，我当即表态欢迎他去尼日利亚实习。

学校很快就批准了小军去非洲实习的申请报告，2007 年 4 月，小军走进了尼日利亚威尔购公司，以实习生的身份加入我们的团队。

我安排小军先从一楼做起。一楼是接待、培训和库房发货。每天都有专卖店来公司提货，他首先需要和经销商接触，熟悉他们的语言，了解他们的习惯和需求。我请江海潮担任小军的实习导师，让他能在尼日利亚得到锻炼。

2007 年 6 月，我们开业一周年，在尼日利亚注册的专卖店已经达到 100 家。小军也结束了两个月的毕业实习，返回学校，参加毕业典礼。

2007 年 10 月，威尔购公司第一家区域店在尼日利亚东南部桑尼的家乡成立，公司正式将东部和东南部区域交由桑尼负责开发管理。同时决定明年3月威尔购公司召开第一次发车大会，发车十辆，考核业绩截止时间为2008年一月底，每个得奖者将得到价值1.5万到2万美金的轿车一辆。发车大会的筹备小组由吉晓天、丽埃娜、江海潮和正式加入公司的小军组成，他们负责大会的选址、议程及嘉宾的邀请、安全保卫等事项，吉晓天任组长。

又一次历险

桑尼的工作很努力，他不但在东部、东南部发展得很好，还慢慢地朝尼日利亚中部地区发展。他和我说，他准备在中部地区高原州组织一次高级别经销商培训会议，想请我去现场和大家见见面，讲讲话。公司马上开会研究，一部分同事不同意我们去参加会议，因为当时的尼日利亚北部时而有恐怖组织活动，我们的安全会不会发生问题。尽管桑尼再三保证安全不会有问题，但是大家的担心还是有道理的。

我说："安全是最重要的，但是我分析我们去开会的地方还不属于北部，是中部地区，离首都阿布贾不远，还是不会有问题的，我们不在那过夜，开完会就马上返回拉各斯。看看丽埃娜的态度，她要去给我当翻译的，如果她不愿意去，这个活动就不参加。"

丽埃娜当即表态，她愿意去给我当翻译。

我和丽埃娜乘坐尼日利亚航空公司的航班从拉各斯飞往尼日利亚首都阿布贾。尼日利亚有好几家航空公司，有国营也有私营的。飞尼日利亚国内城市的航班，飞机都是从欧美买的或者租的二手货，有的已经飞了 30 多年。我曾经坐过一次型号是波音 707 的飞机，整个飞机就像一个古董，起飞时飞机还发出“嘎嘎”的声响，吓得人只能紧闭双眼。2005 和 2006 年，尼日利亚每年都有一次空难发生，一次是从拉各斯飞阿布贾，另一次是从阿布贾飞拉各斯。我和丽埃娜都不谈飞机的话题，谁的心里都清楚，不知道这是不是我们最后一次出差。

当然，我们是安全的。几十分钟的飞行，抵达阿布贾机场，我们马上租了一辆车，让司机带我们去桑尼开会的城市，大概需要行驶一个半小时。

从阿布贾往东行驶一个来小时，就进入了高原州，再走了一会，就到了桑尼开会的城市。

汽车在一个私宅门口停下，桑尼和一群人出来迎接。桑尼对丽埃娜说：“这是当地土王的宅子，我们先去拜见土王。”丽埃娜对我说完，责备桑尼没有提前告诉我们要见土王，因为我们没准备礼物。我说：“我们带了产品，问问桑尼行不行？”桑尼一听，非常高兴，说：“当然可以。”

桑尼向我们介绍，这个土王的父亲是当地一名医生，精通草药，能用当地的植物熬成汤药给人治病，在方圆几百公里都很有名气。父亲去世后他继承了王位。

我们在桑尼的带领下走进了土王的宅子。这是一个占地约有一亩地的院子，一座大房子矗立在院子的中间。说实话，比起我们在加纳住过的院子，这个院子真不算什么。宅子门口有看门的，大房子门口聚集了大约有 20 多人。桑尼对这些人用当地土语说了些什么，好像是在介绍我们，这些人纷纷走上前来和我们握手表示欢迎。桑尼让丽埃娜将我们要赠送给土王的产品拿出来，一个人拿着木盘，我们将产品放在木盘上。桑尼让我们先等等，他和那位端着木盘的人先进了房子。

几分钟后，桑尼从房子走出来，他让丽埃娜告诉我，我们进去后，可以向土王问好，行鞠躬礼就可以了，不必要像当地人一样下跪。

上了几个台阶，走进屋内就可以看到土王端坐在一个方台上。土王的座椅比较高大，略显消瘦的土王整个人都好像是被椅子包裹着，椅子前有红地毯一直通到台下。一个侍卫举着一个类似于我们在电视剧里看到的古代皇帝身后的那种华盖，只是屋内的光线比较暗，华盖遮在土王的头上，让土王完全被黑暗包围了。直到我们走近方台行了鞠躬礼后才看清土王，其实土王年龄还不到40岁，他穿着蓝色的长袍，头上戴着一顶花帽子，身上斜挂着一条红色的绶带。土王身边站着一个人，也许他是负责传达土王的命令的。丽埃娜小声对我说：真像电视里的皇帝一样，只是房间不像皇宫，比较简陋。

土王身边的人用标准的英语说："请尊贵的中国客人上来坐在土王旁边。"我们这才看到土王的两边放着几把椅子。我和丽埃娜走上台，土王站起来和我握手，和丽埃娜没握手，点了点头，丽埃娜屈膝回礼。

我坐在土王旁边的椅子上，丽埃娜坐在我的旁边。

等我们落座后，桑尼进来参拜土王，他向土王下跪，然后走上台坐在土王的另一边。接下来觐见土王的是家眷，土王的四个妻妾下跪后，依次走上台阶，然后匍匐到土王的跟前，她们亲吻土王的鞋子，土王则摸摸她们的头。然后又匍匐到我的前面，吻我的鞋。我紧张得不知所措，只好默默地忍受，好在都是点到为止。丽埃娜紧张得闭上眼睛，幸亏土王身边的人说了句什么，她们到我就结束了仪式，坐在了桑尼的旁边。

其余的人在台阶下完成了对土王的跪拜礼后就席地而坐，等候土王的训示。

土王身边的人说了一句什么，就有人拿出来一个类似于中国茶几的条桌摆放在土王的面前，我看到他们将我们献给土王的产品摆在条桌上，还有几个并不精致的陶瓷罐也一并摆了上来。桑尼从土王后面走到丽埃娜身边，给丽埃娜解释了一阵。

丽埃娜对我说："陶瓷罐里装的是土王自己熬制的药，都是用当地的草药熬的，会给台下的人喝，有治肚子疼的，有治咳嗽的，还有治关节疼的。"

此时的这一幕让我想起了2003年访问摩洛哥的情景。那次访问是联合国粮农组织的一位官员邀请我们去的，她是加纳人，在联合国粮农组织摩洛哥的机构工作。她回加纳探亲时在朋友的介绍下和我相识，并在一起探讨过有关草药治病的问题。她邀请我和黄莉去访问了摩洛哥，参加了和摩洛哥学者专家探讨草药治病的有关活动，参观了摩洛哥的一家研究机构。

在那次参观中，我看到好几位白发苍苍的长者，有的年过90，依然精神矍铄。他们分享了长寿的心得体会，给我们展示了他们自己研究的草药制品，也都是像今天土王一样熬制的草药。他们对中国博大精深的中医药文化十分崇拜，也希望我们能提供帮助，让摩洛哥的草药能和我们中国的中药一样，成为胶囊一样的产品。

我对他们说："我不是专门的研究草药的专家学者，但对中国的中药和中医有所了解。早在远古时期，我们的祖先就开始研究草药，直到两千多年以前，专家们对祖先留下的草药做了整理，并编撰出了中国的第一本中药典籍《本草经》，在书中对365种药物的疗效进行了描述，并且记载了这些药物对170多种疾病的疗效及用药的剂量和时间。又过了一千年，中国又出来了一个叫李时珍的中医中药专家，他在前人的基础上，又编撰了《本草纲目》一书，书中收集了近2千种草药，1万多个药方，描述草药的图有1千多幅。这些宝贵的文化遗产，让中国的中医中药广泛地应用在临床中。用草药治病，是我们人类的共同财富，化学药才诞生200多年，在化药为人治病之前，人类都在用草药治病，每个国家都一样，不然人类就不会繁衍到现在。摩洛哥目前的问题是，还没有一部权威的记录下摩洛哥所有草药的名称、作用、疗效的著作。有了这种典籍，才能让摩洛哥的草药广泛地继续为人民服务。中国的草药大部分也是用汤剂来服用的，但是汤剂不好携带，熬制需要时间，所以我们就把草药做成了胶囊。”

我这算不上专业的讲演，获得了摩洛哥朋友的高度评价，他们也认为需要向中国学习，多和中国中医中药有关领域交流。

我的思绪又回到当下，果然，土王也提出了和摩洛哥长老们一样的问题，希望我们能帮助他将他的汤药做成胶囊。

我曾经和尼日利亚药监局的专家们探讨过这个问题。药监局的一位专家对我说，尼日利亚已经有一些有关当地草药的记载，不过才刚刚起步，政府没有这方面的预算，也没有能力整理出像中国一样全面严谨的典籍。

我对土王说：“阁下很关心尼日利亚草药的发展，这是尼日利亚卫生事业的福音。事实说明，尽管西医在尼日利亚已经发展得很好，但不能忽视草药对尼日利亚健康事业的作用。我看到尼日利亚药监局已经开始在做一些发展尼日利亚草药的事，这是一件伟大的事业，也需要许许多多的人共同努力，还要走很长很长的路。我们中国的草药能有今天这样的成就，是从我们祖先就开始做这件事了，距今起码有三千多年的历史了。我们现在要做的事，就是把我们中国已经在草药方面取得的成果拿来和世界各国人民分享，阁下看到的我们的产品就是这样的成果。”

桑尼说：“我已经将这些产品献给了土王陛下，土王服用过公司的‘还原胶囊’，感觉很好。”

土王听到后，对我们举起了大拇指。

桑尼跪在土王面前，对土王说了几句话，土王点点头。桑尼站在台阶中央，给大家用当地的方言开始介绍我们公司和产品。

会议的最后是台阶下土王的臣民排着队走到台阶前，领取土王配置的草药，他们早已经准备好器皿，土王身边的人用勺子给大家分发不同的药水。

整个活动持续了两个多小时，我们要马上去机场搭乘返回拉各斯的航班，没时间再和桑尼寒暄，只好约定在公司相见。我们包的出租车一直在等候，于是立即乘车向阿布贾机场驶去。

汽车上了宽阔的大道，我和丽埃娜都有些倦意，闭目养起了神。突然我觉得车速慢了，我睁开眼，看到前方大约 200 米有几个人站在大道中央，他们的手上好像还拿着大刀和长矛。

丽埃娜也看到了，她紧张地叫了起来。司机在慢慢地减速，我对丽埃娜说："你别紧张，看看身上带了多少钱。"

她说："机票是买好的，所以我只带了 1 千美金，还有 5 万奈拉。"

我说："我身上还有 2 百美金，你把 1 千美金给我。"

司机知道我们很惊慌，他说："看样子他们不是恐怖分子，他们拿的是刀和棍子，没有拿 Ak47 冲锋枪，你们不要下车，我先和他们交涉。"

汽车停下来，我们看到这些人的脸上都涂着五颜六色的颜料，有的人背上还绑着动物的羽毛，他们高举着长长的砍刀和木棍，将汽车团团围住，嘴里还嚷嚷着什么。丽埃娜吓得缩在了座椅下面，我也紧张得浑身冒汗。

司机摇下车窗和他们用当地语言交涉，他们依然没有放下手中的武器，继续朝我们挥舞着，嘴里的喊叫声越来越响。

忽然，一辆摩托车从我们身后驶来，摩托车手停下车，取下头盔。那些凶神恶煞的人们仿佛看到了自己的首领一样，马上停止了喧闹，收起了手中的武器，站在了路边。

车手停好车，走到我们面前，举手行礼，用英语对我们说："先生好！我也是刚刚参加完土王召集的活动，这些人不是劫匪，他们就是附近的村民，他们是想用这种方式来为你们表演当地民间的舞蹈。你们不要理他们，继续赶路吧。”

他对司机挥了挥手，司机油门一踩，汽车瞬间驶出。

我和丽埃娜还没反应过来，汽车已经走远了。我和丽埃娜说：“是不是给他们一点钱？”丽埃娜对司机说了想法，司机摇摇手，并没有停车。

司机从后视镜看着我们，说道：“我也被吓到了，这一带从没有遇到过这样的事，也没听人说起过。高原州是很安全的，没有恐怖分子和劫匪。不能给他们钱，不然以后会经常发生这样的事。”

刚回到公司，桑尼的电话就打来了，他请丽埃娜给我解释两个问题：一是他没有事先通知我们要去拜见土王，因为土王的行动他无法预知。直到我们已经上了去阿布贾飞机，他才得到土王的确认，要在他的私宅接见我们。在当地人眼里，土王接见是很大的事，我们尽管没来得及准备礼物，但是我们的产品土王十分喜欢，高原州的市场，肯定会没问题的。第二，土王已经知道我们在返程期间发生的事情，他十分生气。这一片都是土王管辖的区域，土王已经吩咐下去了，绝不允许再发生这样的事。

转眼就到了2007年年底，为了更好地和菲森公司合作，在菲森公司的诚邀下，我们在尼日利亚股票市场，购买了菲森的股票，拥有了菲森150万股。

2008年3月1日，威尔购药业有限公司第一次给经销商发车大会在拉各斯的一个会议中心举行，大会原计划发车十辆，在2007年12月底统计100个专卖店前10名业绩时，竟然出现了两个业绩完全一样的情况，这样就又增加了一辆，总共发车11辆。我们采纳了许多关心我们企业发展的中国同胞的意见，第一次发车要选用中国品牌，于是就订购了11辆中国产的奇瑞牌“东方之子”系列轿车，每辆车价格大约

2万5千美金。

此事在尼日利亚反响很大，当地电台、电视台和报纸都纷纷报道，我们中药产品的影响力在尼日利亚已经家喻户晓。参与产品销售的经销商越来越多，申请开店的应接不暇，连尼日利亚最北部的城市卡诺也迅速地成立了三个专卖店，我们的销售网络覆盖了尼日利亚全国。

在国内，国家发改委《中国改革报》的一名记者辗转联系上了我，希望能够接受她的采访，讲一讲我们企业是如何在非洲发展的。由于我还在国外，我就将我们企业发展的心路历程写了下来，用邮件发给了她。

与此同时，北京一家制药企业也联系我们，他们董事长已经在几个月前考察完尼日利亚市场和菲森制药，董事长希望我马上回国，商讨共同开发非洲市场的相关事宜。

多年来，我一直利用各种渠道将非洲真实的情况告诉国内企业，也希望有更多的负责任的企业到非洲投资，尤其是药企，因为非洲许多国家医疗体系发展滞后，这是非洲发展得很大的一个瓶颈。看到北京的金董事长表明想要在尼日利亚投资，我十分欣喜，于是马上启程回国。

到北京后，金董告诉我，他们企业在尼日利亚投资的决心已下，已经向北京市的相关部门做了汇报，主管部门非常支持。为了提高企业的知名度，他们希望和我们企业联合在北京召开一个记者招待会。我听说后心想：我们企业在中国没有生意，也不需要提高企业在国内的知名度，但是又觉得这的确是个宣传非洲的好机会，可以借此机会为尼日利亚招商引资。

我同意了他的提议，问他有什么方案。他告诉我，北京市政府很支持企业走出去，所以招待会可以放在人民大会堂或者钓鱼台国宾馆。

我说了我的想法：人民大会堂太大，即使用小一点的会议室也显得太高调。钓鱼台国宾馆如果可以用于商业活动，招待会就定在钓鱼台国宾馆。记者招待会的主题定为“走进非洲”，金董想和菲森合作，我们就把老菲请来，一起开这个招待会。让他们做主角，在钓鱼台国宾馆介绍他们的国情和招商引资的政策。

我的提议得到了金董的赞扬，双方商量由我来撰写记者招待会的文稿，他的企业负责向北京市主管部门提交申请，我确定好尼日利亚嘉宾姓名后，由他的企业报请有关部门审批并发邀请函，参会记者名单请主管部门审定。会议场地租金，记者礼品和宴会费用我们平摊，尼日利亚嘉宾的所有费用由我们企业负担。会议的时间等和尼日利亚嘉宾商量后再定。

阿昆伊利局长

我马上和尼日利亚联系，菲森董事长菲德里斯一直希望访问中国，这个愿望终于可以实现了。我让他邀请尼日利亚药监局局长阿昆伊利女士和他一起参加这次会议，他非常愉快地接受了。最终确定访问中国出席会议的人员有：阿昆伊利女士、菲森药业董事长菲德里斯、菲森药业上市公司董事长乔治、威尔购健康产业有限公司律师阿肯共四位。由于阿昆伊利局长的工作很忙，她建议我们的会议放在3月下旬，那时她应该正好在中国出差，可以一举两得。

一切准备工作都顺利开展，会议定于2008年3月28日上午10点在钓鱼台国宾馆举行。

与会记者由钓鱼台国宾馆邀请，共邀请中外记者100人。

我让丽埃娜陪同四位嘉宾乘坐阿联酋的航班提前两天抵达了北京，下榻北京国贸旁边的中国大饭店。

我计划用一天时间和丽埃娜陪同四位嘉宾逛北京城，阿昆伊利女士作为尼日利亚的药监局长，已经多次访问中国，但她说从来没有在北京参观过名胜古迹，所以和其他三位嘉宾一样，什么都想看看。我决定第一天带他们去参观长城，晚上去看看天安门广场和王府井步行街，第二天让丽埃娜带他们去参观故宫。

参观长城是嘉宾们最感兴趣的事，他们都或多或少的听到过关于长城的故事。我们包了一个面包车，请了一个懂英语的女导游，她天天和老外打交道，其幽默风趣的解说，让我们不知不觉度过了近两个小时的车程。导游看到这几位嘉宾的体型，建议我们坐缆车直接上到北四楼，如果大家想爬长城，再从北四楼爬到北八楼，这是八达岭长城最高的观景点。

坐缆车不到10分钟就到了北四楼，走下缆车，极目望去，蜿蜒起伏的长城像一条巨龙横亘在崇山峻岭之中。导游绘声绘色地给嘉宾讲解长城的故事，四位嘉宾听得津津有味。游客们纷纷被这四个来自非洲的友人吸引，拿着相机对着他们就拍照。在来长城的路上，熟知中国游客这一习惯的导游就给他们打了招呼，告知他们可以礼貌地拒绝，但不要生气，因为在中国看到非洲朋友的场景并不多。所以我们的嘉宾不但没有拒绝，还主动地给予配合。四人中的阿肯最活跃，他不但不生气还显得很兴奋，对那些年轻女孩想要合影的要求，他来者不拒，把我们其他人逗得乐不可支。导游看到这种情况，对我说："要不就让他们爬一段长城？"我笑着说："你去问，他们肯定会开心地同意，但爬几步就走不动了，怎么办？这么陡的坡，上不去下不来，谁能把他们扶到北八楼？"导游听后也觉得有道理。我说："让他们几个合个影，拍几张照片咱们就撤，不然会出乱子的。"果然，从人群中挤出几个保安，他们找到了我，希望我们告诉嘉宾，为了他们的安全，他们会劝阻游客，不要再让游客靠近合影拍照。就这样，不到一个小时，我们又乘坐缆车回到了长城脚下。

早餐大家在酒店吃得很丰盛，所以大家都不饿，我们决定马上启程回北京市区，下午5点左右到前门，我们已经预定了前门全聚德，请大家吃北京烤鸭。

一来到前门烤鸭店，四位嘉宾就被震撼到了，听说这家烤鸭店已经营业一百五十多年了，都震惊不已。喝着烤鸭店专制的茶水，看着设计精美的菜单，再听导游的介绍，嘉宾们都兴趣盎然，等待着一场饕餮大餐。

先上的是四个凉菜：卤鸭翅、拌鸭掌、盐水鸭肝、火燎鸭心。盘摆得很有特点，就像是艺术品，大家都舍不得动筷子。

紧接着，一个小推车就来到了餐桌旁，厨师推着一只被烤得红亮的鸭子，导游介绍到，马上要给大家现场表演片鸭子。拿了照相机的菲森公司董事长乔治忙着照相，已经享受过北京烤鸭的药监局长阿昆伊利在给菲德利斯小声讲解。不一会儿，一只鸭子就被分割完成。

荷叶饼、葱丝和面酱也端上来了。在导游和丽埃娜的指导下，嘉宾们纷纷学着用面饼来卷烤鸭，尽管动作笨拙，但大家都完成了自己的作品。阿昆伊利拿着自己卷的鸭肉，让乔治给拍个照片，她说："这是我参与制作的，中国的三明治。"

一顿饭吃了两个多小时，一只鸭子不够，又加了半只。

除了烤鸭店，导游带领大家步行前去天安门广场。一边走，嘉宾们一边学着用中文说："不到长城非好汉，不吃烤鸭真遗憾。"

先来到毛主席纪念堂，不是参观的时段，只能在高大的建筑前伫立。再往前走，就来到了人民英雄纪念碑前，菲德利斯对着纪念碑恭敬地低头鞠躬，阿昆伊利、董事长和阿肯也一起默哀致敬。

天安门广场前游客很多，拍照留念的人不少。好在北京老外很多，游客尽管对这几位非洲友人投入更多的关注，但还没有像长城上一样形成拥堵。

北京 3 月的天气还是有些凉意，我问他们冷不冷？菲德里斯说："一切都好。"说完，他突然拥抱了我，让丽埃娜告诉我："感谢邀请我们访问中国，才来一天就喜欢上了中国，我以后要经常来中国旅游，带着我的妻子和孩子们一起来。”

其他几位嘉宾也都分别和我们拥抱，身高马大的阿肯拥着娇小的导游，就像一位巨人揽着一个玩偶。

这时，我接到了北京药业公司金董的电话，他正在我们下榻的中国大饭店等我，希望和我商量一些事情，我让丽埃娜和导游照顾好客人，匆匆赶回酒店。

到了酒店大堂，我和金董商量了有关记者招待会的许多具体事宜。招待会的主持人由北京电视台的主持人担任，金董的企业已经请好了。同声翻译就决定让丽埃娜上了。金董和我的发言不超过五分钟，邀请嘉宾讲话，由我和几位嘉宾商量。估计中外记者会现场提问，回答问题的主要嘉宾估计非阿昆伊利莫属，因为她是尼日利亚政府官员。金董已经订好了中国大饭店中餐厅的包房，明天晚上他来宴请尼日利亚嘉宾。

第二天，金董派秘书小刘来酒店接我，一同去钓鱼台国宾馆看会场，小刘将钓鱼台国宾馆的通行证挂在了我的胸前。记得我们乘坐的车是从钓鱼台东门驶入的，尽管车上放着已经提前办好的通行证，但还是被站岗的武警拦了下来，经过对车辆以及乘坐的人员身份核实后我们被放行了。小刘说：“参会人员的证件早已经上报给钓鱼台国宾馆了，包括尼日利亚嘉宾，都已经被批准了，并且办好了通行证，开会那天会有一辆中巴车来酒店接我们。”

汽车开到一栋建筑前，我和小刘下车，就有专门迎候的礼宾小姐带领我们前去会议厅。

一走进大厅，就看见舞台上耸立着一块高大的背景墙，红色的背景板上写着“走进非洲”四个大字，下面一行字体略小，写着“北京药业集团、尼日利亚威尔购健康产业有限公司记者招待会”。

负责这次记者招待会的宾馆经理是位优雅的女士，她在迎宾小姐的带领下陪同我们参观。

在会议厅的左侧，我看到了几个并排的小木屋，那就是同声翻译的工作间，丽埃娜会在那里全程翻译，先是将中文翻译给尼日利亚嘉宾和现场的外国记者，再将英语翻译给全场的中国人。

随后，我们又来到了宴会大厅，豪华大气的宴会大厅，摆放着12张圆桌。参会记者100人十桌，尼日利亚嘉宾及我们两个单位的中方人员两桌。

餐厅主管拿来了菜单请我过目，招待会是分餐制，每人一份。参会记者的情况都已经掌握了，有特殊要求的嘉宾会提供特制的菜肴。

宾馆经理拿出了给参会记者定制的礼物，是一款带有礼品盒的精美的18K金笔，是上海产的英雄牌，金笔上还刻有“钓鱼台国宾馆纪念”。经理表示，这款特制的金笔经常被选为国家级的礼物赠送给贵宾，深受嘉宾的喜爱。经理还告诉我们，这次会议是北京市政府有关部门安排的，北京市有关部门领导也将出席。邀请的记者除国内主流媒体外，还有美国、英国、德国等西方主流媒体以及非洲有关国家的记者，是一次重要的外事活动。因此会议场地和服务都是由政府免费提供，希望你们明天的记者招待会圆满成功。

金总的晚宴在我的建议下，选的是以川菜为主，辣子鸡、水煮牛肉、酸菜鱼、毛血旺、回锅肉这些经典菜肴，让尼日利亚朋友大快朵颐。我知道尼日利亚朋友喜欢吃辣，这与他们的生活环境有关。他们最喜欢在中国的香港和广州居住，因为气候条件和尼日利亚的南部相近，但吃中餐还是喜欢川菜和湖南菜，带有辣味的菜肴。

用罢晚餐，我建议一起去酒店大堂找个安静的地方喝茶，再一起商量一下开会的事，金董也对我说，他还要隆重邀请尼日利亚朋友去他们的企业访问，尤其是药监局长来了，机会太难得，金董希望我一定要帮忙促成此事。

我知道尼日利亚朋友几乎不饮用热水，也没有喝茶的习惯，好在这几位都是在欧美长期留学和生活过的，对中国茶也应该有所了解。他们喜欢喝有香味的饮料，我就给他们每人点了一杯茉莉花茶，又让他们各自点了咖啡。慢慢品着茶水喝着咖啡，丽埃娜和金董的秘书分别给我和金董翻译，我介绍了今天看到的会场和宴会准备的菜肴，介绍了明天大概参加招待会的人员情况。嘉宾们一听说有欧美记者和非洲记者参加，马上就来了精神，尤其是阿昆伊利。菲德利斯给我们说：许多欧美记者在尼日利亚想要采访阿昆伊利，都排不上号，明天这些记者一定不会放过这个机会。

我对阿昆伊利局长说："如果你觉得不想回答他们的问题，也没有关系。"

阿昆伊丽说："不，我会接受他们的采访，回答他们的任何问题。"她对我说："威廉你对我们有什么要求你尽管说。"

我说："明天发言的嘉宾有金董和我，我们的讲话都不会超过五分钟，然后把讲台留给你们。菲德利斯先生要讲话，就实事求是地讲讲我们两家公司的合作情况。我们企业是把中国最好的中草药带到尼日利亚去的，而且在当地加工生产，解决了一部分尼日利亚人就业的问题。"

乔治董事长插话说："威尔购公司目前已经拥有菲森上市公司 150 万股，所以也可以说你们在尼日利亚制药行业已经开始投资了。"

阿昆伊利听后很惊讶地看着我，嘴里说道："真的？"

菲德利斯和阿肯都做了肯定的回答。阿昆伊利伸出手来，和我的手握在一起，表示祝贺。

阿昆伊利说："美国和英国一些媒体想采访我，无非是想让我们给他们国家的药企和商人更多的优惠。欧美国家在非洲的投资已经很多了，为什么就不允许中国这些国家来非洲投资呢？我对中国的中医中药有所了解，知道这是中国的国宝，已经传承了好几千年，欢迎你们来尼日利亚发展。”

金董马上接话道：“我们这次和赵总一起开这个会，就是想去尼日利亚投资，我正式邀请局长女士和各位先生去我们公司参观访问，指导工作。”

我对阿昆伊利说：“这次是个难得的机会，你们应该去金董的企业看看，他的企业在北京制药行业非常有名，这次记者招待会能够在举世瞩目的北京钓鱼台国宾馆举办和邀请这么多中外记者参会，都是北京市有关部门支持的，说明金董的企业很受北京市政府的重视。明天北京市有关部门的领导还要出席会议呢。”

阿昆伊利说：“没问题，威廉你安排好时间，我们这次在中国只能逗留一个礼拜，北京的工作结束后，我们几个想去中国南方看看，你们那个生产家具的城市叫什么？”

我说：“广东顺德，你说的是这个城市吧？”

阿昆伊利说：“是的，我们想去看看家具市场，然后去趟深圳，再经中国香港回国。”

我问菲德利斯：“你也是这样安排行程吗？不去我家做客了？”

菲德利斯哈哈笑着，他告诉阿昆伊利、乔治和阿肯，他原本计划要和我去趟上海，在我家住几天，见见我的夫人。

阿昆伊利说：“去威廉家做客我们留在下次吧，菲德里斯你下次带着你的夫人一起来中国，一起去威廉家做客。”

菲德里斯说：“还有我的儿子和女儿也要一起来。”

我说：“那就这样决定，明天开完会，下午去金董企业参观。后天你们飞广州，在广州住一晚，第二天租车去顺德，看完家具城后再去深圳，在深圳住一天，再去中国香港。你们从中国香港回尼日利亚有好多航线可以选择，首先可以考虑的是乘坐香港国泰航空，从香港直飞南非约翰内斯堡，大约 13 小时，然后从约翰内斯堡再飞尼日利亚拉各斯，大约五小时；或者你们原路返回，经阿联酋迪拜回拉各斯。”

几位嘉宾商量后确定，经南非回尼日利亚。我对丽埃娜说：“明天会议结束后，你就可以回家看看父母，然后和嘉宾们在中国香港汇合，一起返回尼日利亚。”

丽埃娜听说可以回家看看，十分高兴，她说：“明天下午我自己订机票回家，那嘉宾交给谁负责呢？”

金董说：“你就放心回家，你走后我们接手。”他对小刘说：“你明天下午就入住酒店，嘉宾你负责照顾，一直陪同到中国香港机场。”

小刘连连点头，她又想起了一件事，对金董说：“后天有中国香港卫视采访您和赵总，您别忘了。”

金董看出了我们的疑惑，解释道：“中国香港卫视一直想采访我，听说这次我们企业要去非洲投资，就更积极了。我给他们说，是和你们公司合作，所以中国香港卫视就希望采访我们两家企业。明天中国香港卫视‘商旅冲动’栏目的总监会直接和你沟通的。”

我听明白了，说道：“好吧，明天见了他们再聊。丽埃娜你回家的计划不变。”

丽埃娜说：“我刚才给几位嘉宾说了我回家的事，他们都很理解，约好了在中国香港见面。我住的房间就留给金总的秘书小刘吧。辛苦小刘了，你照顾好几位嘉宾，他们这几天都很兴奋，状态极好，就是提醒他们晚上少喝酒，别误了正事。”

第二天上午 9 点 40 分，我们一行准时抵达钓鱼台国宾馆，金董也已经到了。记者的座位席上，几乎都坐满了。写有中英文的姓名牌摆放在嘉宾座位旁。阿肯没有被安排在嘉宾位置上，看得出来他很沮丧。菲德里斯发现了，走过去安慰他。

丽埃娜给阿肯解释："这是主办方安排的。嘉宾座位都是需要逐一审批，因为你还年轻，就只能和我坐在一起了。"阿肯只好无奈地接受了。

我刚在座位上坐好，就有记者来找我，原来是凤凰卫视栏目的总监，她告诉我要采访我的意愿，我们就约好了明天上午在我所下榻的酒店房间接受采访。

10点一到，主持人准时上台，原来是大家熟悉的北京电视台的女主持人，她的出现给会议增添了靓丽的色彩。

出席会议的尼日利亚嘉宾和外国记者，都带上了耳机，丽埃娜同声传译开始了，她要把中文翻译成英语。

主持人先介绍到场的嘉宾，当介绍到尼日利亚药监局局长阿昆伊利女士后，掌声最多，不少记者已经跑到嘉宾座位前拍照。

第一个发言的是北京有关部门负责人，他简要地介绍了北京药业集团，作为政府部门大力支持企业走出国门，希望有更多的企业去世界各国投资创业，把中国人的友谊播撒出去。

金董代表企业讲话，小刘上台给他翻译。他感谢政府、感谢尼日利亚嘉宾、感谢我的公司和到会的记者，并表示了要在尼日利亚好好发展事业的决心。

我上台先感谢了尼日利亚嘉宾，是他们帮助我们的企业在尼日利亚取得了初步的成功。我呼吁有责任心、有实力的企业去非洲投资兴业。

菲德里斯的发言主要介绍了他们的企业的情况，强调他的企业是尼日利亚制药行业最大的企业，已经在尼日利亚证券市场上市。自从和我们公司开始合作后，企业更加充满活力。他不吝言辞的对我多次赞扬，说我对尼日利亚人就像对自己的孩子一样关心，上个月刚刚给11个专卖店发了中国制造的新汽车，完全是免费的，这在尼日利亚和周边国家引起了轰动。我们的产品治好了许多尼日利亚人的疾病，中国的草药很受非洲人的欢迎。

最后一个上台的是阿昆伊利，她的气场的确很强大，眼光很犀利。她首先感谢我邀请她和她的朋友们访问中国。她到访过中国很多次，这次最特别，是因为可以和这么多的中国和其他国家的记者见面交流。她说，她知道今天有许多记者有问题需要她回答，她已经做好准备了。

主持人马上出现，请菲德里斯和乔治一起上台，都坐在主席台上，并宣布：记者提问开始。

提问的中外记者很多，有的记者关注的是尼日利亚市场的有关问题，有的是关注尼日利亚对进口药品的监管问题。

阿昆伊利回答："我们药监局经常和尼日利亚海关联合行动，对那些质量不合格、仿冒别的公司商标的产品，都认定为假药。我们绝不允许这些产品在尼日利亚市场上出现，也不允许借尼日利亚的港口走私到别的国家。我们支持合法公司在尼日利亚发展事业，就像今天主办招待会的这两家中国企业。"

又有外国记者提问："尼日利亚是非洲最大的产油国，你们的石油开采是否准备和中国的企业合作？将来会将产品优先卖给中国？"

阿昆伊利回答："记者先生显然今天走错了地方，这是谈药品的会议，不是石油论坛。"

阿昆伊利幽默风趣的回答，得到全场的笑声。

那个提问的记者又说："对不起，夫人，因为你是尼日利亚内阁的部长，我想这个问题你是可以回答的。"

阿昆伊利说："既然记者先生看得起我，那我就把我所知道的情况介绍给大家。据我所知，尼日利亚的石油公司一直是和欧美国家的石油公司合作的，比如英国、美国、荷兰等，所产石油绝大部分都是被美国买走了，还没听说有和中国石油公司合作的。如果记者先生有新的消息来源，尽可以先通知我。谢谢！"

又是一阵笑声。

记者提问环节在阿昆伊利直率而幽默地回答中结束了。

主持人上台，她说："今天参会的记者一致要求请今天担任翻译的同志上台和大家见见面，因为无论是中文翻译成英语，还是英语翻译成中文，都是非常出色的。"

丽埃娜在大家的期待中从小屋里落落大方地走上台，台下顿时爆发出热烈的掌声。

丽埃娜说："谢谢夸奖！我是尼日利亚威尔购公司的职员。"她用手指了指我，说："是赵总的助手。"

招待会进行到宴会阶段，大家步入宴会厅，按照名牌找到自己的座位。红酒斟上了，我起身举杯发表致酒辞：感谢各位领导、嘉宾和记者朋友们，为中非友谊、为世界各国人民的友谊，干杯！

几天后，中国中央电视台、中国广播电台和国内主流媒体都报道了这次记者招待会。

后来菲德利斯给我说：美国CNN电视台也报道了这次记者招待会，一位美国记者写道："你可以不知道尼日利亚总统是谁，但你一定要知道尼日利亚药监局局长是阿昆伊利。"

第二天上午，在北京中国大饭店我下榻的房间里，凤凰卫视"商旅冲动"栏目组对我进行了采访。他们把对金总和我的采访编辑在一起，在凤凰卫视"商旅冲动"节目里播放过好几次。

莱基自贸区

早在2007年年底，金董和秘书小刘就和我一起从北京飞到了尼日利亚拉各斯。这是他们第一次踏上非洲这块土地，他们将考察尼日利亚市场，了解有关情况。

对于初到非洲的中国人来说，不适应是普遍现象，气候、交通、饮食、语言等等方面都会出状况。小刘尽管也是英语科班出身，但带有浓重口音的英语，也常常让她束手无策。好在有我们这些朋友，他们的食宿都没有发生问题，只是在他们想单独出行时，每次都是望而却步。

我和金董闲聊，希望他能敞开心扉，告诉我想在尼日利亚做些什么？金董也就直言不讳地说了："希望我们能够帮助他们在尼日利亚销售现有的产品，也就是化药，尤其是抗生素，尼日利亚市场很大，如果我们参与，他愿意让我们做非洲的总代理。"

我告诉他："化药需要在尼日利亚注册报检，按照尼日利亚法律，化药要做三期临床，时间起码需要三年，而且做临床投资很大，一个产品花费100万美金也未必能注册成功。再者，我们都不懂化药，隔行隔山，我可不敢染指这么高端的产业。"

我给他介绍了菲德里斯，看他们能否找到合作的机会。

参观完菲森制药后，金董对我说："菲森相当于我国制药行业 80 年代的水平。"

我说：金董可以单独和菲德里斯聊聊，谈谈合作的事宜。

金董和秘书应邀去了菲森制药。他们刚离开菲森，就接到了菲德里斯给我的电话，他说他已经对金董表明了态度，和他合作必须要有我们威尔购公司的参与，也就是说，只有三方合作才行。

金董告诉了我老菲的态度。我说："老菲是个很好的人，他和我们的合作也才两年，彼此已经建立了理解和信任。作为国内的企业，要想在非洲扎下根，选择一个当地合作伙伴很重要。"

金董说："你们现在也是当地的企业，和你们合作就是和当地的企业合作吧。"

我告诉金董："那不一样，你要做的是在当地生产销售化学药品，我不具备这方面的条件和优势，只有像菲森这样的制药企业才能帮到你们。"

金董又说："那我们三家企业怎么合作呢？从哪个方面着手呢？"

我想了想回答道："只有一种可能，那就是先在中草药领域合作，再扩展到化药领域。"

金董说："那就建立三条生产线，一条是中草药的，第二条是粉针生产线，第三条是化学药生产线。厂房按照欧盟标准建设，产品不但可以供应非洲市场，还可以进入欧洲。"

听完金董的设想，我觉得这个方案很不错。我对金董说："拉各斯东部海湾有一个叫'莱基'的地方，新建了一个自由贸易区，是尼日利亚联邦政府和中国政府合作的项目，专门吸引高科技企业在此安家落户。我们可以去自贸区看看，能不能把工厂建在那里。"

金董也觉得这正中下怀，于是我们次日邀请菲德里斯和我们一起，驱车直达莱基自贸区。

莱基自贸区坐落于拉各斯州东南部的莱基半岛，南临大西洋，北依莱基湖。2007 年 9 月刚刚动工，中国投资方是由中国铁建股份有限公司牵头，中非基金和江苏省南京江宁开发区共同参与，占莱基自贸区 60% 的股份，尼日利亚政府占股 40%。

我们一行在莱基受到了中方代表张经理的热烈欢迎，张经理是南京江宁开发区的，现在主管莱基自贸区的招商工作。他将我们领到用集装箱组合成的办公室里，打开自贸区规划图给我们介绍情况。莱基自贸区总规划面积 165 平方公里，一期规划面积 30 平方公里。莱基自贸区享受尼日利亚政府一系列优惠政策，税收、外汇管理以及园区的员工管理都有很大的自主权。

我们在进入园区时已经看到正在施工的中国工人，这给了我们很大的信心，中国工程队伍的施工进度和质量是有保证的。

张经理指着规划图对我们说："你们要建药厂，我们就把刚进园区的最好的一块地划给你们，这块地 5000 平方米，约等于 7 亩半，你们觉得够不够用？"

"每平方米多少钱？"我问张经理。

"大概 5 美金一平方米，是象征性地收点费，使用权 99 年。"张经理回答。

金董脸上充满了笑意，这么便宜的地价，让所有的人都始料不及。他看看我和菲德里斯，说："这块地我们要了，什么时候可以办手续？"

张经理说："先给你们订下这块地，我需要做文件，让园区董事局批准，然后再通知赵总，他的公司一直在拉各斯，你们再来办理相关手续。"

我订好了拉各斯维多利亚岛上很地道的一家中餐厅，我们一行结束了莱基自贸区的访问，直接来到中餐厅。

在用餐时，菲德里斯开口了："尼日利亚在好几个州都有开发区、自贸区，中国人参与经营的也有好几家。这家莱基自贸区是尼日利亚联邦政府牵头的，所以规划做得很好。但据我所知，园区最重要的水、电、气恐怕很难解决。"

金董说："水、电、气是制药行业必须得到充分保障的。"

菲德里斯接着说："莱基自贸区离拉各斯中心城区至少50公里，就从城市边缘开始修电缆通道、铺设水管和燃气管道，起码要40公里以上。在拉各斯，这是一个基本无法实现的难题。这个工作是需要尼日利亚联邦政府完成的，拉各斯州不会承担责任。但是，如果拉各斯州政府部门不承担任务，工程肯定会泡汤。如果是中国政府和拉各斯州政府直接签订的项目，还有可能会实现。联邦政府对拉各斯州政府没有约束力。"

我补充道："现在的拉各斯州政府是由反对党控制的，所以联邦政府在拉各斯州的地盘上，执行力是有限的。"

菲德里斯又继续说："金董，你可以先利用莱基自贸区的各种优惠政策自己先注册一个公司，派几个人来实地操作一下，看能否将你们的产品先运进保税区，然后在自贸区注册产品，再慢慢打开尼日利亚市场。等自贸区的各种条件具备后，再商议建药厂的事。"

就这样，金董结束了在尼日利亚的考察。他回到国内后，马上给北京市有关部门汇报了准备去非洲投资的计划，并承诺和尼日利亚菲森制药和我们威尔购公司共同在尼日利亚投资5000万美金建立一个有中草药、粉针和化药的制药厂。

于是，就有了这场高调的中外记者招待会。

后来，金董果然从国内派了员工在莱基自贸区注册成立了一家贸易公司，想先来探探路。

我们也密切关注着莱基自贸区的进展，菲德里斯的预言果然很准，水、电、气一直没有得到解决，企业要进驻莱基自贸区，需要自己建个发电厂和水厂。因此，几乎没有高科技产业在莱基买地建厂。直到十几年后的今天，在中国“一带一路”战略的推动下，园区中方股东投资建设了一个发电厂和水厂，才部分改善了一些投资环境。而我们当初三家合作建立药厂的梦想早就破灭了。

2008 年 5 月 12 日，震惊中外的四川汶川 8 级大地震突然爆发，惨痛的人员和财产损失，让全世界的目光都集中在了汶川灾区。当时我还在国内处理一些业务，听到了菲德里斯先生让我赶紧回尼日利亚的消息。我连忙赶回尼日利亚，马上和菲德里斯见面。菲德里斯满脸悲戚，他拥抱着我说：“让你回来，是要我们一起为汶川大地震捐款。”

后来菲德里斯的夫人给我说起当时的情形，那时候我们中央电视台第 9 频道是用英语播出的，已经上了卫星，在尼日利亚就能看到这个频道。刚从中国结束第一次访问的菲德里斯从电视上看到中国汶川发生这么惨烈的大地震，他就守在电视机前，一边看现场直播，一边流泪，不吃饭不睡觉。他给夫人说，一定要帮帮灾区人民，所以就给我的秘书打电话，让我马上回到拉各斯。

我立即和中国驻拉各斯总领馆联系，总领事非常重视这件事，先让我转达中国政府对菲德里斯先生的谢意，并要在总领馆接见菲德里斯先生。于是，菲德里斯和我一起马上拿着各自的支票去了拉各斯中国总领馆，亲自把支票交给了总领事。总领事激动地说：这是尼日利亚总领馆收到的第一个外国公民给汶川灾区捐的款。

离开总领馆后，菲德里斯告诉我，他要动员尼日利亚一些企业界人士为汶川捐款，我们就分头行动，我回到公司组织公司员工捐款，他组织他们企业的员工和一些朋友再次为灾区捐款。这次为汶川地震捐款，更加加深了我们和菲森制药的合作，也让菲德里斯更加热爱中国，成为为发展中尼友谊不断努力的典范。

青蒿素和太极拳

2008 年 8 月，我们在加纳开设的分公司顺利营业，这无疑是个好消息。更好的一个消息是我们从国内引入尼日利亚的青蒿素已经在菲森的帮助下被尼日利亚药监局批准允许销售。

青蒿素是中国的科学家经过数年的努力，从植物中提取的治疗疟疾的一种特效药。我们一直在和国内的科学家合作，希望将青蒿素早日引入到非洲。青蒿素主要是治疗疟疾，但中国疟疾几乎绝迹，而非洲却一直在遭受疟疾的肆虐，每年死于疟疾的患者高达几百万。

由于青蒿素已经被列入化药系列，在尼日利亚注册十分困难，但是我们并没有放弃，一直在努力，终于在公司营业两年后拿到了青蒿素注册的批文。从此之后，我们经常把青蒿素这一产品作为礼物捐赠给非洲各国的慈善机构。而且在定价上只收成本，不赚利润。

2015 年，中国科学家屠呦呦创制新型抗疟药青蒿素获诺贝尔生理学或医学奖，青蒿素才被大家所了解，其实我们已经和屠呦呦教授的团队合作好多年了。

2009 年一年，是公司完成新老交替的一年。许多和我一起在非洲拼搏的同事由于身体和家庭的原因，纷纷提出申请，准备离职回国发展，我很理解这些同事的处境。坦率地说，在非洲工作，很容易让人产生厌倦。生活的单调，工作的乏味和无趣，以及由于气候和环境给身体带来的损伤，经常会让人去想：我究竟值得不值得继续坚守。还有那些大龄青年，因为交友圈太小而无法找到伴侣，公司对此也是爱莫能助。

非洲各国，除南部非洲的南非、博茨瓦纳、纳米比亚和北非的阿拉伯国家外，其余非洲各国都存在一个致命的问题：那就是基础建设十分脆弱。缺电、缺水十分普遍。我们在西非、中非和东非成立公司，必须要购买发电设备才能保证工作和生活用电。我们的生活用水，基本全靠购买当地企业生产的并不纯净的“纯净水”。不管在哪个国家、哪个富人区，都能听到不绝于耳的发电机轰鸣声，都能看到放在屋顶和院子里的巨大的储水罐。

在这样的环境下能够坚持四五年的中方员工实属不易，尽管公司对他们依依不舍，但是还是要考虑到他们的情况而给予理解和支持。

小军已经在非洲工作两年多了，对公司的经营很熟悉了，也参与了一些管理决策，我就让他去组建新的管理队伍。原来和我们一起并肩战斗的丽埃娜、王小旺、吉晓天、于霞、江海潮等都相继离职回国了，小军从国内新招收的人员也一个个相继进入状态。其实，公司的运营模式顺畅后，管理人员的更换对公司的影响不大。但是，我们已经认识到了，必须加大力度培养当地的员工，尤其是中高层的管理人员，一定要加速实现员工本地化。

公司第一批招来的当地员工皮特、焦治哇都已经成了部门的主管，查尔斯更是被任命为公司的副总经理，他们已经成了近百个当地管理人员的标杆。

同时，丰富中方员工的业余生活也是需要认真考虑的。我想起了在大学学到的简易太极拳24式，然后在网上找到了相关资料，和中方员工一起练习，慢慢地掌握了这种太极拳的节奏和方法。于是我们就定了一个规定：每天早上起床后大家一起练习太极拳，一套动作是6分5秒，再加上一套广播体操5分钟，每天活动11分钟。为了促使大家自觉锻炼，养成一个良好的生活习惯，保持健康的精神状态，我决定将给员工每天10美金的生活费和出勤锻炼挂钩，不锻炼就扣发10美金。于是，我们的中方员工从2010年起就天天一起做广播体操和打太极拳，一直坚持到现在。再加上不允许员工抽烟、酗酒、打麻将，这些就成了我们公司独特的企业文化。

太极拳是中国文化的象征，蕴含着深厚的中国哲学思想。我们天天打太极拳，表面看是为了强身健体，但对于身在海外的中国人来说，这可是弘扬中国文化、凝聚民族自信心的一个好平台，一个好方法。这些年来，我走了很多国家，看到越来越多的中国人纷纷走出国门，探亲访友，旅游度假、做贸易，谈生意。对于老外来说，他们对中国印象最深的就是中餐好吃，中国人勤劳，能吃苦。要让世界各国人民更好地了解中国，向他们展示太极拳，并帮助他们学习太极拳是个很好的路径。我经常想，如果在海外的华人每天早晨都能走出家门，就像在国内跳广场舞一样，到户外练上一会太极拳，7000多万海外华人中有1%的能做到，那也会在世界各国产生不小的影响。

想到了，就去做。我托国内的朋友帮助我寻找一位懂英语、教授练太极的拳师，想聘请来非洲给当地黑人教教太极拳。

经过努力，终于在成都找到一个张姓26岁的女拳师，她8岁开始拜师学习太极拳，是杨氏太极门徒中的高足。她能讲一口流利的英语，在重庆开往武汉的专门接待外国游客的豪华游轮上给外宾表演太极拳、太极剑和太极棍，同时也会传授几招太极拳给中外游客。

对于来非洲工作，她非常愿意，尽管天天和老外们打交道，但她却没有出过国。我们先签订一年的合同，将她安排在加纳公司，公司开张时间不久，工作还不忙，院子也大，她能够施展拳脚。我让她先培养几个中方员工，毕竟我们都是从录像带上学的，专业的拳师一看就能发现我们的基本功不够，拳打得还很差。

拳师到位一个月后，我去了加纳公司。这是一位身高一米六八的美女，毕竟是练功人士，一看身上就带有一股飒爽之气。平时看起来十分文静，打起拳来，立马换了一个人：她将长发挽成一个髻，穿上白色的太极服，在音乐声中，拉开架势，给我表演了一套杨氏 85 式太极拳。在近 25 分钟的表演中，张拳师完全沉浸在动静开合、意念运气之中。只见她沉稳专注，脚步轻盈，双手如同挥舞着蓝天上的云彩，时而挥掌，时而握拳。你说她的拳柔，但推出的掌又分明含着刚强，这正是太极的精髓：绵里藏针，柔中带刚。

我和公司的同事都是第一次这么近距离观看拳师表演，完全被拳师征服了。

在加纳公司工作的日子里，我们公司的员工每天都和小张拳师学习太极拳，当然我们只能学习 24 式简易太极拳。小张也认真并严格地一招一式地纠正我们的动作，包括双脚的站位，出拳的姿势，转动身体的角度都不能马虎。

我问她：“给公司的当地员工教过吗？”她说：“给公司的司机、门卫和几个经销商教过，但是感觉他们学得很艰苦，兴趣也不大。”

我说：“明天上班把他们现召集在一起，你给教，我来督战，看看他们认真不认真。”

次日，五个当地员工站在张拳师的面前，我让他们先一起问候老师。

“老师好”！尽管不整齐，但是也算是对老师行了礼。

小张拳师让他们先站桩，双脚并拢，脚跟上提，闭住双眼，气沉丹田。

拳师的英语表述没问题，但是他们根本不理解“丹田”，连比带画地给他们解释了好久，他们仍然一脸茫然。

我和小张说，不要给他们讲这些，先让他们比划比划。

小张拳师不厌其烦地给他们把动作分解，让他们照着要求一点点的来做，但是他们笨拙的动作还是让我这个督战的也忍俊不禁。小张更是满头大汗，学员们也表现出无可奈何的神态。真没想到，给他们教太极拳这么难。

结束以后，我问小张：“你以前在游轮上教过的老外能学会吗？”

小张说：“可以啊？大部分老外兴趣很大，当然我教过的老外大部分是白人或者是韩国、日本和新加坡人。他们基本上在五天之内都学会了几招，而且兴趣很高。走的时候我们会给他们每人发一个英语版的 DVD，他们回去后还在继续练习。”

“教过黑人吗？”我问道。

“有黑人，但好像和他们不一样，学得也挺快的。”

我说：“这些当地人，文化程度不高。理解能力差。而且觉得他们胳膊和腿都是僵硬的，不会打弯。”

说来也很奇怪，非洲国家的人在唱歌、跳舞方面有很高的天赋，尤其是在跑步和足球运动上更是超天才般的存在，为什么学太极拳就这么难呢？

我让小张拳师不要气馁，在加纳公司经理的配合下，挑选几个文化程度高、悟性好的经销商作为试点，慢慢摸索出一套给当地人教授太极拳的方法。同时让她对中方员工严格要求，动作要到位，姿势要正确，节奏要和音乐完全吻合，把中方员工培养成教授太极拳的师傅，将太极文化慢慢推广出去。我还要她把 24 式简易太极拳每一式翻译成英语，印上几十页，为我去南非普及太极拳做好准备。

2013 年，我们在南非注册成立了公司，主要任务有两个：一是考察南非市场，能否在南非建立中草药种植、生产基地；第二个就是尝试在南非推广太极拳。我设想如果能够在南非建立起新的生产基地，就可以开发南部非洲市场，在南非及周边国家销售产品。现阶段把产品从尼日利亚运到南非，手续繁琐，成本很高，因此在南非暂时没有做销售方面的打算。

我们在南非租的宿舍位于白人区，邻居绝大部分是白人。我和公司的三个中方员工天天在宿舍旁边风景如画的小河边打太极拳，时间不长就引起了邻居们的注意。有几位白人大姐主动加入了我们的团队，跟在我们后面，慢慢地比画着。

我们公司的两个姑娘英语不错，拿着我们翻译好的 24 式简易太极拳英语版的图册，一招一式慢慢教她们，就这样，一个有十来个人的太极拳练习队伍就组织起来了。

在南非种植草药的念想

考察南非种植基地的事开始了。在南非华侨领袖李大姐的帮助下，我们先后去了德班和彼得马里茨堡。

在德班，我们会见了南非祖鲁王的特别代表，他代表祖鲁王欢迎我们到德班考察，并表示，如果我们看中了属于祖鲁王领地中的任何一块地方，祖鲁王都可以免费提供。

祖鲁王在南非可是神一样的存在。祖鲁族尽管只占南非五分之一的人口，但影响很大。祖鲁王的地盘相当于两个省，我们被特别代表开车带去了一些祖鲁王管辖的地段，但由于祖鲁族生活的地盘往往属于还没被开发的区域，即使给了我们可以无偿使用的土地，但缺乏现代化的基础设施，我们也是望地兴叹，束手无策。

从德班离开，我们驱车前往彼得马里茨堡。这个城市人口不多，只有十几万人，但是由于在英殖民时期曾当过首都，所以这座城市的建筑大都属于维多利亚风格，而且也是目前保存最好的维多利亚城市之一，这座城市的自然博物馆、美术馆和植物园享誉世界。到了春天，繁花似锦，百花争艳，又被誉为“花城”。

我们被邀请前往市政厅，市长在办公室亲切地接见了我们。市长先生是一位印度裔，和蔼可亲，笑容满面。也许是由于印度和中国是邻居，我们一见如故。市长先生已经知道了我们的来意，他已经安排了有关部门协助我们。我们邀请了市长共进晚餐后就先告辞了。

我们来到分管地质的部门，一位白人中年女性热情地欢迎我们。她打开投影仪，在白色的屏幕上将彼得马里茨堡的地图展示给我们，详细地介绍全市的地形地貌、土质结构、全年气候变化以及降水情况。尤其可贵的是，还有专业的建议报告：哪些土壤适合种植什么农作物、在什么方位等等。我十分惊讶，心中默想：这在许多国家属于保密资料吧？这也太珍贵了。我想如果能有一份这样的资料，我们也可以回去慢慢分析研究，不知道这个要求过分吗？

当我的翻译把我的想法告诉她后，没想到她毫不忧虑地满口答应。她让我们等等，然后去办公桌里拿出一个U盘，马上在电脑上将资料拷贝给了我。

许多年后，我每当拿出和这位女士的合影时，眼前的情景仍历历在目。

当晚，市长先生来到了我们下榻的酒店，和我们享用自助餐。市长先生彬彬有礼，谈吐诙谐幽默。他告诉我们：彼得马里茨堡早在2002年就和中国湖南省的株洲市结为了友好城市，距今已经有11年了，他上任不久，就接待了我们这些中国客人，他非常高兴。他愿意为中国客人的投资活动提供力所能及的帮助。

我们告诉了市长先生在地质部门受到十分热情周到的关照，对那位白人女士印象特别好，希望转达我们的谢意。

市长先生说："她是位工程师，是地质方面的专家，是一位很优秀的女士。"

我对市长说："我们计划在南非种植草药，这是一个系统工程，牵扯到的领域很多。彼得马里茨堡是一座非常优美的城市，这里气候温暖，雨量充沛，地质条件好，很适合发展种植业。但是，种植业需要具有一定的规模，比如需要100亩以上的土地才可能达到规模化经营的要求。我们知道，南非的土地绝大部分是私人的，要将这么多私人的土地谈下来，我们的信心不足啊。”

市长先生毫不隐晦地说：“的确是个难题，政府部门可以出面帮助你们一起和业主谈，能否谈拢真不好说。”

我说：“我们需要做很多工作，先回去分析资料，看彼得马里茨堡适合种植什么草药，这是需要专家去做的事，然后再看看需要多少亩土地。”

市长先生说：“好的，中国人做事都是先设定计划，这很好，而且你们的办事效率很高。不管怎样，认识你们很高兴，希望我们以后能成为朋友。也希望你们带上家人一起访问彼得马里茨堡。”

虽然我们为了在南非探索种植中草药做了很多努力，但是还是未能实现梦想。

我一直有一个愿景，希望中国的中草药能够走向国际，为世界各国人民的健康事业做出贡献。要实现这一目标，必须要完成三个步骤：一是草药种植当地化；二是草药生产加工当代化；三是建立中医医院。培训当地的医生，传授中国中医治疗技术。

看似简单的三步棋，在实践过程中却困难重重。

以我对非洲的了解，在南非种植中草药是最好的选择，南非气候条件好，平原、丘陵和山地都有。最重要的是，南非的工业基础好，草药种植后可以就地加工。在非洲的个别国家中，尽管也有中国人在试验性地种植草药，但达不到规模化就没有商业价值，也无法完成草药的加工。

经过考察，发现要找到适合种植草药的具有一定规模的土地很不容易，最重要的是需要培养出当地的药农，这也是一个我们无法完成的任务。

我们在南非传授太极拳的工作也一直停留在住宅旁边的白人邻居中。只有几个白人大妈兴趣盎然，坚持天天早上来学。

后来随着南非治安情况的恶化，我们不得不放弃了在南非的全部工作，将人员全部撤回国内。

5000 人参加的告别大会

2014 年，小军已到公司工作七年，他也到了而立之年，在员工的强烈推荐下，我正式任命小军为公司的总经理，公司的日常管理工作完全由小军负责，我开始退居二线，只担任董事长。

小军上任后的第一把火，就是成功开发出了国际旅游，组织符合条件的经销商来中国，去欧洲，走南亚，甚至让中方员工和他们的太太，去了格鲁吉亚和马尔代夫。

第二把火就是成立了公司的足球队。西非的加纳、科特迪瓦和尼日利亚的国家足球队，都是举世闻名的世界强队，他们的许多球星都在欧洲俱乐部效力，因此足球运动在这些国家的民众中影响力巨大。他们购置了队服，组成了公司员工队和经销商队，租下场地，不定期地举行比赛，还准备了奖杯和奖金，比赛期间双方的啦啦队员很是抢眼，热闹场面堪比节日。

第三件事，就是他考察了几家美国企业，和他们合作，把美国药企生产的高质量的维生素系列引进了我们的销售渠道，丰富了公司的产品种类。

看到公司年轻人的成长，我很欣慰，也萌生了退意，在非洲已经闯荡近18年，该撒手退休回家了。这18年来，我东跑西颠，唯独没能在家陪陪夫人，亏欠她太多。和我一起在非洲奋战过的同事，基本都回国了，看看身边，只剩一个和我在18年前就曾经共事过的小老弟。当时他是一个帅小伙，一头乌黑的头发。而如今，他已经变成一个中年大叔，头发早就不见踪影，只剩下油亮的头顶。他也已经从一个公司的出纳，成长为公司的财务总监。有他和小军配合，我完全放心，还有这些忠心耿耿、不怕吃苦的中方员工，以及我亲自招来的当地员工查尔斯、皮特和焦治哇，这些人早已经和公司成为一家人。为了确保公司的长治久安，我批准给了菲森制药董事长、我的好朋友菲德里斯威尔购公司的股份，将我们的利益和风险捆绑在一起。即使我们因故来不了尼日利亚，我们有这些朋友的加持，公司肯定会安然无恙。

2018年6月23日，公司召开第六次发车大会，这次大会在尼日利亚首都阿布贾举行。

根据业绩计算，大会将发车88辆。菲德里斯、律师阿肯和政府的几位高级官员参加。也许经销商知道我将会退休，大概将是我最后一次在尼日利亚的公共场合露面，所以经销商来得特别多，容纳5000人的会场座无虚席。在大会进行途中，有经销商给我赠送礼品，我上台后，就被经销商脱去西装外套，给我穿上了一套尼日利亚民族服装，戴上了绣有花纹的圆帽子。经销商代表给我授予了一个刻有“最受欢迎的外国人”这一称号的奖杯。

我刚刚下台，主持人又把我请上台，又有经销商代表给我穿上了另一套民族服装，给我颁发了一个“尼日利亚最佳贡献奖”。一会时间，我已经被折腾得满头大汗，主持人赶紧叫停，宣布所有其他人准备赠送给我的民族服装和礼品统一在会后交给公司员工保管，由他们转交给我。

菲德里斯对我说：“尼日利亚有200多个民族，最主要的也有20多个，都来了你根本受不了的，幸好主持人叫停了，这也说明你在尼日利亚受欢迎的程度的确很高”。

最后一个上台发言的是桑尼，那个当初我从南非请回尼日利亚的大男孩，现在已是公司业绩最大的经销商团队领袖。他的尼日利亚夫人已经移民美国，他把公司的生意带到了美国，在美国成立了自己的公司，经我们授权，在他的美国公司注册了我们的产品。他发自肺腑的感谢我们公司，感谢我的知遇之恩。演讲到最后，他一招手，两个壮汉抬着一个用白纸包裹好的两米多高的大牌子上了台。桑尼小心的揭开白纸，映入眼帘是一个我的画像。桑尼单腿跪在我的面前，告诉我，这是他请尼日利亚著名的画家给我画的像，希望我能把这幅画像带到中国，挂在我家。他诚恳的要求我同意，让他喊我一声“爸爸”！

我霎时热泪盈眶，连忙将桑尼扶起来，和他紧紧地拥抱在一起。

会场沸腾了，有人一声呼喊，全场响起了歌声。不少人已经涌到了台上，他们把我围在中间，开始唱歌跳舞。我和菲德里斯、阿肯也随着歌声的节奏舞动起来，主持人看到这个场面，也放下麦克风，加入欢乐的人群中。

后　记

断断续续将近一年时间，写完了这本书。记得刚到非洲时，每天晚上还有记日记的习惯，遗憾的是没能坚持下来。那时候，条件艰苦，生活和工作压力都很大。最初阶段，每天吃什么就是一件让人头疼的事。物价贵，中餐食材稀缺，饿着肚子工作是常有的事。公司业绩起来后，生活条件才得以改善。

和我一起在非洲共过事的同事不少，我在书里提到的人名字是虚构的，人物也不一定是某一个特定的人，但是许多事情都是真实发生的。我之所以要写这本书，就是想借此机会，向所有书里写到的、或真实的、或虚构的人表示衷心的感谢!

我要感谢给我提供平台的我曾经服务过的那家公司，老板是一个具有超前眼光的企业家。正如书中所写，是他决策一定要在加纳和科特迪瓦业绩还没做起来，就各发三辆宝马车，没有那些激励手段，非洲市场这把火还迟迟烧不起来。

我要感谢我在加纳和尼日利亚工作时的中国驻加纳大使和夫人，中国驻尼日利亚拉各斯总领馆的领导和经参处的领导，感谢科特迪瓦驻加纳大使、埃及驻加纳大使等等这些睿智的外交官们，是他们热忱的帮助中国企业在非洲克服一个个困难，让我们能够在非洲站住脚、扎下根。

我尤其要感谢的是那些和我朝夕相处，一起在非洲创业、开拓、进取的伙伴们。时至今日，他（她）的音容笑貌还经常在我眼前萦绕。我和许多朋友分别已经将近20年了，那时我们没有更多的联系渠道，后来只听说他们有的去了加拿大，有的去了新加坡，有的去了南非，有的去了法国，有的去了巴拿马……当然，更多的依然在中国。

书中有关加纳和尼日利亚的描写是20多年前的场景，现在的加纳和尼日利亚在基础设施建设上都有长足的进步。加纳阿克拉的“奥苏街”也早已改造升级，至今仍然是中国人最喜欢去的购物餐饮和休闲娱乐的场所。

2000年非洲总人口7亿多，到2022年已经增长近一倍，接近14亿，尼日利亚仍然是非洲人口最多的国家，超过2.15亿。

中国和非洲的经贸往来越来越密切，去非洲发展业务必将会是更多企业的选择。

我希望有更多的有责任心的中国企业家和商人走进非洲，了解非洲，和非洲人民交朋友，为中非友谊尽一份责，出一份力。

本书最终能够和读者见面，我要感谢上海世纪出版集团上海文艺出版社，感谢毕胜社长和李伟长副社长，感谢本书的责任编辑项斯微老师，感谢在出版发行各个环节中认真工作的各位专家。他们为此书的顺利出版呕心沥血，一丝不苟。从他们身上，让我领略到了新时代出版人的风采。

最后，在此申明：书中有些细节是经过文学处理的，切勿对号入座。

二零二二年十二月

于上海松江

图书在版编目（CIP）数据

走进非洲 / 赵彦明著. -- 上海 : 上海文艺出版社,2024
ISBN 978-7-5321-8879-6
Ⅰ.①走… Ⅱ.①赵… Ⅲ.①纪实文学－中国－当代
Ⅳ.①I25
中国国家版本馆CIP数据核字(2023)第225291号

发 行 人：毕　胜
策　　划：李伟长
责任编辑：李伟长　项斯微
装帧设计：周安迪

书　　名：走进非洲
作　　者：赵彦明
出　　版：上海世纪出版集团　　上海文艺出版社
地　　址：上海市闵行区号景路159弄A座2楼　201101
发　　行：上海文艺出版社发行中心
　　　　　上海市闵行区号景路159弄A座2楼206室　201101　www.ewen.co
印　　刷：苏州市越洋印刷有限公司
开　　本：890×1240　1/32
印　　张：13.125
插　　页：4
字　　数：324,000
印　　次：2024年4月第1版　2024年4月第1次印刷
I S B N：978-7-5321-8879-6/I.6997
定　　价：68.00元
告 读 者：如发现本书有质量问题请与印刷厂质量科联系　T: 0512-68180628